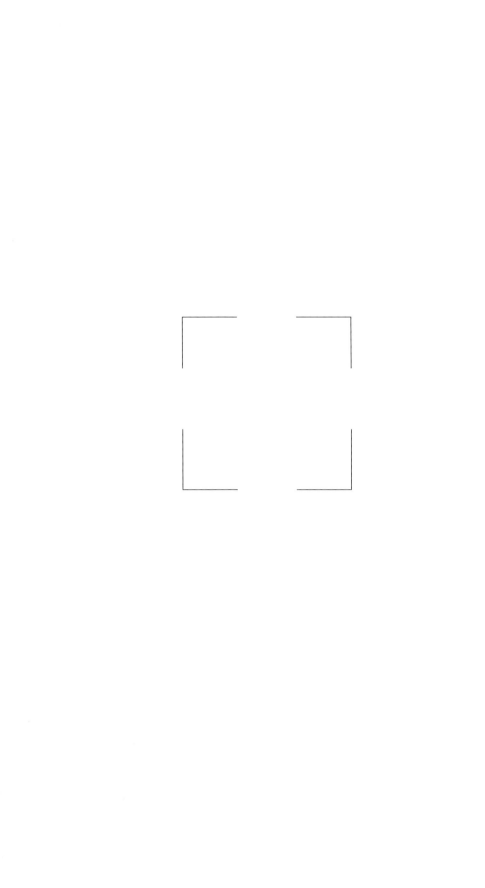

蔡明

　　江苏省苏州中学地理特级教师，二级教授级高级教师。2007 年被评为全国模范教师，2013 年获全国五一劳动奖章，2014 年被评为"江苏省有突出贡献中青年专家"。领衔主持的"湿地文化课程的开发与实施"项目成果获得 2014 年全国首届基础教育教学成果一等奖。

　　酷爱自然，旅行 30 年。到达南极、北极、珠峰地区，亲历无人区荒野，用镜头记录冰川、雨林、秘境、原始部落、文明遗存等景观，以地理视角欣赏世界，以天地信仰寻归自然。

公众号：景观·观景

景观·观景

蔡明 著

南京师范大学出版社
NANJING NORMAL UNIVERSITY PRESS

序

　　我与蔡明老师是君子之交，淡泊而心地相近。学生毕业后在交流中被我称作老师的不是很多，蔡明便是其中的一位。称"蔡老师"带有对她独立思考的品质、极其认真的工作态度以及深深地理情怀的一种尊重。

　　约30年前，我教他们班地貌学。那时我刚从美国访学回来，受美国"地貌景观"观念的影响，在教学中喜欢从景观的综合视角来解析各类地貌。蔡老师这个班人数多，能独立思考的人也不少，蔡老师是其中比较突出的一个。她的作业报告从不像其他人那样依赖教材和参考资料，常常独辟蹊径，从自己观察的角度运用地理综合思路提出想法。她给我留下的初次印象就是独立思考。

　　本世纪（21世纪）初，江苏省招办组织命题，我和蔡老师分别代表高校和中学，两度一块参加了地理学科组的相关工作。每次入闱，都与她共事四十多天。整天忙于交流研讨、专题梳理、规范对接、精确表达。这类事容不得半点差错，几次下来，我感觉任务交给她是最放心的，因为她不是一般的认真，而是追求完美近于执着的那种认真。这种认真表现在她做任何想做的事都一丝不苟，甚至入闱期间工作之余在打保龄球时也那么认真。地理组男老师多，几天打下来，没有一个是她的对手。她做事时那聚精会神的神态令人印象深刻，"认真"已经成为她的工作习惯和人生态度。

多年以前，就听她说起自己在国内外进行地理考察的经历。她去的地方不是一般意义上的旅游热点，有不少是地理学教科书上那种典型范式的所在地，雄险奇绝，人迹罕至，即便是去的途中，也困难重重。她用镜头记录冰川、河流、荒漠地貌、原始森林部落和古老大地上的文明遗存，并富有诗意地进行地理解读，正如她在《写在卷首》中所说：以天地为信仰的人，在漫漫人生旅行中，对景观的自由解读，充满善意、诗意和理性，把苦与乐都当作风景来看待。这类考察已不仅是兴趣所致，更是一种情怀的驱动，这种情怀既包括又不只是地理情怀，促使她在考察中实现自我超越，升华人生境界。

几天前，蔡老师发来微信，告诉我她在精选、梳理考察笔记和照片的基础上，汇集撰写的《景观·观景》要出版了。这本书不是坐在家里"编"出来的，而是经过千辛万苦"考察"出来的，对大自然有兴趣的人都可以读一读这本图文并茂的书，分享她与自然和人生的对话。

我衷心祝贺她，功不唐捐，终成正果，但还要不忘初心，继续前进。

2018 年 8 月 16 日

写在卷首

　　景观，从字面上，我将其理解为"可观之景"。"景"是指客观存在的视觉审美对象。"可观"有两层含义：一、与观者产生契合，形成"心物感应"的意境；二、观者"以心照物"，把内在的情感投射于外在的景中。景在"可观"中产生美感，景也只有在"可观"中才有真实存在的意义。

　　荒野，很少有人将其列为景观，而在我看来，荒野是一种独具美感的景观。荒野是大自然客观存在的一种表情，这种表情尽管荒凉，却蕴含着自然的秩序与和谐。荒野的特殊生境，依然能滋养万物生存。荒野的野性之美，充满活力，也最接近善与美。梭罗说："对于我来说，希望与未来不在草坪和耕地中，也不在城镇中，而在那不受人类影响的、颤动着的沼泽里。"荒野，是难得的孤寂。当你默然于天地之间，孤寂可以化作生命的营养。

　　观景，即何以观景？我的体验是寻求一种独特的表达。独特之处在于，既要有观者的专业、阅历和视野支撑，又要有观者的态度、情感和价值观引领。在我的镜头里，冰川、河流、秘境、原始部落、文明遗存等景观，都是天地关系、人地关系的一种和谐而非凡的表达。

　　我观景的目的，期望寻归自然的意义。寻归，不是一般意义上的走向自然，也不是回到原始自然的状态，而是去寻求自然的造化，让心灵归属于一种像高山、湖泊、沙漠那般沉静而拥有定力的状态。在浮躁不安的现实里，当我们的精神已越来越麻木的时候，或许，能从自然中找回这种定力。

　　景观于观景中，成为心灵的视野。本书并非专业书籍，而是一个以天地为信仰的人，在漫漫人生旅行中，对景观的自由解读，充满善意、诗意和理性，把苦与乐都当作风景来看待。

2018 年 7 月

目　录

二　河流景观

三　喀斯特

考 察
笔 记

四 | 自然瞬间

景 观
欣 赏

考 察
笔 记

十 | 城市记忆

一 冰川地貌

冰川，是一条缓缓流动的"冰河"。透明，可塑，略带微蓝色。它流淌在严寒之地，寂寞中输送着生命的源泉，纯净里蕴含着不可阻挡的力量，冰川为亘古的山体增添了非凡的动态之美。

冰川形成在雪线之上。一个地区的高度如果没有超过雪线，就不可能有冰川。雪线之上，降雪的积累大于消融，地表积雪逐年增厚，经过一系列物理过程，积雪逐渐变成冰川冰。冰川冰在重力作用或冰层压力下缓缓流动，就形成了冰川。

冰川是山体的"雕刻师"。冰川向前移动时会不断锉磨冰床，甚至把岩块掘出带走。冰川之所以能侵蚀地表，主要依靠冰中所含的岩石碎块（冰碛物）。当冰川底部的石块突出冰外时，就成为类似铁犁和锉刀一样的有力工具，不断"雕塑"出独特的冰川地貌。冰川还是巨大的"搬运工"，能将冰碛物搬运很远的距离。

冰川是可靠的"证人"，它留存着千万年的地史记忆。冰层中封存的空气和尘埃，可分析古地理环境的气候特征。冰川遗留下来的冰碛层，可用来识别古代大冰期的位置。

近年来出现的冰川消融量增加、冰舌位置后退、雪线上升等现象，预示着冰川正在不可遏制的退缩中。世间万物是一个统一联系的整体，若全球冰川融化，将导致海平面上升，并引发一系列环境连锁反应。

一个潜在的心理因素，不断激发我走近冰川，去领略、去记录它们在消失前的风采与魅力。

景 观

赏 欣

1

念青唐古拉山脉的冰川地貌

从万米高的云端俯瞰壁立千仞的念青唐古拉山脉中的雪峰，海拔7 000多米的三角形峰体似乎不再险恶，而是云中天堂，神的居所。硬朗的山脊线圈出一个巨大的粒雪盆，这里是冰川发育的摇篮。

| 1-2

皑皑白雪说明这里水汽补给丰富，恣意洒脱的奔流诉说着不可抵挡的速度。由于受到印度洋西南暖湿气流的影响，冰川积雪量和消融量都很大，活动性强。

1-1　念青唐古拉山脉中的雪峰（摄于 1999 年 7 月）

1-2　念青唐古拉山脉中的冰川（摄于 1999 年 7 月）

两条冰川直泻而下，优美地交汇在一起，气势宏大，震慑人心。冰川表面各点运动速度存在差异，因此会产生各种裂隙，裂隙在冰面上规则排列，如同姑娘的辫子。冰川上的深色条纹是携带冰碛物的缘故。冰碛物是进入冰川体的松散岩屑和山坡上崩落的碎屑，它们随冰川运动向下游搬运。图中分布在冰川边缘的叫侧碛，两条冰川汇合后，侧碛合并构成中碛。

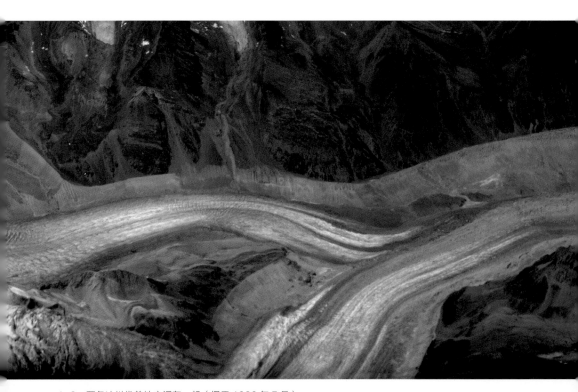

1-3　两条冰川优美地交汇在一起（摄于 1999 年 7 月）

1-4　念青唐古拉山脉中的冰斗湖（摄于 1999 年 7 月）

|1-4

名副其实的天湖闪耀着幽蓝沉静的光芒。图中的冰斗湖，是古冰川冰蚀地貌的遗迹。冰斗是一个围椅状洼地，岩壁陡峭，向下坡有一开口，开口处常有一高起的岩石槛。冰川消退后，冰斗内往往积水成湖，形成冰斗湖。这类湖泊往往呈长条状，岸线平缓。

昆仑山的玉珠峰冰川

2-1　昆仑山东段的玉珠峰冰川（摄于 2009 年 7 月）

昆仑山东段的最高峰——玉珠峰是一座终年不化的雪山，海拔 6 178 米，南北坡均有现代冰川发育。粒雪盆平缓而宽阔，冰川因含有冰碛物而呈灰褐色。在海拔 4 000 米的高原上去观赏它，相对高度不大，因此雪峰没有高耸巍峨的气魄，反而有娴静温婉的气质，其冰雪融水成为昆仑河的上源。

3

加拿大哥伦比亚冰原

3-1

冰河从U形山谷中溢出，在山麓地带扩展成一片广阔的冰原，这是哥伦比亚冰原中最有名的一支——阿塔巴斯卡冰川。阿塔巴斯卡冰川全长6千米，宽1千米，冰川末端离冰原大道只有1.5千米。寒冷凝固了时间，万年冰川以它磅礴的气势向人们展示着地球冰川时代的面貌。

3-1　阿塔巴斯卡冰川（摄于 2011 年 7 月）

3-2　冰川 U 形谷（摄于 2011 年 7 月）

| 3-2

冰川谷的横剖面形似 U 形，故称 U 形谷。
U 形谷是冰川下切侵蚀和不断展宽的结果，
属于典型的冰川侵蚀地貌。冰川冰的厚度越
大，下蚀力就越强。阿塔巴斯卡冰川厚度达
300 米，强大的侵蚀力叠加上漫长的岁月，
塑造了这个又宽又深的冰川谷。夏季冰川融
水发育，冰面河流纵横交织，在阳光照射下，
闪耀着纯净的光芒。

3-3　冰面上的河流（摄于 2011 年 7 月）

3-4　冰碛堆积（摄于 2011 年 7 月）

| 3-3

冰晶与细小的粉砂颗粒调和成一幅荡气回肠的
自然画卷。粉砂颗粒是冰川携带的冰碛物，它
们在冰川移动时不断被推挤到表面，然后又随
冰雪融水沉积到冰面河底。冰水经历了千万年
的沉淀，水质洁净、甘洌。

| 3-4

不是所有以冰川为名义的景观都是冰清玉洁的。
图中荒凉的"乱石岗"和有着深深刻槽的巨石
堤也是冰川的杰作，它们是在冰川退缩以后，
由冰碛物堆积而成的。

4

班芙国家公园里的冰川地貌①

4-1

冰河时期留下的一排冰水扇清晰可见。冰川底部的冰融水，常形成冰下河道，它可携带大量砂砾从冰川末端排出，在山口开阔地带堆积成扇形地。冰水扇由于含水量充足，因此在末端常常有针叶林分布，为千万年的沉积点缀生机盎然的绿意。

4-1 冰水扇（摄于2011年8月）

① 班芙国家公园位于落基山脉北段加拿大阿尔伯塔省。

4-2　冰水湖（摄于 2011 年 8 月）

| 4-2

雄伟壮观的断层山峰、绿松石般的冰水湖、原始的亚寒带针叶林，这三种自然元素组合，构成了落基山脉美景的经典画面。冰水湖色彩动人，如同飘逸轻柔的丝绸。冰水湖的色彩会随季节而变化。夏季冰融水增多，携带大量物质进入湖泊，一些砂和粉砂颗粒很快沉积下来，颜色较淡。秋冬季节，融水减少，一些长期悬浮在湖水中的细粒黏土开始沉积，颜色较深。这样一年下来在湖泊内就沉积了粗细两层沉积物，叫季候泥，或称纹泥。根据季候泥的粗细层次和年代测定，可以确定冰湖沉积的年龄。大自然总是会用独特的方式书写自己的历史。

4-3　佩多湖（摄于 2011 年 8 月）

│4-3

佩多湖是佩多冰河的完美结局。由于佩多冰河携带大量的细粒黏土进入佩多湖中，这些细粒黏土悬浮在湖中，折射光线中的蓝光和绿光，让湖水呈现出奇幻的色彩。佩多冰河原来是填满整个山谷的，现在仅仅残留一小部分冰舌了。在过去的 100 年中，佩多冰河缩短了 2 千米。以大自然的规则来看，冰川的扩张和消退都是冰川生命发展的一部分。

短小的冰舌悬挂在山坡上，成为悬冰川。这种冰川规模很小，它的存在取决于山坡上方冰斗的供给冰量，因此悬冰川对气候变化很敏感，容易消退和扩展。悬冰川上细腻的层理和周围岩体粗犷的层理构造相得益彰，共同记录了地质历史。

4-4　悬冰川（摄于 2011 年 8 月）

贡嘎山的海螺沟冰川

5-1　贡嘎山主峰（摄于 2012 年 1 月）

| 5-1

在缆车上观赏贡嘎雪峰，虽然看不到它耸立于群峰之上，但依然能感受到它的傲然气势和王者风范。贡嘎山主峰海拔 7 556 米，为四川省的最高峰，被誉为"蜀山之王"。从各个视角看，它都在"天上"，至高无上，圣洁无瑕。贡嘎山发育了 71 条现代海洋性冰川，其中最长的一条山谷冰川——海螺沟冰川，长 14.7 千米，浩浩荡荡，气势磅礴，伸入绿色林海达 6 千米，形成了冰川与森林共生的奇绝景观。

5-2　海螺沟冰瀑布（摄于 2012 年 1 月）

┃5-2

风清日朗中，海螺沟冰瀑的气势
尽显无遗。此时，风停止了脚步，
冰体奔涌而下，落差达 1 000 多
米。与"飞流直下三千尺，疑是
银河落九天"的喧腾、激荡相比，
海螺沟冰瀑更像一位冷峻、刚强
的剑客。

5-3　冰崩（摄于 2012 年 1 月）

| 5-3

在一处冰坎下方正发生着一次小的冰崩，冰块滑落、飞溅，
扬起一片雪雾。由于冰体的融冻作用，这样的冰崩，一天
可达上千次。据说发生大的冰崩时，冰雪飞舞、大地震颤、
山谷轰鸣，场面蔚为壮观。

| 5-4

海螺沟冰川属于海洋性冰川，运动速度较快，冰舌上布满
了冰裂缝。有的冰裂缝长达数百米，深十几米。数条冰裂
缝或平行，或交叉，构成了冰陡墙、冰窟窿、冰蘑菇、冰
面湖等奇景，壮观而险峻。

5-4　冰裂缝（摄于 2012 年 1 月）

5-5

凝固的波涛，奔流在 U 形山谷间。充足的冰雪补给和陡峻的地势，使冰川运动时产生了巨大的侵蚀力，冰川能把冰床底部巨大的岩块"连根拔起"，并浩浩荡荡地搬运至下游。

5-5 冰川流动时激起的冰浪（摄于 2012 年 1 月）

5-6　冰斗、刃脊和角峰（摄于 2012 年 1 月）

| 5-6

硬朗的山峰，如同张开翅膀的雄鹰，它完美地展示了冰斗、刃脊和角峰三种重要的冰蚀
地貌景观。冰斗是三面环山、后壁陡峭的半圆形洼地，是储存冰雪、孕育冰川的摇篮。
随着冰斗不断扩大，冰斗壁后退，相邻冰斗之间的山脊被削得很薄，形成刀刃状，称为
刃脊。几个冰斗交汇形成的山峰，形似金字塔，高耸而尖锐，称为角峰。

6

天山一号冰川

这是1999年拍摄的天山一号冰川。当年的冰川形象，如今已不复存在了。天山一号冰川位于乌鲁木齐大西沟源头区，长2.4千米，分为东西两支。据资料，在1962年，两条冰川南端相互大面积交融在一起，在逐年的消融退缩下，1994年南段交融部分出现了分离，从此天山一号冰川断开，分为东西两支冰川。对比以前的图像资料，我发现东西两支冰川间的距离在扩大，冰川融水在增加，雪线在上升。冰川是高山固体水库，按照目前的消融速度继续下去，乌鲁木齐的"母亲河源"将会在50至60年间从天山山脉中消失，而山麓绿洲将再也听不到冰雪消融的声音。

6-1　作者于1999年到达天山一号冰川（陈三朋拍摄）

慕士塔格冰川

7-1、7-2、7-3

慕士塔格，在维吾尔语中意为"冰山之父"，主峰海拔 7 546 米，主峰两侧发育了 128 条现代冰川，其中慕士塔格 4 号冰川，是唯一可以零距离欣赏的冰川。冰川末端海拔 4 600 米，冰舌长度超过 50 千米。绵长壮观的冰川，是河流的源头，是慕士塔格献给帕米尔高原的珍贵礼物。冰川运动带来的变化，让我观察到很多细节：每一年冰川沉积导致的色彩差异，让冰川有了层层纹理；夏季冰川融化形成的冰沟、冰洞、冰瀑，让冰川充满了岁月感；冰川表面流动与内部流动存在速度差异，让冰川出现了

7-1 冰川的纹理（摄于 2016 年 7 月）

7-2　冰川末端的冰碛湖（摄于 2016 年 7 月）

穹隆状构造；冰川末端消融后退时，形成冰碛湖。照片上出现的两个冰碛湖，来自同一条冰川，但是海拔相差 200 米，这是气候变暖、冰川后退的证据。

7-3　山下的冰碛湖（摄于 2016 年 7 月）

卡若拉冰川，是西藏地区离公路最近的冰川。它背靠乃钦康桑峰（海拔 7 191 米）南坡。我的拍摄点在东冰舌下，海拔约 5 200 米。卡若拉冰川顶部平缓，下部陡直，冰舌末端像奶油冰激凌，充满了品尝的诱惑。雪尘相间，层层包裹，形成了时间的纹理；急缓相间，无法阻挡，造就了速度的皱褶。冰川的前世今生全部写在一道道纹理和皱褶中。

8-1　卡若拉冰川（摄于 2015 年 7 月）

9

阿里地区的冰川

9-1

照片上的冰川，发育于阿里地区的夏康坚峰（海拔 6 822 米）。我拍摄的位置海拔约 4 800 米。冰舌前缘比较薄，稀疏流畅地悬着，恰似轻盈的片羽，又像裙边流苏，更像飘逸的哈达。冰川里携带的沉积物，因富含铁锰氧化物，把冰舌染成了有色彩的哈达。沿途见过很多冰川，给我印象深刻的，往往不是长度、厚度之类的数据，而是独特的形态及其诱发的想象力。

9-1 飘逸的"哈达"冰川（摄于 2015 年 7 月）

阿根廷的莫雷诺冰川，是世界上少有的人类可直接抵达，且可近距离观赏的冰川。莫雷诺冰川属巴塔哥尼亚冰原中的一支，长34千米，形成于20万年前。巨大的冰舌伸进阿根廷湖，冰舌前缘形成一堵宽4 000米、高60米的冰墙。冰川伴随着冰崩的巨响，每天前进30厘米。

10

阿根廷莫雷诺冰川

10-1　莫雷诺冰川全貌（摄于2017年2月）

10-2　冰裂缝中透出幽蓝的光（摄于 2017 年 2 月）

10-3　冰面上密集的冰裂缝（摄于 2017 年 2 月）

║10-2、10-3、10-4

由于冰川流动快，冰川在推挤中形成无数冰裂缝，透出幽蓝的光，有"花瓣锦簇"的美感。冰川在反复推挤和覆盖中，形成了清晰的沉积纹理。纹理是冰川的年轮，里面封存着地质历史时期的秘密。

10-4　"花瓣锦簇"的冰川（摄于2017年2月）

由于冰川不断生长、前进，每隔几年冰川就会抵达对岸，形成冰坝，将阿根廷湖面截断。于是，冰与水的一场博弈就开始了。由于上游湖水被阻断，水位升高，巨大的压力使得湖水充满了力量。在湖水不断冲蚀下，冰坝底部出现冰洞，并越来越大，使冰坝成为一座壮观的冰川拱门。由于水流持续不断地冲击，加上每天承受来自上游冰川的推压，冰川拱门最终崩塌，气势磅礴，排山倒海。至此，冰川后退，湖面平静，冰与水之间又达成新的平衡。但冰川依然在前进，新的轮回还会继续。

10-5　曾经的冰川拱门崩塌处（摄于 2017 年 2 月）

10-6　阿根廷湖（摄于 2017 年 2 月）

莫雷诺冰川在推进中，切割山体，刨蚀湖岸、搬运巨砾，在岸边留下众多印迹。这些不起眼的印迹在我眼里，却是难得的景观，它们镌刻着光阴的张力，记录着力量与平衡之美。

考察

笔记

梅里雪山，美妙绝伦的金字塔

车终于快乐地飞驰在滇藏交界处的群峰之间，望着窗外纤尘皆无的纯净世界，我的心灵轻盈无比。忘却了从温润的江南飞越 2 000 多千米的辛苦，忘却了辗转颠簸于丽江、中甸、德钦的疲倦，忘却了种种关于梅里雪山可遇不可求的烦忧。无碍的阳光把远处的山巅照耀得鲜亮而明媚，温柔的山风夹着草木的气息清凉地吹在脸上，那优美盘旋的曲线正引我进入魂牵梦绕的境地，那里有梅里雪山在等我。

确切地说，朝觐梅里雪山是一种"冒险"，因为它经常云遮雾绕，五至十月是雨季，受西南季风影响，水汽充沛，更是难露尊容了。而我却执意要来，似乎冥冥之中有神的力量在驱使。现在虽然阳光灿烂，但对于"一山有四季，十里不同天"的滇西北来说，一切都是不可预料的。

司机心里也没底，收了昂贵的租车费，也怕无获而返，所以途中唠叨不停，给我打预防针，并抛出"唯有心地善良的人，才能见到梅里雪山"的论调。我扪心自问，这一生别的大话不敢说，但做个善良的人还是有把握的。

尽管有这么多不可遇、不可能，但丝毫没有动摇我朝觐雪山的执着。见到雪山固然是美事，但我更醉心于长途跋涉的朝觐过程。在途中，我可以欣赏山地垂直自然带的变化之美，可以真切体会藏族群众的虔诚与信仰。这里的一山一水、一草一木，天地生灵，都能契合我的心境。

车子在宜人的山道上迂回飞扬，云淡风香，阳光璀璨，不知不觉，就到了海拔4 320米。在翁郁的高山针叶林的背景下，一座晶亮剔透的雪山突显在我眼前，如银铸宝鼎，雄奇中透着灵气。我兴奋地跳下车，来不及验明身份，便一阵狂拍，真怕它瞬间消失于云端。

司机看着蓝天、红日，催促道："你运气不错，快走，这是白茫雪山，梅里雪山比它要漂亮百倍呢！"匆匆告别，来不及去探访白茫雪山的滇金丝猴，因为我要去约会梅里雪山，不能耽搁太久。千岩万转，车子终于驶入了梅里雪山腹地，一座座冰峰接踵而来，仿佛闯入了神仙居所。梅里雪山是一座庞大的雪山群体，海拔5 000米以上的雪峰有27座，6 000米以上的有6座。其中最为险峻奇秀的有13座，俗称"太子十三峰"。

现在，天高云淡，风清日朗，雪峰没有乌云的缠绕，没有灰暗的羁绊，一个个神采奕奕。有的线条优美，亭亭玉立；有的玲珑晶莹，清丽脱俗；有的英武粗犷，气度不凡；有的酷似菩萨戴的五冠帽……姿态各异，美轮美奂。

当那傲然屹立于群峰之上的卡格博峰进入视野时，我决定下车步行，我要一步步地走近这海拔6 740米的梅里主峰，我要一点点地去感悟这被藏族群众视为神山的冰峰。

卡格博，藏语"白色雪山"，虽然这里交通闭塞，但卡格博早已蜚声海外。早在20世纪初，奥地利人类文化学者约瑟夫·洛克到达梅里雪山，被雪峰摄人心魄的气势所征服，并称它为"世界上最美的山"！英国小说家詹姆斯·希尔顿在1933年以迪庆为原型写成的《消失的地平线》一书中，向世人展示了这座"世界上最可爱的山峰"，称赞它是终日被云雾缠绕，微微传来雪崩声的"美妙绝伦的金字塔"，并把卡格博峰列为迪庆的重要标志。

在阳光映照下，神山光芒四射，展示了奇特的冰蚀地貌景观。金字塔形的角峰，高耸峻拔。耀眼锋利的刃脊，规则地矗立着。优美的围椅状冰斗，是孕

傍晚时分的梅里雪山（摄于 2003 年 8 月）

育冰川的摇篮。梅里雪山最长的冰川——明永冰川，如山神麾下的神龙，长度超过 11 千米，落差达 4 000 多米，直扑入山麓的原始森林中，构成一幅冰川与森林交融的神奇图景。明永冰川是世界上少有的低纬度、低海拔、季风海洋性现代冰川。

随着太阳高度逐渐降低，卡格博峰变幻出多姿多彩的神情。峰下的飞来寺青烟缭绕，经幡飘扬。卡格博，是藏族群众心目中的守护神。据传说，如果幸运的话，站在布达拉宫的东南方向，透过五彩云层，可以看到卡格博的身影。在传说中，卡格博被赋予了神性力量，这也可见其巅之高，辉之远。

神山从来拒绝人类登顶，卡格博峰至今仍是无人攀越的"处女峰"。1991年1月，17名中日联合登山队员在征服卡格博峰的过程中，遭遇雪崩，魂断梅里。在当地藏族群众的引导下，我从望峰亭眺望雪山，能依稀看到当年登山队员攀登雪山的路线，心里涌起无限的敬仰，不管是征服自然，还是与自然融为一体，都在诠释着生命的意义。

晨曦中的梅里雪山（摄于 2003 年 8 月）

　　来梅里雪山的游客很少，飞来寺附近，只有一两栋装修简朴的旅馆，这里没有喧嚣嘈杂，没有世俗偏见，一切是那么的宁静、祥和。

　　几个藏族姑娘，欢快地收工回家了。我用"扎西德勒"跟她们打招呼，她们微笑着，用天籁之音回报了我。也许只有在神山之下，才会解除所有外在的雕饰，呈现又纯又美的心性。

　　当卡格博峰的英姿淹没在黑暗中时，我才发现，自己已经慷慨地经受了 3 个多小时的高原之光，皮肤又红又痛，但我一点儿也不后悔，甚至还有些潇洒快意的感觉。晚上，我不想轻易睡去，还想聆听卡格博峰的动静。似乎从那儿传来了微微的声响，是雪崩，还是冰雪消融？

　　第二天，摸黑起床，想再看看卡格博峰日出时的绚丽，但薄雾轻绕，久久没有散去。沐浴着晨光的梅里雪山，雄姿英发中，更添几分柔美。此时，飘逸的云带是敬献给神山的哈达。

二　河流景观

河流是大地的画笔，在自由行走中，奏响生命的序曲。河流又是大地的诗篇，从激越，到婉转，再到悠长，每一个诗句都是自然的奇迹。

　　河流是大地最普遍、最活跃的自然要素，它从雪山悄悄走来，顺着地势降低的方向，流动在长条形的线性凹槽中。有时，它奔腾在怡人的山间，伟岸的青山是它缠绵的依托，砾石重叠，激起澎湃急流，那是它生命的欢歌；有时，它流淌在饥渴的旱地，把生命默默地奉献给荒芜，让渴望蒸腾在际辽的天空。河流在完成自己存在的意义之后，回归大海，又开始另一次水的轮回。

　　河流一生的目标，就是在起点和终点之间，循环往复、生生不息，用自己独有的方式雕塑大地。河流会侵蚀地表，形成以河谷为代表的河流侵蚀景观，被侵蚀的物质沿沟谷向下游运动并堆积，形成冲积扇、河漫滩和三角洲等河流堆积景观。河流用温柔的力量，创造出自己一生的精彩。

景观欣赏

观赏

1

莫日格勒河的曲流

1-1

从空中俯瞰莫日格勒河，蜿蜒的河水，像一条被劲风舞动的彩带，悠然飘落在平坦的呼伦贝尔草原上。莫日格勒河有"天下第一曲水"之称，它迂回摆动，看起来随意随性、潇洒自由，但还是受到河床地形的约束。曲流的成因很多，归纳起来大致有以下几种：环流作用使河流一岸受冲刷，另一岸堆积，形成曲流；河床底部泥沙堆积形成障碍，使水流向一岸偏转，形成曲流；河床两岸岩性不一或构造运动造成两岸差异侵蚀，形成曲流。

1-1　莫日格勒河（摄于 2000 年 7 月）

这是二月份航班过东西伯利亚上空时拍摄的景
观。曲流凝固，呈现纯净宁静之美。多个优美的
牛轭湖，为我们呈现了曲流的生命历程：当河床
弯曲愈来愈大时，河床的上下河段愈来愈接近，
形成狭窄的曲流颈。洪水时，曲流颈可能被冲开，
河道便自然裁弯取直。裁弯取直后，弯曲河道被
废弃，形成牛轭湖。

2

凝
固
的
曲
流

2-1　东西伯利亚凝固的曲流和牛轭湖（摄于 2013 年 2 月）

3

安集海大峡谷

| 3-1

安集海大峡谷，位于天山北坡。眼前所见是两河交汇时峡谷的精华地带，背景是天山北坡连绵的雪峰。峡谷低调，隐于喧闹。

3-1　安集海大峡谷（摄于 2016 年 7 月）

3-2　安集海大峡谷的色彩（摄于 2016 年 7 月）

| 3-2

安集海大峡谷色彩惊艳。两侧红土岩层被河流切开，露出了层理构造；地壳抬升与河流下切同时进行，造就了峡谷两侧宽阔的草地台阶；含煤地层被风化、侵蚀、搬运至河床，堆积成形状各异的黑色沙洲；洪水期的河流，在烈日下呈现出奶茶般的颜色。红色的山崖、绿色的台阶、黑色的沙洲、奶茶般的河流，加上阴影造就的轮廓之美，使整个峡谷呈现出不同凡响的美。

| 3-3

这是安集海大峡谷中的辫状河流景观。水流一缕缕呈现出流动的立体感，沙洲一片片组

合成优美的柳叶状。奶茶般的河水与黑色的沙洲交融、缠绵，刚柔相济，寂静优美。

3-3　安集海大峡谷中的辫状河流（摄于 2016 年 7 月）

4

祁连山的河流景观

4-1

从高空俯瞰，能欣赏到峡谷的整体之美。祁连山的冰川融水，带给河流冰乳般的感觉和独特的沉积色彩。两条不知名的小河，流出自己的天地，携手汇聚，虽然色彩上有细微差异，但终究融合为一体。河流奔腾下泻，成为河西走廊的生命之源。

4-1　河流峡谷（摄于 2016 年 7 月）

4-2　洪积扇（摄于 2016 年 7 月）

| 4-2

从高空俯瞰，祁连山脉与洪积扇界线分明，但两
者却是一个整体。祁连山孕育了无数个河谷，夏
季在雨水和冰雪融水的补给下，河流奔腾不息。
当大大小小的河流各自冲出山口时，因摆脱了地
形约束，坡度降低，流速骤减，呈放射状散流开
来，携带的沉积物按照先大后小的顺序，依次堆
积成扇形倾斜面，形成洪积扇。图中可见，洪积
扇有两个形态标志：一是扇形倾斜，二是表面有
放射状的沟网。

5

长江源沱沱河

5-1

火车经过长江正源——沱沱河时，我原以为源头的水流应该是清清细流，没想到沱沱河如此惊艳、雄浑。河水自由地漫流、游荡，几乎分辨不出主流。沱沱河，亦称乌兰木伦河，蒙古语意为"红河"。沱沱河的河

床基岩中含有大量紫红色砂岩和页岩，它们遭受侵蚀后随流水搬运、沉积，把河水和沙滩"染"成了棕红色。沱沱河的河床又宽又浅，沙滩众多。洪水时汪洋一片；枯水时河汊密布，水流散乱。沱沱河的河床变形迅速，主流摇摆不定，它的任何一种状态都是暂时的，永恒不变的是自由洒脱的个性。

5-1　沱沱河（摄于 2009 年 7 月）

6

长江虎跳峡

从突出的悬崖上俯瞰虎跳峡，金沙江在玉龙雪山和哈巴雪山之间切开了缝隙。流水看似温柔，但叠加了落差的流水是势不可挡的，任凭地壳的上升阻挡，它仍执着于自己的方向，一路下切侵蚀，轰轰烈烈、激情四溢，创造了只属于峡谷深渊的美丽。

6-1　虎跳峡（摄于 2003 年 7 月）

7

长江三峡

7-1、7-2、7-3、7-4

南北向的褶皱山脉终究阻挡不了至柔至刚的滔滔江水。长江水一路切割、冲刷、侵蚀，反反复复，意志坚定，终于冲出万般险阻，寻找到东流入海的出路，同时又把一段峡谷美景留在了人间。人们欣赏峡谷，也许更多赞美两岸壁立的山的雄伟气势，而我觉得，流水的韧劲、时间的力量，更令人震撼与回味。

7-1 过夔门后的第一段峡谷——瞿塘峡（摄于 2010 年 11 月）

长江三峡，是一幅天然山水画卷。雄伟险峻、幽深秀丽、滩多水急，它几乎集中了峡谷景观之美的所有元素。朝发白帝、暮至江陵、巫山云雨，这般诗情流淌在长江三峡的一山一水之中，成为峡谷流传千年的另一种情结。

我曾经两次游览三峡，第一次在 1995 年，第二次在 2010 年，前后相隔 15 年。这期间，举世瞩目的三峡大坝修建完成。175 米的水位抬升，使得"高峡出平湖"。虽然没有影响峡谷的地貌形态，但水体景观和雄伟气势打了折扣。我总在庆幸，15 年前的造访，三峡给我留下了纯粹的感觉。那时，山有"根"，水边有礁滩。山山水水有故事，有情意。如今再来，已经找不到那种魂牵梦绕的感觉。水面淹没至山腰，轻舟已被集装箱运输船和豪华游轮所替代，千回百转变成了浩浩荡荡。

7-2　三峡蓄水后万吨轮船可以上溯到重庆（摄于 2010 年 11 月）

7-3 现在的小三峡没有了石滩，但在光影中依然有美景（摄于 2010 年 11 月）

7-4 作者于 1995 年 7 月在小三峡（陈三朋拍摄）

也许你很难想象这碧玉般的河段属于黄河。在人们印象中，黄河总是浊浪滔天的。其实，黄河的色调和性格是多重的，像这般清爽澄净的水体隐身在人迹罕至的深山峡谷中，是不容易被欣赏、被传诵的。此时，黄河刚从青海大草原走来，带着清澈和透明穿行于黄河上游的第一个峡谷——龙羊峡中，龙羊峡两岸峭壁陡立，最窄处仅 30 米，落差达 800 米。径流与落差凝聚成的巨大水能，成为黄河献给人类的第一份厚礼。

8

黄河龙羊峡

8-1 龙羊峡（摄于 2005 年 8 月）

黄
河
壶
口
瀑
布

9-1

站在山西一侧观赏壶口瀑布时，我没有摄取大场面，而是选了一个小角度，但已足够彰显黄河的本色：苍山夹峙，但没能阻挡滚滚泥流；风不在吼，但黄河依然咆哮如雷；落差不大，但湍流依然沸腾生烟。一路奔流到此的黄河，已经历了千转百回，透着沧桑与威武，磨砺出非凡的气度。拍摄时，由于靠得太近，瀑布升腾起的雨雾，密密匝匝落在我的白衬衫上，把衬衫染得斑驳陆离，留下了无法抹去的黄河印记。

9-1　壶口瀑布（摄于 2003 年 7 月）

黄河穿行在秦晋峡谷间，在这里陡然急转，形成了320°
大拐弯，被称为天下黄河第一弯。五月的黄河，性情沉静
温和，犹如翡翠手镯，环绕着丰腴的青青峡谷。雨季之前
的河流看起来温柔，但终究掩盖不住其内隐的力量。环状
的岸，尽是悬崖峭壁；蛇形的水，显得凹凸有致。河谷深
切、险滩栉比，可以想象黄河咆哮时的摧毁力与创造力。

蛇曲形成需要苛刻的自然条件，通常是地形相对平坦，河
流有落差但不大。如果地表不平，河流上下落差很大，河
流向下切割的力量大于向两侧侵蚀的力量，就会形成峡谷
而不是蛇曲。此外，地表的物质要软硬恰好，松散适度。
太硬，河水切不下去；太软，太松散，即使有了蛇曲，也
无法保持长久。

10

黄
河
蛇
曲

10-1　乾坤湾（摄于 2017 年 5 月）

10-2　清水湾（摄于 2017 年 5 月）

有了适当的自然条件，蛇曲的形成还要受到河水流量、河床坡度、流水沉积等多种因素影响。当河水流入凹岸受到阻挡就沿谷底流向凸岸，产生单向环流。在单向环流作用下，凹岸下部岩石不断受到侵蚀而被掏空，同时上部岩石也随之崩塌成陡崖、陡坡。侵蚀下来的岩石碎屑被单向环流的底流搬运到河流凸岸进行沉积，形成河漫滩和沙洲。这种河流侵蚀作用使河流的凹岸不断向谷坡方向后退，而凸岸不断前伸，河道的曲率逐渐增加而形成蛇曲。

当河流从悬崖或陡坎跌落时，就形成了瀑布。因此，瀑布在地质学上叫跌水。从伊利湖流出的尼亚加拉河，遇到山羊岛后分汊成两股水流。一股流向美国，另一股流向加拿大。两股激流在共同翻越一道50多米高的垂直峭壁时，骤然跌落，水势澎湃，声震如雷，形成了世界第一大跨国瀑布——尼亚加拉大瀑布。其中美国一侧的瀑布称为"亚美利加瀑布"和"新娘瀑布"，加拿大一侧的瀑布称为"马蹄瀑布"。两侧的瀑布水流会再度重逢、

11-1　加拿大一侧的尼亚加拉大瀑布（摄于2011年7月）

11-2　美国一侧的尼亚加拉大瀑布（摄于 2011 年 7 月）

融合，最后浩浩荡荡地奔向安大略湖。由于尼亚加拉河地区植被覆盖率高，泥沙含量低，瀑布水流清澈透明。

许多人认为加拿大一侧的"大瀑布"比美国一侧的"小瀑布"更壮阔、更漂亮。即使有这样的先入为主，也丝毫不会影响我的审美心理。在我看来，两侧的瀑布同源、同归宿，只是风情不同而已。在美国一侧，顺着尼亚加拉河清澈的急流，一直追踪到断崖边，欣赏河流坠落于漩涡中，似有乘风而去的畅快。"小瀑布"细密、轻盈，似新娘漂亮的纱裙。在加拿大一侧，沿着尼亚加拉小镇的滨湖大道，一步步走近壮阔、汹涌的"大瀑布"，可以逐渐体会它惊心动魄的倾泻与扑朔迷离的升腾。

每一处景观，都是地球写给自己的诗篇，并且与读懂它的人产生共鸣。

一处岌岌可危的崖壁透露了尼亚加拉大瀑布未来的秘密。崖壁上部岩层较硬，不容易被侵蚀，下部岩层较软，容易被侵蚀。在水流永无休止的强力冲击下，下部被侵蚀、掏空后，上部岩层就出现倾颓、坍塌，导致瀑布不断向上游方向后退。据资料记载，过去尼亚加拉大瀑布平均每年后退1.02米。近年来，由于美加两国政府耗费巨资采取了控制水流、用混凝土加固崖壁等措施，瀑布后退速度控制在每年不到3厘米。

伴随着瀑布不断地溯源侵蚀、后退，瀑布的高度也会不断降低，并最终会消失。从河流的发展历史看，瀑布仅仅是一次美丽动人的舞蹈。

11-3　尼亚加拉大瀑布每年在后退（摄于2011年7月）

12

伊瓜苏瀑布

┃12-1、12-2

伊瓜苏瀑布，位于伊瓜苏河上。伊瓜苏，在印第安语中意为"大水"。伊瓜苏河在形成瀑布之前，是一条宽1.5千米的大河，它汇聚了30多条支流，浩浩荡荡，奔腾向前。当伊瓜苏河流经巴西和阿根廷交界处，经过一个U字形大拐弯时，突然遇到断崖，河水陡然跌落，飞入深渊。断崖处凸出的岩石、树丛将奔腾而下的河水分割成大大小小270多个瀑布，形成宽4千米，平均落差80米的半圆形瀑布群。

12-1 伊瓜苏瀑布群（摄于2017年2月）

伊瓜苏瀑布的美，极具冲击力。瀑布群一字排开，层层叠叠，好像展开的一个宏大的舞台。远远望去，飞瀑好似仙女相邀并行，飘飘然，月笼轻纱；走近观赏，悬水落成千丈玉，

溅得水雾空蒙。"魔鬼咽喉"，是伊瓜苏瀑布中跌水落差最大、水势最猛的一处。数百米宽的瀑流以万马奔腾之势，咆哮而下；脚边深不见底的潭水，惊涛激涌；四周是瀑布激起的几十米高的重重水雾。灵性的水流，在自然的伟力中，演绎出壮美的奇景。

12-2 伊瓜苏瀑布中的"魔鬼咽喉"（摄于2017年2月）

考察笔记

洛扎峡谷，少有人走的危险峡谷

洛扎，藏语意为"南方大悬崖"，因地处喜马拉雅山脉南麓而得名。洛扎峡谷是洛扎雄曲（藏语称河为"曲"）及其支流各自切开喜马拉雅山脉而形成的一个峡谷群，它大致以顺时针方向绕行山南地区的最高峰库拉岗日神山（海拔 7 538 米），然后往南延伸至不丹境内。

洛扎雄曲的长度、宽度、流量都不大，算不上大江大河，但它深切的是世界上最高大、最雄伟的喜马拉雅山脉，因此，这必定是一条有着险峻之美的峡谷。洛扎峡谷位置偏僻，与边境毗邻，是少有人走的秘境之地，但这里却是藏文化的源头之一，是一条镌刻着人文精髓的峡谷。

我选择七月考察洛扎峡谷，虽然雨季进峡谷不安全，但体会印度洋湿热水汽循着河谷进入、爬升，却是最好的时节。我和同伴租了丰田霸道车，从洛扎县城出发，沿着洛扎雄曲，开始了一天的峡谷旅程。

毛骨悚然的峡谷

刚出县城，是一段有色彩的宽谷。在河谷阶地上，一片片油菜地、青稞田、豌豆花镶嵌分布，色块艳丽，生机盎然。牧民的村寨里，屋顶上的经幡与五星红旗一起飞扬，留着手印的牛粪饼装饰着围墙，吉祥富足，一派怡人的田园风光。但这种色彩没有持续多久，很快就被另一种景观替代了：两侧高山耸峙，峡谷变窄，深度陡增，弯道变多，出现了幽闭的空间。车行其间，明显有山体的压迫感，阳光也变得很诡异，忽明忽暗，望不见"前途"，于是，心开始纠结，手心开始出汗。两侧岩体风化严重，几乎囊括了所有岩性的特质，花岗岩的龟裂崩落，变质板岩的片状剥离，沉积砂砾岩的松软散落等，山坡上还有很多"新鲜"冲沟，里面堆满了碎石泥沙，只要有流水的润滑作用，随时会形成山洪泥石流。更惊险的是，这里几乎无路可逃，因为山路与高山依偎着，之间没有缓冲地带，有的弯道刚好从突出的山岩下通过，任何的落石与泥石流都能轻而易举地阻断道路。山路与洛扎雄曲挨得很近，一旦雨水增多，河流必定奔腾满溢，冲毁道路。看着河流中深不可测的旋涡，听着水流撞击岩石激发出来的脆音，我的心被这自然的伟力、威严所震撼着。在大自然面前，人类很脆弱很渺小，只敢有敬畏之心。

走在峡谷中，情绪虽然紧张，但理性还在。我观察到，最大的潜在危险是两侧山坡上众多填满碎石泥沙的沟谷，这些沟谷基本呈东北—西南走向，很容易引导西南暖湿气流的深入、爬升，带来降水。一旦有水流的润滑、冲刷，沟谷就会被"激活"，瞬间爆发泥石流。因此，防止水流、疏导水流，以及减缓水流冲击，是减少沟谷危险的重中之重。

旱季时，雨水少，冰川无融化，峡谷内危险降低。但雨季时，阵性降水多，冰川融水多，就很容易形成洪流。如何应对？我看到沿途有很多地质稳固工程，有的沟谷从道路下面的涵洞里穿过，以便引导山洪从安全通道排泄；有的沟谷水流被人工台阶引导成几级瀑布，以便减缓水流直泻而下的冲击力；有的沟谷碎石被铁丝网网住，以便束缚其侵蚀力……洛扎雄曲的山路是柏油路，通车还不满一年。沿途观察，这一年里，还没有看到被泥石流滑坡毁坏之后重修的痕迹，可见沿途的地质稳固工程是卓有成效的。人类运用智慧，顺势而为，让自然威力趋于和缓，显现了顺应自然的创造之美。

有了人工措施的基础保障，个人也要掌握逃生方法。如果在山区遭遇泥石流，如何逃生？书本上的标准答案是"背向泥石流方向往山坡两侧的高处跑"，这样的答案若用在应对洛扎峡谷里的险情，就完全不现实了。因为这里沟谷两侧的山坡是直壁陡岩，海拔 4 000 米以上，若是按书本上的标准答案逃生，逃生之人必须是没有高原反应的"攀岩"高手才行。因此，应对洛扎峡谷的险情，仅从逃生角度来说，最好不要选择雨季进入洛扎峡谷。但是像我这样，已经进入峡谷之中，怎么办呢？那么，一方面关注天气预报，避开连续有降雨的日子，因为雨季也不是天天有降雨的；另一方面沿途注意观察，留意沟谷里碎石、泥沙、水流的细微变化，有异样就是一种"危险信号"，必须快速通过沟谷路段。真正的避险就是预防和观察。

洛扎峡谷的险峻程度，远远超过阿里大北线和通麦天堑。阿里大北线，虽绕行无人区，但只要跟着先前的车辙印走就万事大吉。通麦天堑被誉为318国道上的"死亡路段"，但只要不塌方、不落石，仍是天堑通途。而洛扎峡谷，山体岩壁风化严重，大片风化岩随时都有可能倾覆而下；饱含碎石泥沙的沟谷众多，遇到激发因素，极易发生泥石流；山路的路基都是由较为松散的砾石泥沙构成，很容易被洪水侵蚀掏空而塌陷。因此，洛扎峡谷完全可以用"心惊胆战、毛骨悚然、灾难性"这样的词来形容，行走在雨季中的洛扎峡谷，挑战的是心理极限。但越是艰险，越是充满吸引力。也许，这就是洛扎峡谷的魅力：荒凉的险峻之美，潜在的威胁震慑和神奇的探险诱惑。

传说中的 108 泉

给我们开车领航的师傅是土生土长的藏族人，叫次仁多吉，我们称呼他次多。他不仅车技精湛，而且风趣幽默。看我们一个个紧盯着路，默不作声，就把车停在一个相对开阔的地带，笑着说要带我们去放松一下。我环顾四周，除了湍急的洛扎雄曲，似乎没有放松心情的地方。跟着他，来到一处小水潭，走近一看，水里冒着气泡，水潭底部是黄色的淤泥，弥漫出轻微的硫黄气味，原来这是一处温泉的出露点。用手触摸感受，有灼热感，水温估计在70℃左右。水潭边上有两个石砌的方形蓄水池，里面还有热气冒出。看得出，这里的温泉已经作为资源被利用起来了。次多说，莲花生大师到此地修行时，把自己的

108颗佛珠抛向空中，当这些佛珠落地之后，便形成了108处泉眼，用泉水洗浴或饮用可治疗多种疾病。

　　不管莲花生大师的佛珠的传说是否正确，但是他把修行地选在了地热资源丰富的洛扎峡谷内，也是选择了对的位置。从大范围来讲，洛扎峡谷从属于雅鲁藏布江大峡谷，它们都处于亚欧板块与印度板块的交界处，地壳活动频繁，断裂带多。地球内部的岩浆在内压力作用下顺着断裂带往上运动，把岩体烘烤得很热，地表水下渗与炽热岩体接触，就变成地下热水。地下热水出露就会形成温泉、热泉、沸泉、间歇喷泉等地热资源。当神话与自然规律吻合时，我还是选择相信美丽的神话。为了感恩莲花生大师的佛珠传说，我们个个行动起来，在天然的泉眼中泡脚，不一会儿，一双脚就被烫得绯红了，而且那种温热已经开始在全身蔓延，心情舒畅，似乎已经忘却了刚刚经历的种种艰险。

在峡谷温泉旁休息（次仁多吉拍摄）

离开泉眼点，我们折向西，逆流而上进入了洛扎雄曲的支流——熊曲峡谷中。与洛扎雄曲相比，熊曲的水流更清澈，更湍急，道路更危险，全部是土石路和泥坑路，许多道路的宽度仅仅容得下一辆车通行，加上弯道陡急，极难会车。越往里走，山体更加怪异，地质更加复杂，道路更加曲折、破碎、陡峭。从山麓到山顶，海拔高差在千米以上，汽车一会儿爬山，一会儿下山，海拔仪的数据始终在 3 500 米到 4 500 米之间来来回回的变化，周而复始。幸亏我们的汽车是四驱的，动力足，刹车灵。更值得庆幸的是没有刮风下雨，否则，这又是一段揪心的旅程。

静静守望的古碉楼

次多师傅，为了安抚我们又一次紧绷的神经，提醒我们观察沿途的古碉楼遗址。这一招果然很灵，我们的目光不再停留在路况上，而是开始搜寻、捕捉两侧山坡上的古碉楼。

忽然间，在峡谷一侧的悬崖边出现了一座高耸的石砌建筑物，轮廓分明的线条在天幕的衬托下显得格外高大雄伟，如同一个悄然无声的哨兵，守望着峡谷的入口。"快看，这就是古碉楼！"次多说。这是保存得比较好的一座古碉楼。然后停车，让我们走近观察。眼前的这座古碉楼，经历岁月的磨蚀，透着沧桑，与黑色的山岩浑然一体。这座古碉楼边上紧挨着一户人家，估计这户人家现在应该是碉楼的主人了。可能因为正值农忙季节，家里没人，正好给了我们观察碉楼的绝好机会。

从外形上看，这座碉楼属于四角碉楼，四条棱角线直指天际；从外观上看，每层楼的每一个墙面上都有两个长方形的小孔，既可以作为瞭望孔，也可能是射击孔；从石砌技术来看，几十米的高墙全部由大石片和卵石垒砌而成，每一层砌石之间的缝隙主要靠小石片和卵石来修正、平整，中间很少看到有泥浆的充填，几乎是无缝堆砌，令人惊叹；从结构上看，这个碉楼不是孤立的单体，边上还有辅碉和碉房连通。每一个楼层之间用木坊层板间隔，现在层板大部分腐朽坍塌掉了。出于尊重，主人不在家，我们不能擅自进入，所以没有进入碉楼去看内部构造。

仍有人守护的一座古碉楼（摄于 2016 年 7 月）

古碉楼遗迹（摄于 2016 年 7 月）

我非常好奇，这些深藏于洛扎峡谷中的古碉楼，是何时建造的，是什么人建造的，它们有什么功能，次多也说不清，我查了资料，才有所了解。

据资料显示，洛扎峡谷中的古碉楼遗存大大小小有540多处，最早的碉楼在吐蕃王朝的松赞干布时期就开始修建了，距今已有千年历史。碉楼的功用有多种猜测：有的用作防御堡垒，有的用作民居住宅，有的用作显示人丁兴旺，每一代人都要向上修高一层，也有的用作关押犯人，五花八门。据我现场观察判断，在这高山峡谷之中，各个部落为守住自己的一方领地，建造防御性碉楼的说法比较可信。耸立的石砌碉楼，坚不可摧，具有很好的防御和瞭望功能，低一点的石房子可以屯兵住人。

离开这处保护较好的古碉楼之后，沿途又观察到几处古碉楼遗迹，它们经历了千年的风雨洗礼，满身伤痕，破败荒废，但残垣断壁依然孤独地站立，静静守望，等待人们去倾听它们的尘埃往事。

能照见前世今生的神湖

沿着峡谷行进，在经过一个叫"阿日"的村庄后，我们又向西北方向进入了熊曲的一条支流白马沟中，这条支流的尽头是白马琳错，这是一个能照见前世今生的神湖。

原本需徒步进入，但现在村里刚刚修通了一条便道，车子可以一直开到"处迁"村。次多把车开到一处院落里，我们开始以为无路可走了，但次多熟练地下车，打开一扇铁门，门的宽度刚刚够我们越野车通过。就这样，我们出了"处迁"村，沿着白马沟，往其源头方向行进。前方有库拉岗日神山注目护佑，终点有白马琳错神湖翘首等待，我们即将进入一个神秘的"新世界"。

到达海拔4 500米高度时，我发现了壮观的"红石坡"景观，连绵两三百米的山坡上，散落着大大小小的花岗岩石块，所有面向河谷的一侧岩面上都被"涂"上了一层红色，荒寂的沟谷中，突然出现红色，似乎有着异样的神秘感和生命活力。下车仔细观察，我发现，这里的红石坡与四川海螺沟的红石滩异曲同工，成因相似。

花岗岩上的红色是一种有生命的原始藻类，其生长要求极其苛刻，必须同

时满足三个条件：第一，高海拔，空气必须纯净；第二，湿度大，要有冰雪融水滋润，乳白色的冰雪融水（称为冰乳）是它最佳的营养来源；第三，必须面向阳光，不能忍受气候条件的细微变化。因此，红石一般都出现在冰川之下，水汽充足、空气纯净的向阳地带。以前在海螺沟所见的红石滩、新疆夏特古道里的红石沟和今日所见，都符合这些条件。据说带出去的红石标本，只要一离开原来的生境，红色就会消失，然后变黑、死亡。

　　路的尽头，有一处草甸草原构成的高平台，那里海拔 4 600 多米。平台上有两块"飞来"的花岗岩巨石，石头上面布满龟裂纹，表皮似乎即将剥落。我环顾观察，巨石"飞来"的原因只能是冰川搬运的结果。高平台上还有两个高寒圈棚，没见到牦牛，也没见到牧民。我们找了一处平坦的岩石面，用了简易的午餐，为接下来徒步进入白马琳错积蓄能量。

　　忽然，峡谷中雾气升腾，慢慢飘来了细雨，甚至还有雪珠。次多说，他每次到达这里，天气都会这样。有时候，他还会一路上念经祈祷，但一到这个位置，照样是雨雾交加，他困惑不已。我查看了地图，可以断定，这是典型的地形雨现象。峡谷处于库拉岗日雪峰南坡，也是面向印度洋水汽的迎风坡。水汽顺着河谷深入、抬升至一定高度后，便会凝结，容易形成雨雾。大自然总在不经意间，给神山、神湖增添一种神秘感。

这时，看到一位带着孩子的牧民从神湖那边翻越过来，次多迎上去用藏语和他交流起来。次多告诉我，那位牧民带着他的孙子在山里寻找自家丢失的牦牛，已经找了半天，却毫无踪影，非常着急，他们还要继续寻找。次多说，一头牦牛的市场价格至少1万元，牦牛是牧民家的宝贵财富，丢失牦牛，就像丢了家人一样难过。次多还问起牧民，这里的天气为何总是雨雾迷蒙？牧民说，这里只要一有人来，就会下雨或下雪。这样的回答，带上了忧愁的情绪，也让我们感觉神湖似乎拒绝外人的骚扰。

牧民的忧愁，天气的迷蒙和伴随而来的高原反应，并没有让我们却步，为避免骚扰神湖，我们默然出发，寂静徒步，在像雾又像雨的神秘中，翻山越岭去朝拜神湖。

牧民带着孩子找牦牛（摄于2016年7月）

高山堰塞湖白马琳错（摄于 2016 年 7 月）

　　没用多长时间，我们就翻过了由泥石流沉积物堆成的堰塞体，看到了白马琳错神湖。白马琳错是典型的高山堰塞湖，它是经冰川泥石流从山谷中流出，堵截白马沟，导致其上游贮水而成的。在迷雾中，白马琳错的色彩是柔和的，水体透明度极高，水底盛开着黄色小花，水边静立着无数个小小的玛尼堆，这是一个静谧、静美、静心的修行之所。白马琳错是西藏地区的神湖之一，虔诚的人可以从湖中看到天上的云舒云卷。虽然我没有看到湖中的云彩变化，也没有看到圣洁的库拉岗日雪峰神山，但我相信，只要虔诚观看，心中默念，按着自己的心意去想象，每个不畏艰险到达的人，心境都是美好的。

　　白马琳错周围山坡满目苍翠，覆盖着典型的高山灌丛草甸植被，奇花异草，芳香遍野。高山杜鹃长得不高，有的匍匐生长，根茎粗壮，扎根深厚，似有千年的生命历程。可以想象，若是在花季，神湖两侧一定是红霞满坡。走在如此美丽的草地上，欣赏着从未见过的遍地鲜花，总担心不小心踩坏它们，但是发现，草甸层厚厚的，极富弹性，鲜花很倔强，不经意的磕碰根本不会折损它们。这是高寒地带生命特有的一种适应。

白马琳错周围的高山灌丛草甸（摄于 2016 年 7 月）

    绕湖徒步了 1 个多小时，雨雾越来越重，库拉岗日雪峰始终未露出神秘的面容。

传奇的赛卡古托

    回程时，再次经过处迁、阿日两个村庄，回到熊曲峡谷中。然后逆流而上，到达色乡，这是一个幽静山谷中的小镇。镇上有赛卡古托，它在西藏古代久负盛名，属国家级重点文物保护单位。赛卡古托坐西朝东，傍水而建。有人说，到了洛扎，若没有去赛卡古托，等于错过了这片古老大地最精彩的人文精髓。

    从平面布局看，赛卡古托由寺门、杜康大殿、经堂、佛殿、僧舍等组成建筑群，它的奇特之处在于，在建筑群中央，有一座白色碉楼高耸而立。碉楼外观方正，内部九层，碉楼顶部连接一座带有翘檐的金顶，因此得名"赛卡古托"（"赛"意为公子，"卡"意为堡，"古托"意为"九层"），也称"九层公子堡（塔）"。在西藏众多的古老建筑中，"九层公子堡"充满了传奇的色彩。"九层公子堡"各层间有楼梯上下相通，十分陡峭。除一层二层为仓库，其余每一层正厅建有一座佛堂，里面有精美绝伦的壁画和众佛塑像。佛堂的一侧，有一个矮小门洞，需低头俯身才能通过，里面是一个窄小的佛阁，是闭关修行之所。在幽暗的灯光下，我们听着僧人介绍佛阁内一个个圣迹，触摸着千年沉淀的痕迹，体会着那些历史的过往，那些圣人的修行细节也生动起来了。

离开之后，寻到一处高地，再次回望"赛卡古托"，忽然我产生了一个联想：在洛扎峡谷内所见的各种不同时代修建的碉楼，都是高耸云天，似乎与藏族古老传说的"登天之梯"有着某种神秘的联系。西藏历史上第一座宫殿雍布拉康，也是高耸的古碉楼，传说中第一代藏王聂赤赞普"从天而降"。从这个意义讲，这座"赛卡古托"是藏族古老建筑形式的继承和发展，"赛卡古托"是沟通天界与人间的一架"天梯"。

天色已晚，峡谷内开始飘雨了，为了安全，不敢多停留。返程时，发现途中的景观与来的时候相比，有很大变化。河流水色已由清澈变为浑浊，有的路段因巨石滚落，已不能通行，我们只能绕道。幸亏次多车技精湛，经验丰富，带我们快速离开了雨季中的峡谷，那个有着非凡人文体验的危险峡谷。

赛卡古托（摄于 2016 年 7 月）

三　喀斯特

有一种景观，大自然借助"水"与"岩石"两支神来之笔，在漫长的地球岁月里，不断地溶蚀、搬运、沉淀、崩塌、堆积，在地表与地下两个相互连接的世界里，精心雕琢、布展图景，这种塑造工作持续千万年。任何微小而平凡的雕琢，叠加上惊人的时间，便成就了非凡的壮举：用峰林、峰丛、石林、天坑、峡谷、溶洞、龙潭、飞瀑、泉涌等表现大自然的万种风情，用平面、垂直的风景画卷直观记录地球历史的时空序列，这种景观称为喀斯特。喀斯特（Karst）这个词是亚得里亚海北岸一处石灰岩高原的地名，那里发育了典型的岩溶地貌，由此，"喀斯特"一词成为岩溶地貌的代称。

"水"和"岩石"，是喀斯特形成的两个基本条件。它们相生相克，在矛盾中塑造景观。就岩石而言，首先必须是碳酸盐岩等可溶性岩石，否则水就不可能进行溶蚀雕刻。其次，岩石必须具有透水性，这样，地表水才能渗入地下并转化为地下水，塑造地下溶洞。就水而言，首先必须含有二氧化碳，具弱酸性的水才能对可溶性岩石产生溶蚀作用。其次，水必须是流动的，流动的水才能够保持较高的溶蚀力。

除了水和岩石外，还有阳光、风、节理、岩层、生物等也参与进来，共同塑造喀斯特景观。

我国喀斯特地貌分布很广，从热带到寒温带，从湿润区到干旱区，类型齐全，包罗万象。因此，要领略喀斯特景观，不用行走多远，也许身边就有。当然，最典型、最精彩，也最具观赏性的在我国西南地区。那里，多种特殊条件汇集，各种景观元素融合，我们不仅可以欣赏自然的造化，还可以感悟诗化的自然。

观赏

景观欣赏

1

罗平的峰林溶蚀平原

1-1

早春二月，云南罗平的十万亩油菜花开了。站在高处眺望，峰林疏密有致地耸立在一片金色海洋中，如海中仙岛、雾中塔林。峰林在喀斯特家族中属于规模较大的地貌景观，由流水沿石峰的节理裂隙溶蚀、切割、分离而成。流水带来的沉积物又填充在分离的石峰之间形成平原，呈现出独特的峰林与平原组合的景观。

1-1　喀斯特峰林溶蚀平原（摄于 2010 年 2 月）

桂林的峰林峰丛

| 2-1

泛舟漓江之上，欣赏沿途山水画廊。不用刻意选景、雕琢，就能把峰丛、峰林的地貌之美定格在方寸之间。这里，因水的作用方式不同，形成了峰丛与峰林两种景观。基座相连仿佛一簇簇灌丛的是峰丛，独自伫立呈锥状的石峰是峰林。峰丛的密、峰林的疏；峰丛的簇拥、峰林的孤傲；峰丛的恢宏连绵、峰林的秀丽挺拔……两者交错、镶嵌布局，成就了漓江山水画廊的绝世美景。这里每一座山峰、每一滴水都浸透了诗情画意。

2-1　桂林峰林峰丛（摄于 2005 年 7 月）

3

下龙湾『海上桂林』

3-1

下龙湾是越南东北部的一处海湾，地质上与我国广西山水相连。大自然巧夺天工，将下龙湾内 2 000 多个大大小小的岛屿组成了绝美的海上盆景园。有的一山独立，一柱擎天；有的两山相靠，一水中分；有的峰峦相接，重重叠叠。其景观酷似我国的桂林山水，因此也被称为"海上桂林"。

下龙湾的海上峰林峰丛，其最初的喀斯特过程和桂林相似，也经历了石灰岩沉积、地壳抬升、水的溶蚀作用等。所不同的是，下龙湾所在地区，由于地质历史时期海面上升、海水上涌，导致原先陆地上的峰林峰丛成了海上仙岛。那些高出海面的石灰岩柱，生动记录了下龙湾多次海退、山造、海进、沉没的非凡经历。

3-1 下龙湾"海上桂林"（摄于 2011 年 6 月）

3-2 山体被"啃蚀"的形态（摄于2011年6月）

3-2、3-3

大海潮起潮落、波涛滚滚，比陆地水流具有更强大的溶蚀力。在海水强大的溶蚀作用下，所有与海面接触的岛屿部分，被狠狠地"啃"了一圈，全都深深地凹陷进去，呈现出上粗下细的形态。

这样的景观形态，也预示着某种脆弱性，"牙根"面临着被蛀空、断裂的危险。因为仙岛直面的是海的力量。有时台风、海啸引发的风暴潮，会带来更大的冲击力。

3-3 海上盆景图（摄于2011年6月）

4

路
南
石
林

| 4-1

巨大的石柱拔地而起，参差峥嵘，排布
如林。在喀斯特家族中，与一望无际、
庞大壮美的峰林峰丛相比，石林属于微
观型、精巧型的景观。

石林之美，美在雕塑。那些精妙奇特的
象形石，是由富含二氧化碳的水，顺着
纵横交错的微型节理，通过切、磋、琢、
磨等复杂工艺，精心雕刻而成。石林被
喻为喀斯特大地上的"雕塑博物馆"。

石林之美，美在史诗。石林是一本打开
的自传体书，它用每一道裂纹、每一处
溶沟、每一寸高度来书写自己的历史。
大海是石林诞生的摇篮。两亿年前，海
底沉积形成了厚厚的碳酸盐岩层，之后
沧海桑田拉开了石林演化的序幕。在湿
热气候条件下，大量的雨水渗入岩层的
节理裂隙中，开始了耐心持久的切割过
程。其间，大地又经历了几次隆升，地
下的石林逐渐出露地表。地表溶蚀和地

下溶蚀同时作用，缝隙加深，石柱变高，又经历千万年的雕琢，便形成了今天的石林奇观。

石林之美，美在风情。这里是"阿诗玛"的故乡，是彝族的一个支系撒尼人世代生活的地方。千百年来，撒尼人同这片干渴与贫瘠的"石头森林"共生共息，不断适应、协调，创造出属于自己的田园天堂。

4-1　路南石林（摄于 1997 年 2 月）

5

武隆天坑

5-1

这张照片是站在天龙桥的桥洞里拍摄的，呈现的是武隆天坑的局部景观。深入到天坑底部去"坐井观天"，能通过视觉感受来理解天坑的定义。天坑（Tiankeng）是由中国人定义并在国际上得到认可的喀斯特术语，它是指具有巨大的容积、陡峭而圈闭的岩壁、深陷的井状或桶状轮廓、坑口直径与深度均大于 100 米，且天坑底部有暗河相连的一种喀斯特地形。

圈闭、深陷、峭立的天坑环境，会让人产生不同的心理感受。白天，温暖的阳光投射进来，植被郁郁葱葱，溪流蜿蜒流淌，仿佛进了桃花源。夜晚，封闭壁立的天坑就是另一种氛围了，岩石峥嵘、危机四伏、阴深肃杀。

5-1 武隆天坑（摄于 2010 年 11 月）

武
隆
天
生
三
桥

6-1 武隆天生三桥（摄于 2010 年 11 月）

| 6-1

图中的天然石拱桥，规模宏大，气势磅礴。这是武隆标志性的喀斯特景观——天生三桥。天生三桥包括天龙、青龙、黑龙三座天生桥，三桥平均高度超过 200 米，桥面宽约 100 米，三桥集中分布在 1.2 千米的范围内，成为世界上规模最大的天生桥群。

天生三桥与天龙天坑、神鹰天坑相间分布，创造了独一无二的喀斯特地貌之美。据资料介绍，天生三桥是与两个天坑相伴形成的。最初贯穿该地的是乌江的一条支流羊水河，

水量相当大，当地势抬升，河流下切侵蚀，形成了庞大的地下洞穴，后来有几处洞穴的顶部发生了坍塌，崩塌物被水流搬运一空，就形成了天坑，其残留部分则成为三座天生桥的桥面。

站在天坑底部拍摄，无论怎样的角度，都无法将天生桥与天坑的壮阔之美展示出来。只能发挥想象力，通过局部细节，想象那种令人叹为观止的地貌之美。

7

武隆龙水峡地缝

7-1、7-2

如果没有流瀑跌落深渊的提示，很难发现苍翠之间还有一条长长的地缝。这条龙水峡地缝长1千米，平均深度200米，地缝谷底宽度不超过5米，构成了"俯瞰深邃不见其底"与"仰头望天一线天光"的景观。顺着地缝的走向，深入到"地心"探索，不仅能欣赏到老树藤萝盘绕、泉水流瀑挂壁、深潭暗河栈道的风光，还能想象经地下水与地表水协同溶蚀，那种向上开启、向下贯通形成地缝的震撼场景。

7-1　龙水峡地缝（摄于2010年11月）

7-2　地缝谷底景观（摄于 2010 年 11 月）

织金洞附近的竖井

8-1

这是从贵州织金洞出来后拍摄到的喀斯特景观。一个非常深的"坑"，顶部呈半圆形，周壁峭立，郁郁葱葱。因岩层较陡，无法走近崖壁窥探底部。因周围没有景点介绍，不知是漏斗还是竖井，我猜测是"竖井"。竖井因溶蚀坍陷而成，井壁陡峭，近乎直立。图中的竖井平面轮廓呈长条形，说明这是沿着岩层的一组节理发育的。

8-1 织金洞附近的竖井（摄于 2006 年 8 月）

9

串珠状岩溶漏斗

9-1

这是云南罗平著名的油菜花拍摄点。一个个呈碗碟状的洼地，连成串珠状，这在喀斯特地貌中叫漏斗。呈线性分布的成串漏斗往往是地下暗河存在的标志。人们巧妙利用洼地地形，修筑梯田，远远看去像是螺蛳壳上的旋纹，所以当地人把这种梯田叫作"螺蛳田"。早春二月，长满油菜花的地块金光灿烂，长着冬小麦

的地块碧绿如玉，多种色块、造型交织在一起，加上树木的稀疏点缀，形成了色彩靓丽、线条优美、奇妙无比的立体美景。

这是大自然与人工的完美杰作。如果没有大自然造化的串珠状漏斗景观，也不会有这般独特的螺蛳田奇观；如果没有人们充满诗情的耕耘劳作，那些大自然造化的漏斗，呈现出来的只会是旱地或泥塘。

9-1　螺蛳田串珠状岩溶漏斗（摄于 2010 年 2 月）

明
河
与
暗
河
的
转
换

10-1 地下暗河（摄于 2006 年 8 月）

10-2　溶洞入口（摄于 2011 年 6 月）

| 10-1、10-2

两张图片呈现的是溶洞入口的景观。溶洞是地下水沿可溶性岩体的各种层面、节理面或断裂面，逐渐溶蚀、侵蚀、开拓出来的地下洞室。我们在这里可以观察到两个现象：有的地方，地面河流潜入地下，成为地下暗河；有的地方，地下河溢出变为地面明河。明河与暗河的转换，在岩溶地区是常见的现象。因此，在岩溶地区，有干谷出现的地方，往往有地下暗河存在。另外一个现象是，溶洞入口处雾气缭绕，这是洞内洞外温差所致。洞穴有自己的小气候，通过流动的水和对流的空气来调节温度，所以洞穴内总是冬暖夏凉。

人类的祖先选择洞穴作为"宜居"之地，冬暖夏凉是一个重要原因。当然，宜居条件还包括洞穴附近要有水源，且能避开洪水倒灌；洞口要选择向阳面，以保持洞内干燥等等。现代人追求的"宜居"梦想，古人早就用生存智慧做了回答。

溶洞里的『宝物』

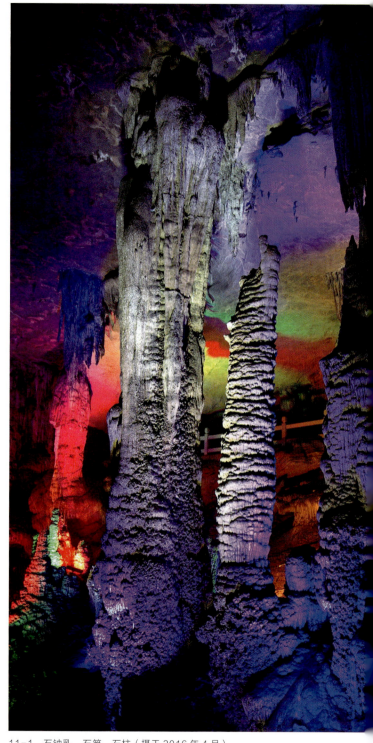

11-1　石钟乳、石笋、石柱（摄于 2016 年 4 月）

深藏地下的溶洞是一个光怪陆离、令人目眩神迷的世界。洞不在深，有"宝"则灵，如"定海神针""霸王头盔"等等。实际上，这些"宝物"都有一个共同的学名——洞穴沉积物。

由溶洞顶面形成一条条下垂的化学沉积物是石钟乳；水滴从石钟乳上滴到洞底时散溅开来，在洞底沉淀出一根根石笋；如果石钟乳自洞顶向下延长，石笋自洞底向上生长，上下相连，就会形成石柱；沿洞壁裂隙渗出的水所沉淀的便是石幔。

11-2　石幔（摄于 2006 年 8 月）

11-3　织金洞里的石笋（摄于 2006 年 8 月）

11-3

贵州织金洞中的两支石笋，温润如玉、晶莹剔透。"花瓣"重重叠叠、层层怒放，凝固了地质时期水花溅落时的动态之美。据资料记载，石笋一年只长 0.2 毫米左右，要长成这样高的石笋必须经过几十万年的点滴累积才行。

11-4

贵州织金洞中的另类石笋——霸王盔石。它由两部分组成，下半部分是一个有缺口的帽状石笋，上半部分是一个杆状石笋，合起来就像古代战士戴的头盔，雄浑威武，颇具神韵。这种奇特造型，说明早期洞顶滴落的水量大，水滴呈线状下流，沉积速度快，形成帽状石笋；而后期滴水量少，下滴速度减慢，所以形成杆状石笋。

11-4　织金洞中的霸王盔石（摄于 2006 年 8 月）

12

马
岭
河
岩
溶
峡
谷

12-1　马岭河岩溶峡谷（摄于2010年2月）

| 12-1、12-2

离开罗平，沿324国道向东，经过贵州兴义市境内时，可以俯瞰马岭河峡谷壮阔而秀美的全景。马岭河峡谷属于最典型的箱形峡谷，其形态特征从图片上一目了然。两岸绝壁天悬、峭崖对峙，深度远大于宽度。这是水流在地壳运动抬升时，下切侵蚀喀斯特节理而形成的。直立的崖壁上悬着一株株钙华，这是水从绝壁上穿越时，其中的碳酸氢钙因压力骤然降低而沉淀下来的碳酸钙壁挂。因水的沁润，钙华上覆盖着厚厚的青苔，绿意融融，构成巨幅天然岩画。拍摄马岭河峡谷时为早春时节，适逢旱季，因此水流较小，谷底清澈、安静，险滩叠石显露，可以窥探到美丽"伤疤"的真相。

12-2 喀斯特箱形峡谷（摄于 2010 年 2 月）

13

通灵峡谷

13-1　通灵河地缝式峡谷（摄于 2011 年 6 月）

| 13-1、13-2

通灵峡谷在广西靖西境内，处于北回归线以南。这是一条几乎全密封的地缝式峡谷，只留一线天光，峡谷内树木葱郁、花雾迷离、原始古朴。通灵峡谷的特色不在于开阔恢宏的气势，而是弥漫着一种浓得化不开的远古绿意，似一张神秘之网，网住了整个峡谷。峡谷内荟萃了很多珍稀植物，其中桫椤植物是侏罗纪时代与恐龙同时生长的原始植物，属于国家一级重点保护植物。生物学家称这里为"除西双版纳外，植物种类最多的地方"。走进深邃的峡谷，呼吸满谷苍翠，能感受到通天彻地的畅快以及自然灵气带来的活力。

13-2 桫椤植物（摄于 2011 年 6 月）

据地质考证，通灵峡谷原来是个盲谷，盲谷是喀斯特
地区一种死胡同式的河谷。后来盲谷顶部塌陷，开了
一个地缝式的天窗。从峡谷两边呈拱形的青翠山崖，
以及凌空悬着的巨型钟乳石，可以推断盲谷未塌落时，
河谷的原始生态与洞内的千姿百态。通灵瀑布从地缝
边缘凌空跌落，遁地而走，来得神奇，去得无踪。

14

岩溶瀑布

14-1　黄果树岩溶瀑布（摄于 2006 年 8 月）

在喀斯特地貌中，岩溶瀑布以其特有的动态景观，拥有一席之地。黄果树瀑布属于典型的岩溶瀑布。它发源于珠江水系的北盘江支流打帮河，落差 77.8 米，宽 81 米。在地质历史时期，打帮河是一条水量丰富的地上河，后来，由于喜马拉雅运动，地壳多次间歇抬升，引起河流下切侵蚀和溶蚀，导致河床发生较大转折。在河床转折处，地表水进入地下暗河，形成"落水洞"。也可以说，当时的黄果树瀑布"隐身"在"落水洞"里。当大量地表水通过"落水洞"转为地下河时，流水的机械侵蚀和溶蚀作用非常强烈。后因"落水洞"的洞顶不断变薄而逐步坍塌，黄果树大瀑布终于"出露"地表，以壮丽的姿态呈现在世人面前。黄果树瀑布的形成，既是地表水与地下河漫长的互相转化过程，也是地表水与地下河长期协同侵蚀、溶蚀的结果。

300 多年前，我国杰出的地理学家徐霞客曾实地考察黄果树瀑布，在《黔游日记一》中记述了他的观察与赞美："透陇隙南顾，则路左一溪悬捣，万练飞空，溪上石如莲叶下覆，中剜三门，水由叶上漫顶而下，如鲛绡万幅，横罩门外，直下者不可以丈数计，捣珠崩玉，飞沫反涌，如烟雾腾空，势甚雄厉；所谓'珠帘钩不卷，匹练挂遥峰'，俱不足以拟其壮也。"在他所见的瀑布中，"高峻数倍者有之，而从无此阔而大者"。从那时起，黄果树瀑布就大名鼎鼎、闻名遐迩了。

然而，如此著名的大瀑布，在 1992 年申报"世界自然遗产"时却落败了。也许，黄果树瀑布有"难言之隐"，它本身处于岩溶地区，因此漏水、跑水较普遍，瀑布水量要长期保持丰沛较难。但更主要的还是破坏性开发带来了"景区植被覆盖率低、环境差、人工痕迹和商业化气息过重"等问题，折损了黄果树瀑布的"自然美"。目前，黄果树瀑布在雨季时有天然降水补给，但在枯水季节，必须依靠瀑布上游的水库调节，夜蓄日放，才能保证瀑布壮丽的气势。

现在，打帮河上游还在兴建容量更大的水库。有专家指出，如果继续破坏性开发，大瀑布未来将不复存在。一种自然美的出现，需要漫长的地质过程和各种自然因素的机缘巧合，但损毁这种美，只需一个不理性的念想和一个短视的发展规划。

德天瀑布也是典型的岩溶瀑布，它位于广西边陲大新县归春河上游，距中越边境 53 号界碑约 50 米。瀑布呈围椅状，多束集结，三级跌落，落差 70 多米，宽度 120 多米，水量是黄果树瀑布的 5 倍。它与紧邻的越南板约瀑布相连，最大宽度达 200 多米，是亚洲第一大跨国瀑布。拍摄照片时，正值归春河汛期，河水涨溢，激流排山倒海冲泻而下，声若巨雷，激荡心扉。

归春河是中越边境的界河。当它浩浩荡荡奔流接近德天瀑布时，遇到了浦汤岛等石芽岛屿。这些河中岛屿将河水分割成多股水流，从不同部位流到陡崖边跌落，致使瀑布水流呈多束状。

德天瀑布所在的跌水陡崖，上下岩层性质不同。上层为较硬的白云岩，抗侵蚀能力较强；下层为较软的粉砂岩、泥质粉砂岩、页岩等碎屑岩，抗侵蚀能力差，容易被水流冲刷、侵蚀、掏空。因此，跌水陡崖常因底部被掏空而崩塌。尤其在瀑布中部，水流集中，侵蚀最强，陡崖后退也最多。因此，德天瀑布呈现出围椅状的特点。

15

白水台钙华景观

‖15-1

白水台位于云南哈巴雪山的白地峡谷中，海拔 2 380 米。白水台是含有碳酸氢钙的泉水涌出地表后，由于温度升高，压力减小，使得碳酸钙在泉口形成钙华沉积的自然奇观。

钙华彩池自上而下，层层叠叠，犹如用汉白玉精心雕琢而成，大者如梯田，小者似弦月，云波片片散落，清泉盈盈四溢。池水及其中的微藻在阳光的照耀下，色彩变化万千。图片中还可以观察到凝固在峭壁上的琼浆玉液，这是泉水流经石埂边坝后，沉淀出的碳酸钙经长时间凝固而成。

15-1　云南白水台钙华（摄于 2003 年 8 月）

在纳西语中，白水台被称为"释卜芝"，意为"逐渐长大的花"。这种由泉华构成的自然之花，本身冰洁如玉，楚楚动人；"逐渐长大"，是泉华形成的地质过程，是大自然的生命律动；"花"美好圣洁，孕育文化。

考察笔记

荔波喀斯特，石漠化背景下的『绿色孤岛』

在我过去的知识词典里，石漠化是喀斯特最荒芜、最脆弱的一种现象。地表干旱、植被稀少、土层浅薄、岩石裸露、景色荒凉。但是，2005 年第 10 期《中国国家地理》杂志推出的"选美中国"中，位于贵州的荔波喀斯特森林被列为"中国最美森林"之一。图片显示：波连起伏的喀斯特峰丛之上，覆盖着茂密的原始森林。水上森林、石上森林、漏斗森林纵横交错，葱郁繁茂，山清水秀。这样的景观，完全颠覆了我之前的石漠化印象，也大大激发了我的探究兴趣。2006 年夏天去贵州旅行时，特意安排两天去荔波县，探访这个喀斯特地貌上的原始森林。

如火如荼的申遗宣传

荔波县，属于黔南地区，东南与广西壮族自治区毗邻。"荔波"是布依族语的音译，意思是"美丽的山坡"。它地处贵州高原向广西丘陵的过渡地带，坐落在华南十万大山之中。地形上汇集了高原和丘陵的综合特点，既有山地、峡谷，又有丘陵、槽谷，还有交错其间的许多山间小盆地，当地俗称"坝子"。

从贵阳出发到荔波县路程 300 多千米，车行 5 个多小时。一路上，能看到各种典型的喀斯特景观，有峰林、峰丛、孤峰，有裂隙、溶洞、圆形洼地，有急流、瀑布、深潭、浅滩等多种水的姿态，还有忽然不知去向的河流。当然还有星星点点的裸岩、碎石，似乎时刻在提醒着，石漠化是喀斯特世界里最普遍的一种表情。

到达荔波县城时，刚下过一场瓢泼大雨，空气被清洗后，显得格外纯净，透着草木的芳香。但我心里，却掠过一丝担忧：暴雨之后洪水是否会紧随其后？那些裸岩、碎石地带是否会出现泥石流？去喀斯特森林的道路是否会被中断？所有的忧虑，都是基于石漠化背景下的思考。因此，我当天并没有急着去看森林，而是选择先住下，了解情况，等第二天再出发。

荔波县城坐落在"坝子"里，县城不大，街道整洁，规划有序。市民广场上人很少，空空荡荡的。虽空旷但并不寂寞，广场四周插满了红旗，到处都是申遗的宣传标语。从宣传标语中得知，荔波喀斯特森林被誉为"亚热带喀斯特自然环境的本来面目"、"当代世界保存最完美的喀斯特原生森林风光"、地球腰带上的"绿宝石"、"世界上同纬度地区绝无仅有的景观"等等，各种溢美之词。一处自然遗迹，要被列入"世界自然遗产"，不是靠几项美誉就能担当起来的，而是要具备严苛的申报条件才行。

我查阅了《世界遗产名录》的自然遗产项目，必须符合如下四个条件中的一项或几项：（1）构成代表地球演化史中重要阶段的突出例证；（2）构成代表进行中的重要地质过程、生物演化过程以及人类与自然环境相互关系的突出例证；（3）独特、稀有或绝妙的自然现象、地貌或具有罕见自然美的地带；（4）尚存的珍稀或濒危物种的栖息地。从这些严苛的条件中，我推断，荔波喀斯特森林一定具有独特性与非凡性，否则不可能这么高调地去申遗。若申遗成功，将填补贵州没有世界自然遗产的空白。可以想见，为了将这"中国最美"的原始森林写进莽莽苍苍的贵州高原，不知有多少人要为此付出智慧与心血。

看着如火如荼的申遗宣传，我心中窃喜，此次探访可谓选对了时间。第一，可以享受申遗工作带来的成果，我们似乎成了不折不扣的"检查团"；第二，可以避开申遗成功之后，这里的人山人海与纷纷扰扰，享受难得的"养在深闺人未识"的美。

寂静幽谷里的古驿道

第二天一大早,我们租了一辆小面包车,司机是当地人,路况很熟,在他的建议下,兼顾暴雨的影响,我规划了一条考察路线:先参观荔波漳江的古驿道,然后到茂兰国家级自然保护区。在自然保护区内,先从青龙涧进,这条槽谷河流的状态是森林保护是否完好的天然晴雨表;出青龙涧后,可以考察散居其间的水族村寨和布依族村寨,了解当地少数民族的生活方式;了解人地关系后,再到自然保护区的缓冲地带,登上瞭望台,俯瞰、拍摄整个喀斯特原始森林的全貌。整个路线,既有自然景观又有人文景观,可以相对全面地了解喀斯特森林的原生样貌。

第一站到达漳江小七孔景区,因为申遗,景区大门看起来很新,似乎刚修缮过,但因昨日一场暴雨,溪水水位抬高,把景区大门泡在了水里。景区自然就封闭,不允许游客进入。因考察心切,我找了景区工作人员,说明自己进去考察的内容,也许工作人员真把我们当作"申遗"的暗访"专家"了,最终为我们放行。

小七孔景区在一条狭长的幽谷里,两侧密林苍翠。山路与水路并行,山路高高低低,水路也若即若离。因涨水,有不少山路变成了水路,形成了近半米高的过水路面,我们的车就在水路里开。听起来很危险,但那里的山涧洪水非常清澈,与脑海里固有的浑浊洪水的印象完全不同。车行一路,溅起的水花在阳光下变成了一颗颗透明的珍珠,跳跃着、欢快着,仿佛是沁入心底的大自然乐音。有些水量大的山泉,倾泻到路上,形成了瀑布,崩落的水珠折射着阳光,把瀑布染得光彩照人。我们的车就从瀑布下穿越,享受着天赐的打击乐,心灵畅快。荔波的水这般清纯,也许蕴含着更深的内涵。它来自森林,来自地下深处的溶洞暗河,它本身就是创造喀斯特奇观的"无形之手",它爱抚着山岩,也滋养着森林。

小七孔古桥隐在幽谷深处。这座小巧玲珑的七孔古桥由麻石条砌成,桥身爬满藤蔓和蕨类,桥下是翡翠般的深潭。两岸古木参天,巨大的虬枝沿着桥伸展,宛如巨伞撑在桥上。据《小七孔桥》碑文介绍：石桥"建于清道光十五年（1835），古为荔波至广西商旅通道。卧于涵碧潭上。桥长40余米，桥面宽2.2米，高5.5米。桥体取拱形结构，结构玲珑，工艺精妙"。

山路成了水路（摄于2006年8月）

100多年来，小七孔桥经历了无数次洪水冲击，仍泰然屹立。古桥作为黔桂古驿道的一部分，它无数次地摆渡人生，连通联结，也无数次见证人生的风风雨雨、形形色色。如今，古桥已不再具备驿道的使命，不再热闹了。它守着寂静的山谷，在潭水幽幽、古木荫荫之中，做了一个"隐士"，"隐居深山不扬名，滞留碧潭未弦声"。但愿，申遗成功之后如潮而至的游客，能脚下留情，更多呵护这位幽谷中的"隐士"。

小七孔景区（摄于2006年8月）

青龙涧里的"水上森林"

离开小七孔古桥，我们

赶往第二站——茂兰国家级自然保护区，这是喀斯特森林的核心地带。沿途路况并不顺利，有不少土路，坑坑洼洼。喀斯特地区的地表水渗漏比较快，暴雨过后的土路并不泥泞，干的路面并没有尘土飞扬，我从地理学角度判断：一是空气湿度较大；二是处在山间小盆地，没有强劲的风力；三是有森林植被的涵养与保持。一路观察，越来越意识到喀斯特森林这块"绿宝石"在默默地发挥着生态效应。沿途还看到不少关闭的采石场，以及退耕还林，恢复自然植被的标语牌，看得出，当地政府留住"绿水青山"的决心和勇气。

到了青龙涧源头，需要徒步穿越。青龙涧位于一条狭窄的幽谷中，幽谷两侧没有裸露的山岩，几乎百分百地覆盖着茂密的原始森林，透过满眼的绿望过去，可以感觉那里是一个深邃、神秘、生机勃勃的生命世界。有不少树木蔓延到了山涧里，蜿蜒如龙蛇游动，根系爬过岩面，相互扭曲盘结，牢牢地和岩石咬合在一起，形成颇具沧桑神韵的"根雕"奇观，任凭奔腾的溪流冲刷，挺立而不倒。

山、石、水、林巧妙配合，构筑了"水上森林"的风骨气傲。虽然处于雨季，流水湍急，但山涧水完全可以用"澄澈"来形容，宁静处的涧底一览无遗，全部是布满青苔的山石以及扎根其上的各种灌木丛，深深浅浅、浓浓淡淡的绿色，充满了生机。激流处的涧底在奶白色的水花下，也是碧玉般的透明，伴着水花溅出阵阵馨香，令人神清气爽。由于水流很大，小路已被淹没，行走困难，但青山绿水的深度诱惑，还是让我们毫不犹豫地卷起裤腿，赤脚涉水，任水花溅湿全身。这样的澄澈与清凉，要感谢保护区里的原始森林。正因为有了森林植被，才锁住了泥沙和山石，沉淀出最纯洁的清流。

我们顺流而下，徒步一个多小时后出了青龙涧。回头看，原来青龙涧位于锥状喀斯特峰丛之间的槽谷中，峰丛上披着厚厚的森林植被。森林类型为常绿阔叶与落叶阔叶混交，混交林往往具有超强的适应性和生命力。厚厚的枯枝落叶层，经微生物分解后可以释放出无机物，成为森林植被丰富的营养源。森林不仅可以自己养活自己，还能创造出良好的生态环境：泉水淙淙、流水潺潺、百鸟欢歌、昆虫奏琴，一派生机盎然。

与自然共生共存的村寨民居

午后的天空多了些行云，天上的行云与地上的流水相互映衬，让我们放慢了快进的脚步，沿着青山之间的小溪，感受"溪边照影行，天在清溪底，天上有行云，人在行云里"的意境。

在一处小溪石桥边，看到几个男孩正在玩跳水游戏：齐刷刷地在桥上站一排，听到口令后，一起跳入溪流，然后出水、上岸，再上桥。比谁跳水最勇敢，谁出水最慢，谁游得最快。我仔细观察了，桥面离水面仅 5 米，若是跳水时犹豫的，速度就不行。但孩子们似乎并不关注输赢，而是沉浸在单纯的快乐之中。他们看到我在桥下拍摄，一点儿也不拘谨，反而变着花样玩跳水。有时站成一列纵队，接龙跳水；有时从两侧陆续入水，似孔雀开屏一般；有的孩子翻跟斗入水，有的故意大喊大叫，做着滑稽动作入水。欣赏他们嬉戏般精彩的"跳水表演"，绝不亚于看一场正规的跳水比赛。苍翠青山是他们游戏的背景，山涧

水族村寨里的古桥（摄于 2006 年 8 月）　　　作者和水族村里的男孩们合影（陈三朋拍摄）

清流是他们的游戏场地，对比城里的孩子，这里的快乐简直是一种"奢侈"，这是天地的馈赠，森林的护佑。

　　我把拍摄的照片拿给男孩们看，当他们看到自己的形象时，一个个都乐开了花，止不住地笑自己，也笑同伴。交流之后，才知他们是初三学生，水族人，就住在附近的村寨里。问他们初三毕业后会继续读高中还是出去打工时，他们不置可否，只是一个劲儿地笑，似乎还沉醉在眼前这简单的快乐中。临别时，我邀请他们和我拍个合影，他们反而腼腆起来，觉得浑身湿漉漉又打着赤膊，有损形象。为了减少他们的顾虑，我们拍了一个侧身回眸的合影，把孩子们的质朴、单纯永远定格在喀斯特的青山绿水中。

　　茂兰自然保护区是此次申遗的核心地带。保护区内 90% 以上居住的是少数民族人，主要有水族、布依族、瑶族等，这些民族主要以小聚居的形式，世居在保护区的缓冲区和实验区。一路上，我们探访了水族村寨、布依族村寨。他们的建筑、服饰、传统习俗、农耕文化等独具特色，都反映了人与自然和谐相处、共同成长的悠久历史。

　　茂兰自然保护区内，山地多，平地少，耕地有限。村寨民居因地制宜，顺应自然，处处体现与自然环境融为一体的思想。村民尽量利用沟、坡、坎等来修建住房，依照地形，在斜坡上挖填石方，作为房屋后部的地基，建造"干栏式"楼房，这样既方便取水、耕种，又减少对有限耕地的占用，还可以防止洪水。

在水族村寨，水族人把崇敬森林的行为写进了村规民约中，比如不能乱砍滥伐、不能烧山驱兽等。其简约纯朴的民风，隐含着朴素的人与自然和谐相处的理念，客观上起到了保护生物多样性的作用。在村口树下，三三两两地坐着几位妇女，青、绿两色的服饰与青山绿水的大自然融为一体，隐含了"天人合一"的理念，即人是自然界中的一员，人理应与自然共生共存。

保护区内因耕地有限，农田多为缓坡梯田，种植水稻。随着人口增多，粮食需求量增加，这里的梯田会向山区高海拔地带发展。听当地村民介绍，这里的梯田开发遵循一个原则：梯田开发的最高位置，一定限制在比山泉出水位置稍低的地带，这样保证山泉对梯田的自流灌溉。我看到，每一层梯田的边缘都有一个出水的豁口，这样高位田块中多余的水，自然会流入低位的梯田，非常

水族村寨（摄于 2006 年 8 月）

布依族人家（摄于 2006 年 8 月）

巧妙。生活在这片土地上的人们都懂得，梯田之上的自然生态必须严加保护，才能涵养足够多的水源，以实现对山下梯田的灌溉。这种农业发展模式，渗透了保护水源的生态理念，也对喀斯特森林生态系统起到积极的保护作用。

　　虽然还未见到喀斯特原始森林，但沿途所见所闻所感，已经让我坚信，少数民族朴素的传统保护意识，以及节制资源的生产生活方式，是茂兰喀斯特原始森林得以保存下来的一个重要因素。文化的多样性，可以促进生物多样性保护，这是一个最真实的范本。

隐藏在天地之间的"绿宝石"

　　不知不觉，我们进入了一望无际的自然画卷中。喀斯特锥状峰丛峰林、莽莽苍苍的原始森林，两者完美地融为一体，形成了世界上同纬度地区绝无仅有的"绿色喀斯特"。据资料显示，这片原始森林面积有两万公顷，是一片分布集中、原始性强、相对稳定的生态系统。

在荔波县，无石漠化面积仅占全县喀斯特总面积的 34.7%，而这片喀斯特森林就位于无石漠化地区，其周围环布着潜在的甚至是轻中度石漠化威胁，可谓是石漠化背景下遗留的"绿色孤岛"。

喀斯特地区往往"地下水滚滚流、地表水贵如油"，且土壤浅薄，植被着生空间狭小。干旱贫瘠的喀斯特生态环境，给树木生长发育带来重重障碍。然而严酷的生境，反而激发了树木的生命力。根系下探、深扎，从岩层中汲取地下水，阔叶通过植物蒸腾、大气降水，截获循环归来的雨水。森林涵养水源，水源滋养森林，森林与水相互依存、相互作用。一棵又一棵从石头上长出来的顽强的树，在这片沉寂的土地上，连绵成一片神奇而宏伟的森林，喀斯特的绿色之美，在"石头森林"的连绵下变成了现实。也正是因为森林生态系统的存在，大大改善了喀斯特生态环境的脆弱面貌。

作为"绿色孤岛"，喀斯特森林除了神秘，更重要的是它的珍贵。珍贵到什么程度呢？据说有一种叫"单性木兰"的植物，属于国家一级保护植物，1933 年国际植物学界正式宣布此物种已经灭绝，而 1983 年它又在茂兰自然保护区被重新发现，虽然种群数量极少，但这样的唯一性，使它荣膺植物界"大熊猫"的称号。还有古梅树，过去植物学界都认为已经绝迹了，但在茂兰自然保护区，一下子就发现了几十株，树龄在百年以上，而且还能结出满树果实。在湿润的岩壁、草地上，有一种十分"普通"的苔藓，全球只有在茂兰自然保护区发现。这些珍贵，符合世界自然遗产标准中"生物演化过程的杰出范例与生物多样性"。森林植被下的"锥状喀斯特"展示了峰丛与峰林的地质演化过程，也符合世界遗产标准中"地球演变历史主要阶段的杰出范例"。

喀斯特森林生长缓慢，随便一棵不起眼的碗口粗的"小树"，树龄起码都有上百年了，这样的生态系统一旦遭到破坏，很难恢复。在这里，生命高于一切。在茂兰自然保护区广为流传"禁区"的概念。"禁区"都是针对生命而言的，世界上有很多禁区，例如可可西里、塔克拉玛干大沙漠等，这些禁区，人类要么不能靠近，要么进入了不能生存。而茂兰自然保护区的"禁区"却是姹紫嫣红、生机勃发的，不仅是珍禽鸟兽的栖息地，还是众多濒危物种的理想天堂。因此，这里的"禁区"概念就是为了保护而严格规定"游人止步",至今几乎没有游客能进入这个幽深莫测的大森林。

在绿色峰丛之间只有一条狭窄的公路,仅作为村寨之间的连通,而且这些公路和村寨都在喀斯特森林外围的缓冲区内,因此没有任何通道到达"禁区"。保护区内只设置了一个"百里峰瞭望台",登高可以眺望喀斯特森林全景。

我们到达观景台山下时,四周全是森林,似乎没有人来过这里。观景台在喀斯特峰丛顶部,海拔1 030米,垂直高差240米,山路陡峭,步道狭窄,有1 360级台阶。登高的辛苦自不必说,最艰难的是步道两侧布满荆棘灌木和蜘蛛网,森林完全按着自己的野性,自由生长。为了保护生态,我们没有"披荆斩棘",但必须不断地拨开"天罗地网"。千辛万苦登上瞭望台,浑身已湿透,裸露的皮肤被荆棘和虫子留下了一道道红色的印记。大自然总有自己的撒手锏,来警告每一个外来侵入者。作为"侵入者",我们甘愿接受大自然的"体罚"。

登高眺望,进入眼帘的是一幅波澜壮阔的图景:原始森林犹如墨绿色的海洋,碧波万顷、延绵不绝;锥状峰丛峰林犹如波涛,舒缓起伏,连绵铺展;喀斯特森林是隐藏在天地之间的一块"绿宝石",闪耀着神秘莫测的光芒;森林似乎是从远古遗落下来的一

首苍茫的诗篇，博大精深，蕴含着复杂多样的自然密码，令人无法全部破译。

　　森林浩瀚，若是将其置于贵州、中国，乃至更大尺度区域内的喀斯特家族来看，这片森林仅仅是"汪洋"干涸之后遗落的最后"一滴泪"。

喀斯特原始森林（摄于 2006 年 8 月）

四

自然瞬间

瞬间，是指在极短的时间内，发生快而复杂的变化。自然界里的瞬间，有些能被观察，比如气象；有些不容易被感知，比如地貌。自然一瞬，变化虽复杂，但其中却蕴含着和谐与秩序、时空与地域的整体表达。

自然界里的光影之美，常常不期而至，震撼出场，它们以最纯净、最宏大的姿态与你对视，那一瞬，是天地之于你的神祇。

火山，是地球上的烟花。它喷发的瞬间，是地球内能释放的激烈状态，它平静的瞬间，如同凝固的雕塑，又仿佛是情绪上的一个休止符，或许它还将重复着毁灭与创造的轮回。

花岗岩，以其坚硬、美观、独特的造型，成就了许多名山。它经历了无数个自然瞬间的演变，岩浆在地表之下的凝固、收缩、节理，构造抬升出露地表之后的风化、剥蚀、崩塌。铭刻地球记忆的自然瞬间，不会稍纵即逝，只会天长地久。

土林、雅丹、丹霞、嶂石岩、库车地貌，都是波澜壮阔的地貌奇观，它们纪存时空的维度，编成天然的地质史书。每一道纹理和皱褶，每一种色彩和格局，都直观记录着古地理环境的变迁。借助独特的光影，我们可以翻阅它的每一个自然瞬间。

海岸，位于陆地与海洋的交接处。沧海桑田是它的基础，波浪、潮汐、生物和气候等是塑造它的力量。它性格多样，或"乱石穿空，惊涛拍岸，卷起千堆雪"，或"水禽乍起微波，万点芦花滩黄"。它的每一个瞬间，都有生动的现场感。

植被，是覆盖地表的植物群落的总称。它们带来的视觉之美，不只是绿意葱茏与生机勃发，还有适应季节更替的生命节律，和顺应空间演替的自然适应。植被的每一个瞬间，都是生命中的最美时刻。

自然瞬间的美，总是青睐那些愿意沉浸在嘈杂之外聆听地球声音的人。选好观察点，拍摄大场景，让每一个自然瞬间都成为非凡的天地表达。

与天地大美相遇，就会与美好的心境知遇。美的瞬间落在心底，就是内心淡然与安然的瞬间。

观 景

赏 欣

1

自然光影

光是自然界最普通、最奇妙的元素，光与影往往同时存在，光与影的结合几乎呈现了视觉世界的全部。

在人们的印象中，光影一直是建筑设计师所关注的"空间灵魂"。如果把大自然看作建筑，则高空的大气分子、原子可以作为窗户，低空千姿百态的云层视作窗格，纯净的冰晶、云滴、小水珠当作窗花，那么，大自然创造的光影效果远比建筑空间里人工设计的震撼。以大自然为背景的光影，纯粹、变幻、宏大，充满叙事性，更能营造氛围，表达意境，引导观者进入天人合一的神秘体验。

| 1-1、1-2、1-3、1-4

极光，是希腊神话里的"曙光女神"，当它用五色光焰照亮天空时，这世间所有的光芒都会黯然失色。在阿拉斯加寂寥、静谧的荒原上，我见证了世界上最美的光芒。布满星星的夜

1-1　"曙光女神"降临（摄于 2016 年 2 月）

1-2　极光横贯天幕（摄于 2016 年 2 月）　　　　　　1-3　极光瞬息万变（摄于 2016 年 2 月）

空，流动着光影的波浪：有的横贯天幕，如万马奔腾；有的华丽炫目，如昙花一现；有的如精灵般在森林上空飞舞；有的如圣光降临人间，照耀大地。

极光仅出现在一个狭窄的区域，即一个以磁极为中心的环形区域里，通常在磁纬度 65°—75° 之间。在该区域内，当高层大气中的分子和原子受到来自太阳风的高能带电粒子轰击后会放出光芒，这就是极光。极光是宇宙和大自然共同创作的光影之舞，它神秘莫测，瞬息万变，带来了宇宙的信息。

1-4　极光之舞（摄于 2016 年 2 月）

1-5　新疆昭苏草原的双彩虹（摄于 2016 年 7 月）

1-6　墨脱双彩虹（摄于 2017 年 7 月）

|1-5、1-6

彩虹，并不罕见。我在西部地区旅行时，常常在风雨之后见到彩虹，而且总是两道彩虹相伴出现。里侧鲜艳的为虹，外侧稍淡的为霓，虹霓之间有一个黯淡而神秘的拱形空间，名为亚历山大暗带。彩虹是一个美丽的光学现象，当大气中存在大量形状和密度均匀的水珠时，阳光以特定的角度照射，在观者眼中，就可能出现独一无二的光影。

当太阳光线从水珠上方射入，经过水珠的折射—内反射—再折射，就产生了虹，由于紫色光折射最大，红色光折射最小，因此虹的色序为外红内紫。当太阳光线从水珠下方射入，经过折射—两次内反射—再折射，就会出现霓，由于光线在水珠内有两次内反射，因此色序与虹相反，呈现外紫内红。霓因在水珠内多了一次反射，能量损失较多，因此色彩显得淡一些。在霓虹之间，由于反射光较少，颜色比较暗淡。

彩虹是天地赐予旅人的礼物，画面上，明暗对比、衬托、交融，在自然光影的操纵下，天、地、人、物融为一体。

1-7　荚状云（摄于2017年2月）

| 1-7、1-8

荚状云，极其罕见，在阿根廷南部的埃尔卡拉法特小镇，我幸运地观察到了。荚状云平行地排列于山脉上空，云层中间厚，边缘薄，轮廓分明，形如豆荚。尺度较大的荚状云如同UFO，气流有波形扰动，似悬停空中，甚为神秘。

荚状云的形状和位置，比较稳定，从下午到傍晚，一直都未改变。它的颜色，随着太阳光线的变化，从亮白色渐变为灰黑色，一直等到弦月爬上来，才慢慢消失在夜幕中。由于大气纯净、宁静，月亮右边暗的部分也清晰可见，明与暗的交界和转折处，环形山清晰可辨。宇宙、UFO、弯月、地球、动态的荚状云，此刻，光影创意了一个蕴含着永恒、神秘和幻象的情境，引导你尽情地去想象。

荚状云，主要是由局部的上升气流和下沉气流汇合而成，因此容易出现在山地的背风坡区。云层的内部通过迎风面的凝结和背风面的蒸发，不断进行着新陈代谢，以维持外观上的稳定状态。

1-8　荚状云上的弦月（摄于2017年2月）

1-9 黄山的晚霞之光（摄于 2015 年 12 月）

┃1-9

在黄山丹霞峰等待日落时，看到了一场完美的自然光影秀。浓密的层积云在天地之间，构筑了一个封闭的、近乎灰暗的空间，山脊与云海的边界黑白分明、远近错落。忽然，天窗微微开启，"圣光"穿透灰暗，直泻下来，一道道光亮在暗弱的背景中成为绝对的视觉中心，那里有一种不可抗拒的神秘力量，让人在瞬间摒弃一切凡尘杂念，进入一种纯粹的精神意境中。

┃1-10

随后的日落光影，也分外感人。落入地平线的太阳光，依然可以通过大气的折射、散射、反射作用，将三个"世界"照亮。天地分界清晰，金色的天空象征未来，地平线下变了形的太阳意味着过去，层峦叠嶂代表现在。三个"世界"同时出现，独特的光影效果，不仅有视觉美感，还营造了一种气氛、情绪和遐思。

┃1-11

在西藏贡德林草原上，偶遇一场暴风骤雨。强烈的光线与深沉的阴影互为比照，构成几个充满张力的静默空间。亮灰色的雨幕，打破沉默，倾泻而下，恩泽大地。独特的光影，烘托了大自然的诗意和生命力。

1-10 黄山的日落光影（摄于 2015 年 12 月）

1-11 西藏贡德林草原上的风云变幻（摄于 2017 年 7 月）

2

火山景观

火山，地球上的烟花。它最壮观的瞬间就是喷发的那一刻，炽热的固体和气体伴随着爆炸声喷薄而出、直冲云霄，红色的熔岩流翻滚着穿过裂隙，溢出地表，烈火燎原。火山喷发是地球内能释放的一种激烈形式，它的瞬间，会带来巨大的灾难。一座超级火山的大爆发，可以毁灭一座城市、一座高山甚至导致一个物种的灭绝。

当然，毁灭与创造总是相伴相随的。地球上大多数金属和非金属矿产的形成均与火山活动有关；地热与火山犹如孪生兄弟，常常相伴而生；火山灰覆盖的土地，土壤肥沃，农业发达；火山喷发携带的深部地幔物质，具有科学价值，是研究地球深处的天然窗口。

火山，与连绵起伏的山脉不同，往往孤立存在，即使火山群，也是由一个个独立的火山组成。火山景观千姿百态，有火山锥、火山口、熔岩隧道、玄武岩石柱林等，它们与周围的水体、植被、地貌交相辉映，构成气势恢宏的地质画卷。

Ⅰ 2-1

从迪拜飞往开普敦的航线上，经过东非大裂谷。东非大裂谷是陆地上最大的断裂带，有众多火山形成的山峰。透过舷窗俯瞰拍摄，虽然分辨率不高，但火山的形态和构造特征非常经典。

2-1 锥形火山锥（摄于 2014 年 7 月）

锥体上部陡下部缓，两侧对称、高耸，顶端有一个明显的漏斗状火山口，火山口内部应该是熔岩物质上涌喷出的通道。仅从形态上推断，这座火山属于中心式喷发，即气体、固体和熔岩流沿着中心通道进行持续喷发，火山碎屑物或熔岩被抛至空中，飞腾旋转，逐渐变冷变硬，最后降落在火山通道周围，堆积成火山锥。顶部的火山口是火山持续喷发时，不断被爆破、掏空而形成的。

2-2　破火山口（摄于 2014 年 8 月）

2-3　日本富士山（摄于 2016 年 1 月）

这是典型的破火山口。一侧的口子崩塌了，
也许是火山喷发时崩掉的，也许是遭受了侵
蚀破坏。火山锥体上布满了熔岩沟壑，在光
影下，充满了岁月的质感。

从上海飞往美国的航线上，途经日本附近，
我留心观察到了日本富士山，这是一座完美
的火山锥，顶部的火山口清晰可辨。在冰雪
的装饰下，火山柔美、平静，似乎从未有过
惊心动魄的爆发场面。

2-4　作者于2001年7月登顶天池火山锥（陈驹拍摄）

| 2-4、2-5

在长白山天池，可以登顶火山锥，近距离观察火山口湖。长白山为多成因复式火山，多次喷发堆叠而成的锥体，在火山口外围形成环状山峰。

在山顶欣赏积水成湖的火山口，奇峰兀立拱卫，内侧壁立千仞，湖面一平如镜，倒映着天空的流云急雾，湖水深邃幽蓝，神秘莫测。据资料记载，天池水面平均海拔2 155米，平均水深204米，最深处达373米，是我国最高、最深、最大的火山口湖。

如此大体量的数据，显示火山口湖似乎还隐藏着一种变幻莫测、深不可测的潜在危险。长白山天池是"死"是"活"？什么时候会喷发？国际上通常把全新世（距今1万年左右）以来有过喷发的火山称为活火山。过去虽喷发过，目前没有喷发，且较长时间处于平静的火山称为休眠火山。那些年代久远（1万年以上）且证明将来也不会活动的火山则称为死火山。

长白山火山有过多次喷发，也有过长时间间歇，离得最近且有史料记载的三次喷发分别在1597年、1688年和1702年，虽然至今300多年没有再喷发，但长白山地区，以天池为中心，存在强烈的地热活动。因此长白山火山目前只是处于休眠状态，属于休眠火山。

2-5 长白山天池（摄于2001年7月）

2-6　完美的火山口（摄于 2016 年 7 月）

| 2-6、2-7、2-8、2-9

在新疆克孜勒苏柯尔克孜自治州阿克陶县木吉乡，观察到一处火山群——喀日铁米尔火山群。由于该火山群隐藏在帕米尔高原深处，人迹罕至，没有太多可供参考的资料，我只能凭借直观感知来记录。

2-7　坍塌的火山口（摄于 2016 年 7 月）

2-8 晨曦中的火山口湖（摄于 2016 年 7 月）

2-9 仍然活跃的喷气口（摄于 2016 年 7 月）

火山群大约由 15 座火山组成，火山错落有致地分布在宽阔的河谷盆地中。有的锥体对称、高耸、完美；有的锥体因风化侵蚀而坍塌；有的火山口凹陷很深，露出火山碎屑堆积的成层现象；有的只有火山口而没有火山锥，被水填满后，成为水草丰美的火山口湖。

火山大多呈铁锈红色，在阳光下非常醒目，周围绿草如茵，远处雪山连绵，宁静和谐，似乎很难想象这里曾经有过的波澜壮阔。我观察到，河谷附近有各种泉眼，橘黄色、白色、黑色、灰色等，有的还在突突地冒着气泡，这来自地球深处的"呼吸"，说明火山群正处于休眠状态。

2-10　济州岛龙头岩（摄于 2008 年 7 月）

| 2-10

韩国济州岛属于火山岛，火山遗迹众多。龙头岩面向大海，造型奇特，仿佛玉龙腾飞时突然化作了石头。龙抬头的瞬间，是岩浆与海水共同的杰作。岩浆喷发，与海水相遇，海水受热后产生强烈的蒸汽，混合着气体、碎屑物的蒸汽岩浆，急剧冷却、凝固，创造了龙抬头的最美瞬间。

| 2-11、2-12

位于济州岛东端的城山日出峰，是 10 万年前由海底火山爆发形成的凝灰岩丘。从海上观察，顶部有巨大的火山口，四周被密集的锥形山峰圈围起来，如同一座坚固的堡垒矗立在海上。日出峰东南侧的峭壁下，可见火山凝灰岩堆积的层理构造，中间有一个隧洞，似乎可以顺着海水深入，不知这是否为熔岩隧道？熔岩隧道是岩浆表层固结而内部岩浆尚在流动时形成的。很遗憾，未深入探访。

2-11　济州岛城山日出峰（摄于 2008 年 7 月）

2-12　济州岛火山熔岩隧道（摄于 2008 年 7 月）

2-13　恩戈罗恩戈罗破火山口（摄于 2009 年 8 月）

| 2-13

恩戈罗恩戈罗破火山口位于坦桑尼亚北部，它停止喷发至少已有 200 万年了，属于东非大裂谷东侧的死火山口。在火山最后的爆发中，锥体顶部坍塌，形成了巨型的破火山口。据资料，火山口底部宽约 18 千米，面积达 315 平方千米。从陡峭的火山锥内侧的盘山公路上俯瞰，这是一个完美而辽阔的盆地状火山口，底部原野上，草类茂盛，乔木稀疏点缀，雄狮徜徉其间。

置身火山口内，发现这是一个"伊甸园"。火山喷发造就了富含矿物质的肥沃土壤，使草原生长茂盛；低缓的丘陵、凹陷的低地、喷涌的泉水，造就了沼泽、淡水湖、咸水湖等不同生境；丰富的食物和水源，滋养着成千上万的生灵；火山口内壁高差近600米，水热的垂直差异带来了植被的垂直演替，出现了草原、灌丛、森林等生态系统。海拔2 000多米高的火山口边缘，对于动物来说，仿佛是世界的尽头，动物无法迁徙出去，于是长年定居，繁衍生息，自成一体。

当然，由于环境相对封闭，火山口外的动物也难以迁入，因此缺乏外部优秀基因的融入，对于数量较小且位居金字塔顶端的动物来说，从长久来看，无疑是危险的。

2-14 火山创造的"伊甸园"（摄于2009年8月）

| 2-15、2-16、2-17

柱状节理，是火山岩的原生构造，它是岩浆喷溢后，在缓慢冷却、均匀收缩的条件下，产生的垂直裂隙。柱状节理将火山岩分割成一根根彼此相依相牵的多边形棱柱，众多形态规整、大小相近的节理石柱排列在一起，往往成为极具审美价值的石柱林。

在浙江象山县花岙岛上，有壮观的"海上石林"。远观，石林密密匝匝，由山崖向海岸延伸，在不同部位，石柱的倾斜方向不同。近观，石柱大多为四棱柱和五棱柱。有的石柱倾斜向上，形态完美，似复瓣的莲花盛开；有的巍峨矗立，柱体完整，如同凝固的瀑布；有的斑驳陆离，露出海面，似"巨人之堤"。在柱状节理群的控制下，石柱林千姿百态。

2-15　花岙岛"海上石林"（摄于 2014 年 10 月）

2-16　千姿百态的玄武岩柱（摄于 2014 年 10 月）

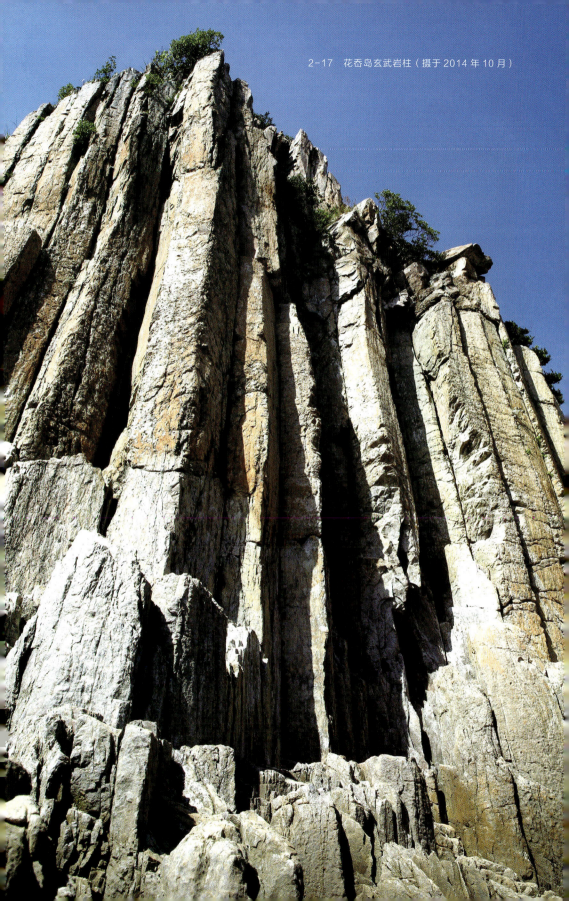

2-17 花岙岛玄武岩柱（摄于 2014 年 10 月）

2-18　六合桂子山玄武岩柱（摄于 2017 年 1 月）

┃2-18、2-19

六合国家地质公园位于江苏省南京市六合城南，其中桂子山、马头山、瓜埠山等石柱林，在 1 000 多万年前，由火山喷发而形成。桂子山石柱林，陡壁高达 30 多米，全部由直径 40 厘米—60 厘米的"石树"组成，排列有序、紧密，笔直坚固，气势雄伟，如鬼斧神工铸就。马头山经采石露出玄武岩石柱，棱角分明，错落有致，排列美观，如同宫殿廊柱。

2-19　六合马头山石柱林景观（摄于 2017 年 1 月）

| 2-20

瓜埠山出露的石柱林，排列方式与众不同，既有自上而下
呈放射状排列的，也有自下而上呈扇形布局的，还有不同
方向的横竖堆叠。石柱的排列方式与冷却面有关，冷却面
是与高温熔岩流相接触的地面，岩浆冷却收缩的节理往往
有规律地垂直于冷却面。当冷却面为水平时，则石柱直立；
当冷却面倾斜时，则石柱为平卧或倾斜；当冷却面呈弧形
时，则石柱为放射状排列，如同"孔雀开屏"一般。石柱
林独特的排列方式，记录着岩浆的流动方向以及冷却收缩
时的地质背景。

2-20　六合瓜埠山玄武岩柱"孔雀开屏"景观（摄于 2016 年 11 月）

3

花岗岩景观

花岗岩，在人们的印象中，几乎是坚硬、顽固不化的代名词。而在大自然中，它的"坚硬"塑造了无数雄奇的险峰，同时，它也并非"顽固不化"，岩体上的裂隙，是它软弱的地方，任何外力都可能沿着裂隙进行局部的雕刻、再造，从而将坚硬的花岗岩雕塑成千姿百态的地貌景观。正所谓"刚柔相成，万物乃形"。

花岗岩成岩于地壳深处，由岩浆侵入时冷凝而成。当构造抬升时，上部盖层被剥蚀，花岗岩体便会裸露地表。花岗岩主要由石英、长石和云母组成，由于冷凝结晶时间充分，因此矿物颗粒较大，在野外用肉眼即可识别花岗岩。由于石英、长石硬度较大，所以花岗岩的硬度也较大。自然界的法则是欺软怕硬，花岗岩坚硬的特性，使它能突兀于其他较软的岩层之上，成为高山峻岭，而且它的景观造型能维持千万年。

花岗岩在冷凝过程中因体积收缩，会产生有规律的裂隙，这种裂隙叫"原生节理"。花岗岩的原生节理一般有三组，彼此近于垂直，三个方向的节理把岩体切割成各种块体。花岗岩成岩后，受到构造运动或外力影响，还会产生一些裂隙，称为"次生节理"。花岗岩虽然坚硬，但众多的节理让它有了许多脆弱的部位。

最容易发生变化的部位是被原生节理切割成块体的棱角处，经过长期的风化、剥蚀后，那些块体就变成了一个个不太规则的球体，形成花岗岩石蛋地貌。而那些垂直节理间的差异侵蚀、重力崩塌，往往会形成花岗岩峰林地貌。刚柔相成的特性，使得花岗岩地貌景观别具一格，兼具秀美与险峻的特征，成为众多名山的杰作。

根据我的观赏心得，抓住"石景"与"峰景"，就能欣赏到最具花岗岩特色的自然瞬间。石景包括石蛋、石蛋群、石柱、石柱群等，而峰景则包括尖峰、峰丛、峰林、断壁悬崖等。石景，往往造型，在山巅、深涧、旷野的氛围中，能诱发观者的想象与诗情。峰景，往往造势，在奇松、云海、雾霭、雪霁的映衬下，呈现出整体的自然美。

孤立的石蛋，是花岗岩经球状风化后，残留在山巅已无尖锐棱角的石块。站在特定的角度观看，石蛋孤独伫立的姿态，在大背景的烘托下，有奇妙的象征意义。

3-1

黄山狮子峰北面的"猴子观海"就是一个经典。石猴独坐峰顶，静观风起云涌，云开雾散时，又远眺绿野平畴。灵猴不知年，坐看人间百态，却已几经沧海桑田。一块巧石，不经意间，点亮了观者心中的哲思。

3-1 黄山"猴子观海"（摄于 2015 年 12 月）

3-2

冬日的黄山，在翠微峰一侧的宽谷里，一块"仙桃石"从天而降，立于陡岩之上，它为何而来？谷地里一块沾上奶油的蛋糕石泄露了秘密。原来，峭峰、奇松、石亭构筑的玉宇琼楼里，正在举办一场盛宴。奇妙的自然组合，营造了天地永恒的意境。

3-2 黄山"仙桃石"（摄于 2015 年 12 月）

3-3　太姥山石蛋残留（摄于 2004 年 10 月）

| 3-3

在福建太姥山的山巅，一块近似圆形的石块，巧立于浑圆弓背的基石上，仿佛熊猫回眸，一笑生百媚，令人怜爱。如果岩块之间的风化黏土不断遭受流水侵蚀，接触面越来越小，总有一天，它将跌落到"声喧乱石中，色静深松里"。

石蛋群，由大大小小的石蛋组合或垒砌而成，有的是花岗岩块被分离后残留下来的，有的是受重力作用崩积而成的。

| 3-4、3-5

在青藏高原，从班戈至双湖的途中，我观察到一处石蛋垒砌景观。高寒地带巨大的昼夜温差以及寒冻作用，加速了花岗岩的风化，山丘破碎，石蛋散落在青色的山坡上，仿佛羊群点点。被刻上六字真言的巨石，带着地球岁月的记忆，成为牧民心中的圣地。

3-4　高寒地带的花岗岩石蛋群（摄于 2017 年 7 月）

3-5　刻上六字真言的巨石是牧民心中的圣地（摄于 2017 年 7 月）

3-6　纳米比亚草原上的石蛋群（摄于 2014 年 7 月）

3-7　太姥山石蛋群（摄于 2004 年 10 月）

| 3-6、3-7

在纳米比亚干旱的热带草原上，一处崩塌的石蛋群在黄昏中，呈现天荒地老的画面感，而在福建太姥山的半山坳里，一处同样崩塌的石蛋群，却烙上了温润委婉的性情。同样的石景，在不同的环境里，会产生不同的美学效果。

| 3-8

苏州天池山顶的莲花峰，由残留的石蛋组合而成，站在山下仰望，宛若莲花盛开，而登上山顶侧视，又仿佛是冰激凌蛋筒，富有闲情逸致。石头，总是静默无语，以千万年的深情，耐心伫立山巅，等待一场邂逅。

3-8　天池山顶的莲花峰（摄于 2018 年 7 月）

3-9 黄山"飞来石"（摄于 2015 年 12 月）

3-10 黄山"梦笔生花"（摄于 2015 年 12 月）

3-11 黄山"玉柱擎天"（摄于 2015 年 12 月）

3-12 黄山"仙人晒靴"（摄于 2015 年 12 月）

| 3-9、3-10、3-11、3-12、3-13、3-14

花岗岩石柱，壁立如削，雄奇壮美。它们大都受一组垂直节理和一组水平节理控制，被切割、剥离、崩塌后残留山顶而成。因此，石柱的造型与节理关系密切。黄山的飞来石、梦笔生花、玉柱擎天、仙人晒靴、企鹅石望洋兴叹，以及三清山的巨蟒出山，都是经典的独立石柱造型，出神入化，妙不可言。欣赏石柱，不仅可以审美、想象和叙事，还可以从整体上"看到"自然伟力塑造景观的过程。

3-13 黄山"企鹅石"（摄于 2015 年 12 月）

3-14 三清山"巨蟒出山"（摄于 2004 年 1 月）

3-15 黄山"背篓仙人于岩崖采灵药"（摄于2015年12月）

3-16 黄山"仙女下凡"（摄于2016年8月）

3-15、3-16、3-17、3-18

陡立的花岗岩石柱往往成群组合，构成参差错落的花岗岩石柱群，石柱群是在密集而规则的节理群控制下形成的。在一个相对较小的区域内，石柱群独特的天然造型，往往能呈现惟妙惟肖的故事情节。黄山的石柱群令人印象深刻，有的描绘"背篓仙人于岩崖采灵药"的情景；有的仿佛"仙女下凡"，有盈盈一握的美感；有的呈现"十八罗汉朝南海"的细节。苏州西郊的天平山石桌，由数根石柱支撑，危如垒木，又似仙人张伞。

3-17 黄山"十八罗汉朝南海"（摄于2015年12月）

3-18 苏州天平山石桌（摄于2018年4月）

3-19、3-20、3-21、3-22、3-23

花岗岩峰景，与石景明显不同。有的顶部尖锐，棱角鲜明，如针似锥；有的尖峰参差，顶冠奇松，如破土的石笋；有的峰体相连，形成锯齿状峰丛景观；有的石峰林立，呈现峰林气势。这些峰景以尖、峭、悬壁为共同特征，在视觉上颇具冲击力。花岗岩峰景的形成，与抬升和下切密切相关。

3-19　黄山尖峰（摄于 2015 年 12 月）

3-20　黄山石笋尖峰（摄于 2015 年 12 月）

3-21 三清山花岗岩峰丛景观（摄于2004年1月）

3-22 太姥山花岗岩峰林景观（摄于2004年10月）

当花岗岩体受到强烈构造抬升时，节理和断层极为发育，山体成断块格局，而花岗岩体本性坚硬，抗风化能力强，因此形成锯齿状的花岗岩峰丛。当花岗岩长期遭受风化、剥蚀，以及流水沿节理进行冻融、冲蚀，就会使岩体破裂。破裂处被冲蚀、崩塌，逐渐扩大加深，形成深谷和陡崖。当花岗岩峰丛上部的裂隙继续受到侵蚀切割，深度会进一步加大，从而向花岗岩峰林地貌演化。

3-23 黄山花岗岩峰丛景观（摄于2015年12月）

3-24、3-25

花岗岩峰景中的断壁悬崖，与快速构造抬升、大型断裂相关。华山西峰，一块完整的花岗岩巨石，一侧绝崖千丈，险峻之势隐于云雾缥缈中。黄山绝壁，衬托苍松的遒劲之美。当断壁悬崖与气象奇观、植物生命力相遇，便会产生独一无二的景观美学效果。

3-24 华山西峰断崖（摄于2005年8月）

3-25 黄山绝壁（摄于 2015 年 12 月）

4

地质奇观

在我的词典里，被视为地质奇观的标准有三条：第一，与众不同，在特殊地域出现，具有强烈的视觉冲击力；第二，用纹理与皱褶、色彩与格局讲述自身的故事；第三，鲜有人类活动干扰和破坏。

4-1 札达土林全景（摄于 2015 年 7 月）

札达土林

4-1、4-2、4-3、4-4

札达土林，位于西藏阿里地区札达县境内。借用黄昏或晨曦的光影，能欣赏到它动人的纹理和线条之美。

登高远望，土林无边无垠，如拔地而起的岩土丛林；近观，横看成岭侧成峰，远近高低各不同，有的如古堡、宫殿，有的如碉楼、毡房，还有的像金字塔、佛塔，参差嵯峨，姿态万千。细看，土林不只是土色，还有青色、黄色、粉红色、紫色、褐色等，大自然

4-2　土林的水平层理（摄于 2015 年 7 月）

精心调制的色谱，赋予每一道纹理以深刻的地质记忆。翻阅这本恢宏的地质史书，每一页彩页，都代表了不同的矿物质成分，以及古地理环境中冷暖、干湿和旱涝变化。

在喜马拉雅雪山的背景下，土林动人的水平层理，以及无数的沟壑线条，清晰地讲述了自己生长的故事。札达地区曾经是一个大湖，后来受喜马拉雅造山运动的影响，湖盆持续抬升，水位不断下降。当湖相沉积地层出露地表后，受到流水的切割侵蚀、季节性雨水的冲刷淋蚀，以及寒冻风化作用，在内外地质力量的共同塑造下，形成了今日之奇观。

浩瀚的土林，原来静默于湖底，如今惊艳于世，但鲜为人知，它的美神秘而孤寂。我独享其间，聆听古老，体会其中的寓意。土林像极了传说中的"掌纹地"，而"在纵横交错的掌纹里，只有一条是通往人间净土的生存之路"。

4-3　土林冲蚀沟（摄于 2015 年 7 月）

4-4　土林细小的冲沟（摄于 2015 年 7 月）

库车地貌

库车，位于天山山脉南麓，行政隶属于新疆阿克苏地区。库车的地质奇观，隐藏在217国道两侧的崇山峻岭中。红色的岩层、颠覆的构造、斑驳的沟壑、迷宫般的峡谷，恍若魔幻世界，令人神往。

2005年，中国地质大学（武汉）在《新疆旅游地质遗迹资源调查与评价报告》中，首次提出一种新的地貌类型——库车地貌。2008年，郭建强、刘一玲发表的《新疆发现一处新的地貌类型景观：库车地貌》一文中，将库车地貌的概念界定为：发生褶皱构造的陆相中新生代杂色砾岩、砂岩、泥岩等岩层，在干旱气候条件、季节性水流为主的作用下，伴有崩塌作用，形成的以迷宫式峡谷与城堡式山岭为主的地貌形态。

| 4-5

一道红色山墙，如同魔幻世界的山门。岩墙上清晰的断裂和错位，显示这里曾经历了挤压、褶皱、断裂、再挤压、岩层多方错位的过程，因差异风化，致密的岩层露出累累筋骨，而稀松的岩层则发生凹陷。

4-5　沿途所见的红色山墙（摄于2016年7月）

▌4-6

过山门之后,一排恢宏的红色石柱林,层层叠叠、鳞次栉比,顺着库车河谷延展开来。石柱林如锥似剑,直刺苍穹。尖锐的线条,在西域的风沙中,令人胆战心惊。幸亏有零星植被的点缀,才有所安慰。

4-6 红色石柱林(摄于 2013 年 10 月)

▌4-7、4-8

到了盐水沟,色系转为褐色、灰色和土色,一幅蛮荒而亘古的画面。两侧山体历经千万年的风雨剥蚀、洪流冲刷,形成纵横交错、层叠有序的垄脊与沟槽。尽情崩塌的岩块,似乎随时可以填满干涸的河床。风蚀形成的蜂窝岩壁,千疮百孔,宛如巨大的浮雕。狂野的线条,混沌了视野,仿佛进入了宇宙创生之初。难以想象,这么险恶的沟谷,曾经是古丝绸之路上的一个咽喉要道,驼铃声响彻山谷,客商、军旅穿梭往来于古道。盐水沟,以绵延数十千米的壮观,把古道昔日的繁华,写进了沧桑巨变的地质档案里。

4-7 盐水沟(摄于 2013 年 10 月)

4-8 蜂窝岩壁(摄于 2013 年 10 月)

4-9

一座巨大的赭色山峰，从残留的褶曲中凸出，有廊有柱，有塔有亭，楼阁错落。有人将其取名为"布达拉宫"。透过宫殿的神韵，我仿佛看到了差异风化、重力崩塌等力量的综合作用。

4-9 "布达拉宫"景观（摄于2013年10月）

4-10 库车大峡谷中城堡式山岭（摄于2016年7月）

库车大峡谷由红褐色的巨大山体群组成，在阳光下炽热如火、摄人心魄。峡谷中到处是峭壁、奇峰、冲沟，两壁凹凸有致的波浪曲线，让峡谷内的光影深邃莫测，富于变幻。峡谷底部平坦，遍布细沙，还有汩汩清泉渗出。

4-11　库车大峡谷深邃莫测（摄于 2016 年 7 月）

雅丹地貌

"雅丹"是维语，原指具有陡壁的小丘，现在泛指风蚀垄脊、沟槽和洼地等地貌形态组合，雅丹是干旱荒漠地区的一种风蚀地貌。

4-12　独库公路边的雅丹（摄于 2016 年 7 月）

4-13　风蚀城堡（摄于 2016 年 7 月）

┃4-12

这里呈现的雅丹景观，拍摄于去库车的途中。一次随意的回眸，一处雅丹景观吸引了我的注意。一个土墩和一条长长的垄岗，在风起云涌中，神秘地矗立在荒原上，宛如废毁的千年雄关和城墙。

┃4-13

站在高处，观察风蚀城堡，里面的景观充满生活的意味。幽深的巷道、陡立的高墙、残存的楼台，仿佛千年的古城。城堡内清晰的水平层理和布满的垂直节理，透露了风和水不断作用的过程。

雅丹地貌通常在有深厚沉积物的湖积平原上发育而成。干涸的湖底，常产生龟裂，盛行风沿着裂隙不断吹蚀，裂隙越来越大，使原来平坦的地面变得支离破碎，荒漠地区的暴雨也能把地面侵蚀成很多沟谷，风就沿着沟谷吹蚀。在风和水的共同作用下，最后发育成许多不规则的垄脊和宽浅沟槽。风无踪、水无骨，却为荒凉的世界留下了奇观。

| 4-14

疏松砂层和较软岩层容易被风蚀吹扬而消失，而相对坚硬的泥质层和膏盐层则残留下来，形成荒原上凹凸有致、千姿百态的天然浮雕。置身其中，犹如踏进了巨大的自然雕塑博物馆。

4-14　雅丹自然雕塑博物馆（摄于 2016 年 7 月）

| 4-15

沟槽里有很多砂粒，因含有不同矿物，颜色各异。由于砂子覆盖，阻止了沙尘飞扬。一条腋下有红斑的沙蜥出来活动，寻找食物。这里寸草不生、一无所有，如何会有食物？也许，在生命力极强的沙蜥看来，荒漠是另一番美妙的景致。

4-15　沙蜥（摄于 2016 年 7 月）

丹霞地貌

丹霞地貌，是以红色砂砾岩为基础，以水蚀为动力的一类地貌。"色如渥丹，灿若明霞"，极具色彩美；"顶平、身陡、麓缓"的基本特征，又赋予丹霞地貌以雄、奇、险、幽的形态美；丹霞若与书院、文人、诗词相遇，又会烙上独特的人文之美。

如果从地貌视角去观赏，我们还能"看到"隐藏在景观中的矛盾：抬升与下切、软与硬、侵蚀与堆积。地质奇观在矛盾中诞生、发育、消亡，从而呈现出峰与谷、陡与缓、高低错落的景观美学效果。

大自然千变万化，似乎总在挑战固定的丹霞景观模式。在被我收藏的丹霞图片中，只有浙江的江郎山属于典型的丹霞地貌，另外四个属于非典型性丹霞，我仅从景观欣赏角度，将它们取名为七彩丹霞、波浪丹霞、沟谷丹霞、峰丛丹霞。它们或许只满足一两个基本特征，但发育过程与经典的相比，异曲同工。最关键的是，没有任何踪迹显示它们与先贤或神佛有关，它们以独一无二的自然美，留存在我的记忆里。

4-16　浙江江郎山三爿石孤峰（摄于 2016 年 10 月）

4-17　浙江江郎山郎峰（摄于2016年10月）

| 4-16、4-17、4-18

浙江江郎山，远观三爿石峰，壁立向天，孤高伟岸，突兀在众山之上。从左向右依次为郎峰、亚峰、灵峰，按"川"字形耸峙而立，三峰间隔天余一线，移步换形，与云同幻。沿绝壁登郎峰近观，浑憨圆厚、峥嵘险峻、色如丹霞。江郎山还是一座文人墨客的精神殿堂，白居易留下"安得此身生羽翼，与君往来醉烟霞"，辛弃疾赋诗"三峰一一青如削，卓立千寻不可干。正直相扶无依傍，撑持天地与人看"，陆游抒发"三峰杰力插云间"的壮志。江郎山堪称"教科书"级的丹霞景观。

4-18　浙江江郎山亚峰（摄于2016年10月）

4-19　七彩丹霞（摄于 2016 年 7 月）

| 4-19

七彩丹霞，是从阿克苏去喀什的途中拍摄的。一座色彩缤纷的山体在褶皱运动中崛起，层层叠叠，深深浅浅，从赭红到绛紫，从岩黄到砂红，从灰绿到黛青，每一个笔触都是调色板上无法想象的。美色在起伏回转的折痕间延伸，荡气回肠。七彩丹霞的色彩与伟岸，早在诞生之日便已注定。

波浪丹霞，位于陕北靖边的龙州盆地中。初见时，难以相信，在黄土高原上居然有如此艳丽而流动的景观。红色的砂岩层理像波浪，似流水，在狭窄处奔流汇集，在平缓处一层层铺展开来，如同被红霞浸染过的画布。层理中一个个凸起，仿佛凝固的波浪。

4-20　陕北靖边的波浪丹霞（摄于 2017 年 5 月）

4-21　波浪谷里的一道山梁（摄于 2017 年 5 月）

4-22　波浪谷内的峡谷（摄于 2017 年 5 月）

‖4-21

由于丹霞色彩与黄土色彩区分明显，因此，在至高点观察，可以做一些基本推理。红色砂岩岩体原来被黄土层覆盖，后来经流水冲刷、剥蚀，红色砂岩岩体整体出露地表，随着侵蚀深入与范围扩大，形成了独特的丹霞景观。

‖4-22

波浪谷中的峡谷非常曲折，窄的地方只容一人侧身通过。光只能从缝隙进来，光源有限，但峡谷内并不昏暗，因为，红色砂岩用自身的艳丽照亮了自己。

沟谷丹霞，是我在陕北甘泉下
湾寺一带拍摄的。沟谷很多，
能进入的有桦树沟、龙巴沟、
一线天沟谷等，当地人将其统
称为雨岔大峡谷。沟谷底部有
的干燥，有的积水很深。据地
质专家说，这里属于丹霞地貌
峡谷群落。

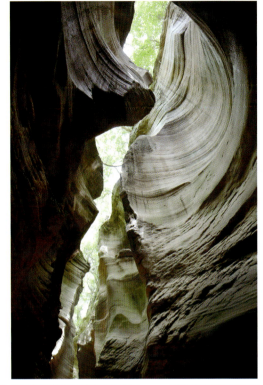

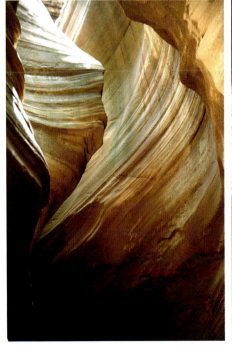

4-23　峡谷中的波浪岩层（摄于 2017 年 5 月）

雨岔大峡谷的美，在于岩层的纹理、回旋、转折，在
梦幻光影的投射和青青苔草的晕染下，呈现出生动的
地质之美。它的色彩未必色如丹霞，但变幻无穷。

4-24　雨岔大峡谷里的自然画卷（摄于 2017 年 5 月）

4-25　炳灵寺附近的峰丛丹霞（摄于 2005 年 8 月）

| 4-25

峰丛丹霞，是在参观炳灵寺石窟时拍摄的。站在炳灵寺一侧的河岸上，遥望延绵的峰丛
丹霞，千岩壁立、万壑争奇。落日光影中，丹山赤壁变幻出雄浑的色调，衬托出黄河的
柔美。这般静谧的瞬间，营造出神秘意境，正适合聆听炳灵寺石窟里的古老传说。

嶂石岩地貌

嶂石岩地貌，是 1992 年由郭康首次发现并命名的一种造景地貌，主要分布在太行山中南部。我在林州红旗渠和王相岩景区，认识了嶂石岩地貌，该地貌主要由红色石英砂岩构成，如屏如画，气势恢宏。

按照嶂石岩地貌"丹崖长墙、阶梯状陡崖、'Ω'嶂谷、棱角鲜明的块状造型、丹崖色调"五个特征，我沿途不断寻找标准像。用图片来印证，是识别地貌最直观的方法。

| 4-26
丹崖长墙，是嶂石岩地貌最显著的标志。丹崖长墙高高地展布于连绵的山脊之上，宛如红色长城，蔚为壮观。

4-26　嶂石岩丹崖绿栈（摄于 2010 年 10 月）

4-27　嶂石岩的长墙阶梯（摄于 2010 年 10 月）

▎4-27

在丹崖长墙上，从镶嵌的绿色植被看，有三个明显的台阶，宽的为台，窄的为栈道，面上均由松软的砂岩、页岩构成，极容易被风化掏蚀，而导致上覆坚硬岩层大面积崩塌、后退，从而形成阶梯状陡崖。组成陡崖的岩块，都是有棱有角的造型，颇有太行雄风的气势。"Ω"嶂谷，呈弧形，因断裂，整体崩塌而成。从景观审美看，我给嶂石岩地貌的标签是：丹崖绿栈、长墙阶梯、弧形围谷。

海蚀地貌

海蚀地貌，是在千万年的风吹浪打、潮至汐退中形成的。它的基本形态，大都是暴风浪的产物，而普通风浪则起着修饰的作用。

4-28　山东蓬莱的海蚀柱和海蚀崖（摄于 2015 年 10 月）

▍4-28
在山东蓬莱长岛群岛，观察到经典的海蚀地貌：海蚀柱和海蚀崖。海蚀柱由石英岩和页岩叠置而成，纹理清晰，层次分明，造型如同宝塔，又仿佛风帆正待远航。

海蚀崖悬垂陡峭，底部的凹槽和海蚀柱下方最细的部位，高度相似，透露了一个信息，即波浪打击海岸主要集中在海平面附近。在波浪的持续冲蚀下，海岸形成凹槽，凹槽以上的岩石被悬空，波浪继续作用，使悬空岩石崩坠，促使海岸步步后退，形成海蚀崖。在海蚀崖的坡脚，可以见到有崩坠下来的岩块。

海蚀宝塔，在茫茫大海上是船只的天然标识。海蚀崖上洁白的灯塔用光芒为船只导航，宝塔与白塔并肩而立，成为海上安全的忠实卫士。

4-29　南非开普敦好望角（摄于 2014 年 7 月）

4-29

好望角是非洲大陆西南端的岩石岬角。岬角是突入海中的尖形陆地，它从辽阔的陆地伸展出来，像牛的犄角一般插入大西洋和印度洋之间。由于波浪和海流的作用，岬角怪石峥嵘，岸线逶迤。

4-30

好望角附近有宽阔的海蚀台。海蚀台是在海蚀崖不断后退的同时，残留岩体被继续侵蚀而形成的。它微微向海倾斜，并不断展宽，直到海蚀崖停止后退为止。在波浪带动的岩块和沙砾不断的磨蚀下，海蚀台将逐渐被削平。

海蚀景观，是海洋与陆地交接且互动的结果。除了形态美，更有一种动态的力量之美，千万年造就的奇观是由一个个风浪击打的瞬间完成的。

4-30　好望角附近的海蚀台（摄于 2014 年 7 月）

植
被
景
观

植被，是覆盖地表的植物群落的总称。一个特定地区的自然植被，是植物群落自然演替的最后阶段，即植物同气候、土壤等环境要素处于平衡时的阶段。这样的过程往往需要数百年，甚至数千年。

不同的植被如同锦缎，彼此镶嵌，紧紧地包裹着大地。在大尺度上，由于受热量和水分条件的控制，植被的分布格局，表现为南北或东西演替的水平规律；在中尺度上，由于受地形影响，呈现从山麓到山顶的垂直规律。

森林植被，是以高大乔木为主的植物群落的总称。依据乔木优势种的外貌生态特征，森林可细分为雨林、阔叶林、硬叶林、落叶林、针叶林等。欣赏森林植被，整体可观树冠的线条之美和季相变化的色彩之美；局部则看乔木与周围生境的相互作用；细节处，要去发现微观群落的繁花盛景。

5-1　秘鲁伊基托斯的亚马孙热带雨林（摄于 2013 年 8 月）

5-1

亚马孙热带雨林由浓密的乔木组成，为争夺阳光，乔木身材高大，只在接近树顶部位，才有分枝构成半球形的树冠，树冠相互覆盖、延绵不断，形成林上林的景观。竞争中的"失败者"，则呈现出斑白而光秃的枯竭状态。死亡和繁衍一样，是生命周期的一部分，众多生物在生死轮回中，维持着雨林的平衡。

5-2

置身雨林，一棵高达百米的望天树完美呈现了雨林内部的垂直结构。各种植物以各自的生存技巧，占据着一定的生存空间，附生植物生长在树干、树枝甚至树叶上，形成雨林独有的空中花园景观。

5-2 望天树（摄于 2013 年 8 月）

5-3　林芝山麓地带的亚热带常绿阔叶林（摄于 2017 年 7 月）

▍5-3

在林芝雅鲁藏布江谷地，拍摄到亚热带常绿阔叶林。植被稠密，呈现出丛林和大森林的原始状态。树冠浑圆，有柔美的曲线，给人以温和闲适的感觉。

5-4　南非开普敦的亚热带常绿硬叶林（摄于 2014 年 7 月）

|5-4

在南非开普敦自然植物园，拍摄到亚热带常绿硬叶林，这是一种由硬叶乔木、灌木构成的矮灌林。树冠呈现出敦实的弧线之美。从硬叶树的细节中，可以见到植物对夏季干热的适应状态：革质叶面，茎上带刺，厚皮果实，色泽鲜艳。

|5-5

在加拿大班芙国家公园，拍摄到亚寒带针叶林。优势种为松树或杉树，身材高大、挺拔，呈宝塔形，树冠尖锐而冷峻，与严寒相契合。群落因树种单一而显得整齐划一，在高山背景下，呈现出壮阔之美。

5-5　加拿大班芙国家公园里的亚寒带针叶林（摄于 2011 年 7 月）

5-6　非洲草原（摄于 2009 年 7 月）

草原植被，是地球上分布最广的植被类型。在干湿季明显的地区表现为"高草稀树"的热带草原景观。在降水较少，腐殖质含量高的土壤上，呈现出广袤的温带草原景观。草原在雨季葱绿，旱季枯黄，鲜明的色彩对比，是生命之于环境变化的积极响应。

| 5-6

在非洲草原，乘坐热气球，可欣赏热带草原的整体美。草高而密，乔木稀疏点缀，这里是野生动物的生命世界，也是人类曾经出发的地方。

| 5-7、5-8

相对湿润的热带草原是灌木丛生的，一棵正走向枯竭的猴面包树，依然有完美的姿态，树冠呈半圆形，枝干尽情舒展，饱含岁月的质感。稀疏点缀的合欢树上，那些悬挂着的花篮是编织鸟的杰作。富饶的热带草原养育了成千上万的动物，而动物们旺盛的生命力，也让这片草原在千百万年里容颜不改，生机勃勃。

5-7　非洲草原上的猴面包树（陈式如拍摄）

5-8　非洲草原上悬挂着的"花篮"（摄于 2014 年 7 月）

5-9　呼伦贝尔草原（摄于 2000 年 7 月）

| 5-9、5-10

呼伦贝尔草原，是丰美的温带草原，一望无际的绿意随地形波状起伏，曲折的草原之路，是连接牧民生活与希望的纽带。草原深处的乌兰泡，是色彩斑斓的净土。作为乌尔逊河的牛轭湖，乌兰泡呈现出独特的湿地之美，水草繁茂、芦苇蓊郁、鲜花烂漫。美丽的湿地、辽远的天空、天地间的生命，如同油画一般，定格成静谧、安宁的永恒之美。

5-10　呼伦贝尔草原中的乌兰泡湿地（摄于 2000 年 7 月）

荒漠植被，主要分布在干旱地区，分为热带荒漠和温带荒漠。植被种类贫乏，群落结构简单。荒漠植被一般具有耐寒、耐旱、耐盐碱、抗风沙的能力，依靠发达的根系来获取水分。它们在忍受极限的同时，绽放着鲜艳的生命色彩。荒漠中，一抹生命色彩带来的感动，会鼓舞每一位在荒漠里的行者。

| 5-11、5-12

在新疆塔里木盆地中，梭梭在盐土里以匍匐的姿态生长，只要有稍多的水分，便密密匝匝，聚丛成群。胡杨，是生活在温带荒漠中唯一的乔木树种，它以"千年不死，死而千年不倒，倒而千年不朽"的传奇，成为荒漠里的精神丰碑。

5-11　荒漠盐土里的梭梭（摄于 2013 年 10 月）

5-12　温带荒漠中的胡杨（摄于 2013 年 10 月）

如果在旅行中，想把水平分布的植被带全部欣赏到，至少得花费几年甚至几十年的时光。如果在短时期内，想实现这样的旅行，那就选择一座高山吧。一座处于低纬度的高山，只要有足够的高度差，从山麓到山顶，几乎收藏了半个地球的水平带谱。欣赏这样一座山，如同竖着看水平的风景，甚为奇妙。

我国西部地区极高山众多，在迎风坡一侧，由低到高，垂直带谱明显，可以领略草原、森林、草甸、冰雪的垂直变幻。植被在每一个高度上的变化，都是自然适应的最佳状态。

| 5-13
在新疆夏塔风景区，植被的垂直变化非常清晰，从草原带，向上依次为常绿针叶林带、灌丛草甸带、冰缘带和永久冰雪带，构成了一个完整的垂直带谱。

5-13　新疆夏塔风景区的垂直带谱（摄于 2016 年 7 月）

在高山垂直带中，森林与草甸的交接处变化最为明显，有的变化如刀削一般，线条整齐清晰，仿佛说好了似的，到那个高度就戛然而止，停滞不前了。

| 5-14

鲁朗林海，位于雅鲁藏布江谷地。森林带从沟谷一直攀爬到海拔 3 700 米处，突然停止了爬升，形成了清晰的"林线"。笼统地说，林线既是郁闭型森林分布的上限，也是森林与草甸的界线。

鲁朗林海的垂直带谱，呈现出更多的细节变化。在山麓地带，可见常绿阔叶林，随海拔升高，依次出现针阔叶混交林、针叶林的更替。在半山腰，草原与森林带之间，横着一条紫色的灌丛带，仿佛是刻意设计的园林景观带。植被垂直变化的丰富，也预示着生命自然适应的多样性。一座高山的富有，不只是景观的多样性，还有生物多样性带来的物种基因的丰富。

5-15　鲁朗山麓地带的常绿阔叶林（摄于 2017 年 7 月）

5-16　鲁朗半山腰的草甸灌丛过渡带（摄于 2017 年 7 月）

5-17　库尔德宁的雪岭云杉林（摄于 2016 年 7 月）

| 5-17

在新疆库尔德宁，欣赏到雪岭云杉的风姿。雪岭云杉分布在海拔 1 500 米—2 800 米间。树形为圆柱形，树皮为红色，当地人称其为"红松"。雪岭云杉的身高远远大于胸围，身材非常苗条。当雪岭云杉列队伫立时，仿佛威风凛凛的利剑，直指苍穹。苗条的身形里隐藏着不可抗拒的阳刚之气。

5-18　西藏的高寒草甸（摄于 2015 年 7 月）

‖ 5-18、5-19

高寒草甸，是在寒冷、中湿的环境里发育的草地类型。在青藏高原，能经常看到高寒草甸景观，草类生长密集，植株低矮，根系盘结，形成坚实的绿色"地毯"，非常耐受践踏。但只要一踩上那毛茸茸的绿"地毯"，会瞬间唤醒沉睡的蚊子大军。黑颈鹤一家似乎不受蚊子影响，迈着轻盈的步伐，悠闲地漫步在自己的家园里。

5-19　黑颈鹤一家（摄于 2015 年 7 月）

考察笔记

"欧若拉"，我在极寒之地遇见你

"欧若拉"（Aurora），源于希腊神话中的极光女神（曙光女神）。当她用五色光焰照亮天空时，这世间所有的光芒都会黯然失色。从古至今，不知吸引了多少人，去追逐这神圣的光焰。

只可惜，"欧若拉"并非普天同照，而是限制在一个狭窄的区域，即一个以磁极为中心的环形区域里，这个区域称为极光卵，通常在磁纬度65°—75°之间。在该区域内，地球高层大气中的分子和原子，受到来自太阳风的高能带电粒子轰击后，会发出光芒，这就是极光。极光是大气、磁场、高能带电粒子，共同合作的作品。极光卵所在的区域，都属于极寒之地，人迹罕至，交通不便。

世界上观赏极光的圣地有美国阿拉斯加的费尔班克斯、加拿大的黄刀镇、冰岛、挪威北端的特罗姆瑟等。2016年2月1日，我选择去费尔班克斯观赏极光。选择这个时间和地点，我认为优势比较明显。从极光出现概率看，费尔班克斯处于极光卵的中心地带，一年之中有超过200天可以看到极光，有"北极光之都"的美称；从气象条件看，费尔班克斯地处阿拉斯加内陆，且西南有山脉阻挡海洋水汽进入，因此，天气干燥、少雨、风力小，有利于观测和拍摄；从昼夜长短看，二月冬季，黑夜漫长，有足够时间去守候；从天象条件看，月相为残月，拍摄时不会有月光干扰；从观测点看，费尔班克斯有三个极光观测点，最北到达北极圈以北的科特福特（68° N 左右），确保有更多的时空机会。

我只考虑了优势，而没有重视冻原之上的寒冷，忽略了寒冷是不会体贴人的，它会把人像露珠一样冻结。

在小木屋观测点拍摄 7 小时

当飞机穿过厚厚的云层，降落在费尔班克斯机场时，望着舱外灰暗的天色，我忧心忡忡，此行唯一的目的就是追逐"欧若拉"，而云层是观赏极光最大的障碍。来接机的司机见我忧虑天气，很不以为然，笑着说天空瞬息万变，有足够的时间去等待。

在司机的安慰下，我暂且放下种种不可预见之事，先去用晚餐，然后去超市购物，为当晚的第一次观测做充分准备。等办妥所有事情，出门上车时，忽然发现银河高悬，星空灿烂，与两个小时之前相比，完全是另一个天地，真是天遂人愿，于是赶紧上路，直奔第一个观测点——小木屋。

小木屋不是一个地名，而是一处远离城市的观测点。那里地势较高，有360 度的开阔视野，周围森林环绕，有一间小木屋，提供人们御寒休息。我的第一个长夜守候，就从小木屋开始了。由于第一次拍摄极光，为避免临时慌乱，晚上 7 点半，我就选好了机位，给相机套上御寒装备，然后开始守株待兔。当时气温 -14℃，据预报，凌晨还会降至 -24℃。虽然冬夜冰凉彻骨，但是一个美好的憧憬，足够温暖我的心。

以前欣赏过很多极光照片，大多为绿色，或者绿色和紫色的组合。受此影响，我的眼睛一直在捕捉绿光和紫光。守候到晚上 9 点，除了有"雾气"飘飘忽忽之外，一无所获。那"雾气"起先是灰色的，后来慢慢发白，我一看，心里急了，云来了，难道又要变天了？忽然，那"雾气"凝聚起来，变成一个白色的光团，几秒钟后，又扭曲着散开，并飘移起来，我觉得奇怪，就尝试着拍了一张。经相机感光后，那团"雾气"呈现出了顶部紫色，底部绿色的光芒，这是极光！我激动地跳了起来。原来，极光早就拉开了序幕，已经在苍穹下开始"舞蹈"了，而我居然无动于衷。我忽略了人眼感知与相机感知是完全不同的，人眼不具备相机那种对各种光线进行选择性过滤和累积的功能，而是各种色彩混合在一起，看到就是灰白色的，像夜晚的云一般。

极光的颜色主要来源于地球大气中的氮和氧。氧原子发出绿光和红光，氮原子发出蓝光，因此极光的颜色以绿红蓝为主。另外，在不同高度，气体组成、数量、密度都不同，因此极光色彩会有分层现象。由于人眼对绿光最为敏感，所以绿色也是我们在极光照片上最常见的颜色。一般情况下，红色光多见于极光顶部，即离地面较远的一侧，而底部颜色更接近绿色。极光色彩的变化、分层，只有相机才能"看到"。

等明白过来，再观赏天幕下的"欧若拉"，眼睛充满了想象力，任何像雾又像云的光带，都呈现出绮丽缤纷的色彩。

极光变化多端，任何一个形状的呈现只维持几秒钟，常常声东击西、天马行空、任意游荡。这可把我弄惨了，我根本来不及调整相机，拍得手忙脚乱。等女神舞蹈间隙时，赶紧看拍摄效果，非常失望。因为极光不停地舞动，过长的曝光时间，导致极光模糊成一片，形状轮廓出不来，还缺乏通透的层次感。

为了方便调试相机，我放弃了手套，也忘记了寒冷，心里只有一个念头，要把"欧若拉"的美丽与惊艳永恒地保留下来。用了将近 3 个小时，反复尝试，我终于积累了些经验：光圈必须最大，特别亮的极光，ISO 在 1600，曝光时间 4—6 秒，甚至更短；中等亮度的极光，ISO 在 2500，曝光时间 6—8 秒；暗弱的极光，ISO 在 3200，曝光时间 8—10 秒。这样拍出的极光，才能有漂亮的形状，尤其是那些呈帷幕状、弧状、射线状的极光。

搞定了相机，时间已到凌晨了。布满星星的夜空，流动着光影的波浪，极光之舞开始进入了高潮。极光有时瞬间爆发，横贯天幕，如万马奔腾，掠过天空；有时如昙花一现，蹦蹦跳跳地消失得无影无踪；有时如"欧若拉"女神的裙摆，在苍穹下轻摇慢舞；有时漫天花雨，华丽炫目，摄人心弦；有时分分合合，变幻出各种造型……在静谧的天地之间，我见证了世界上最美的光芒。遗憾

成功拍摄的第一张极光照片（摄于 2016 年 2 月）

温泉雾凇（摄于 2016 年 2 月）

的是，我无法更形象地去描述她给予的无限想象。

到了后半夜，是最寒冷最想放弃的时候，但"欧若拉"女神依然忽隐忽现，甚至还不断爆发。我决定继续守候，坚持拍摄，留住每一次与"欧若拉"女神相遇的景象。

一直坚守到凌晨 3 点，忽然感到手脚麻木，血液似乎要凝固了，赶紧收工。算起来，我在极度寒冷中已经坚守了 7 个小时。回到小木屋，亲手做了一碗世界上"最好吃"的热汤牛肉面，吃过后身体才慢慢暖过来。寒冷是"欧若拉"女神的利器，考验着每一位追逐她的勇士。

在珍娜温泉观测点的极致享受

第二天，我们到达离费尔班克斯 90 千米远的珍娜温泉观测点。那里有最极致的体验：在 -20℃ 的寒冷中，泡在 45℃ 的温泉里，一面体会冰火共存的奇妙，一面观赏星光和极光交相辉映。因为拍摄的缘故，我放弃了极致享受，而是先享受温泉，再专心致志拍摄。

珍娜温泉存在已有 100 多年历史了，它没有被过度开发，仍然保持着原始朴素的样貌。泉池由天然的大石块堆砌而成，温泉水来自地下的熔岩热泉，有浓浓的硫黄味道和滑腻的手感，池底是黑色的火山熔岩碎屑。四周琼树银花，那是温泉水汽直接凝华在树上而形成的雾凇景象。泡在温泉里，身体的感觉是矛盾的。头部在冬天，身体在夏天。

晚上 10 点，极光如约而至，开始了爆发、变幻，依然惊艳无比，摄人心魄。因为融进了针叶林、公路、冰屋等地景，极光表演仿佛有了故事情节。有的如精灵在森林上空飞舞；有的如翡翠耳环；有的如圣光降临，照耀大地……我又"山穷水尽"了，无法更确切地去赞美她。所有赞美，在她的光芒下，都会黯然失色。我只有在心间，默然铭记与她相遇的每一刻。

北极圈以北的无人区观测点

第三天，我们乘小飞机飞越了北极圈，到达科特福特营地，这是费尔班克斯最北的极光观测点。晚上到达时，气温 -32℃，据说这还是"暖冬"气温，

极端最低温曾出现过 −89℃。彻骨的感觉可以让人丧失毅力，我们没有在此多停留，而是坐上冰路大巴，沿道尔顿公路南行，穿越 300 多千米的苔原无人区，在途中观赏极光。

　　这条路虽只有 300 多千米，但开了将近 8 个小时。道尔顿公路完全是粗糙的砂砾路面，所有路段都没有进行铺筑，一方面为了增加地面摩擦力，另一方面不容易结冰。沿途没有任何餐馆、加油站，所能看到的只有森林、苔原和山脉。与其并行的是贯穿阿拉斯加州的输油管道，这条管道建于 20 世纪 70 年代，连接北部油田和南部港口，全长约 1 300 千米。管道铺设克服了难以想象的自然障碍：连绵的山脉、活跃的断层带、广大的冻土层，以及定期迁徙的驯鹿群。一路上，看到管道架空铺设，免受冻土影响；支架上安装了热交换器和热管，确保寒冷的冬夜管道仍可以正常运作；管道成"之"字形设计，给管道横向和纵向移动预留了空间。自然与人文的和谐、原始生态与现代科技的融合，在这荒原之上，表现得淋漓尽致。

凌晨 1 点，车在公路边一处丁字形路口停下，准备在这里静候极光。荒野极度寒冷，如果像第一天那样拍摄 7 个小时，必然会像路边针叶树一样，变成"冰雕"了。幸好，极光没有让我们等待太久，一束光芒呈放射状从地平线出发，迅速变换成耀眼的光带，贯穿整个天空，然后慢慢地弥散开，犹如孔雀开屏，且久久不愿离去。震撼的场景令人惊叹，可惜拍摄时，忙中出错，无法正常对焦。干脆，不拍了。沐浴着圣洁的光辉，让自己全身心地体验这自然的光影。

　　在寂寥的荒原，极光降临，是否有更多的意味呢？在未有科学解释之前，极光现象带给人们的并非是美的享受，而是惊恐的体验。因纽特人认为，极光是走向天国的通道，是亡者幽灵用火把为后来者点亮的通道；生活在拉普兰的萨米人认为，极光会携带斧头飞越天空，杀死任何嘲笑它的人，因此在极光下行驶的雪橇不允许使用钟铃，以免惊动极光而遭遇不幸；北美福克斯的印第安人则认为，向极光发出哨声，相当于用魔法招来鬼魂和神灵……

"冰雕"树（摄于 2016 年 2 月）

北极圈的日落景观（摄于 2016 年 2 月）

　　如今，极光已有科学解释，极光现象给予人们的不仅是审美享受，还有与极光相会时，那种心领神会的美感。极光捉摸不定，带来了宇宙无边无际、无始无终的信息。极光千变万化，证明大自然永远是无人超越的创造美的神来之笔。

　　有人说，看到极光，会一生幸福。而我连着三天都看到了极光爆发，可谓幸运至极。第四天住在费尔班克斯城里，夜空依然清朗，我相信，"欧若拉"依然会在荒原点燃夜空。而我，忽然意志薄弱了，没有再去拍摄。也许，寒冷的杀伤力太强；也许，那种勇气已经在前几天的极度兴奋与辛苦中耗尽了。

木吉乡火山群，秘境中独一无二的美

　　木吉乡火山群，绝大多数人不知道，更别说到达了。即使跑过木吉乡很多次的新疆司机也未必都知道。我最早知道它，是被《中国国家地理》杂志 2011 年第 8 期上的一张"迷人的帕米尔高原"图片所吸引。图片中，一座完美的红褐色锥形火山醒目地矗立着，深陷的火山口似乎是帕米尔高原炯炯有神的眼睛。周围绿草如茵的草甸、潇洒的溪流和散落的几间土坯房，带来了跃动的生机。远处连绵的雪峰，圈围出一个辽阔封闭的秘境。

　　后来查资料，了解到"木吉"一词在柯尔克孜语里，意思是"火山喷出的泥砂石"。木吉乡火山群也叫"喀日铁米尔火山群"，它位于新疆克孜勒苏柯尔克孜自治州阿克陶县木吉乡，处于帕米尔高原深处。1 500 多年前，这里地震频繁、火山怒吼、岩浆奔腾，等一切归于平静之后，大地上出现了几十个锥形火山口，千百年来，天地、生灵共生于此，生生不息。

　　经典的火山口，以及火山口所处的特殊环境，带着强烈的专业性、审美性和神秘性，吸引着我去探访它。探访木吉乡的旅程是艰难的，需借助天时、地利、人和，克服四道难关才能顺利抵达。这些难关中并不包括高原反应，因为克服高原缺氧，是每个踏上这段路途的人的必修课。

去木吉乡，唯一的路径就是从喀什出发，走314国道，这条公路的终点是中巴边界喀喇昆仑山口的红其拉甫。这段公路被称为中国最危险的边界走廊，亚洲最惊险的神奇公路，全球最高耸的跨境道路，世界最恐怖的死亡之路……这么多的惊悚字眼，说明这是进入木吉乡的第一道难关：道路艰险。一路上，高山裸岩相陪，峡谷激流做伴，弯道连连，稍有不慎，便坠落万丈悬崖。一路上，雪崩、洪水、泥石流和塌方留下的痕迹比比皆是，灾害的提示牌不计其数。由于道路损毁严重，目前从喀什到布伦口乡的路段正在重修，因此只能走坑坑洼洼、尘土飞扬的便道。我去的时候，很幸运，连着几天无风无雨，没有这些气象上的激发因素，地质灾害的风险就降低不少，因此一路上有惊无险。

314国道经过奥依塔克红山（摄于2016年7月）

当经过奥依塔克红山，穿行盖孜峡谷后，会看到布伦口水电站标牌，此时要关注道路右侧的一条下坡岔道，这条容易被疏忽的狭窄岔道就是去往木吉乡的唯一道路。当然，这仅仅是找对了去往木吉乡的方向，至于接下来如何在只有车辙印的路上行进，现在还来不及考虑，因为，先要过一个边防执勤点，这是进入木吉乡的第二道难关：入境艰难。我们被拦住了，我们在户籍所在地办的边防通行证不能用，即使在喀什办通行证也不行，只有木吉乡所属的克孜勒苏柯尔克孜自治州签发的通行证才能用，我们事先并不知道这么重要的信息。我一再说明进木吉乡是为了考察火山群，甚至拿出了"全国模范教师"的头衔请求放行，三个边防执勤战士虽然同情我们千里迢迢的辛苦，但他们坚持原则，不见克州签发的通行证就是不放行。软磨硬泡了半小时，毫无结果，想到被迫放弃，顿时伤心欲绝。

我们到达检查站时，已经下午3点了，根本没有时间回到300千米之外的阿图什市去办理，也没有信心到15千米之外的布伦口乡派出所办私人名义的考察通行证，因为我们除了身份证，没有单位介绍信，没有工作证……正当我们一筹莫展时，有人透露说"只要领导同意放行就行"，这是非常重要的提示。为此，大家一起合力，各方联系，辗转找人，说明情由，在1个小时后，找到了那个"贵人"，边防战士在接到上级领导电话后，终于给我们登记放行了。虽然耽误了将近1个半小时，但终于进入木吉乡了。后来查资料得知，边防严格控制个人名义进入，其原因有两个：一、木吉乡与吉尔吉斯斯坦和塔吉克斯坦接壤，边界线长达300千米，有42个边境山口，有"新疆边境第一乡"之称。二、木吉乡发现了很多岩金矿、沙金矿和宝石矿，有不少人借旅行的名义来淘私金。因此，木吉乡不对外开放，没有特别通行证禁止放行。可想而知，能越过这道人为难关，我们是多么幸运！

进入木吉乡后，车行不到10千米处，可以欣赏到沙山奇观：银沙裹挟的山峰倒映在浅蓝色的湖水中，给人一种宁静纯净之美；几道褐色的山脊线，简洁地勾勒出山体的苍劲古朴之美。沙山、蓝湖、褐岩的融合，构筑了梦幻般的意境，抚慰着历尽艰辛的旅人。当地人称这一奇观为白沙湖，查阅地图发现，白沙湖位于康西瓦河上游。康西瓦河发源于慕士塔格峰东坡冰川，当流经布伦

沙湖景观（摄于 2016 年 7 月）

口一个大拐弯后，突然放缓了流速，形成了一片宽阔的三角形河滩。夏季冰川融水量大，水位上涨，整片沙滩淹没在水中。冬季，水位下降，沙湖成了细水纵流，湖底出露，沉积的白沙被大风吹上坡，千万年过去了，就形成了高原沙山的奇景。还有一种解释说，塔克拉玛干的沙尘跋涉千里，在盖孜河谷的狭管风效应下，日积月累飘落沉降而成。也曾有人说，是上苍为了让帕米尔高原保持纯净的天空，在这里设下一道过滤网，把空气中的沙尘都过滤了下来，才有了今天的沙湖奇观。现在，白沙湖已经不再有明显的季节变化，因为这里已经成为布伦口水电站的库区了。

经过美景的洗礼之后，心灵轻快，满怀着憧憬，再出发。接下来要过第三道难关：魔鬼路程。"九十九道弯，九个戈壁滩，屁股磨不破，到不了木吉滩"，这是当地人的一句谚语，真实道出了木吉乡的遥远和艰难。从地图上看，木吉乡的公路是沿着木吉河谷往上游方向延伸的，而实际上，不少路段连路基都没有，靠近河谷边的碎石、泥土和车辙印就是路，很多时候，因车辙痕迹紊乱，搞得我们常常走上"绝路"，不得不掉头重来。穿越茫茫戈壁滩时，经常要从宽浅的河床里通过。幸运的是，七月初的木吉乡，冰川融水量还未达到极大，没有山洪，河床水位不高，因此越野车能顺利穿越。

从边防站到木吉乡镇，虽然只有 74 千米的路程，但越野车颠簸了将近 4 个小时，磨破了屁股，终于远远地看到一些红房子，大家很兴奋，急着找进入镇区的道路，但绕来绕去，怎么也找不到北。后来在牧民的指点下，沿着草甸湿地中间一条狭窄的土路开到头，碰到一排排土坯房，似乎又无路可走了。找不到问路人，我们只能在土坯房之间的巷道里左突右转，终于走上了唯一一条阳光大道，进入了木吉乡镇。

一路颠簸带来的身心体验是绝无仅有的，魔鬼般的旅途，往往有最美的景致相伴。在欣赏美景时，还需要克服最致命的第四道难关：群蚊攻击。木吉乡火山群分布在昆盖山与萨雷阔勒岭之间开阔平坦的河谷地带，那里冰川融水汇聚，河流源远流长，大片沼泽化草甸分布在低洼处，坡地上多为白色的盐碱土和红色的碱蓬草。远远看去，草滩肥美、生态原始，一个个铁红色的火山口散

九个戈壁滩（摄于 2016 年 7 月）

木吉乡镇（摄于 2016 年 7 月）

布其间，并未感觉有任何危险，但当你激动地越过草滩，奔向火山口时，隐藏在草滩土壤里的蚊子被脚步"唤醒"了，一下子扑过来。我因事先做了防护，只被咬了十几个包，主要集中在无法遮蔽的脸部和手背。蚊子的强大攻击，让你难以停留、靠近，更别说长时间守候拍摄了。我们去火山口拍摄了两次，都因蚊子侵扰而没坚持太长时间。也许，这就是帕米尔高原秘境中的生态武器吧。

历尽千辛万苦的旅途是非凡的，一路上，始终有公格尔雪山在身后默默陪伴。公格尔雪山海拔 7 649 米，是西昆仑山在帕米尔高原上的最高峰。

秘境中的木吉乡火山群，以其壮阔、原始的风貌，呈现出独一无二的美。站在高处眺望，"十八罗汉雪峰"像锯齿一样，齐刷刷一字排开在昆盖山上，那威武雄壮之势，真的犹如十八尊罗汉列队整装待发，山间悬挂着一条条银光闪闪的冰川。雪峰下，大片草滩湿地上，散落着隆起的锥形小丘，那就是木吉乡火山群。火山群大约由十几个火山口（或火山锥）组成，我能数到的火山口至少有 15 个，锥体对称、高耸，呈铁锈红，非常醒目，火山口错落有致地分布在宽阔的河谷盆地中。

走近观察，有的火山口高耸矗立，内部深凹，形态完美；有的火山口已成为水草丰美的湖泊；有的锥体已坍塌，但铁绣红色的外表仍然显示这里曾经是

十八罗汉峰（摄于2016年7月）　　　　　　　　　已坍塌的火山口（摄于2016年7月）

河谷盆地中的火山口（摄于2016年7月）

岩浆喷涌的出口；有的火山口被牧民改造成了羊群圈棚。河谷附近，有各色泉眼，黄色、白色、黑色、灰色等，有的还在突突地冒着气泡，喷涌着泥浆，温和地释放着能量，这是地球深处的"呼吸"，说明火山群处于休眠状态中。

火山、雪山、河流、草甸、成群牛羊，河谷盆地里的一切不是简单的组合，而是大自然各个要素之间内在联系而创造出来的整体之美。

地壳运动带来了大地的褶皱隆起和断裂错位，隆起的地方形成了雪山，断裂的地方使火山活动成为可能。火山灰带来了肥沃土壤，在雪山融水的滋润下，孕育了草甸植被；周围冰雪融水的稳定补给，让河流源远流长；高原地形和高寒气候让独特的野生动物适应生存；高寒冻土的发育，导致地势低洼处水流不畅，使草甸呈现沼泽化现象；有火山的地方，就必定有富饶的矿藏，现在发现的稀有金属矿、金矿、宝石矿都分布在雪山冰川之下，不易被开采，因此大部分保留着原始状态……大自然的整体之美，为柯尔克孜族人的聚居创造了良好的生存条件。柯尔克孜族人在与自然千百年的和谐共处中创造了最动人的景观：雪山下，湖水湛蓝、草甸如茵、牛马徜徉、毡房点点、炊烟袅袅。

柯尔克孜族大爷（摄于 2016 年 7 月）

　　木吉乡现有人口 4 000 多，绝大部分柯尔克孜族人逐水草而居，保留着游牧散居的生活方式。木吉乡镇只有一条街道，镇上有一家只提供干净床铺的招待所，和一家只供应羊肉与炒面的饭店。这里很少有人来，一个旅社一个饭店就绰绰有余了。木吉乡镇还有一所学校、一间医疗诊所、一个加油站，地方虽小，但五脏俱全。

　　柯尔克孜族人热情友善，在途中拍摄沙湖时，一位正在荒地里干活的柯尔克孜族大爷，主动跑过来，引我们到最好的位置拍摄。他不会说汉语，但极力用手比画着介绍他在荒地上做的事情，后来我们大概明白了，他在土壤里埋下的种子已经长出了幼苗，看来，眼前的这一小片是试验田，是希望的田野，因此，我们沿田埂走的时候特别小心，绝不能踩到地里去。

　　在木吉乡镇，一个小伙子热情地带我们去找火山口，虽然已经日落了，但他觉得晚霞里的火山口更美。他汉语说得很好，一路上带着我们翻山坡、闯激流、过草地，直达火山口。火山口边上有几间土坯房，他介绍那是他小时候住的地方，那个火山口是他们家的羊圈。现在为了保护火山口，火山口已经不能作为高寒

迷人的帕米尔高原（摄于 2016 年 7 月）

圈棚了。我忽然想起，眼前的美景就是《中国国家地理》杂志上那张"迷人的帕米尔高原"，非常激动。第二天，在朝霞光影中，我模仿拍摄了那张经典照片，火山口、土坯房和雪山的组合，充满了自然与人文的意蕴。

随着时间的推移和经济的开发，相信木吉乡也会如柯尔克孜族的英雄史诗《玛纳斯》里唱道的："一切的一切都在变幻。"只是希望无论怎么变，多年以后，该有的都还在，但愿火山群永远在秘境中。

五 神山圣湖

有一种景致，只需一瞥，便会烙上心灵，从此魂牵梦绕。若驻足下来，与她沟通，那么她的静穆，她的高贵，会让你产生一种单纯的心境，与之契合，转化万物，心中盈满天地之信仰。这样的景致，只隐在雪域西藏，一个最接近天堂的地方。那里的神山、圣湖，无论姿态，还是表情，都能引导每一位与之相遇的灵魂。

我到西藏旅行多次，遇见过 30 多个圣洁之湖和 10 多座神灵之山，有相约而至，有不期而遇。每一次相见，在我看来，都是她最美、最有个性的样子，因此，再多的湖，再多的山，在我心里，像是贴了标签似的，永远不可能忘怀。

那些浩瀚如海的大湖，是在青藏高原隆起时形成的断裂构造湖，因此，湖水很深，湖岸陡峻，四周有巍峨高耸的雪山做怀抱。湖与山，一个是人间美玉，一个是天堂守护神，它们成双成对，相依相伴，默然相爱千万年。纳木错与念青唐古拉、玛旁雍错与冈仁波齐、羊卓雍错与宁金岗桑、当惹雍错与达果雪山、普玛雍错与库拉岗日，已经成为藏族群众心中敬仰的圣湖与神山。

那些镶嵌在冰川之下、峡谷之中的神湖，有的属冰川湖，有的是堰塞湖，它们面积不大，但位置更高，更接近天堂，要拜会它们，必须攀登像天梯一样的高山，站上山顶才行。拉姆拉错海拔 5 300 米，白马琳错海拔 4 800 米，它们光影变幻，映衬天上的云舒云卷。

那些顶着"鬼湖"之名的湖泊，有的位于荒凉偏远的无人区，有的属于湖泊退缩演变成的咸水湖。它们默默无声、空旷辽远，似乎处在被人遗忘的宇宙边缘。但它们同样有着惊艳无比的美，它们陪伴圣湖，守着千万年的苍凉岁月，永远停留在静寂里。

守护圣湖的雪山，大多威风凛凛、傲视群雄，有钢筋铁骨般的轮廓之美，当云带薄雾缠绕时，也会显出妩媚妖娆、内敛沉静之美。珠穆朗玛峰海拔 8 844.43 米，世界第一高峰，是藏族群众心目中的"女神"；希夏邦马峰海拔 8 027 米，被称颂为"吉祥神山"；卓奥友峰海拔 8 201 米，被奉为"大尊师"；纳木那尼峰海拔 7 694 米，是阿里高原上的"神女峰"；冈仁波齐峰海拔 6 656 米，是众多高峰中的矮个子，但被公认为"世界中心"。这些神山，是人与神、人与自然结合的精神之山、信仰之山，已经深深地镌刻进西藏的历史文化之中。

景观

赏欣

1

珠穆朗玛峰

珠穆朗玛峰，在藏语里"珠穆"是女神的意思，她是降伏毒龙、护卫喜马拉雅山区的五仙女之一。"朗玛"是第三的意思，因女神在五仙女中位居中间，因此，珠穆朗玛峰就是"第三女神"之峰。珠峰位于中尼边界上，按2005年中国国家测绘局测量的岩面高为8 844.43米，为世界第一高峰。

| 1-1

第一次遇见珠峰是在途中，她从云端露出，只展现一角，便已是一种高傲尊贵、不可一世的样子，忽然，在她面前，你所有的骄傲都瞬间消失，变得虔诚而谦逊。

| 1-2

第二次见到珠峰是在黄昏时分，落日的余晖洒在峰顶，女神变得辉煌而温暖，可以亲近，更可以慰藉心灵。几

1-1　第一次在途中遇见珠峰（摄于2016年7月）

缕或明或暗的云带缠绕在腰间，女神多出几分妩媚妖娆。虽然未见山峰整体，但隐约在云层间的岩体轮廓，还是让人想象出那种柔中带刚的雄浑之美。

1-2　第二次见到晚霞里的珠峰（摄于 2016 年 7 月）

I 1-3

第三次见到珠峰是在清晨，在清冽的寒风中，寂静守候 3 小时，虽然没等到日照金顶，但我与世界最高峰的神秘对话，实现了自己的一种执着信念。大约早上 8 点半左右，珠峰终于全身出露，以黑白色展示细节，金字塔般的角峰，顶部巨大的裂缝，几乎直立的四面岩壁，表现出一种冷峻的力度和内敛的张力。

I 1-4

第四次见到珠峰又是在途中，她从蓝天和云层间探出峰顶，因光线柔和，显得高耸而柔美。厚厚的云带把她同人间隔断，女神住在天堂，远离红尘，没有杂念，永远高贵而纯真。

1-3　第三次见到清晨时分的珠峰（摄于 2016 年 7 月）

1-4　第四次在途中又见珠峰（摄于 2016 年 7 月）

2

纳木错

纳木错，在藏语里是"天湖"之意，湖面海拔 4 718 米。纳木错作为"圣湖"的历史非常久远。

|2-1、2-2、2-3

清晨，为了拍摄朝霞，我爬上了高坡。绚烂的朝霞，投射在念青唐古拉雪山上，把神山之顶染成了金色。在传说中，念青唐古拉山和纳木错不仅是神山圣湖，而且是生死相依的情人。念青唐古拉山因纳木错的衬托而显得英俊挺拔，纳木错因念青唐古拉山的倒映而愈加绮丽动人。高坡上，风很大，听见经幡呼啦啦的诵念之声，声音是透明的、彩色的。清晨，三三两两的信徒默默走着，每一个人在霞光下，用长长的影子，标记着自己虔诚的信仰。

2-1　朝霞里的纳木错（摄于 2015 年 8 月）

2-2　纳木错圣湖和念青唐古拉神山（摄于 2015 年 8 月）

2-3　三三两两的信徒（摄于 2015 年 8 月）

3

冈
仁
波
齐
峰

冈仁波齐峰，是冈底斯山脉的主峰，海拔 6 656 米。与高
原上诸多七八千米的山峰相比，它没有高度优势，但作为
神山，它却拥有其他高峰无可比拟的地位。

| 3-1

冈仁波齐峰是众多神灵的居所，因此，它的山形、姿态、
表情也带上了神性的光环。它的峰顶并非尖耸峻拔，而是
圆润敦厚，让人有亲近之感；峰顶垂直而下有一条巨大的
冰槽，与横向岩层构成了十字形天梯；它峭壁直立，让人
难以攀登，至今冈仁波齐是无人登顶的处女峰。也许，作
为"世界中心"，它的神威无人敢于冒犯吧。

除了担当神山之王，冈仁波齐峰还是众水之源。它集聚了印度洋的水汽，用千万年的耐心凝固成 28 条冰川，然后化成涓涓溪流，流向四方，恩泽大地。其中马泉河流向东方，成为雅鲁藏布江的源头；孔雀河流向南方，归为恒河；象泉河流向西方，进入印度后称为萨特莱杰河；狮泉河流向北方，下游为印度河。四条河流行程数万里后，最后全部归入印度洋，完成了自然的轮回。

3-1 "神山之王"冈仁波齐峰（摄于 2015 年 7 月）

4

玛
旁
雍
错

| 4-1、4-2

玛旁雍错，藏语意为"永恒不败的碧玉湖"，是西藏地区四大圣湖之一。它北面与"神山之王"冈仁波齐峰遥遥相对，南面与"圣母之山"纳木那尼峰紧紧相邻。因距离关系，在镜头里，我只捕捉到了玛旁雍错与纳木那尼峰的组合，那是一幅美丽圣洁的画面：湖面蔚蓝，云浮碧水，撒下绸缎百匹；雪峰傲立，山谷冰川，汇入溪流无数。玛旁雍错与纳木那尼峰像一对忠贞不渝的情人，千百万年来相依相守，不离不弃。

4-1　玛旁雍错圣湖（摄于 2015 年 7 月）

4-2 "圣母之山"纳木那尼峰（摄于2015年7月）

在信徒心中，玛旁雍错是所有圣地中最古老、最神圣的地方，是"世界的中心"。

5

拉昂错

在阿里地区，有一个美如天赐的"鬼湖"——拉昂错，湖水清澈透明，蓝得醉人。湖边镶着卵石滩，四周是暗红色山丘，背后雪山连绵，"圣母之山"纳木那尼峰静静地守护在身边。

5-1 "鬼湖"拉昂错（摄于 2015 年 7 月）

"鬼湖"的恶名缘何而来？原来它是一个咸水湖，湖里鱼虾绝迹，湖畔寸草不生，也没有牛羊，给人以荒凉萧条、死气沉沉的感觉。从自然史看，这是一种偶然。拉昂错与近邻的圣湖玛旁雍错原本是一个湖，在地质历史时期，由于气候变化，导致水面下降，湖泊退缩，一条狭长的小山丘将湖一分为二，玛旁雍错是清甜的淡水湖，而拉昂错则成了苦涩的咸水湖。

拉昂错因顶了"鬼湖"之名，有些寂寞，这里很少见到牧民，更没有人愿意来此放牧。但对于旅人来说，这里特有的清净与空旷，却是心灵的一方净土。

纳木那尼峰,藏语称之为"圣母之山",位于喜马拉雅山西段,海拔 7 694 米,与冈底斯山脉主峰冈仁波齐峰遥相呼应,共同护卫着玛旁雍错"圣湖"和拉昂错"鬼湖"。

纳木那尼的名气远没有冈仁波齐大,一路上,纳木那尼峰虽然一直陪伴左右,但我的心里总是惦念着远处的冈仁波齐峰。拍摄日落时,虽然纳木那尼峰近在咫尺,但我舍近求远,登上高坡,在寒风中守候冈仁波齐的日照金山景观,因有云层遮挡,我没有如愿。当我回头瞥见纳木那尼峰时,却发现它早已沐浴在晚霞中,毫不张扬的外表,散发出圣母般温暖的光辉。霞光、云层、雪峰相互浸染、相互映照。

6

纳木那尼峰

6-1 纳木那尼峰(摄于 2015 年 7 月)

7

当惹雍错

当惹雍错，位于藏北高原腹地，海拔 4 500 多米，因位置偏僻，交通不便，外地人很少来。但一旦来到，便不舍得离开。它的美是纯净的、原生的、静谧的，湛蓝的湖水、褚红色的山壁、阶梯状的湖堤、白色的村庄、浩荡的青稞地、古老的信仰……一切似乎在梦境中，与人们想象中的藏北高原荒凉的感觉完全不同。

7-1 当惹雍错湖畔的文布南村（摄于 2015 年 8 月）

登上山坡，透过牛角玛尼堆，欣赏风吹麦浪，似乎忘了这里是藏北荒原。在海拔 4 500 多米的地方还能种植青稞，这要归功于当惹雍错独特的气候。当惹雍错四周有山脉环绕，环境封闭，气候相对温暖。南岸的达果尔雪山东侧有一缺口，来自印度洋的暖湿气流从缺口进入，给这里带来湿润的水汽。温暖湿润的气候，养育了湖畔的人们，也孕育了最古老的文明。

7-2　圣湖当惹雍错（摄于 2015 年 8 月）

羊
卓
雍
错

羊卓雍错，藏语意为"碧玉湖"，位于喜马拉雅山北麓。据说羊卓雍错能帮助人们指引方向，因此成为西藏著名的圣湖。

羊卓雍错是冰川泥石流堵塞河道而形成的高原堰塞湖，因此形状极不规则，湖泊分汊多，岸线曲折，犹如珊瑚枝一般。

8-1

这是在羊卓雍错最经典的位置上拍摄的。湖面平静，一片幽蓝，岸边牧草肥美，背后的雪山是宁金岗桑神山。

8-1　羊卓雍错的经典画面（摄于 2015 年 7 月）

8-2

这是从多却乡至工布学乡的途中拍摄的，登高俯瞰羊卓雍错，圣湖呈现了另一种美：风起云涌，层峦叠嶂，岛屿棋布，曲水通幽，湖面波澜不惊，岁月静美。

8-2　羊卓雍错的另一种美（摄于 2016 年 7 月）

普姆雍错，在藏语里意为"像碧玉一般的湖泊"。普姆雍错位于喜马拉雅山北麓，羊卓雍错的南面。传说中，每年藏历3月15日，湖水上涨，普姆雍错的水会沿着峡谷流入羊卓雍错，于是两个湖就相会在一起，令人遐想万千。

普姆雍错，是被莲花生大师加持过的神湖。湖畔海拔5 010米，因高海拔，让人不得不慢下来、静下来，平缓心跳、放空自己，静静观赏。湖水清澈宁静、冰川融汇、雪山围绕、连绵不绝。建在悬崖边的推寺，已有500年历史，是隐修的仙境。"推"在藏语里是"连接、连通"的意思。这里由于山地阻隔，比较隐秘，与人间、与现实并不连通，但却很容易与自己的内心相连通。

9

普
姆
雍
错

9-1　普姆雍错（摄于2016年7月）

10

扎日南木错

10-1

扎日南木错，是阿里地区最大的咸水湖。初见扎日南木错，感觉它有大海的特质：气势磅礴、水天一色、碧蓝如洗，岬角、月牙湾、半岛、浅滩湿地一应俱全，令人印象深刻。细看扎日南木错，它又有独特的美，那是大自然历经千万年精心雕琢过的美。

10-2

扎日南木错是在青藏高原隆起时形成的大型断裂构造湖，因此，在湖体北面可以观察到一个个三角形断层崖。这里曾经发生过剧烈的火山喷发，由火山熔岩、火山碎屑等组成的岩层，在地壳运动的作用下卷曲、扭折，形成流线型的图案。在神话里，那些深入湖中的流线型半岛，是莲花生大师同妖魔水怪搏斗时，被撕扯下来装土的袍子。神话总是能为湖泊增添灵性，让行走于此的人，对这片土地充满敬畏之心。

10-1　扎日南木错（摄于 2015 年 8 月）

10-2　扎日南木错流线型半岛（摄于2015年8月）

| 10-3

湖岸四周，有一圈圈、一层层的深痕，远看似台阶，近看像车辙印，那是扎日南木错的古湖岸线，是湖泊因气候转暖、变干、退缩后，留下的生命轨迹。据资料，最高的古湖岸线高于现湖面约100米，那时的古湖面，要比现在的大出两三倍。

10-3　扎日南木错古湖岸线（摄于2015年8月）

| 10-4

扎日南木错的西北岸，有措勤藏布淡水径流汇入，因此，湖畔浅滩上水草肥美、藻类丰富，吸引了成群结队的水鸟来筑巢觅食，尽显湿地的灵动之美。

10-4　扎日南木错浅滩水草丰美（摄于2015年8月）

11

希夏邦马峰

11-1　希夏邦马峰（摄于 2015 年 7 月）

11-2　希夏邦马峰北面的沙漠（摄于 2015 年 7 月）

▎11-1

希夏邦马峰，在藏语里是"气候严寒、天气恶劣多变"之意。它坐落在喜马拉雅山脉中段，海拔 8 027 米。希夏邦马峰的峰顶由三个高程相近的角峰组成，角峰之间是汇聚积雪的冰斗，尖锐的刃脊之间流动着一条条悬冰川。

▎11-2

希夏邦马峰和其他山峰组成的地形屏障，阻挡了印度洋水汽北进的脚步，云层只窝在南侧，难以逾越到北面来，因此，这一侧是绵延的沙丘荒漠，只在溪流边才有些草滩。

拉姆拉错，在藏语里是"天女之魂湖"的意思。拉姆拉错海拔 4 900 米，位于加查县崔久乡境内，面积不大，但有着特殊地位。它是信徒们敬仰的神湖。

站在海拔 5 365 米的山脊上，俯瞰神湖。拉姆拉错犹如一面莲花宝镜，湖面倒映着天上的云彩，天上云舒云卷，湖面姿态万千。据说只要虔诚地向湖中凝望，就能从湖水幻示的影像中，看出自己的前生与来世。

12-1 拉姆拉错（摄于 2016 年 7 月）

13

色林错

13-1 色林错（摄于2015年8月）

| 13-1

色林错，面积 2 391 平方千米，是西藏第一大湖。白色的浪花、黛色的礁石、深深浅浅的蓝，波浪、涛声，以及咸咸的空气，无一不是大海的气息。

色林错是一个湖泊王国，其周围有 23 个卫星湖，如同翡翠项链般环绕。据考证，色林错面积曾达到 1 万平方千米，后因气候变化，湖泊退缩，这些卫星湖才从中分离出来。

色林错与纳木错挨得很近，壮美风光不亚于纳木错，但纳木错游人如织，而色林错却门可罗雀，因为它顶了一个"鬼湖"的恶名。传说，莲花生大师将魔鬼色林镇压在这个大湖里，并命令它在湖中虔诚忏悔，永远不得离开，并把这个大湖命名为"色林错"，意为"色林魔鬼湖"。千百年来，这一传说让信徒们对色林错畏而远之。

与热闹的圣湖相比，色林错显得冷清，但它并不荒凉。由于色林错位置偏远，无人干扰，湖畔成了野生动物的天堂，很多卫星湖是淡水湖，湖滨水草丰美，是候鸟理想的栖息地。

14

恰规错

14-1　恰规错（摄于 2015 年 8 月）

恰规错，位于色林错西面，曾经是色林错的一部分。它的美是可以亲近、互动的。

14-1

湖中有一个个奇特的小土堆，建筑师是漂亮的鸟儿，它们用泥和草堆成窝，大部分堆的是独立窝，也有连体窝。

14-2　恰规错（摄于 2015 年 8 月）

14-2

一个牧民骑行在公路上，陪伴他的只有那一汪碧蓝的宁静之水和绵延不绝的粉色山岩。

14-3

云层光影下的对比之美：突显的暖色岛屿与沉静的深蓝湖面，平直的湖岸线条与起伏的山脊线条。天上风起云涌，而湖面却波澜不惊，呈现动静相融之美。

14-3　恰规错（摄于 2015 年 8 月）

巴木错，一个依偎在纳木错北面的姐妹湖。和纳
木错一样，它也是由念青唐古拉山的冰雪融水养
育的，可惜很少有人留意它的存在。

巴木错的美，美在善变。湖水一会儿碧绿，一会
儿湛蓝，一会儿又有些迷离，几分钟内会魔幻般
显现多种色彩。湖岸圆润的曲线，以及湖畔金色
的草原，为它增添了几分自由与洒脱。

15

巴
木
错

15-1　巴木错（摄于 2015 年 8 月）

16

盐湖

16-1　别若则错（摄于 2015 年 8 月）

在藏北高原腹地，有很多盐湖。它们的共同特点是，因含盐度高，湖水厚重，水波不兴。又因富含多种矿物，湖水的淡蓝中夹杂了白色、黄色、褐色的纹路，淡雅而沉静。它们虽不是圣湖，却是天地间的馈赠。

16-2　黄昏中的别若则错（摄于 2015 年 8 月）

16-3　洞错（摄于 2015 年 8 月）

| 16-1、16-2

湖岸边都覆盖着大片大片的盐结晶，像冬日的霜华。各
种盐类的沉积有明显的顺序，因此会出现一圈圈有色彩
差异的盐类沉积带，宛若戴在蓝湖上的美丽项圈。

| 16-3

湖滨地带有广阔的草滩草原，是藏野驴、藏羚羊等各种
珍贵野生动物聚居的地方，也是藏北的重要牧区。

16-4 龙木错（摄于 2016 年 7 月）

16-4、16-5

沿 219 新藏公路，从新疆进入西藏阿里地区不久，看到两个惊艳的盐湖：龙木错和松木希错。两个湖泊只相隔一条公路，近在咫尺，相互陪伴。

当时云层飘浮在龙木错上空，光影柔和，洒在湖面，把龙木错渲染得深幽静美。湖畔近处的盐堤、草滩、土路，和远处的房屋、山脊，凝固成了一幅悠远的藏地画卷。而其对面的松木希错，云层稀疏，耀眼的光影把不同色彩的岩层突显出来，湖面湛蓝，流动着丝绸般的光泽。

16-5 松木希错（摄于 2016 年 7 月）

沿着 219 国道，从巴嘎到扎达土林的途中，看到一个宝石般的小湖，周围山体因富含铁，色彩鲜艳。当地人称这个湖为"上帝的眼泪"。湖岸四周一圈圈不断下降的白色岸线，预示着它的退缩还在继续。

17

「上帝的眼泪」

17-1　"上帝的眼泪"（摄于 2015 年 7 月）

18

达则错

18-1

达则错的美丽是经典的高原湖景象：金色的湖滨草滩、宝蓝色的纯净湖水、褐红色的平缓山体、银色的冰川雪峰。

达则错所处的位置属于那曲无人区，是藏羚羊、藏野驴等珍稀野生动物的天堂。一小群雄性藏羚羊正悠闲吃草，它们个个健硕强壮，两只角细长、尖锐、挺拔，它们太灵敏了，一听到车子的声音，撒腿就跑，而且很有策略地分散逃开。藏羚羊的敏感和胆怯，提醒我们不要骚扰它们。我们没有下车，也没有追赶，远远地用长焦镜头记录藏羚羊在达则错的背景下，飞扬尘土的健硕姿态。

18-1　达则错（摄于 2015 年 8 月）

考察 笔记

阿里大环线，心灵的修行之路

在纯净的神山圣湖之地，藏族群众因信仰而愿意不畏艰苦，用自己的行走修行来获得福报。而我，因信仰天地自然，愿意克服困难到西藏腹地考察，用自己的旅途修行来感知天人合一。

今年第四次进藏，此行主要考察神山圣湖。我和几个朋友租了两台越野车，从拉萨出发，一路向西，途经日喀则、萨嘎、仲巴、巴嘎、札达，到达噶尔，然后再一路向东，途经革吉、改则、措勤、文布村、班戈、纳木错，最后回到拉萨，历时16天，完成在阿里、那曲腹地的一圈旅行。途中有艰苦，但更多的是发现美、体验美以及油然而生的感恩与向善之心。

荒漠，大自然的一种表情

从拉萨向西到札达的一段路程，处于喜马拉雅山脉和冈底斯山脉之间狭窄的谷地中，前一段属于雅鲁藏布江，后一段属于狮泉河。谷地中，大量的砾石沙粒散落在荒原上，星星点点，仿佛让我们穿越到了远古时期的海底世界。依据板块构造理论，这里曾经是古地中海的一部分，处于印度板块和亚欧板块之间，

荒野中的生命之美（摄于 2015 年 7 月）

后来板块相撞、挤压，海水退去，海底出露，构造抬升，历经沧海桑田，两大板块"拼接"在一起。

　　喜马拉雅山脉和冈底斯山脉在这次沧海桑田中，逐渐靠近，相互对望、相互平行。它们近似东西走向，呈弧形横亘数千千米，成为南北气流的两道天然屏障。冬季把大陆干冷气流挡在北面，夏季把印度洋暖湿气流挡在南面，形成了景观迥异的两个地形单元，温凉湿润的藏南谷地和高寒干燥的藏北高原。

　　两条山脉都是雪的故乡，蜿蜒流动的一条条冰川，成为江河的源头。山脉的屏障也并非是密不透风的，它们都留了些河谷缺口，让印度洋水汽顺着河谷通道进入、爬升，形成降水。水量虽少，但对于干燥的内陆地区而言，是无比珍贵的生命之源。

　　一直陪伴在我们左侧的希夏邦马峰，属于喜马拉雅山脉，海拔 8 027 米。

它和其他山峰组成的地形屏障，阻挡了印度洋水汽北进的脚步，云层只窝在山峰之间的山谷中，难以逾越过来，使这里呈现单调的荒漠景观。漫长的旅途，面对一望无际的荒漠，如何排遣心中的迷茫？那就把荒漠当作景观来欣赏，慢慢地，你会发现荒漠的独特之美：土黄色的基调，渲染着荒芜的氛围；间或出现的溪流，倒映着金色的沙丘；一圈圈白色的盐类沉积，宛若蓝湖的珍珠项链；溪流草滩和湖岸草地上，也有肥美的牛羊。

荒漠，为何也有美的存在？在我看来，荒漠仅仅是大自然给予的一组由黄、绿、白组合的色彩谱系，其中蕴含着大自然各要素相互联系、相互制约所达成的和谐统一之美。它创造出的特殊生境，同样滋养着万物生存。荒漠是大自然的一种表情，环境的艰难、生命的顽强，让我们从荒凉中获得感动与力量。

冈仁波齐，众水之源

过仲巴后，一直陪伴在我们右侧的是冈仁波齐峰，它是冈底斯山脉的主峰，海拔 6 656 米。与高原上诸多七八千米的山峰相比，冈仁波齐峰没有高度优势，但却拥有独特的美。它以自己特有的方式，惠泽天地，滋养生命。它凝聚印度洋的水汽，储存千万年的冰川，之后化作涓涓溪流，流向四方。雅鲁藏布江、恒河、印度河等大江大河的丰腴与浩荡，都是源自冈仁波齐峰的自然馈赠。作为众水之源，它屹立于天地之间的姿态，从纯粹的自然意义看，就是"神山之王"。

与冈仁波齐峰遥相呼应的是纳木那尼峰，海拔 7 694 米，属于喜马拉雅山脉。它和冈仁波齐峰一起共同护卫着玛旁雍错和拉昂错。拉昂错与玛旁雍错原本是一个湖，在地质历史时期，由于气候变化，导致水面下降，湖泊退缩，一个狭长的小山丘把它们隔开了，玛旁雍错是清甜的淡水湖，而拉昂错成了苦涩的咸水湖。一个淡，一个咸；一个甜，一个苦；一个生机勃勃，一个死气沉沉。这种两极对立，很容易让人联想到正邪两个对立面，因此就有了"鬼湖"与"圣湖"做伴，相依厮守，对立统一，和谐共生千万年。

两座神山，与两个不同命运的湖，构建了天、地、人、神之间的美妙关系，让这方土地拥有了神秘色彩，充满了灵性之光。"鬼湖"的寂寞、清净和空旷，对于旅人来说，却是心灵的一方净土。

为了拍摄冈仁波齐峰的日落晚霞，我们爬上了海拔近5 000米的一处山坡，守候、等待、静心，与天地同在，与草原冰川同在。面对神山圣湖，你望向自己的内心，此刻，你就是世界的中心。

札达土林，雄浑而壮美的画卷

离开神山，继续向西，就进入朗钦藏布（象泉河）河谷，在那里能欣赏到雄浑而壮美的画卷：札达土林和古格遗址。它们相互映衬，互为背景，色彩浑然一体，尽显自然与人文的融合之美。

据地质学家们考证，札达地区原先是一个大湖，后来受喜马拉雅运动影响，湖盆逐渐抬升。当具有水平层理的地层出露地表后，受到流水切割侵蚀、季节性雨水冲蚀和寒冻剥蚀作用，在内力、外力共同塑造下，形成了土林地貌。远看，土林如同一座座古堡、宫殿，参差嵯峨，仪态万千。细看，土林不只是黄色，

土林之路（摄于2015年7月）

还有青色、粉红色、褐色等，各种色彩有规律地成层分布。色彩暴露了每一个层理的前世，我们仿佛能从中读出前世环境中的冷暖和干湿状况。登高远望，土林在雪山背景和河谷的绿意点缀中，呈现出辉煌之美。

札达土林所在的地区，既是古代西藏对外贸易的重要商埠，又是古印度佛法的传入地。据记载，公元 10 至 17 世纪，古格王国雄踞札达地区，弘扬佛法，抵御外侵。后来，在 1630 年的一场战争之后，古格王国就销声匿迹了，再也没有任何与古格有关的信息记载了。留下一座空城，一处令人遐思万千的神秘遗址。古格王国在土林中孕育，也在土林中陨灭。土林默然，只有它看到、听到了那里发生的一切。

古格遗址位于悬崖峭壁上。建筑依山叠砌，层层而上，建筑群内有四通八达的暗道，路线复杂。目前对外开放的，是一条曲折幽暗的隧道，可以上至山顶。为了更真实地了解古格的历史，我们找到了唯一的看门人兼讲解员，一位叫"巴茨"的藏族大学生，今年 20 岁，在西藏大学读书。他对古格王国 700 年的历史研究感兴趣，自愿到古格遗址来做讲解，边工作边研究。巴茨在这里工作已经有一年了，他说准备再坚守两年，他想把遗址内的壁画都了然于心，并记录下来。年轻人能耐得住寂寞，在荒原坚守三年，必定有虔诚的信仰在支撑。

当天巴茨已经接待了 15 批次到古格遗址参观的人，也就是说，他已经登山 15 次了，非常辛苦。我们到达的时候已到了闭门时间，他看到我们远道而来，虔诚之至，不忍谢绝，便带着我们又上山了。

听了巴茨的讲解，我们对古格遗址的建筑风格有了些认识。现在的遗址原为古格王国的都城，从建筑布局，可以看出社会的等级制度。最底层为窑洞建筑群，窑洞直接在崖壁上开凿，里面主要居住平民和奴隶。窑洞数量众多，显得错综驳杂。中间层为遗址建筑群，现存较完整的有白殿、红殿、大威德殿、度母殿等，佛殿虽历时几百年，风侵雨淋，但墙体、木结构梁柱、屋顶基本完好，里面的壁画内容丰富，色彩鲜艳，技艺精湛绝伦。中间这一层除了佛殿，还有各类佛窟，是僧侣们诵经、生活的场所。最上层山顶是宫殿区，是国王和贵族们的住所，现存王宫、议事厅等建筑，现在只剩下残垣断壁了。古格王国这种分层而居的制度，以及大量壁画、建筑等遗迹，为研究藏族早期历史艺术提供

古格遗址的建筑布局（摄于 2015 年 7 月）

了极好的史料。在干旱少雨的阿里高原上，古格遗址还可以保存数百年甚至上千年，等待着人们拭去历史的尘沙，浮现那个曾经辉煌的文明。

参观完遗址，已是晚霞映照。古格遗址被札达土林远远近近地环抱其中，古老的城堡与灰黄的土林相互映衬，天人同性，使人难以分辨，究竟何为城堡，何为土林？

狮泉河镇，红柳滩上的新城

离开札达，沿着 219 国道往北走，当看到一处巍峨的山壁上，写有"毛主席万岁"几个大字，就到了阿里地区噶尔县的狮泉河镇。狮泉河镇靠近狮泉河，那里原来是一片红柳滩，现在已竖起了一座新城。这里既是新藏线的起点，也是向东进入阿里无人区的起点。

狮泉河镇海拔 4 200 米，由此往北、往东，平均海拔都在 4 500 米—4 800 米之间，因此，狮泉河镇就成了重要的补给地，镇虽小，但药品、食物、饮用水等一应俱全。我因连日奔波旅行，咽痛鼻塞，伴有高原反应，就到镇上一个小诊所去看看，医生没让挂水和吸氧，而是配了花花绿绿的各种小药丸，并耐心地帮我包成六份，一日二次，连吃三天，一共 39 元。这么轻松便宜的治疗，让我有些疑虑，但我还是认真执行了医嘱。后来证明，医生高明，三天后，不适症状就消失了，让我顺利地完成在无人区荒原的旅行。

阿里地区气候干燥，晴天多；空气干净，大气透明度高，有着最美最深的星空；加上空气稀薄，扰动较少，大气宁静，有较好的视宁度，适合空间与天文观测。在狮泉河镇以南海拔 5 100 米的山脊上，建有世界上最高的天文观测站——阿里天文台。

晚上我们搭乘国家天文台的六驱越野车，上山参观。由于天文台还在建设中，路没有修好，所以上山路异常险峻。坡度陡峭，沿途都是杂石乱岗。大家在车上，顾不得矜持，一路大呼小叫，惊恐万分。而年轻的越野车驾驶员，听到尖叫，丝毫不受影响，反而很有成就感的样子，他说他一天要上下山很多次，对沿途的任何一个细节都了如指掌，让我们放心。

据资料，阿里观测站是目前北半球首个海拔超过 5 000 米的天文台，可以对特定天体目标，进行不间断地追踪观测。目前架设的观测设备是 50 公分的望远镜。

天空有薄云，我们没能看到群星璀璨。但是，我们站在离天最近的地方，呼吸着清冽的空气，观照内心，发挥想象力，那也会有奇特而美妙的体验：繁星闪耀、流星划过，星空背后连着无尽的时空，透过宇宙的深邃与浩渺，我似乎能穿越到任何我想去的美好时代和美好地方，那是怎样的一种豁然而通达的心境！美的幻想，愉悦了心情，也淡忘了刚刚上山时的紧张心理。

荒野中，见到最纯洁、最灿烂的笑容

从狮泉河镇出发向东，就进入了阿里腹地，也称无人区，真正的荒野之路开始了。没有路，没有路标，有车辙印迹的地方就是路，有烟尘流动的地方就是路，司机开车全凭方向感。到了晚上，漆黑一片，容易迷路，只能借助星辰与月光来辨别方向。

在荒野旅行，若以欣赏的眼光去看，会有独特的荒野思考。车一发动，就会带动沙尘滚滚，沙尘覆盖之前的车辙印，同时留下新的痕迹，这样的痕迹不会保留太久，后面的车轮，或是荒野中的一阵风，会轻拂、淡化它。沙尘带至空中，在上升气流的作用下，会出现一个个沙龙卷，婷婷地漂移，然后渐渐地消散。人生，也是这般纷纷攘攘、红尘滚滚，留下的痕迹终究会被岁月拂去。若是途中停下歇歇，抖落尘土，排除嘈杂，沉静下来，那也许是最好的生命状态。

荒野中，不只是荒漠，也有草地、草甸、沼泽地，还有一个个蔚蓝色的湖泊。每当视野里黄沙一片，心灵开始枯竭时，这些美丽的地方就会奇迹般出现在天地之间，抚慰心灵。

在经过一片草地时，发现两顶帐篷，想必是牧民在此放牧。当我们刚想下车去问路时，忽然一只藏獒飞奔过来，追上车子，勇猛地拦在车前，并且不停地狂吠示威，把我们吓得赶紧躲进车里。藏獒目光炯炯，面露杀气地瞪着我们，僵持了好一会儿，终于把主人呼唤来了。

帐篷里出来三个人，看起来是一家三口，穿着休闲服的小伙子是儿子，穿着典型"曲巴"服装的应该是他的阿帕阿妈。小伙子会讲简单的汉语，他很奇怪，说这里从来没有来过外地车，他给我们指了路，让我们按照草地上一道浅浅的痕迹走。

在我们问询的时候，他的父母站在一边，笑眯眯地听着、看着。阿帕梳着两条辫子，垂在耳旁，辫子中间穿了珊瑚宝石来点缀，胸前挂着由绿松石、玛瑙、珊瑚等天然宝石组成的项链，黑色的长袖羊皮袄退至腰间，这是适应高原昼夜温差大的穿着。阿妈的头发编成无数根小辫，在头顶两边的细辫上串着相对称的珊瑚宝石，她的耳坠很独特，由珍珠、玛瑙、翡翠玉串联起来，长长的，一直垂到胸前，阿妈的胸前还挂有一串宝石项链和一串绿松石挂件，耳坠、项链、挂件三样组合在一起，显得贵气和富足，阿妈的服装是大花的，很艳丽，在这以土色为主色调的荒原背景下，是希望和喜悦的色彩。阿妈手里握着羊毛，阿帕手里还拿着橡子，看来他们刚才正在干活，被我们打扰了。我和阿帕阿妈打招呼，他们不住地点头微笑。我问小伙子，是否可以给他的阿帕阿妈照一张相，他问了父母，他们愉快地答应了，在蓝天白云的背景下，露出了最纯洁、最灿烂的笑容，我赶紧拿手机拍了一张。尽管我身边有相机，可以拍摄得更清晰、

纯朴的牧民（摄于 2015 年 8 月）

更艺术化，但拿着"长炮"相机对着人家，我心里觉得不妥。我要的不是艺术作品，而是一份留念，一个记忆，一次面对淳朴时，怦然心动的感觉。

"一错再错"的美

从狮泉河镇经革吉到改则，一路上盐湖很多，对着地图上标注的地名，比较大的有四个，依次是色卡执错、聂尔错、别若则错和洞错，这些盐湖色彩惊艳，湖水厚重，水波不兴，静谧地镶嵌在荒原上，湖滨地带有广阔的草滩草原，是野生动物聚集的地方。途中，见到最多的是藏野驴，它们成群结队，自由、率性地游荡在自己的世界里，它们是荒野里的主人。

藏野驴生性好强，喜欢和汽车赛跑，它希望在自己的土地上是跑得最快的。在洞错湖畔，我们遇到了一群藏野驴。它们排成一排，好奇地注视着。当我们的车靠近时，随即狂奔起来，一下子就跃到汽车的前面，边跑边朝后面看着，一副骄傲的神情。我们担心撞上，赶紧停车。它们跑出很远，才停下来，继续观望着我们。藏野驴的机敏、耐力和速度，在这荒原之上，是完全具备生存能力的。

到达措勤后，再折向东，就可以欣赏到阿里地区最大的咸水湖——扎日南木错。扎日南木错有大海的特质：气势磅礴、水天一色、碧蓝如洗、岬角、月牙湾、半岛、浅滩湿地一应俱全。湖岸四周，有一圈圈、一层层的深痕，远看似台阶，近看像车辙印，那是扎日南木错的古湖岸线，是湖泊因气候转暖、变干、退缩后，留下的印迹。据资料，最高的古湖岸线高于现湖面约 100 米，那时的古湖面，要比现在的大出两三倍。可以想象，那是一种无边无际的壮阔！

离开扎日南木错，继续向东，就进入那曲地区了。当惹雍错是那曲地区的圣湖，是西藏最深邃的湖，水深超过 200 米；当惹雍错因四周有山脉环绕，环境封闭，气候相对温暖。南岸的达果尔雪山东侧有一缺口，来自印度洋的暖湿气流从缺口进入，给这里带来湿润的水汽。温暖湿润的小气候，使这里成为藏北唯一可以种植青稞的地方。

文布南村，能望见心灵风景的地方

欣赏当惹雍错圣湖最好的地点在文布南村，我们一路风尘，在傍晚时分到达。阳光温暖、微风和煦、风吹麦浪，还有一双深邃的蔚蓝色眼睛……我们情不自禁想留下来。

文布南村的房子大都是白色的，白色的墙面、白色的屋顶，勾勒出一个纯净的世界。碉窗深红色的点缀，屋顶七彩经幡的飘扬，寥寥几笔色彩的意蕴，渲染出一个信仰的世界。

我们找到村里唯一的"雍错宾馆"，这是村主任接待客人的地方。房子朝南，位置较高，大面积的落地玻璃窗面向阳光，面向当惹雍错。屋子里的装饰是典

型的藏式风格：华美、艳丽、充满神性。但我的兴奋点，却是那洒进来的一屋子阳光，和当惹雍错做背景的一屋子的湛蓝，那是一个可以照见梦想、通达天堂的地方。我的床铺靠着窗，可以沐浴着圣洁的高原之光，枕着圣湖的静谧之美，聆听自己内心的声音。

　　凭窗远眺，看到有学校。因职业关系，看到学校总有心动的感觉，便和同伴去探访。那是一个小学，叫"西藏尼玛县文布乡文布南村小学"。学校布局很简单，一条长长的水泥路，据我观察，这是村里唯一的水泥路；一个小小的足球场，当然不是有草坪的足球场，而是铺满砂石的平整过的场地；一个很规整、很气派的教学楼，一共有八间教室，每一间教室里讲台、课桌、黑板、投影等一应俱全，墙面上的文字有藏文和汉文。我询问一位正在粉刷的小伙子，

喜欢和汽车赛跑的藏野驴（摄于 2015 年 8 月）

向他了解学校的一些情况。小伙子不太会说汉语，但几个信息还是表达得很清晰，村里所有孩子都在这里上小学，没有失学的，上中学要到尼玛县城，学校里主要教藏语，但也有汉语课。在人迹罕至的藏北，能有这么完备条件的学校，感到很欣慰，也许这是当惹雍错圣湖的保佑，或许是援藏的成果。

走出校门，看到三个孩子正在玩跳绳。孩子们一见到我们，就飞奔过来，主动用汉语打招呼，当听说我们是老师，异常兴奋，特别亲热。他们主动提出要带老师们去青稞地玩，要教老师们认识各种野花，并要"尝尝野花的味道"。我们居然被他们牵着去了，沿着不平坦的小路，爬高、跃沟、穿越障碍，到达当惹雍错湖畔一片高高的青稞地，置身于绿色清香的麦浪之中，油然而生一种富足与感恩之情。

孩子们在青稞地里钻进钻出，不一会儿，就采了很多野花，有黄色的、白色的、粉色的，他们很认真地说出每一种野花的名字，一边教我们认，一边教我们如何吃。在天真的孩子们面前，人会变得很感性，因此，根本不去考虑那些野花是否真的能吃，是否会过敏，甚至是否有毒性，我居然开始了有生以来第一次以野花为食。我学着她们的样子，慢慢咀嚼，细细品味。味道如同温润的甘露。吃了很多野花，却记不住野花的名字，但是它们的颜色、形状、甜甜的滋味，以及孩子们的纯真与烂漫，我永远不会忘怀。

"吃遍野花"后，孩子们好奇心来了，问我教哪个学科，会不会跳绳。为了满足孩子们的要求，我决定露一手，跳绳给她们看，在海拔 4 500 米的高原上跳绳是有挑战性的。我忍着气喘，装出轻快的样子，跳出各种花样，赢得了孩子们的欢呼和崇拜，在他们心目中，老师跳绳太厉害了。感谢我的同伴，用手机给我拍下了珍贵的在高海拔地区跳绳的照片。不一会儿，我们彼此就"混熟"了，孩子们邀请晚上去家里做客，去屋顶看星空……若不是被喊回去吃晚饭，我们也许真的跟着孩子们走了。道别的时候，一个女孩心灵手巧地用青稞穗做了一朵兔子花送给我们，那是我见过的世界上最美丽的花朵。

晚餐只有一道菜，是一大锅土豆烧牛肉。村主任把家里囤积的所有土豆和牛肉都拿出来了。我们不敢浪费，所有的食物全部放进肚子里。晚饭后，到村里散步，恰逢满月。雪域高原的明月，捎带着薄云，悄悄爬上山冈，一份孤傲

文布南村的女孩（摄于 2015 年 8 月）

与澄澈，一份丰盈与静谧，很美的意境。路上遇见一位藏族老人，银色的头发自然散落，带一副银丝边眼镜，岁月的痕迹镌刻在古铜色的脸庞上，一看就是有故事的人，同行的摄影师借助月光，给他拍摄了很好的人物特写照。可惜，语言不通，无法交流，老人的故事只能放进照片里了。

第二天清晨，拍完圣湖的绚烂朝霞，就去看牧民挤羊奶。在一户牧民家的羊圈旁，有母女两人已经在忙了。两人的服装一红一绿，鲜艳夺目，配上羊毛的光泽和温暖的晨光，非常入画。征得母女俩的同意后，我们开始拍摄。正当我们尽情地欣赏拍摄时，一个男人从土坯房里出来，呵斥着、驱赶着，满脸怒气，似乎不允许拍摄。出于尊重，我们没有再去打扰。

文布南村是一个独特的地方，这里牧业与农耕结合，无论牧区来的还是农耕区来的人，在这里总能寻到一些渗透到文化基因里的东西，陌生中有一种亲切，亲切中又有一些陌生，远方的人来了一旦住下便不舍得离开。对于我来说，不是因为这里有神山圣湖保佑，也不是因为古老的信仰和无穷的传说，而是这里有一间落满阳光、有蔚蓝色做背景的房间，透过它，你可以望见自己心里的

作者在高海拔地区跳绳（华露拍摄）

文布南村的藏族老人（蔡守龙拍摄）

挤羊奶（摄于 2015 年 8 月）

风景，没有阻挡，无穷无尽。

每一个湖，都有自己独立的姿态

从文布南村经尼玛县到班戈县，途中看到很多湖，对着地图能叫出名字的有达则错、吴如错、恰规错、色林错、错鄂、巴木错等。每一个湖都有自己独特的表情，有的惊艳，有的含蓄，有的可以亲近，有的静谧高贵，还有的浩瀚如海、一望无际。在咸水湖群中，居然还有一个淡水湖，不仅吸引迁徙的候鸟驻足，也让我们似发现了新大陆一般，停留并享受高原淡水湖畔的野餐。

阿里大北线的环线考察已有半月，一路上"一错再错"，湖泊无数，似一颗颗绿松石、蓝宝石镶嵌在高寒大地上，目不暇接、美不胜收。能记住名字、记住方位的湖泊有19个。它们大大小小、分分合合，成串分布、带状排列，构成了我国海拔最高、数量最多、面积最大，以盐湖和咸水湖为特色的高原湖群区。

从成因上看，湖泊的形成需要封闭的湖盆和充足的水源。在新生代，西藏地区内部经历了非常强烈的构造运动，出现许多断裂带，有的东西走向，有的南北走向，还有的两组交汇在一起，不同的断裂带形成了大型湖盆的构造基础。另外，冰川侵蚀作用也会形成冰蚀洼地，为湖盆形成创造良好条件。从水源上说，西藏内陆地区气候干旱、降水稀少，所以冰川融水和流域内的冻土消融是湖泊水源的主要来源。在西藏南部山地的迎风坡，受印度洋暖湿气流影响，降水量增多，降水补给也是重要的形式。

湖泊是地球历史上非常短暂的存在。从诞生到消亡，其生命周期的长短，受诸多外在因素的影响，比如气候趋暖、变干、蒸发旺盛，湖泊就会不断萎缩；如果河流携带大量泥沙汇入，湖泊会被沉积填平。沿途看到的湖泊中，很多湖泊有明显的古湖岸线，这是湖泊退缩的证据。幸好，与人口稠密的平原湖区相比，西藏地处高原，入湖河流源于冰川，流程较短、流速较低，携带的沉积物较少，因此沉积作用较弱，不可能在短期内填平那些浩渺、深邃、天镜般的湖。那些纯净、蔚蓝的湖，还将在很长的时间内，成为人们心目中的天堂，安抚着一个个漂泊的灵魂。

离开班戈县，最后一站到达纳木错，或许是一路上见过太多安静的湖，或许过去的纳木错给我太多美好的回忆，此行所见的纳木错，离天堂的境界有点远了。房子多、车辆多、嘈杂纷乱，俨然是一个人山人海的度假区了。到达纳木错时，正值黄昏，没有看到晚霞日落，却遭遇了沙尘暴，飞沙走石，天昏地暗，在沙尘暴中，惊现一段彩虹。我来不及考虑相机进沙的危险，抢时间拍摄了沙尘暴与彩虹并存的奇景，这种景致只有在西藏天气变化多端的环境下才能见到。

只可惜，我当时的相机镜头是长焦，只能拍摄细节，未能把人车混杂、四处逃散、极具震撼力的场面感记录下来。

在那样的氛围中，一颗躁动的心如何才能得到清净？其实纳木错没有变，不管人来人往、人多人少，它依然保持着固有的圣洁，变的是人的欲望和诉求。

第二天清晨，我爬上了纳木错湖畔的高坡，朝霞绚烂，映满整个天空。风很大，听见经幡呼啦啦的诵念之声，声音是透明的、彩色的。从山上往下俯瞰，终于见到心目中的宁静画面：清晨，三三两两的信徒默默走着，每一个人在霞光下，用长长的影子，标记着自己虔诚的信仰。

六　高原秘境

世界上高原很多，但高海拔、大体量，又隐藏诸多秘境的唯有青藏高原，它是"世界屋脊"，平均海拔超过 4 000 米，科学家们把它与南极、北极相提并论，称其为"地球第三极"。

青藏高原的形成是地球历史上最伟大的事件之一。2.8 亿年前，青藏高原地区是一片温暖辽阔的海洋，称为"特提斯海"。2.4 亿年前，南方的印度板块向北移动、挤压，促使昆仑山和可可西里地区率先由海底隆起成为陆地。随着印度板块不断向北推挤，北羌塘地区、喀喇昆仑山、唐古拉山、横断山脉相继脱离海洋成为陆地。始于 8 000 万年前的喜马拉雅运动，使青藏高原地区经历了多次不同程度的抬升，冈底斯山、念青唐古拉山形成，藏北地区和部分藏南地区也先后抬升，摆脱了海侵。距今 1 万年前，高原抬升速度加快，形成了世界上最年轻、最雄伟的喜马拉雅山脉，同时奠定了青藏高原的地貌格局。

青藏高原的隆升过程，造就了多样的地貌类型，有广阔平坦的高原面，有断陷封闭的盆地，有垂直高差巨大的山地，还有下切强烈的峡谷。青藏高原的隆起，不仅造就了独特的高寒气候，而且还引起了大气环流的变化，进而影响了高原地区的地貌、冰川、生态系统的演化。不同地貌与不同的生境叠加、组合，就构成了一处处高原秘境，它们以最具狂野的危险，阻止人类靠近的脚步，也以最具野性的魅力，诱惑着无畏的探知者。

能称作高原秘境的，我以为，必定具备三个共性：第一，严酷的环境。高寒、干旱、缺氧、温差巨大、紫外线强烈，还有不期而遇的泥石流、崩塌、洪水等危险，因此生存艰难，人迹罕至。第二，生命的传奇。尽管环境严酷，但依然有生命的灿烂，每一朵鲜花，每一株植物，每一个与我们对视的眼神，都充满了神性力量。第三，独一无二的野性之美。它们的独一无二，是天地之真；它们的野性，是率性中隐藏的规律；它们的平静，是蛮荒里渗出的敬畏。

每一处高原秘境，都是自然的本来面目，虽有些荒凉，却是难得的孤寂。默然于天地之间，孤寂可以化作生命的营养。世界极地探险家南森曾说："灵魂的拯救，不会来自于忙碌喧嚣的文明中心，它来自孤独寂寞之处。"

景观

观赏

欣赏

可可西里，蒙语意为"青色的山梁"。可可西里，有很多标签：无人区、死亡地带、生命禁区、动物天堂、藏羚羊、索南达杰、人间净土、世界遗产……如果把这些标签连接起来，就是一部气势恢宏、饱含生命与信仰的自然史诗。

1-1　远处的白房子为可可西里索南达杰保护站（摄于 2017 年 7 月）

| 1-1、1-2

可可西里有罕见的原始旷野，大地的静默沉静与天空的风云变幻，形成极具冲击力的视觉对比。蜿蜒散乱的车辙印记，仿佛被冻结在无限的时空中。碧玉般的新生湖在旷古蛮荒之境下，竟有着江南水乡般的恬静安然。

1-2　昆仑山玉虚峰下的新生湖（摄于 2017 年 7 月）

| 1-3、1-4、1-5、1-6、1-7

可可西里有独特的生命之美。点地
梅以近乎匍匐的姿态，在荒原上领
受风雨；微小的垫状植物绽放出细
密的花朵，迎接又一次的时序轮
回；野牦牛以其威猛与无畏守卫着
家园，成为可可西里精神的图腾；
藏羚羊，可可西里的精灵，已经从
人类的物欲和贪婪中解脱出来，终
于可以自由地迁徙、繁衍、生生不
息，它们与人类对视的眼神不再有
恐惧与绝望；猎隼静候猎物的姿
态，威风凛凛，霸气十足，它们数
量的多少是可可西里生态环境的晴
雨表。这些生命以特有的方式，传
递着自然物语，人类是否有足够智
慧去接受那些自然信息呢？

1-3　点地梅（摄于 2017 年 7 月）

1-4　垫状植物（摄于 2017 年 7 月）

1-5　野牦牛（摄于 2017 年 7 月）

1-6　藏羚羊（摄于 2017 年 7 月）

1-7　猎隼（摄于 2017 年 7 月）

可可西里保留了一条完整的藏羚羊迁徙路线，这是人类与
自然和谐共存的典范。每年春季，雌性藏羚羊从三江源迁
往可可西里产羔；夏季，雌性藏羚羊带着小羊羔从可可西
里返回三江源栖息，浩浩荡荡，蔚为壮观，那是野生动物
基因里眷恋故土的一种古老的生活仪式。青藏铁路，是入
藏的交通大动脉，穿越可可西里和三江源时，必然会阻断
藏羚羊的迁徙之路。为了满足藏羚羊千万年来形成的迁徙
习性，青藏铁路桥，著名的"以桥代路"工程——清水河
特大桥，全长 11.7 千米，各桥墩间的 1 300 多个桥孔可供
藏羚羊等野生动物自由迁徙。

1-8　青藏铁路桥（摄于 2017 年 7 月）

黄河源区

黄河源区位于青藏高原腹地，这是一片离天最近的地方。在源区考察，我并不去纠缠谁是黄河的正源，而是去感知它的富饶与忧伤。

| 2-1、2-2、2-3

卡日曲，藏语意为"红铜色的河"。它接纳了无数的大小溪流，穿过峡谷，一路清澈，去与约古宗列曲汇合。约古宗列，藏语意为"炒青稞的锅"，这是一个山岭环绕的盆地。高寒草甸渗出涓涓细流，汇成两条水流，连续透明，汨汨有声，像两道亮光，向沟谷流去，与卡日曲汇合后，形成黄河源头最初的河道——玛曲。

2-1　卡日曲河谷（摄于 2017 年 7 月）

2-2　源头区的高寒草甸（摄于 2017 年 7 月）

2-3　约古宗列曲（摄于 2017 年 7 月）

2-4 扎陵湖鸟岛（摄于 2017 年 7 月）

2-5 鄂陵湖（摄于 2017 年 7 月）

| 2-4、2-5、2-6

玛曲之下是素有"黄河源头姊妹湖"之称的扎陵湖和鄂陵湖，它们是黄河源区两个最大的高原淡水湖。雪山环绕，天色苍茫，有海一般的壮阔气度。扎陵湖西南角有个鸟岛，吸引着大量候鸟从印度半岛飞来繁衍生息。鄂陵湖的蓄水量为扎陵湖的一倍多，浩渺的湖水从北面流入河谷，最终回归玛曲。玛曲向东南进入了星星海，"海"是一个盆形湿地，有大大小小的塘和湖，如满天星斗，闪闪发光，补给着黄河的源流。

2-6 星星海（摄于 2017 年 7 月）

2-7　星星海的凤头䴙䴘（摄于 2017 年 7 月）

‖ 2-7、2-8、2-9

一条河流，通过水的循环将雪山、森林、草地、湖泊连接为一个整体，构成和谐的生命家园。凤头䴙䴘在星星海成对活动，建造浮巢；斑头雁一家在扎陵湖中游泳，雏鸟在亲鸟的带领下经过 50 天左右的雏鸟期生活，便可以远走高飞；赤麻鸭一家在鄂陵湖畔觅食。

2-8　扎陵湖的斑头雁（摄于 2017 年 7 月）

2-9　鄂陵湖畔的赤麻鸭（摄于 2017 年 7 月）

2-10　鹰隼（摄于 2017 年 7 月）

| 2-10、2-11、2-12

鹰隼在黄河源区巡视狩猎，站在食物链顶端缓解草原鼠
患；开着白色小花的垫状植物是藓状雪灵芝，它生长于
河滩砂地，需要耐心等待几十年甚至上百年才能成长为
一棵仙草；藏野驴在黄昏的宁静中享受着丰美的草原。

黄河源区富饶、充盈、生动，这是我心目中母亲河的美好形象，但家园也有隐忧，湿地萎缩、草地沙化、鼠害侵袭，有些画面触目惊心，我刻意不去摄录，心存幻想，或许若干年后，黄河源区的生态之美能重新显现。

2-12 藏野驴（摄于2017年7月）

长江源区在青藏高原腹地，位于昆仑山脉和唐古拉山脉之间。长江在这里形成，也从这里开枝散叶。

通天河是长江源区的干流，其主要源流有三条：北支楚玛尔河，源出可可西里山脉南麓的冰雪融水；西支沱沱河，开始于唐古拉山脉主峰格拉丹东大冰峰；南支当曲，来自于唐古拉山脉东段山麓的沼泽地。长江源头该从哪一支算起？科考队普遍采用三项标准：河源唯远、水量唯大、与主流方向一致。事实上，世界上没有一条大河的源头能够完全符合上述三项标准。

在我心里，长江源区所有大大小小的河流，都是长江母亲河的血脉，都是恩泽万里的源头。沿着通天河树枝状的水系，溯源其上，经多采曲、聂恰曲、牙曲到通天河，继续溯源至沱沱河，然后穿越当曲支流尕尔曲河床，最后到达格拉丹东冰川区。

3-1 通天河支流多采曲（摄于 2017 年 7 月）

3-1、3-2、3-3、3-4

多采曲深藏于沼泽中，静若处子；聂恰曲缠缠绵绵，如碧玉般温润；牙曲穿行于峭壁威严的峡谷中，却依然清澈安静；尕尔曲更接近"天堂"，在格拉丹东雪峰下奔腾欢歌。

3-2　通天河支流聂恰曲（摄于 2017 年 7 月）

3-3　通天河支流牙曲（摄于 2017 年 7 月）

3-4　当曲支流尕尔曲（摄于 2017 年 7 月）

3-5　格拉丹东"雪中莲"（摄于2017年7月）

| 3-5

格拉丹东，藏语意思是"高高尖尖的山峰"，海拔6 621米。格拉丹东被众多雪峰拱卫在天上，完美的锥体冲天直上，棱角如刀削般锋利，冰面耀眼陡峭，有些地方累积不了冰雪，露出褐色的基岩，有些地方还保留着雪崩的痕迹。在U形谷中，格拉丹东雪峰犹如一朵神奇的"雪中莲"，高贵脱俗，高不可攀。

3-6　岗加曲巴冰川远景（摄于2017年7月）

3-7　岗加曲巴冰川近景（蔡守龙拍摄）

| 3-6、3-7

在平均海拔5 400米的冰川谷中，用最为原始的方式——徒步，去靠近神圣的长江之源——格拉丹东。岗加曲巴冰川是格拉丹东最大的冰川，长长的冰舌蜿蜒铺展，嶙峋的朵朵尖峰，是冰雪经历无数次消融冻结形成的冰塔林。视觉上近在咫尺，空间上却遥不可及。冰川的整体消融退缩，让靠近变得非常艰难。高低不平的砾石滩和一座座冰碛垄岗把我远远地挡在外面，这是人与自然的距离。

3-8　通天河河畔草原上的藏狐（摄于 2017 年 7 月）

3-8、3-9、3-10

在严酷而空阔的高原背景下，打动心灵的永远是那些孤独而坚韧的生命。河畔草原上回眸的藏狐，溪涧里踱步涉水的几匹狼，崖壁上活跃着的岩羊群，它们与人类对视的眼神充满好奇与警觉。

3-9　牙曲里的三匹狼（摄于 2017 年 7 月）

3-10　牙曲里的岩羊群（摄于 2017 年 7 月）

| 3-11、3-12、3-13

"羊羔花"如滴落的奶酪，几乎盖住了草原，那是草原肥美的预告；轻薄如绢的绿绒蒿和亭亭玉立的蓝舌飞蓬在格拉丹东冰川下的砾石间绽放，安慰着徒步者的心灵。

3-11　草甸上的羊羔花（摄于 2017 年 7 月）

3-12　格拉丹东冰川下的蓝舌飞蓬（摄于 2017 年 7 月）

3-13　格拉丹东冰川下的绿绒蒿（摄于 2017 年 7 月）

4

澜沧江源区

4-1　扎曲（摄于 2017 年 7 月）

澜沧江，源于青海，经西藏、云南出国境后改称湄公河。

与黄河、长江源区相比，澜沧江源区不太引人关注。首先，
澜沧江源区的南、西、北三面被长江流域的当曲和通天
河所包围，面积狭小，且澜沧江和长江之间，缺少高大
山脉阻隔，细小的支流遍布河谷，有时识别它们究竟流
入的是长江还是澜沧江十分困难；其次，澜沧江源头太
难寻找，支流众多，达 400 多条，而且千沟万壑，道路
艰险，很少有人进入；最后，澜沧江流域的文化内涵无
法与黄河、长江相比。也许正因为低调，澜沧江源区才
保住了宁静与原始的面貌。

4-1

扎曲为澜沧江源区的干流，扎曲在藏语里意为"从山岩中流出的河"。宽谷中的扎曲，碧水连连、草色青青、牧场点点，一派丰美富饶的景象。

4-2

沿着扎曲溯源探访，可欣赏到扎曲的两条不同色彩的支流——扎阿曲和扎那曲汇合的奇观。扎阿曲水流清澈如碧玉，扎那曲流经红土，水色浑浊，两河泾渭分明，汇合并流。

4-3、4-4

沿扎阿曲上溯考察，我们几乎迷失在无与伦比的魔幻仙境中。河谷里尖石山很多，表面灰白，多褶皱和洞穴，恰似一个伪装体，是雪豹乐于藏身的地方。连绵的山峦以冷峻如削的线条勾勒着天际线，山体中各岩层，在浓浓淡淡草色的调和下，形成绚烂的色块拼图。

4-2　扎阿曲和扎那曲汇合并流（摄于 2017 年 7 月）

4-3　扎阿曲（摄于 2017 年 7 月）

4-4　山地牧场（摄于 2017 年 7 月）

在当地藏族群众心目中，"扎西齐娃"是澜沧江的源头。扎西齐娃，藏语意为"吉祥绕聚的大江源头"，它位于扎阿曲上游的一片沼泽中。为尊重藏族文化，当地政府将"扎西齐娃"定为澜沧江的文化源头。

我们并未追溯到源头，而是止步于离"扎西齐娃"30 千米处，那里的水流在鹅卵石间熠熠生光。

4-5　离澜沧江文化源头 30 千米处（摄于 2017 年 7 月）

5

羌塘高原

5-1　羌塘景色（摄于 2017 年 7 月）

| 5-1

羌塘，藏语意为"北方旷野"，在地理上没有严格的界限，泛指藏北高原内流水系的连片地域，面积约 70 万平方千米，平均海拔 5 000 米。因高寒缺氧，环境严酷，羌塘历来有"无人区"之称。但人迹罕至的荒原，却是"野生动物的天堂"。

| 5-2、5-3、5-4

羌塘，地势平缓开阔，湖泊星罗棋布，高寒草原生长虽然稀疏，但面积广大，食物较充足，加上冰雪融化，众多的河流和咸水湖为野生动物提供了丰富的水源和盐分。在羌塘，出镜率最高的野生动物是藏野驴、藏羚羊、藏原羚（俗称"白屁股"）和藏牦牛，它们或三五成群，或形单影只。成群结队的动物往往专心吃草，忽略人车，而孤独的动物相对胆怯，顾不上吃，四处凝望，保持警惕。在荒野中，遇见一只健美的藏原羚，它长长的睫毛下有一双水汪汪的大眼睛，安静、温驯、萌萌的，它望着我，不胆怯，也不逃离。或许，在它的视角里，没发现我有猎取的欲望，就把我当朋友了。

5-2 藏野驴（摄于 2017 年 7 月）

5-3 藏羚羊（摄于 2017 年 7 月）

5-4 藏原羚（摄于 2017 年 7 月）

5-5　雪景（摄于 2017 年 7 月）

│ 5-5、5-6

在无人区，你能领略大自然赋予它的静默和瞬息万变。一场不期而遇的降雪，给羌塘带来了梦幻般的景色。雪花落满山头，轻洒草原，经过淡淡的、不经意的自然笔触，羌塘的粗犷瞬间变成了一幅江南丘陵的丹青写意。一群野牦牛闯入视野中，在落满雪的山坡上悠然行进。野牦牛的强壮称得上高原之最。每年牦牛交配季节，偶有雄性野牦牛进入牧民的牦牛群中，寻找雌性牦牛进行交配，交配成功后，雌性牦牛下的崽就会被保护起来，这是家里最优良的牦牛品种，能抵抗各种恶劣的高原环境。

5-6　野牦牛（摄于 2017 年 7 月）

5-7　普若岗日冰原（摄于 2017 年 7 月）

| 5-7、5-8

羌塘，是世界上拥有高原冰川数量最多、面积最大的地方。其中普若岗日冰原最为壮观，它不仅是世界上中低纬度最大的冰川群，也是除了南极、北极之外，世界第三大冰原。普若岗日冰原，表面平坦，呈放射状溢出 50 多条长短不等的冰舌。我们能到达其中的一条冰舌，末端海拔 5 419 米。站在巨大的冰舌前，才看清冰川饱经沧桑的面貌。巨厚的水平层理中嵌入了各种断裂。冰川消融严重，内部似乎被融水侵蚀掏空了，冰舌边缘残留很多"冰蘑菇"。冰川是脏的，融水是浑浊的，到处都是洪流、泥流，以致无法靠近。万年冰川如今已成"苟延残喘"之势，我在安慰自己，也许是夏季消融更明显吧！

5-8　冰川消融严重（摄于 2017 年 7 月）

柴达木盆地，位于青藏高原东北部，平均海拔约 3 000 米，是我国地势最高的盆地。柴达木盆地气候干旱，地表呈现出风蚀地、沙丘、戈壁、盐湖和盐土平原相互交错的景观。

6-1　沙漠公路（摄于 2017 年 7 月）

6-2 风蚀土丘间的公路（摄于 2017 年 7 月）

| 6-1、6-2

柴达木盆地矿藏丰富，有"聚宝盆"的美誉。因为开矿，道路四通八达，有的穿越沙漠戈壁，有的盘旋于风蚀土丘之间，道路与荒漠组合，构成了人与自然的美丽图景。漫步柴达木，细细品味，去寻找柴达木独一无二的荒凉之美。

柴达木，蒙古语意为"盐泽"。盆地中南部的察尔汗盐湖是我国最大的盐湖。"万丈盐桥"是察尔汗盐湖的奇观，它是一条修筑在盐湖上的公路，全部用盐铺成。盐公路光滑平坦，若是路面出现凹坑，用卤水一浇即可填平。盐桥还有自然天成的美丽花边，那是由"盐花"组成的。"盐花"是液体卤水中钾、钠、镁等离子在结晶过程中因浓度、结晶时间和成分差异而析出形成的，"盐花"一丛丛、一片片，洁白如雪、晶莹似玉、婀娜多姿。

6-3　盐桥和盐花（摄于2017年7月）

6-4　作者考察柴达木盆地中的雅丹地貌（蔡守龙拍摄）

过盐桥后，一路伴随的都是雅丹地貌中典型的垄岗式土丘，垄岗之间的"巷道"为沙漠
所覆盖。土丘顺着盛行风向延伸，迎风坡为缓坡，背风坡为陡坡。土丘层理清晰，软硬
相间，节理明显。从高处看，沙中雅丹，队列整齐，如瀚海之中的军舰，威武挺立。

6-5 水上雅丹（摄于 2017 年 7 月）

在鸭湖附近，有"水上雅丹"奇观，这是由于吉乃尔湖湖面抬升，逐步淹没雅丹群所致。可惜天空云层很厚，没有蓝天的映衬，"水上雅丹"也只有苍茫寂寞的静守姿态。回程途中偶遇日落天光，欣赏到金色的雅丹景观。

6-6　黄昏光影中的雅丹土丘（摄于2017年7月）

7

墨脱

7-1

墨脱位于雅鲁藏布大峡谷中，是西藏东南部最偏远的一个县城。墨脱藏语意为"隐藏着的莲花"。从高处看，墨脱县城所处的山谷平台，犹如一朵盛开的莲花，而县城就坐落在莲花的中心，仿佛一座隐秘的"孤岛"。

墨脱平均海拔 1 200 米，在平均海拔超过 4 000 米的青藏高原，它的高度是不幸的，同时又是幸运的。不幸的是，它的周围砌着高耸的雪山，像一道巨大的屏风，挡住了山外的一切资源，再加上一条边境线的圈围，切断了它的视野，并把它限制在地势险要、交通闭塞的谷底。直到 2013 年扎墨公路（波密扎木镇至墨脱）才修通，这是唯一一条汽车可以勉强通行进入墨脱县的泥泞小道。由于冰雪、泥石流、滑坡、崩塌等灾害经常发生，扎墨公路仅在每年夏季能通行几个月。幸运的是，墨脱所处的雅鲁藏布大峡谷是印度洋水汽通往西藏腹地的重要通道，因此降雨丰富，气候湿润，从海拔不足 600 米的河谷到海拔 7 782 米的南迦巴瓦峰，高差 7 000 米以上，发育了完整的山地垂直植被带。

7-1　墨脱——隐藏的莲花圣地（摄于 2017 年 7 月）

7-2　针叶林带（摄于 2017 年 7 月）

7-3　常绿阔叶林中出现野芭蕉（摄于 2017 年 7 月）

| 7-2、7-3

沿扎墨公路进入墨脱县，随着海拔降低，在短短几个小时内就能领略从寒带到热带森林的景观变化。从繁花似锦的高山草甸，来到茂密、深沉的针叶林世界，那些高大的云杉、冷杉树枝上，挂满并垂下似美女长发一样的松萝。慢慢地，针叶林里出现了阔叶树的身影，接着，有着馒头状树冠的阔叶林逐渐成为视线里唯一的对象。当海拔下降到 1 800 米，山谷中出现了野芭蕉林，再往下至 1 100 米左右，就呈现出浓郁的热带季雨林风光，林冠参差，附生植物、藤本植物繁多，还有高大的板状根和老茎生花等特有现象。站在这里，"生物多样性"不再是一个晦涩的概念，而是真实清晰地展现在面前。

7-4　果果塘大拐弯（摄于 2017 年 7 月）

‖ 7-4

果果塘大拐弯位于距县城 12 千米远的德兴乡，奔涌而来的雅鲁藏布江在此如蛇形般突然转向，峡谷里云雾缭绕，犹如仙境，繁盛的植被，掩映在云雾之间。

7-5　仁青崩寺（摄于 2017 年 7 月）

‖ 7-5

仁青崩寺位于县城东南约 6 千米的卓玛拉山上，是墨脱县规模最大的庙宇。其大部分建筑已毁于 1950 年的大地震。

7-6　彩虹瀑布（摄于2017年7月）

-7　克里翠凤蝶（摄于2017年7月）

|7-6、7-7、7-8

森林是墨脱永恒的自然背景。森林空气的净化，让彩虹变得又宽又亮、色彩清晰；森林生态的美好，让展翅的克里翠凤蝶显得五彩斑斓、华贵美丽。有了森林的陪衬，珞巴族的居所成了南方的诗意天堂。

7-8　珞巴族乡（摄于2017年7月）

8

察隅

8-1　察隅河上游桑曲（摄于 2017 年 7 月）

察隅，有"西藏江南"的美誉，吸引着我这个江南人想去探个究竟。从波密出发，向东经然乌湖折向南，翻过德姆拉山口（海拔 4 900 米），就到了察隅县境内。

| 8-1

沿着桑曲（察隅河的上游）河谷往南，一路所见都是大景色：雪山、冰川、峡谷、林海、草甸和牧场。这是喜马拉雅的风格，似乎与"江南"没有关联。到了下察隅镇，海拔降至 1 500 米，听到了知了的叫声，见到了河谷稻田、青青荷叶，以及掩映在芭蕉林中的斜顶民居，这才有了江南的感觉。

察隅的"江南"，得益于其地貌格局。察隅位于青藏高原的东南边缘，喜马拉雅山与横断山呈"T"形的交汇处，地势北高南低，近似"簸箕"形，南面迎向印度洋。印度洋的暖湿气流受到山脉阻挡，被迫爬坡上升。水汽凝雨落下，带来丰沛的降水；水汽凝结潜热，使该地区成为北半球同纬度水热组合条件最优越的地区之一，呈现"江南"风光。

| 8-2、8-3、8-4、8-5

察隅"江南"名不虚传，但让我印象深刻的却是大地貌格局带来的气魄：桑曲漫行高山草甸时自由随性，润泽草原牧场时性情温婉，遭遇青山幽谷时便纵情激荡。冰川蜿蜒飞舞于寒山空谷之中，孕育冰川的源头宛若莲花盛开在天境。察隅"江南"，并不婉约，峡谷激流、冰川瀑流，洋洋洒洒，荡气回肠。

8-2　桑曲河畔草原（摄于 2017 年 7 月）

8-3　察隅河峡谷（摄于 2017 年 7 月）

8-4　察隅至波密途中的阿扎冰川（摄于 2017 年 7 月）

8-5　察隅至波密途中的冰川谷（摄于 2017 年 7 月）

考　察

笔　记

可可西里，生命的禁区

可可西里，位于青藏高原腹地，平均海拔 4 600 米以上。那里高寒、干旱、缺氧、缺淡水，环境险恶，因此被称为"生命的禁区"。然而禁区能够阻碍人类生存，却挡不住野生动物"自然选择"的天性。千万年来，藏羚羊等高原野生动物不断适应、繁衍、生息，成了这片亘古荒原的主人。

初识可可西里，是从一部《可可西里》电影开始的。影片呈现了人类疯狂欲念下藏羚羊的苦难与绝望，以及广袤苍凉背景下巡山队员的浴血保护。故事很简单，但充满了生命与死亡、文明与原始、人类与天地的无声对话。如今，盗猎的疯狂已经远去，藏羚羊的数量也在慢慢恢复，一切变得美好起来，可可西里已成为探险者心目中的圣地。

可可西里不是观光地，能对话的只有草地、湖泊和野生动物。走近它，是去感受圣洁与坚韧、残酷与脆弱。2017 年 7 月 5 日至 6 日，我终于有机会走进可可西里，去真正体会生命之轻和灵魂之重。

索南达杰保护站

　　7月5日，我和同伴从格尔木出发，走青藏公路，经昆仑桥、不冻泉后，瞻仰了杰桑·索南达杰烈士纪念碑，这是我们进入可可西里的一个重要仪式。接着，过昆仑山口（海拔4 768米），即进入可可西里自然保护区。

　　可可西里自然保护区位于昆仑山和乌尔乌拉山之间，东面同青藏公路与三江源相邻，西面为青藏分界线，总面积达4.5万平方千米。可可西里自然保护区包括核心区、缓冲区和实验区三个部分，青藏公路穿越的是狭长的实验区边缘。进入可可西里，有两个标志，一个是"青海可可西里世界自然遗产提名地"的标牌，另一个是高台观景台，可以眺望昆仑山东段的玉珠峰（海拔6 178米）和中段的玉虚峰（海拔5 980米）。昆仑山玉虚峰下一片广袤苍凉的荒原，就是神秘的可可西里。

青藏公路上的索南达杰烈士纪念碑（摄于2017年7月）

下午 4 点，我们到达可可西里自然保护区索南达杰保护站，保护站就在青藏公路（109 国道）边上。接待我们的是保护站的副站长龙周（藏族，28 岁，玉树人）。他带领我们参观了保护站内的展览馆，里面陈列着可可西里的野生动植物标本。参观结束后，龙周说趁天气好，带我们进保护区，去看一个叫"新生湖"的地方。

昆仑山口和可可西里路牌（摄于 2017 年 7 月）

最早建立的索南达杰保护站（摄于 2017 年 7 月）

穿越荒凉，目光何处安放？

从保护站到新生湖，直线距离13千米，但没有路，只有保护站工作人员进入巡护时车轮轧出的车辙印。眼前的可可西里，平坦辽阔，无边无际。按照地质学家的说法，可可西里保存着青藏高原最完整的夷平面，夷平面是青藏高原整体抬升后，经河流切割后残留下的平坦地面。如果不是龙周带路，在无垠的荒原上，我们根本没有存在感。

可可西里远看似一马平川，但车行艰难。有的因高寒冻胀作用，地面坑坑洼洼，如波浪起伏；有的因冰雪融水汇聚，地表径流犹如散乱的发辫；有的因高原风蚀强劲，地表裸露，粗糙起沙。可可西里虽有流水，但水量有限，季节变化大，流水侵蚀作用弱，砾石磨圆度很差，地上多为棱角锋利的碎石，很容易刺破轮胎。为此，越野车摇摇晃晃、左突右拐、蹦蹦跳跳的，车中人也跟着翻江倒海，加上海拔升至4 800米，高原反应明显，头痛心慌气短，深感荒凉无助，这给初次进入可可西里的人一个下马威，刚刚还兴奋异常，忽然都变成了"煨灶猫"。龙周看到我们的样子，笑着说，颠簸是小意思，若是遇到陷车或天气突变就有大麻烦了。

随着车不断深入，路况依旧，高反依然，但人的惯常感觉被打破之后又达到了新的平衡，我开始适应并悦纳可可西里带来的特殊感受：头痛、颠簸、荒凉。窗外，几乎找不到能算作"景点"的目标，目光无处安放，怎么办？那就下车去看看那些生长在大地上的微小生命吧。

可可西里的植被类型主要是高寒草原和高寒草甸。高寒草原由于气候条件严酷，生长矮小、稀疏。高寒草甸在相对低洼的地方出现，有细碎的黄色小花点缀，显得富饶一些。可可西里还有奇特的垫状植被，龙周教我们认识了两种垫状植物，一种是垫状点地梅，点地梅花朵很小，生命力顽强，只要有一丁点瘠薄的土壤它就能生根发芽，绽放出成百上千的白色花朵，犹如满天的星星。还有一种是蓝花棘豆，高不过10厘米，贴地而生。植株从地面分枝形成很多侧枝，相互交织成密不透风的"圆坐垫"，这样就可以避免大风和寒冻对幼芽的伤害。垫状植被的出现，是植物对高寒、干旱、强风、强辐射等

可可西里的蓝花棘豆（摄于 2017 年 7 月）

特殊环境的适应策略。垫状植被以近乎匍匐的姿态，在荒原上经受风雨。我也只有放低身姿，才能欣赏到这些精彩的生命状态。

忽然，远处起伏的草坡下，走上来几个"巨无霸"，定睛一看，是四头雄壮彪悍的野牦牛。野牦牛是国家一级保护动物，是青藏高原的特有种。野牦牛的牛角巨大上弯，且尖角向前，一副随时冲刺进攻的姿态。颈下及腹部下垂的长毛，如身披一件威风凛凛的斗篷。据说，野牦牛力大无比，极具攻击性，不仅牛角厉害，多刺的舌头也是它的重要武器。野牦牛，以其特有的威猛与无畏守卫着家园，是可可西里精神的图腾。当年，可可西里第一支巡山队，就取名为"西部野牦牛队"，以此作为精神与信仰的力量。也正是这支队伍，在严酷的环境下，巡山队员用自己的生命，改变着可可西里的命运。野牦牛距离我们 200 米远，它们停下来，与我们对视了一会儿，就撒开腿奔跑起来，尘土飞扬，动静很大。

到可可西里，最希望见到的还是藏羚羊。尽管藏羚羊的数量已经由 2 万头恢复到 7 万头，但七月份，大部分藏羚羊已经迁往羌塘草原或三江源的栖息地去了，留守的并不多，所以要见到藏羚羊，就要碰运气了。

藏羚羊，可可西里的主人

车子开了 2 个多小时，终于在地平线处看到了新生湖。时间已近傍晚 7 点，新生湖呈现出湖蓝色，湖边的草地是金色的，可可西里作为无人区的凶险被辉煌的色调掩盖了，呈现出柔美的景象。忽然一群藏羚羊在远处忽隐忽现，它们的身体与草地色彩融为一体了，仔细辨认，才看清有 7 头藏羚羊，4 头雄性、3 头雌性。龙周说那些是小藏羚羊，也许没来得及迁徙，也许觉得可可西里草地肥美，就留下来了。藏羚羊胆小，遭遇人车后，它们会好奇地观望片刻，判断非同类，一律作为天敌来对待，所以总会撒腿就跑，瞬间无影无踪了。

越靠近湖边，藏羚羊出现得越多，绝大部分成群结队活动。唯有一次，看到一只成年的雌性藏羚羊，一动不动地站在草地上回望，静静的，孤独的。它的神情，它站立的身姿，在茫茫草原上显得异常凄美，它似乎在守候，难道它在寻找自己的孩子？此情此景，我不禁记起那篇《藏羚羊的跪拜》。

故事的主人公，是一只将母爱浓缩于深深一跪的藏羚羊。大清早，老猎人瞅见对面的草坡上站立着一只肥肥壮壮的藏羚羊。他丝毫没有犹豫，就转身回到帐篷拿来了叉子枪。他举枪瞄了起来，奇怪的是，那只肥壮的藏羚羊并没有逃走，只是用乞求的眼神望着他，然后冲着他前行两步，两条前腿扑通一声跪了下来。与此同时只见两行长泪从它眼里流了出来。藏族聚居区流行着一句老幼皆知的俗语："天上飞的鸟，地上跑的鼠，都是通人性的。"此时藏羚羊给他下跪自然是求他饶命了。他是个猎手，并没有被藏羚羊的求饶打动。枪声响起，那只藏羚羊便栽倒在地。它倒地后仍是跪拜的姿势，两行泪迹也清晰地留着。

一只孤独的雌性藏羚羊（摄于 2017 年 7 月）

次日，老猎人怀着忐忑不安的心情对那只藏羚羊开膛扒皮。腹膛在刀刃下打开，他吃惊地叫出了声，手中的屠刀掉在地上……原来在藏羚羊的肚子里，静静地卧着一只小藏羚羊，它已经成形，自然是死了。这时候，老猎人才明白为什么那只藏羚羊的身体肥肥壮壮，也才明白那只藏羚羊为什么要弯下笨重的身子为自己下跪：它是在求猎人留下自己孩子一条命呀！老猎人十分懊悔，把藏羚羊和它未出世的孩子，以及他的叉子枪同时掩埋了。

当时读的时候，我并没有感觉故事是真的，认为那只是自然对人类的一种祈求或预示。现在回想，心动不已，我不是猎人，我不会伤害它，但从它的眼神里，有一种感同身受的东西在一瞬间涌上心头——爱，那是大自然生灵共有、共通的一种最本真的情感。

新生湖，正在逼近青藏公路

新生湖，顾名思义，就是从无到有新生成的湖。龙周说，新生湖所在的位置原先是海丁诺尔，海丁诺尔已接近干涸，变成细小的季节性河流了。2011年9月开始，卓乃湖连续遭遇强降水，导致水位快速上升，湖水外溢流出。由于水流的冲刷和下切侵蚀作用，卓乃湖最终发生大溃堤，引发洪水灾害，大量洪水向东先后流经库赛湖、海丁诺尔，最后注入盐湖。干涸的海丁诺尔由此被"复活"了，形成了辽阔的有着大海一般特质的湖泊，面积约200平方千米，保护区给这个湖取名为"新生湖"。

新生湖的水位每年都在上升，湖边有水位标记尺，保护站工作人员每两天来记录一次数据，监测水位变化。龙周说，若新生湖水位持续上升，发生溃坝后，水流会通过下游的盐湖进入青藏公路边的湿地，若湿地中的河流被洪水"激活"，就会直接危及青藏公路这条生命线。龙周还告诉我们，由于湖水是高矿化度的咸水，具有腐蚀性，如果形成外流，就可能对输电线路、输油管线、通信电缆及可可西里自然保护区周边的草原造成侵蚀。目前位于下游的盐湖湖水上涨，已接近青藏公路10余千米，形势非常严峻。

高原湖泊受人类直接影响很小，但对气候变化最为敏感。在全球气候变暖的背景下，可可西里湖泊的扩展变迁，既是对全球气候变化的强烈响应，也是

可可西里新生湖边测水位的标记尺（摄于 2017 年 7 月）

可可西里新生湖（摄于 2017 年 7 月）

可可西里野生动物救助站公路牌（摄于 2017 年 7 月）

湖泊自身的自然演化过程。

　　在离开新生湖回保护站的途中，忽然飘雨了，夹杂着雪珠，傍晚的风阴湿刺骨，但只一会儿，又云淡风轻了，天空惊现一段彩虹。可可西里，天气多变，一日四季，感觉应接不暇。

　　晚上我们借宿在索南达杰保护站。可可西里共设立了六个保护站，其中五个是固定站，包括不冻泉保护站、索南达杰保护站、五道梁保护站、沱沱河保护站和卓乃湖保护站，还有一个流动站。其中索南达杰保护站是藏羚羊的救助站，专门救助受伤的或者遭遗弃的小藏羚羊。保护站自成立以来，已经成功救助了包括藏羚羊在内的 500 多头野生动物。

　　索南达杰保护站边上有一片高寒草甸湿地，里面有斑头雁栖息。保护站海拔 4 479 米，没有手机信号。晚上虽有凸月，但并不影响星空灿烂。龙周说保护站附近常有狼出没，所以夜里不敢出门去看星空。

再次穿越可可西里

　　7 月 6 日清晨起来拍摄可可西里的霞光，青藏公路还没有苏醒，路上车辆很少，偶尔有卡车穿过，披着金色的霞光，在天路上奔驰，非常美丽。

远处的青藏铁路桥，著名的"以桥代路"工程——清水河特大桥，如同巨龙般逶迤穿越在可可西里自然保护区。大桥下有1 300多个桥孔可供藏羚羊等野生动物自由迁徙，可以说，这些特殊通道是人类在破坏自然环境时做出的一种生态弥补。野生动物为了获得充足的食物，冒险在公路上穿梭，丧命在车轮下还只是表面现象。公路和铁路的修建，把野生动物的栖息地切割成斑块状，栖息地的破碎导致不同地区的种群无法进行基因交流，近亲繁殖和稀有基因的丧失，将会导致种群的退化甚至灭绝。"以桥代路"工程在斑块状的栖息地之间架起了生命的桥梁。

　　上午8点，我们再次出发深入可可西里，今天要到库赛湖。库赛湖位于可可西里自然保护区的东北角，在昆仑山中段连绵的雪峰下，离青藏公路60千米远。到库赛湖，同样没有路，只有车辙印。由于车轮的重复碾压，这条通过无数干涸河床、戈壁浅滩、高寒草甸的车辙路俨然成了波状起伏的山路。

　　带领我们进入的还是龙周。他2006年进入可可西里自然保护区索南达杰保护站工作，至今已有10多年了。我问他："在荒凉的可可西里工作，有没有孤独感？"他说："并没有特别的孤独感，能为保护世界珍贵的野生动物做贡献，觉得自己的生命很有价值。"他还表示特别享受在茫茫荒原上驰骋的感觉。我问他，在可可西里无人区开车会不会迷失方向？他说自己开过无数遍了，每一处草地、河滩和雪山的形状就是他心里的GPS。正是这些有志向、有信仰的人，用自己的青春、健康甚至是生命，才守护住了这一片珍贵的自然遗产。

　　可可西里的河流恣意纵横，河流的深浅宽窄基本由冰雪的融水量来决定。可可西里湖泊众多，大的湖泊都有名字，且在地图上有标注，但更多的湖泊没有名字，其中有的是大湖溃堤后蔓延形成的，有的是河流遭到泥石流的堰塞作用形成的。

　　路上见到的野生动物不多，可能大部分都迁徙到别处了，也可能躲在人类无法到达的隐蔽处。龙周认识很多动物，他谦虚地说是跟着科考队员进入调研时学会的。在他的指点下，除了藏羚羊和野牦牛，我还认识了藏原羚、猎隼、金雕、沙鸡、鼠兔等等。可可西里有完整的食物链，物种之间通过食物依存关系达到数量的平衡。

沿途我观察到草原上有很多洞洞眼，龙周说那是鼠兔的家。看着千疮百孔的草地，我问龙周，可可西里是否有灭鼠的措施？龙周反问道，为何要灭？难道鼠兔没有活下去的权利吗？鼠兔灭了，那些天上飞翔的猎隼怎么办？人类还是不要去干扰大自然的事情！连着几个反问，让我这个"老师"哑口无言。我心里暗自钦佩，一个守护自然，整天与自然打交道的年轻人，他对大自然的理解具有最纯粹的情感。动物与人类一样，也是地球公民，它们也有生存的权利。

"生命禁区"的巡山管理

到达库赛湖，60千米的路程，越野车开了整整3个小时。库赛湖很大，望不到边，湖边草地已沼泽化，车到不了湖边。此时，天空乌云密布，湖面白茫茫一片，碱蓬草也失去了色彩，冰冷的空气，刺骨的凉意，心境也跟着荒凉起来。也许这就是无人区、生命禁区的感受吧。

在可可西里，没有发现任何牧民居住过的痕迹。我问龙周，是不是因为可可西里设立了自然保护区，把原先居住在区内的牧民赶走了？龙周说，可可西里本来就是无人区，即使有牧民，也是居住在可可西里的边缘地带。

龙周介绍说，中国西部地区有四个大型的自然保护区，除了可可西里，还有阿尔金山、羌塘和三江源。其中阿尔金山、羌塘和三江源自然保护区内都有牧民居住，因此牧民可以履行自然保护区的一些管理职责，比如发现有盗猎、偷采（金矿、玉石矿等）等不法行为，马上报告给管理局。这既给保护区的管理工作带来便利，也能得到牧民的大力支持，因为这本身也是在保护他们的家园。而可可西里是无人区，不可能有牧民参与保护工作，只能由保护站工作人员定期巡山来进行管理。

龙周详细介绍了保护站的巡山情况。他说保护站人手很少，只有两个管理员和五个工作人员，另有一些志愿者。每年要进入可可西里巡山三至四次，每次巡山时间至少一个月。巡山，意味着要巡遍可可西里4.5万平方千米的每一寸土地。每次巡山至少要两台车七个人，每个人都有一项技能，以确保在无人区的安全。我问龙周巡山时是否遇到过危险，龙周说，遇险是当然的，有遇见狼群，有被困沼泽地，但最凶险的还是来自自然的突变，比如山洪暴发、河床

一起考察可可西里的同伴（龙周拍摄）

水位抬升等等。

今天进入库赛湖，并未拍摄到动人的场景，但途中与龙周的交流，便是对可可西里这片神秘大地最好的解读。它是荒芜的，荒芜到没有人烟；它是令人敬畏的，气象万千，率性而为；它是完美的，完整的食物链维持着可可西里的自然生态；它又是神圣的，是行者的灵魂可以栖落的地方。对于可可西里，人类应退居一边，欣赏它、护卫它，而不过度干扰它，这是人类在自然面前应有的态度。

7月7日，获悉可可西里自然保护区申遗成功，非常激动。我走进的部分仅仅是可可西里的"冰山一角"，但已经能感受到它作为世界自然遗产的无穷魅力。

三江源，美丽而脆弱的保护区

三江源是指长江、黄河、澜沧江三条大河的发源地，位于青藏高原腹地。2017年暑期考察，目标设定为穿越三江源。三江源区基本属于无人区，为此，我研究了很多资料，设计了多个寻访点，绘制了九张路线图。带着自制地图，第五次上高原，豪情万丈，俨然是个去"科考"的"女汉子"。

从格尔木出发，第一站到玛多县追溯黄河源，第二站经玉树市到杂多县，探索澜沧江源，第三站至曲麻莱县麻多乡再寻黄河源，最后一站经唐古拉山镇雁石坪，走进格拉丹东冰川群，寻找长江源。七月雨季，溪流水大、草甸泥泞，并不适合穿越，但对于一个"无知无畏"的探索者来说，未知便是挑战，克服困难就会有最真实的认知体验。

7月7日，从格尔木到玛多

从格尔木出发，走京藏高速到香加乡（海拔3 134米）后转国道，绕行冬给措纳湖（海拔4 414米），经过花石峡镇（海拔4 239米），到达玛多县（海拔4 268米）。

布尔汗布达山脉北侧的沙漠（摄于 2017 年 7 月）

    一天在路上，目力所及便是风景，风景标注在图上，便能定位到脑海里、心里，那是带着感知与体验的 GPS。

    京藏高速紧贴着布尔汗布达山脉，山脉东西走向，褶皱丰富，棱角分明，有"骨感"之美。山脉北面是辽阔的柴达木盆地，强劲的北风卷起戈壁荒滩上的细沙，一路劲吹，但终究逾越不了布尔汗布达山脉的高度，于是细沙从山脉的褶皱里顺滑而下，堆积在山口，好似"冲积扇"一般。强劲的北风与宽广平坦的空间，为建立大型风力发电场提供了资源。沿途有壮观的风车阵，以及超高压输电线构成的几何图案，因为人类的创造，荒芜不仅有了价值，而且被赋予了美。

    过卓依垭口（海拔 4 445 米），就翻越了布尔汗布达山脉，意味着接近三江源区了。河滩多了，色彩丰富了。河床浅滩上红柳遍地，红柳又名怪柳，能

红柳花香（摄于 2017 年 7 月）

生长在砂质或黏土质的盐碱地上，适应干旱与高温，根系发达，可以直达地下含水层。七月花开，是红柳最惊艳的时候，枝条上开满粉红色的花朵，花团锦簇，节节攀高，包裹着浓郁的香味。远看，成片的红柳似霞光烂漫。

特意绕行冬给措纳湖，本想去"猎艳"的，听说那里的湖滩是可可西里边缘地带最美的高寒草甸，有黄色的帕米尔蒿草和红色的碱蓬草，还有成群的斑头雁和鸻类水鸟。只可惜，因修路无法到达最美的湖畔去拍摄，甚为遗憾。近观脚下的湖滩砂地，开满白色的小花，一簇簇散发着薄荷香味的植物匍匐生长，

鼠兔的洞穴（摄于 2017 年 7 月）

砂地似乎是空心的，因为遍布的鼠兔洞穴，早已在地底下联通了。

在经过花石峡镇到达玛多县的一段路程，实际已经进入了三江源区，高寒草甸，肥美湿润，牛羊成群，秃鹫在天空盘旋，生态和谐美好。在路边看到一群秃鹫在抢食，第一次近距离观察到秃鹫，凶猛的眼神以及具有侵略性的走路姿态，让人心惊肉跳。

晚上住玛多县玛查理镇（海拔 4 268 米），玛多，藏语意为"黄河源头"，是黄河源头第一县。因坐拥 4 077 个大小湖泊而享有"千湖之县"的美誉。这里是格萨尔王赛马称王的圣地，更是格萨尔神话传说的中心发源地。黄河源头、千湖之县、格萨尔王赛马称王地是玛多的三张名片。

7月8日，在玛多寻访黄河源

从玛多县城出发，一路向西能依次到达黄河源区的鄂陵湖、扎陵湖、星宿海、约古宗列曲和卡日曲，甚至能到达雅拉达泽峰下。

今天天空阴沉，有微雨，气温较低。进入黄河源区的路是一条修筑在高寒草甸之上的土路，路基垫得很高，路很窄，但还是把完整的高寒草甸切割分开了。保护和开发永远是一对矛盾。雨天路滑，车速很慢。对于我来说，高寒草甸被雨水淋湿后的鲜艳，是一道清亮的风景，旅途并不寂寞。

黄河源区鼠兔很多，为了引入天敌，人们在草原上设置了很多高高的鹰架，

黄河源区的鹰架（摄于 2017 年 7 月）

鹰架顶端固定一个筐篓，便于老鹰在辽阔的空间里找到"安居乐业"的地方。草原上食物充足，很多架子上都有鹰巢，鹰巢里一般有两只雏鹰，看起来很健康。鹰架可以灭鼠。人们利用食物链，用最生态、最经济的方式来缓解鼠兔对草原的危害，这是人类顺应自然规律的智慧之举。

沿途所见大大小小的河流和湖泊，都属于黄河源头水系。河流从山里流出，雨季时大多是浑浊的泥浆水，符合黄河在人们头脑中的印象。湖泊坐落在草甸里，一个个都是碧绿的，四周鲜花环绕。尽管河流与湖泊色彩迥异，但它们都有一个共同的归宿。

也许黄河固有的雄浑色彩更能引起共鸣，为了拍摄从山里冲刷出来的河流，我们停留在一处桥边拍摄。没想到，惊扰了一只老鹰。老鹰受惊吓后起飞，但并没走远，而是落到不远处的土墩上冲着我们大声尖叫，声音穿透风雨，格外尖利刺耳，似在惊呼，也似在警告。司机比较有经验，他说老鹰不飞走，不停地尖叫，说明它的巢穴就在附近，说不定巢里还有幼雏，为了保护幼雏，老鹰不会独自远走。

我们仔细观察，老鹰一面尖叫，一面不时回头看着一个方向。我们巡着方向寻找，果然发现一个建在桥墩下能躲避风雨的巢穴，里面有一只幼雏，白色

鼠兔（摄于 2017 年 7 月）　　　　　　　　　　　　　　老鹰巢穴（摄于 2017 年 7 月）

的绒毛还未褪去，应该刚出生不久。幼雏一动不动，眼睁睁、孤零零地望着外面。老鹰发现没有危险，一会儿就飞回巢穴，把幼雏窝在身下，给幼雏取暖，并且不再鸣叫，安静下来。看到此情此景，我们感动不已，动物的亲情与人类一样是相通的。我们赶紧撤离，不能因为好奇心去打扰它们，尤其风雨交加，如果幼雏没有母亲的呵护，很容易冻死。

　　中午时分，我们到达黄河源头第一个考察点——鄂陵湖，海拔 4 300 米。

老鹰幼雏（摄于 2017 年 7 月）

鄂陵湖开阔苍茫,有大海的气度。在远处雪山的衬托下,鄂陵湖又似"天上碧玉"。黄河由此从天而落,一泻千里,奔向大海,正如诗人想象的"黄河之水天上来"。

鄂陵湖畔草坡上矗立着高高的"插箭台",很多彩箭在这里集结,好像孔雀开屏般绚烂。箭杆由一根碗口粗细的树干剥皮制成,长约8米,一头削成箭镞状,是箭头,另一头扎有色彩箭羽,是箭尾。箭羽上彩绘着象、龙、狮、虎等吉祥图案;箭杆上绑着红、黄、蓝、绿、白五色旗绸,分别代表太阳、土地、蓝天、森林和白云。箭台上"万箭冲天",守护山神的威严,也象征一个部落凛然不可侵犯。据《格萨尔王传》记载,格萨尔王每次出征,都要举行盛大的插箭仪式。因此每逢危急关头,格萨尔王身上神奇的弓箭总能帮他化险为夷。据传说,这个"插箭台"的位置是格萨尔王的古战场。如今,硝烟散尽,辉煌已逝,古战场上绽放着一朵朵蓝色的鸢尾花,如一只只美丽的蓝蝴蝶在天上人间飞舞,五彩箭台成了一种象征意义,象征吉祥,祈祷平安。

到达鄂陵湖和扎陵湖之间的牛头碑时,突然风雪交加,气温降到2℃。天地混沌一片,两个湖也"消失"在迷雾中,唯有脚下的草地透着冰凉的青色。雪珠打在脸上很疼,但我们还是顶着风雪,攀登到海拔4 610米的措日尕则山的顶峰,看一眼华夏之魂——牛头碑。牛头碑的碑身高3米,碑座高2米,均用铜板铸造。牛头碑在造型上选择了原始图腾的崇拜物——牛,且突出了牛角的粗犷、坚韧、有力,象征中华民族勤劳智慧、坚韧不拔的性格。伫立碑前,仰首观望,油然而生一种傲岸不屈的精神力量。

继续往西到达扎陵湖畔(海拔4 336米),扎陵湖和鄂陵湖素有"黄河源头姊妹湖"之称,它们是黄河源头区两个最大的高原淡水湖。在湖畔有一处孤零零的断壁残垣,黄色的夯土在苍茫的草原上显得格外醒目,据说那是松赞干布当年迎接文成公主的迎亲点,可以想象当年恢宏的场景。如今,历史已成云烟,草原寂静,留下的美好已经永远镌刻进这一片浩渺的雪域藏地中。

扎陵湖中有个鸟岛,吸引了大量候鸟从印度半岛飞来繁衍生息。湖畔有一个保护站,白色的帐篷和飘扬的红旗在旷野中格外醒目。我们穿越泥泞的草甸沼泽,来到保护站。守护在这里的是两位藏族牧民,一位老人,一位年轻人。他们平时很少见到游客,见了我们,非常兴奋,邀请我们到帐篷里休息。那位老人会说几句汉语，而年轻人却不会，我们用手语交流，别具一格。

这个保护站的全称是"黄河源区扎陵湖乡生态保护管理站"，保护站的配额是两名工作人员和一台皮卡车。工作人员都是来自扎陵湖乡的牧民，每半个月轮换一次班，一年工作合计6个月，年收入1.8万元。问他们"对收入是否满意"，他们回答"比较满意"。再问他们"家里有多少头牛羊"，老人说"家里有200头牦牛和500多头羊"。我们听了都惊呆了，觉得数量很大，追问"这在牧区算不算富裕"，老人撇

鄂陵湖畔的箭台（摄于2017年7月）

牛头碑（摄于2017年7月）

了撇嘴，似乎不太满意："只是中等，最富裕的应该拥有300头牦牛和1000头以上的羊。"牧民的富裕程度以牛羊数量来论定，这个定量既简单又真实，牛羊既是牧民的家庭成员，也是牧民家庭最重要的保障。

帐篷里的摆设很简单，两张窄窄的钢丝床，一堆牛粪燃料和一个烧火炉，食物和锅碗瓢盆全部放在地上。我感觉在这荒寂的地方守着草甸，守着鸟岛，一定很辛苦。问老人："守在这里半个月，是不是很辛苦？"老人干脆地说："不辛苦！这是保护自己家里的东西啊！"他拉着我们看红旗上的文字，很自豪。非常欣慰，当人们把环境当作与自己生活紧密联系的财富去守护，那么这样的生态守护是充满力量的。

老人和年轻人忙着给我们烧水，可惜用牛粪烧火很慢，聊了近半个小时，那高原之水还没有冒出热气来。临近傍晚，为了赶路，我们留下压缩饼干和巧

扎陵湖畔保护站的管理员（摄于 2017 年 7 月）

克力，就告别离开了。

天空飘着细雨，继续往西的土路已经没有了，只有在草甸沼泽中散乱的几道车辙印迹，为了安全，我们没有继续往西溯源，而是回程。途中，但凡遇见草原上如云的牛羊群，我都要去数一数一共有多少头，这样可以判断牧民的富裕程度。其实，在奔驰的车上根本数不清，后来我发明了以图案面积来数，这样就快多了，在我目力所及，如云的牛羊不是成百就是上千，牧民的富裕程度还是令人欣慰的。

傍晚 7 点左右，天气渐好，天光柔和，巴颜喀拉山雪峰露出了踪影，黄河源区在柔光下显出丰富的色彩。藏野驴在黄昏中安然吃草，赤麻鸭和斑头雁带着幼雏悠闲自在。

晚上 9 点回到玛多县玛查理镇，借着落日余晖参观了格萨尔王文化园，还意外撞见了日照经幡山，刻在山坡上的"唵嘛呢叭咪吽"六字真言在霞光中闪耀。

7月9日，寻访唐蕃古道

　　玛多县玛查里镇所在的黄河沿岸，自唐代以来是去往西藏的重要驿站和古老渡口。从玛查里镇出发，经称多、玉树、囊谦，进入西藏昌都的214国道，就是著名的"唐蕃古道"。这条古道穿越黄河、长江、澜沧江三大源头水系，自然景观丰富，历史文化遗存无数。

　　今天沿"唐蕃古道"寻访，为了不错过风景，手里攥着大小地图，反复比较，对照实景。出县城不久，就看到黄河（玛曲）流入了一片"星星海"中，无数的海子、水泊熠熠发光，宛如天上繁星降落在草甸沼泽中，"千湖之县"果然名不虚传。但也发现，有些湖泊已经被沙漠包围，若不是有草方格固定，湖泊早就被流沙掩埋了。面积较大的"海"上水鸟很多，它们建造浮巢，成双成对。查了资料得知水鸟的名字是"凤头䴙䴘"，目前种群稳定，不属于濒危物种。凤头䴙䴘最有辨识度的地方在头部和颈部，头顶后部有两束黑色散开的冠羽，当你正面看它的时候，冠羽挺拔上扬，怒发冲冠的样子，甚为威严。

黄河源星星海岌岌可危（摄于2017年7月）

过野马滩，我们拐进了黄河乡，这是唯一一个以黄河命名的乡。行进30多千米，穿越草长莺飞、野花竞放的草甸草原，到达阿依地，这是传说中格萨尔王赛马称王之地。

询问乡里人"称王地"在哪里，他们往山上一指，四周都是一样的草山草坡，没有标牌，也没有路。我们只能凭着感觉上山，翻过两个山头，看到远处最高的山头上经幡飘扬，朝着经幡的方向前进，终于登上了最高山头，海拔4 689米。山顶有高台、插箭台和大理石碑刻，碑刻上的碑文：公元1050年（藏历铁虎）格萨尔王赛马称王之地——阿依地。果然，这里就是传说中享有无限荣耀的地方，格萨尔王赛马称王，迎娶珠姆，登上岭国国王宝座，盛况空前，如今五彩经幡依然在风中吟诵着英雄的故事。

为了纪念格萨尔王赛马称王，现在玛多县每年都在这里举行赛马会。据说，人们会把酥油、糌粑、青稞、茶叶等物堆集到高台上，用柏枝点燃。一连七天，山顶浓烟滚滚、直冲云霄，山下举行盛大的赛马活动，可以想象那种大地沸腾的场面。此刻，站在山头，极目远眺，黄河蜿蜒流过，草甸肥美，牛羊成群，宁静而安详。

从黄河乡出来，继续走"唐蕃古道"，过巴颜喀拉山垭口（海拔4 824米）时，见到一种黄色的绿绒蒿，全株披有绒毛，花形很大，花瓣轻盈如丝绢，形色惊艳、高贵，人称"高山牡丹"。垭口寒风刺骨，看似"娇嫩"的生命居然能不畏风雪，任疾风劲吹，笑傲苍穹，用自己短暂的荣华点缀高寒荒野。

过巴颜喀拉山垭口就进入了称多县，与古道并行的扎曲源于巴颜喀拉山南麓，这是长江支流雅砻江的源头。扎曲两岸是丰美的嘉塘草原，绿草如茵、黄花点地，牧民在

格萨尔王赛马称王地（摄于2017年7月）

五彩经幡下安营扎寨，和牛羊一起享受着夏季牧场的富饶。

继续南行，到达玉树境内的一段，沿途人文景点众多，有通天河渡口、唐玄奘晒经台、文成公主庙等等。

通天河是长江源头的干流水系，通天河渡口是"唐蕃古道"上的一个重要渡口，现在古渡口处一桥飞架南北，天堑变通途。从大桥上往下俯瞰，通天河从束狭的山里奔流而下，河中乱石穿空，水流

"高山牡丹"（摄于 2017 年 7 月）

湍急，惊涛拍岸，涛声震耳，通天河自此而下称为金沙江。

晒经台位于通天河大桥南岸。挂满经幡的古柏下，一块巨大的磐石，石面漆黑如墨，上面似乎有隐隐约约的字迹。据传说唐僧西天取经路过这里，因失信被神龟惩罚掉入河中，脱险后将浸湿的经文摊开于河岸的磐石上晾晒，等经文晒干收起时，不慎把《佛本行经》的经尾给沾破了，所以，在浩如烟海的佛

称多县嘉塘草原牧场（摄于 2017 年 7 月）

玉树唐蕃古道（摄于 2017 年 7 月）

经经卷中，只有《佛本行经》至今残缺不全，而磐石上却字迹犹存，后人便将这块磐石称为晒经石。

文成公主庙始建于唐代，有 1 300 多年历史，是唐蕃古道上的重要文化遗存。文成公主庙建在狭窄的沟谷里，紧贴百丈悬崖。风格为藏式建筑，庙宇四周的山体几乎被经幡覆盖，飘飘扬扬、丝丝缕缕。我从未见过如此隆重的经幡场面，陡峭的崖壁和面积较大的石头上都刻着数不清的经文。据说文成公主入藏时经过这里，停留很长一段时间，在这段时间里，公主教当地百姓耕作、纺织、传授技术，深受当地藏族群众爱戴。

一路寻访，到达玉树市结古镇（海拔 4 268 米）时已经是晚上 8 点了。为了了解玉树经历 2014 年强烈地震之后的变迁，我们改变了原定去杂多的计划，决定在结古镇住下。镇上的地震博物馆是开放式的，一栋藏式建筑遗址保留了受灾时的情境：三层楼变成了二层，其中第二层已经被压塌，墙面出现经典的地震波冲击造成的 X 裂缝。这个实景的震撼效果远远超越任何图片和文字说明。灾后的玉树新城很热闹，商店多，商品琳琅满目，但同质化明显。走到中心广场，看到英雄的格萨尔王黄铜雕像，才感觉到这块土地上独特的文化元素，以及一种无法抵挡的神奇力量。

玉树地震遗址（摄于 2017 年 7 月）

7 月 10 日，探访澜沧江源

今天从玉树结古镇出发，经杂多县城、扎青乡、莫云乡，去探访澜沧江源头。据说源头很难找，支流达 400 多条，而且千沟万壑，道路艰险，很少有人进入。因信息有限，我预先设定的探访路线仅仅是个大概，只能到了乡里再问路。

从玉树结古镇至杂多县城，走 309 省道，路况很好。沿途景色绚丽，草坡上出露着白色、紫色、橘黄相间的岩层，草坡下是辽阔的高寒草甸和散落的牧民定居点，交织混杂的水流散漫地流淌在河谷草滩中。看地图，澜沧江源区的南、西、北三面被长江流域的当曲和通天河所包围，面积狭小，且澜沧江和长江之间，缺少高大的山脉阻隔，有时识别它们流入的究竟是长江还是澜沧江十分困难。细小的水流，似乎就那么不经意间，命运完全不同。

沿途山口很多，唯有一处山口显得很神圣。山口狭窄，两侧峭壁直立，石壁上布满六字真言和雕刻壁画，石壁下是淙淙的清流。查地图，推断这条与公路并行的水流是澜沧江源头的干流扎曲。请教我的藏族朋友，解读了那些藏文的含义，果然，过了山口便是澜沧江源区。

过了山口，进入扎曲河谷，看到一处路牌，上面标注由此向扎曲下游方向 45 千米处有昂赛乡丹霞地貌。由于考察目标是澜沧江源头，所以只能放弃。虽然心不甘，但我们沿昂赛乡方向走了一段，发现山坡草地绚烂无比，红色

进入扎曲时的岩石壁画（摄于 2017 年 7 月）

澜沧江源区狼毒草（摄于 2017 年 7 月）

的花苞开出雪白的花朵，花小而娇艳，簇拥盛放，漫山遍野，充满着诱惑。对于行者而言，那是一种生命与希望的激励。

当我们忙于拍摄时，有两辆红十字车停在路边，下来很多藏族医生。我赶紧上前请教，才知道那"红苞白花"有一个如雷贯耳的名字——狼毒草。

狼毒草为多年生草本植物，其根部和茎部含有纤维，汁液有毒。若牛羊误食狼毒草，会中毒死亡。狼毒草叶丛茂密，叶层覆盖度大，它不但与优良牧草争地，而且与优良牧草争夺阳光和土壤中的养分、水分，导致牧草逐年退化。

狼毒草利用自己的特性，制约了其他牧草生长，从而保存了自己的生命力，这完全符合植物界生存竞争规律。当狼毒草漫山遍野时，牧民自然会忧心忡忡，这是人与自然的冲突，而不是狼毒草的错。

藏族医生中一位年长者是杂多县城医院的院长，他说，狼毒草浑身都是宝，根茎可以做藏纸，藏纸保留千年都不会有虫蛀。花叶可以入药，抗菌消炎，治疗皮肤病。听了他的介绍，我忽然对"毒草"有了好感。其实，自然界里的植物，无所谓好坏、香臭、善毒之分，从生命来讲，植物的一生都有生存的智慧和被利用的价值。而狼毒草的"恶名"，是人类在认知不足的情况下，依据生存喜好做出的一种论断。

据介绍，狼毒纸是古时西藏地区长期使用的一种粗纸。当初，文成公主入藏时带去不少工匠，造纸工匠考虑当地麻类原料稀少，而狼毒草分布普遍，故改用其造纸。这种粗纸（即狼毒纸）含有毒质，很少有虫子敢侵蚀。因此，凡

与杂多县城医院医生的合影（蔡守龙拍摄）

是用狼毒纸抄写或者印刷的档案文件，经历很多年仍完整无损，连虫子的爬痕都没有。

此外，狼毒草的蛋白质含量奇高，如此富含高蛋白的毒草是否能成为牧羊的食草呢？科学家们转变研究思路，很快研制出一种药剂，注射到羊身上，可使羊吃到狼毒草后自行脱毒，不再中毒，也就保证了狼毒草高蛋白的营养价值，吃了它不仅无害，反而可以快速育肥牧羊。

告别了院长医生，我们回到主路，沿着扎曲上游方向继续探访。到杂多县城，经过县城广场时，看到"澜沧杂多虫草之乡"的醒目标志，澜沧江源和冬虫夏草是杂多县的两张名片。扎曲穿过县城，公路两旁是热闹的虫草集市，为了赶路，我们没有停留。

过了杂多县城，转向扎青乡的路基本都是土路了。沿着扎曲上溯，一会儿就进入了大山牧区，沿途如同魔幻仙境。几乎每座山巅都有突兀的尖石山峰，通体灰白斑驳，犹如石林。石峰上多褶皱和洞穴，很像雪豹出没的地方。我紧盯着那些洞穴，试图找到豹子的身影，怎奈望眼欲穿，一无所获。

连绵的山峦以冷峻如削的线条勾勒着天际线，山体出露的红色、黄色、紫

澜沧江峡谷中的突兀石峰（摄于 2017 年 7 月）

一台车独行于彩色的云下山间（摄于 2017 年 7 月）

环天顶弧（摄于 2017 年 7 月）

色岩层，在浓浓淡淡草色的调和下，形成绚烂的色块拼图。扎曲蜿蜒，山路盘旋，没有喧嚣，只有宁静。没有可以言表的风景，只有一台车独行于彩色的云下山间。突然，看到奇特的倒挂彩虹，带着飘逸的仙气，悬在一处山顶。当时不知何种奇观，只觉得"祥云"笼罩，必有幸运。后来查阅资料才得知，"祥云"是一种"环天顶弧"，其出现的原因是云中存在大量六棱柱或者六边形薄片状的小冰晶，阳光从小冰晶的顶面射入，又从另一个侧棱面折射而出，营造出这美丽的弧光。

正当我们停车拍摄"祥云"时，有一个车队过来了，四辆皮卡车停在"祥云"下，车上下来不少大人孩子，看来是牧民转场搬家的车队。在这寂寞的旷野中，凡是遇到人和车，都有久别重逢之感。我给孩子们赠送了笔记本和彩色画笔，虽然语言不通，但彼此的微笑也是一种温馨的交流。几个年轻人长得高大帅气，是典型的康巴汉子，他们疑惑地看着我们，似乎在问我们去哪里。我们说去寻找澜沧江的源头，他们听不懂，但似乎明白了，问我们是不是去找"扎西齐娃"。我因为事先查资料时，知道澜沧江源头有"扎西齐娃"的名字，因此，赶紧点头表示去找"扎西齐娃"，他们很热情地指了路。其实，就只有一条土路，没有别的路可走。

到达莫云乡后，又折向北，过一座桥，沿着扎曲的支流扎阿曲上溯，如果

给牧民孩子赠送笔记本（蔡守龙拍摄）

顺利的话，就能到达藏族人认定的源头"扎西齐娃"。历经长途跋涉，到达扎阿曲土路的尽头，过一座小桥，就只有沿河谷的简易牧道了，此时，已经晚上7点了。好不容易等到一辆过路车，问询得知，还有30千米才能到"扎西齐娃"，路不好走，开车至少2个小时。我不敢冒险，毕竟越往源头，山路越险峻，即使到了源头也是漆黑一片，什么也看不见了，就此放弃。停留在距离"扎西齐娃"30千米的地方，向着源头方向眺望，那里有雪山、冰川、草甸，有清澈的细流汇聚成脚下这流淌在鹅卵石间欢快的水流。

后来得知，这一天是注定到不了澜沧江源头的。因为根据"河源唯远"的标准，真正的科学源头在谷涌曲，谷涌曲是扎阿曲北面一个支流的源头，到谷涌曲附近有40多千米无路可走，需要徒步或者骑马进入。而"扎西齐娃"是扎阿曲西面一个支流的源头，是藏族人民心目中的圣地，是澜沧江的"文化源头"。

虽然没有追溯到源头，却饱览了峡谷斑斓的色彩。回程途中，又遇"圣光"降临，湖沼波光潋滟，"金山"横空出世。澜沧江源的美，浑然天成。对于不畏艰险的探访者来说，一切都是最美的相遇。

夕阳西下，圆月升起，明月在云层间穿梭，照亮了山路。晚上我们赶到治多县加吉博洛格镇住宿，海拔4 209米。

7月11日，到麻多再寻黄河源

今天从治多出发，经曲麻莱、秋智乡，到麻多乡，再一次探访黄河源。今

日照金山（摄于 2017 年 7 月）

天的目标是寻访黄河源头卡日曲或约古宗列曲。

从治多到曲麻莱，是顺着通天河的支流聂恰曲走的，聂恰曲缠缠绵绵，如碧玉般温润，沙洲如雪，绿草如茵，景色宜人。路过的大小河流，都属于通天河水系。流量大的河流水色浑浊，流量小的河流水色清亮，当大小支流汇合时，能见到"泾渭分明"的并流奇观，当然并流一段后，就"同流合污"了。原来，"水自清"在"红尘"中是做不到的，除非它只流淌在草色青青的山涧里，若是来到"红尘"，浑浊之水仗着自己猛烈的流量和势不可挡的流向，必然会同化之。

曲麻莱位于三江源自然保护区的核心地带，这里是长江、黄河、澜沧江三大源头水系的集中点，要分清三江源头不容易，除了看地图分辨，还要关注分水岭。从治多到曲麻莱的水系属于长江上游通天河水系，从曲麻莱到秋智乡的一段水系还是属于通天河的，但从秋智乡翻过巴颜喀拉山口时，就是黄河源头水系了。

过巴颜喀拉山口后，我们遇见的每一条河流，都要仔细观察一番，包括流向、流速、河床深度等。第一条被我们确定的河流是卡日曲，它源于巴颜喀拉山北麓，水流不大，但非常清澈，切割出的红色峡谷又窄又深，甚为醒目。

沿着卡日曲的上源方向走，一直到麻多乡，从地图上看，麻多乡的北部是黄河的正源约古宗列曲所在。询问当地牧民，牧民大概指了一个方向，远处草滩中隐隐约约的溪流，也许就是约古宗列曲吧。我们溯源其上，打算顺藤摸瓜找到黄河源头，但溪流水不大，一会儿有，一会儿就无影无踪了。四周都是一样的草山草坡，忽然没了方向感，路上没有标牌，我们迷路了。

好不容易找到一队修路的藏族群众，询问黄河源，他们说不清距离，只是往大概方向一指。我们循着方向看过去，那是个山坡，根本就没有路可走。但司机还是遵照藏族群众指的方向，开足马力，爬坡上山，兜兜转转，终于看到一块牌子，上面标记黄河源头 7 千米。我们高兴极了，赶紧按着指示牌走，但走了不止 7 千米，环顾四周，却看不到任何黄河源头的迹象。

在远处山坡上有一个集中的定居点，这是唯一可以问询的地方了。我们再一次越过泥泞，"冲上"高坡。我进了一户牧民家问路，女主人热心地走出来，往遥远的地方一指，说在那经幡飘扬的山头。我一看，有些气馁，那山头离得很远，只有一条泥泞道路，开过去至少 1 个小时。这时候，司机被我们激发了

黄河源头白塔（摄于 2017 年 7 月）

约古宗列曲盆地（摄于 2017 年 7 月）　　　　　　　作者与黄河源头的合影（陆芷茗拍摄）

热情，为了黄河源，已经奔波一天，就剩这最后 1 小时了，一定要去探个究竟。于是，我们再一次上路，爬坡、下坡、颠簸、一路风尘，向着经幡飘扬的山头，直到车子无法行进为止。

车子泊在海拔 4 859 米的地方，四周山岭环绕，中间是开阔平坦的盆地，盆地底部是一片广袤的草甸沼泽，通过长焦镜头，发现草甸里有白塔、玛尼堆、牛头、经幡，还有隐隐的亮晶晶的水色。这么隆重清晰的标识，可以判定草甸里就有我们要找的黄河源头。

不顾高反气喘，徒步进入草甸沼泽，走了半小时，到达白塔处，一块靠在白塔之间的小木牌上写着黄河源头，下面是地理坐标，可惜地理坐标已经模糊，我手机上的 GPS 显示：北纬 34°38′56.9″，东经 96°04′30.0″。暂且不去理会其精确度，一想到这里就是孕育母亲河的地方，心情无比激动。从早上 9 点出发，到下午 5 点找到黄河源头，用了整整 8 个小时。

标志有了，但约古宗列曲还没有见到。我从白塔开始，顺着那些文化标记轴线，一路寻找，终于见到从高寒草甸里渗出的涓涓细流，没有明显的水道，没有冲刷的痕迹，水流不大，却非常清澈，这得益于草甸涵养水源的功劳，而草甸之水又依赖于巴颜喀拉山北麓的冰雪融水和雨水。水的相互补给、转化，完成了黄河之水天上来的过程，让冰清玉洁的清泉流进每一个中华儿女的生命里和文化基因里。

再顺着细流寻查，发现细流汇成两股溪流，连续透明、汩汩有声，像两道光亮，顺势向沟谷流去。溪流里有蓝天白云，溪流边嵌着莹莹黄花，从此，这天地之合的清流，带着恩泽，带着使命，从天而降，润泽万物，孕育中华文明。

7月8日从玛多县寻访黄河源，7月11日从麻多乡再寻黄河源，用两天时间，从不同方位去寻找母亲河的起源，这是基于文化基因里的一种特有的执念。当看到那一片温暖而湿润的大地时，所有的辛苦在心里都释然了。

我们所在的位置并没有看到黄河源的石碑，我也没有热情再去寻找，因为我想追溯的是真正的黄河源头，而不是一块象征意义的立碑。后来，我的同伴陆芷茗派"无人机"去找，无人机越过眼前的山头，飞出1千米，才找到那块立碑。通过无人机拍摄的视频，看到那立碑附近并没有清流渗出。无人机"远征"拍摄，因飞得太低，回程时撞了山坡，光荣"负伤"。

往回赶路，直到披星戴月，才赶到曲麻莱约改镇（海拔4 681米）住宿。

7月12日，寻找烟瘴挂峡谷

从《中国国家地理》杂志上了解到通天河上游有一个"烟瘴挂峡谷"，此次穿越三江源，就想"顺便"去考察下。不过杂志上并没有给出清晰的路线，只在地图上有一个标记。在曲麻莱问了很多人，包括卡车司机、牧民、饭店和旅店的老板，没有人知道这个叫"烟瘴挂峡谷"的地方。我们只能参照地图，凭着感觉上路。

从曲麻莱经治多，往扎河乡方向走，沿途是肥美的高寒草甸，鼠兔洞甚少，草甸保留得很完整，也许这里的草甸饱含水分，鼠兔不好打洞吧。沿途大大小小的河流都属于通天河水系。河流蜿蜒在野花飞舞的草甸中，高原阳光耀眼，蓝天白云似乎伸手便能触摸到。很想躺在草甸上慵懒地睡个午觉，但对于赶路的人来说，这个想法有点奢侈了，何况今日还要去寻找一个不能确定地点的烟瘴挂峡谷呢。

在一处高坡上，看到两个牧民带着四个孩子在草甸上休息、野餐，草甸上有白色、蓝色、粉色的小花球亭亭地立着，铺天盖地，几乎淹没了青青草色，

画面诱人。赶紧停车，我拿着几套笔记本和彩色画笔走过去，和一家人打招呼，赠送孩子们礼物。孩子们拿到本子有些不知所措，大人们很高兴，但因不会说汉语，只是保持纯朴的微笑。我指着那些独特的小花球询问花的名字，孩子们似乎听懂了，说了一个藏语，大人们也重复着这个花的名字，我听不懂，只好把藏语读音记下来，叫"阿然曲通"，后来查了资料才知道"阿然曲通"被称为"鼠兔的奶酪"，在植物分类学中叫"羊羔花"。

受伤的幼鹰（摄于 2017 年 7 月）

羊羔花大多指草原上的蓼属植物，它们开花的季节刚好是小羊羔可以在草地上吃草的时候，尤其是圆穗蓼、珠芽蓼这些长得饱满的植物，为小羊羔提供了优良可口的食物，如羊妈妈般温暖地呵护着小羊生长。所以，藏族人叫这些花为羊羔花。草甸上的羊羔花是开春的标志，每年"阿然曲通"开花时，也往往是开春要下第一场雨的时候。

离开这片美丽的草甸没多久，就出现旱化、沙化的草原景观，一个个鼠洞又出现了，幸好，看到有鹰在飞翔、巡视，它的领地内食物丰盛。一只受伤的幼鹰，可怜地趴在草地上，不能动弹，也许刚学习飞行，就坠地了，眼睛睁得大大的，似乎不甘心。但愿它能自救，重新站起来飞翔。

从扎河乡到索加乡之间，经过一个岔道，往北是通往牙曲的。从地图上看，烟瘴挂峡谷的位置恰好在牙曲与通天河的相汇点。我们判断，沿着牙曲开，到尽头就是烟瘴挂峡谷，路程比较短。岔道口还有一个标记牌——"索加乡曲热谷雪豹重点保护区"，这让我们异常兴奋，非但可以抄近路，而且还无意间"闯入"了雪豹自然保护区。牙曲两侧都是犬牙交错的石头山，落石极多，但今天天气好，蓝天白云无风，所有的气象状态告知我们，进入没有危险。

牙曲的水流清澈安静，顺着牙曲深入峡谷。山麓是峭壁，半山腰为青色的缓坡，有成群的岩羊出现，山顶全部是裸露直立的岩石，似一排排狰狞的獠牙，獠牙里布满了大大小小的洞穴，我紧紧盯着那些个洞穴和山头，不断通过长焦镜头去搜寻。怎奈，除了岩羊，全无雪豹踪影。看不到也罢，至少真实感知了

牙曲峡谷（摄于 2017 年 7 月）

牙曲峡谷中的石壁（摄于 2017
年 7 月）

一起考察三江源区的蔡守龙和陆芷茗

雪豹的生存环境。岩羊的生存依赖大片草山草坡，同时也满足了峡谷内屈指可数的雪豹生存。

牙曲峡谷，很少有车辙印，到了路的尽头，才见到高坡上有一户牧民人家。在道路尽头，有一座桥，过桥之后出现两条岔道，其中一条岔道上阜坡塌方了，

塌方下就是湍急的河流，另一条岔道方向明显不对。我们找到唯一能问询的那户牧民，牧民说，那里根本无路可走，也就是说无法到达牙曲与通天河的汇合点，也许徒步可以，但牧民说他们也没有走过，而另一方向是回曲麻莱的。我们非常沮丧，本想抄近路的，快到达目的地时，最后1千米却断了。

傍晚时分，我们赶紧从牙曲峡谷撤出，回到大路，再往索加乡方向沿通天河上游溯源赶路，通天河河谷离大路有一段距离，我们只能隔着崇山峻岭想象烟瘴挂峡谷的景观：烟雾迷蒙，似有阴湿瘴气弥漫，很神秘，也有些恐怖。忽然觉得，峡谷烟雾缭绕，容易迷失方向，不去也罢。如此想，似乎心有所安了。

躲在洞穴里向外张望的藏狐（摄于 2017 年 7 月）

河谷草原里的旱獭（摄于 2017 年 7 月）

今天考察目标未达成，但看到了保护区内丰富的野生动物资源。溪涧里踱步涉水的三匹狼，相互间保持一定的距离，牢牢控制着狩猎的范围；崖壁上活跃的岩羊群，生生不息，支撑了另一个顶级种群雪豹的生存；河畔草原上独来独往的藏狐，有着略方的脸形和一对小眼睛，它的表情给人一种忧郁的印象；旱獭钻出洞穴晒太阳时，是一副憨态可掬的模样，身体肥硕，但动作敏捷。我惊奇地发现，藏狐和旱獭在一起居然相安无事。照理说，藏狐是旱獭的天敌，这两个怎可能在一起？后来偶然从一部纪录片中得知，藏狐是利用旱獭的洞穴做窝的。难怪，藏狐借了旱獭的窝，自然就放人家一码，动物之间也会相互利用。

在三江源区，最常见的野生动物有三种：藏野驴、藏原羚和藏羚羊。其中藏原羚和藏羚羊比较敏感，只要见到人和车，就逃得远远的，唯有藏野驴不惧人车，还喜欢和汽车赛跑。我们知道藏野驴的这个"德行"，所以每次遇到藏野驴，都会放慢车速，让它奔到前方，让它"赢"。有的藏野驴赢了比赛，还会迈着"盛装舞步"庆祝一番，那骄傲的神情，让人忍俊不禁。在严酷而空阔的高原背景下，打动心灵的永远是那些自由而坚韧的生命。

晚上赶到位于沱沱河边的唐古拉山镇住宿，唐古拉山镇在 109 国道上，海拔 4 538 米。

7月13日，走进格拉丹东探访长江源

今天的目标是进入唐古拉山脉的主峰格拉丹东冰川群，探访长江源。格拉丹东雪峰有七条冰川，其中长江正源沱沱河源自姜根迪如冰川。司机说，姜根迪如冰川夏季冰川消融量大，沱沱河河床宽阔，水量大，容易陷车。为确保安全，我们没有坚持去姜根迪如冰川，而是选择去探访格拉丹东最大的一条冰川——岗加曲巴冰川，其孕育的尕尔曲是长江源头之一。

6点起床拍摄沱沱河日出，感受长江源在晨曦中的苏醒与活跃。8点从唐古拉山镇出发，沿109国道，过雁石坪驿站后，继续行驶10千米，然后翻过一个高坡，穿过桥洞，再往前，就是无限延伸开去的辽阔与荒凉，那该是去格拉丹东的路了。但那里横着一个检查站，需要派出所开出特别通行证才能进入。抱着试试看的心情，我们返回雁石坪，找到派出所。派出所所长说格拉丹东属于自然保护区，不开放旅游，没有安多县政府的特许，不得进入。这意味着我们必须赶往60千米之外的安多县政府去备案，并获得批准，然后再赶回雁石坪派出所领取通行证。按这条路径走下来，且不说能否获得批准，至少折腾两天。我的执拗，让我下定决心，今天不能止步于此。于是我走了捷径，找到西藏的朋友帮忙，终于在折腾了2个小时后，检查站给我们放行了。

当我们踏上通往格拉丹东的土路时，已近11点了。尽管时间有点晚，但由不可能变成可能，我们仍兴奋不已。只是没想到，这次执着进入，接下来的经历却让我终生难忘，有绝美的景色，更有不堪回首的心灵体验。

一开始，盘山土路，红尘飞扬，目光所及都是裸露的山体。里面的褶皱、断裂清晰可见，谷地里的草长得稀疏矮小，属于荒漠草原类型。沿途宽谷与山脉并列，海拔节节攀升。

车行1个多小时后，海拔升到5 000米，终于看见雪山的身影。一座座雪峰冰清玉洁，傲然挺立，与天相接。白云缭绕不散，把雪峰拱卫在天上，让雪山更有高不可攀的神秘感。至于哪一座雪峰是主峰格拉丹东，还看不出来。

夏季正值冰融高峰，加上雨季来临，洪水恣意漫流，冲毁路基，阻断道路，许多地方架设了简易铁桥。每次穿过窄窄的铁桥，脚下是湍急浑浊的洪流，

格拉丹东雪峰下的高寒草甸（摄于 2017 年 7 月）

心有余悸。

随着越来越靠近雪峰，谷地里的植被也发生了变化，出现了高寒草甸植被。草甸中的溪流是清澈的，草甸中渗水多的地方，盛放着蓝色、黄色的高原之花。

随着白云与雪峰逐步分离，在蓝天映衬下，我终于能分辨出那个最高的主峰，海拔 6 621 米的格拉丹东雪峰。格拉丹东，藏语意为"高高尖尖的山峰"。完美的金字塔锥体冲天直上，棱角如刀削般锋利，冰面耀眼陡峭，有些地方累积不了冰雪，露出褐色的基岩，有些地方还保留着雪崩的痕迹。在 U 形宽谷中，格拉丹东雪峰傲然挺立，如同一朵神奇的"雪中莲"，

格拉丹东雪峰（摄于 2017 年 7 月）

高贵脱俗，让人顶礼膜拜。

格拉丹东雪峰下，一条有着奶茶般色彩的河流拦住了我们的去路，这条河流有完整的河床、宽阔的河滩、稳定的流向和奔腾的水流，非常壮观。我查了地图，就是尕尔曲。尕尔曲源自格拉丹东最大冰川——岗加曲巴冰川，尕尔曲下游汇入长江南源——当曲，最后归入通天河。从我对源头河流的心理期待来说，这样的河流称得上是长江的源头活水。

沿着尕尔曲往其上源走，找到一处浅滩，冲过河床，朝着更靠近冰川的方向行进，一直到无路可走，那便是最靠近格拉丹东岗加曲巴冰川的地方。岗加曲巴冰川长长的冰舌蜿蜒地铺展开来，似乎近在眼前。一想到马上就能抚摸冰舌，徜徉于冰塔林，钻入水晶宫般的冰洞，我们激动不已。

此时下午 2 点，海拔 5 200 多米，由于我们已经在高原地区旅行了 12 天，所以 5 000 多米的海拔，已经适应了，除了气喘，没有其他高原反应。

在停车点，有一个藏族小伙子从远远的高坡上下来，走到车前，充满好奇

冰川谷里的雪峰（摄于 2017 年 7 月）

地"迎接"我们。我很诧异，海拔 5 200 多米的格拉丹东雪峰下居然有牧民定居点。经过聊天，知道那小伙子叫索南旺堆，今年 16 岁，在安多县读书，刚初三毕业。他说想考拉萨的高中，但中考分数很低，七门功课只考了 270 分，担心自己不能被录取。看得出，他向往拉萨。当他知道我们都是老师后，脸上露出纯朴的微笑，热情地邀请我们去他家喝酥油茶。看来老师的身份，到哪里都有亲和力。

我说先要去考察岗加曲巴冰川，结束后再去他家喝茶。他很高兴，轻描淡写地说，走到冰川只要 1 个小时就够了。我一听，很放松，1 个小时就能徒步到冰川下，来回只需 2 个多小时。因此，为了减轻负担，我们没带水，也没带干粮，只带了相机，就开始向"近在眼前的"岗加曲巴冰川进发了。

其实，进去根本不存在路，全靠空间感觉。我们凭着感觉，选择视觉上最近的距离，不断向着冰川靠近。途中遇到各种各样的障碍，都必须绕行，有湍急的洪流，有不知深浅的辫状散流，有表面还结着冰但一踩就碎的冰碛湖，还有看似干涸的河床遗迹，但不知其河底淤泥的固结程度。我有些后悔，忘了带上登山杖，否则可以测试水深。

由冰川侧碛堤堆成的垄岗，一个又一个，接连不断。这些垄岗是岗加曲巴冰川早期退缩形成的，也许有几百年甚至上千年的历史。据资料，由于岗加曲巴冰川分布在开阔平缓的山谷中，冰体因坡缓不容易向前滑动，也不容易补充前端冰体的损失，因此冰川整体后退速度更快，最大退缩距离超过了 4 000 米。在海拔 5 200 米之上，翻过一个 5—10 米高的侧碛垄岗，体力消耗相当于平原地区翻越一座丘陵。由于垄岗挡住了视线，它会给你两种截然不同的感觉——希望与绝望。当你准备攀越垄岗时，感觉冰川快到了；但当你站在垄岗上眺望时，忽然发现冰川还在远处静默。如此绕行、攀越，没完没了，徒步时间很快就超过了 1 小时、2 小时、3 小时，海拔已升至 5 349 米，喘着粗气望冰川，冰川还"远在天边"。

3 小时高海拔徒步，我的体能消耗很大，跌坐在乱石堆上，再也不想爬起来。通过长焦镜头，看到岗加曲巴冰川的冰舌上布满裂隙皱褶，在阳光下充满了立体感和流动感。冰川前方有较大的洪流，奔腾的声响在谷地天然音响的作用下，犹如一首气势宏大的交响曲。冰川搬运下来的碎石泥沙虽杂乱无章，却有明显

格拉丹东冰川谷（摄于 2017 年 7 月）

的时间序列，四周冰峰威风凛凛，护卫着这片长江源……

谷地宽广，雪峰、冰川、河流一览无遗，反而让人失去了时空真实感，徒步了 3 小时，似乎仍然在原地。时间已指向 17 点，尽管天空依然蓝天白云微风，尽管当天日落在 21 点 06 分，但若是遭遇天气突变，山谷里就危机四伏了，而且返程徒步需要时间，若是天黑走不出冰川谷，更是危险重重。

我的两个同伴走得比我快，他们的身影"混迹"在灰暗的冰碛物中，在我的视野里"渺小"得似乎"不存在"，我得用 400 毫米的长焦去捕捉他们的行踪。透过镜头，发觉他们离我很远，离岗加曲巴冰川也很远。那一刻，我心里掠过一丝悲观。长时间的徒步、缺水、饥饿，以及时空缺失，让我产生了恐慌，加上我的左腿在上高原前扭伤，行走并不利索。因此，不敢冒险前行，我决定放弃触摸冰川的梦想。

我站到垄岗上，冲着那两个"渺小"的身影大声呼喊，用帽子挥舞，期望他们听到、看到，但喊得嗓音嘶哑、筋疲力尽，始终没有得到回应。也许，从他们的位置看我，我只是一个小红点而已，加上空气稀薄，声音传播变慢，他们压根儿就听不见。两个人直奔冰川而去，想到他们两个人可以做伴，我心里比较放心。至此，我只能单独折返了。返回的路同样艰辛，那些翻过的垄岗，依然要逐个儿翻越，为了缓解徒步的枯燥，我一路拍摄，寻找那些生长在乱石岗里的寂寞野花。

绿绒蒿从石头缝里钻出来，浑身带着刺，不可碰，但花瓣是鲜艳的蓝色，轻薄如绢、质感独特。藏族人把绿绒蒿当作吉祥的化身，他们相信，如果在一个山谷中生长有绿绒蒿，那么山谷里流出的水可以治病。蓝舌飞蓬亭亭玉立，花瓣似柳叶轻盈舒展，此花动人之处在于包裹着黄色花蕊的那一层透明的褐色羽翼。还有棘豆属植物，有蓝色的、紫色的，茎干披绒毛，叶为肉质多刺，花形像蝴蝶，一簇簇地盛放，让寂静的角落充满了繁荣。在一块巨砾背后的碎石堆里，我发现了几株开红花的多肉植物，花朵为聚伞花序，我怀疑是高原红景天，以前见过图片，若要确定红景天的话，必须看下它的粗壮根。但是，一想到一个生命能在海拔 5 000 多米的碎石坡上如此顽强地生长，我不忍心去破坏它。

高寒地带的花大都为蓝色、紫色，这和强烈的日照有关。花朵看上去是什么颜色，实际上就是它在反射什么样的光线。高海拔地区，紫外线照射强烈，在长期的自然选择中，只有那些花色素为蓝色或紫色的，才能有效地反射蓝色光或紫色光，以免遭受过多紫外线的伤害。另外，蓝色和紫色花朵在阳光下显得光彩夺目，比其他颜色更能招引昆虫来采花授粉。我还看到资料上说，花的色彩与土壤性质也有关系，高寒地带地温低，有机物较难腐烂，土壤偏碱性，因此花的颜色以深色、紫色偏多。

高寒地带的植物还有个共同点，很多植物的茎干、叶片和花序的表面生有厚厚的绒毛，好像穿了一件毛茸茸的"外套"，这不仅可以保护植物的器官不受霜冻之害，同时又可减少因蒸腾作用导致的水分丧失，还能反射强烈的太阳辐射。

花朵在冰碛物中绽放，一路上，它们静静地陪伴着我，安慰着一位徒步者的心灵。而我，在这人迹罕至的冰川谷里，欣赏过它们灿烂的生命，它们也将永远盛开在我的生命里。

一路寻花、探究，1 个半小时后，海拔下降至 5 200 米左右，应该接近停车点了。我环顾四周，发现我所处的环境与进入时的状况完全不同，出现了一望无际的高寒草甸。忽然，我意识到迷路了，为了寻觅野花，迷失了方向。再看冰川，还在那里，而我却无法定位，山谷里没有信号，真是叫天不应，叫地不灵。惊慌片刻，马上镇定下来，我没有选择走回头路，因为回头也是没有路的，况且越走越远。我决定顺着河床下游方向走，毕竟这样离冰川越来越远，也意味着离目的地越来越近。

为了赶在日落前到达停车点，我不再拍摄，一心一意"翻山越岭"。那些山岭覆盖着草甸植被，因为有冰雪融水的滋润，草甸生长得很好，根系盘结，形成坚实的"地毯式"草皮层，非常耐受践踏。我踩着这些弹性十足的绿色"地毯"，翻过了一座又一座的草甸山岭。有些草甸过湿严重，有沼泽化倾向，我得小心绕行。走了近2个小时，发现那些草甸山岭"无休止"地在眼前出现，而那个停车点总是看不到，看着手表上的时间已经指向晚上8点，心里再一次产生了恐慌，如果我在1个小时内走不出去，那么我就得在山里过夜了，且不说山里有熊和狼，就是海拔5000米之上夜里的低温也能把我冻死。

如果说，从出发到寻找源头的过程是对体能的挑战，那么返回的路程就是对意志力的考验。脚下不是砾石就是草甸，稍不留神就会扭伤脚踝或陷入沼泽。寒冷、饥渴、疲惫挑战着人的承受力。在无人区，能求助的只有自己，继续前进是唯一的办法。

此时的我，嗓子冒烟，饥渴难耐，极度疲惫。徒步近6个小时，还没喝过水。在山谷里找水喝不难，但我知道，草甸里的水我不能喝，因为流动性差，容易积聚有害物质。冰雪融水汇成的溪流能喝，我下到一处浅滩，用手捧着清澈的溪流，喝了三口，甘冽清爽，沁入心脾。

忽然，我想改变下路径，不再翻越草甸，准备跨过这浅滩河床，走到对岸试试。谁知到了河床中央才发现水流很急，浅滩间距很大，砾石很滑很松，跳跃浅滩时很容易落入水中，只得放弃，重新登上草甸山坡。

在翻越一个草坡时，发现草甸里有一行新鲜的车辙印，说明这里有车走过，我兴奋不已，似乎发现了"新大陆"。仔细观察车辙，应该是摩托车的印迹。进入高原后，我发现现代牧民已经开着摩托车放牧了。我决定循着摩托车的车辙印迹走，也许能找到放牧人。

摩托车没走"寻常路"，也是"翻山越岭"走向草甸的深处。我满怀期待，循着车印走了半个小时。在翻过一个草坡后，我终于看到一辆摩托车和一个穿橘黄色外套的牧民，我拼命朝他呼唤，但他没有搭理，他的车陷入了草甸中，正试图弄出来。我赶紧朝他奔过去，说是"奔"，其实根本走不动了，只是怕他在我眼前"消失"。在无人区迷路，尤其在没有任何装备的情况下迷路，意味着即使脱离险境，也必定是九死一生。眼前的牧民，就是上天恩赐予我的"救星"。

到了跟前，才发现那"救星"正是那个想去拉萨读书的索南旺堆。他见到我，疑惑地问：老师怎么走过头了？我一脸惭愧，说迷路了。问他怎么会在这里，他说，妈妈让他出来赶牦牛回家，但车子陷入了草甸里。

天色将黑，我提出陪他一起去找牦牛，先完成妈妈交代的任务，然后再送我回到停车点。他想了一下，憨厚地说，还是先送老师回到车那边，再去找牦牛。我没有再坚持，想到终于可以不用在山里过夜，终于可以离开无人区，回到人间，心里充满了感恩。

索南旺堆终于把摩托车弄出来了，发动了车，开了车载音响，带上我，乘着歌声，翻过草坡，越过浅滩，穿过乱石岗。途中，他问我，如果没有遇见他怎么办？我说就一直走下去，也许会待在山里。他说山里有熊，很危险，所以牧民在晚上都会把牦牛赶回家。

大约半小时后，他把我送到了停车点，把我放下后，转身就走，他说要赶紧去找牦牛了。临走时，关照我一定要等他回来，他要带老师去家里喝酥油茶。此时已经晚上9点多了，天色昏暗，我心里过意不去，但愿他能尽快找到牦牛。

听到摩托车的声音，一个女孩站在山冈上眺望，看到我后，就奔过来，拉着我的手，带我去她家里。原来，女孩是索南旺堆的妹妹，小学刚毕业，会说一点汉语。索南旺堆的家就在山冈上，我见到了他的妈妈、奶奶和姑姑。她们给我端上热乎乎的奶茶，我一口气就喝完了。几个大人围着我，看着我，一直在笑，不知是否在笑我狼狈不堪的样子。我告诉女孩，我迷路了，恰好遇见她哥哥，是她哥哥把我带回来的！女孩把事情原委告诉几个大人后，她们非常高兴！还问我要不要喝牦牛鲜奶，我不停地点头，其实在高海拔徒步近7小时，身体早已透支。当我喝下那杯鲜奶，心即融化了，那是我喝过的世界上最鲜美最醇厚的牛奶！那种甘洌香甜的回味永远铭刻在心间，那是一种起死回生的幸运，也是一种无知无畏的万幸！

我的两个同伴随后也回到停车处，得知他们中途也一度迷失方向，走了很

索南旺堆的家人（摄于 2017 年 7 月）

多冤枉路才找到目的地。看来，我们事先轻视了冰川谷的凶险，高估了自己的视觉空间感受，忽略了沿途设定路标，没有带上必要的装备，真的是无知无畏的一次历险，万幸的是格拉丹东傍晚没有暴风雪，我还幸运地遇到了索南旺堆。

天黑了，索南旺堆去找牦牛还没有回来。因为还要走 120 多千米土路才能出格拉丹东，司机说不能再等了，我只能不告而别。临走时，我把带给藏族聚居区孩子们的学习用品全部留给了索南旺堆的妹妹，给索南旺堆留了信息，期望他能走出格拉丹东，到拉萨上学。人是离开了，心里却一直在愧疚，答应索南旺堆等他回来的，但最终没有等。

晚上 12 点，终于走出格拉丹东，回到 109 国道上的雁石坪驿站。夜空银河高挂，群星璀璨，有一种光芒在我心里闪耀。我清楚，那是一种温暖的传递，是一种涌动在心底的善与爱，那光芒会永远留在我的生命里。

（注：3 个月后，索南旺堆和我联系了，他考上了拉萨中等职业技术学校，学习努力，成绩在班级里遥遥领先。）

七　净土南极

南极，以"酷"著称，寒冷与干燥、暴风与冰雪，都出现过极端数据，因此，南极陆地成了地球上的"难达之极"。

南极，以"冰"为美，冰盖、冰川、冰架、冰山、海冰、蓝冰，营造了一个纯净的童话世界，因此，南极又是人们寄托心灵的梦境之地。

南极，是企鹅的家，整个暖季，企鹅们都忙于营巢、产卵、育雏、捕食，在冰雪天地之间，繁衍生存，做着自己一生中最重要的事。

南极，前世的秘密，隐藏在地层里。有证据表明，南极陆地原来并不孤独，而是与非洲、南美洲、澳大利亚、印度半岛和阿拉伯半岛等古陆合并在一起，称为冈瓦纳古陆。在距今1.2亿年前，冈瓦纳古陆逐渐破碎、解体，其他陆块相继离散，留下南极陆块，独自漂向地球的最南端。

南极，今生的变化，尘封于厚厚的冰盖中。平均厚度达2 450米的冰盖，主体形成于200万年前，历经寒冷与温暖的多次轮回交替后，冰盖范围定型于6 500年前。如树木年轮一般，厚达千米的冰层，是近百万年地球环境的变迁史。

南极，是探险之地，虽然历史不长，但英雄辈出。阿蒙森和斯科特率领的探险队先后冲击南极点；寻找南磁极的莫森以难以置信的毅力，孤身一人熬过南极的冬季；沙克尔顿的三次南极探险都没有成功，但他能让队员们在绝境中充满希望。探险家们的故事与悲壮，带着不灭的精神，在南极留下了永恒的文化记痕。

南极，有过纷纷攘攘，圈地纷争一直持续到20世纪60年代，最终止步于《南极条约》。《南极条约》于1959年12月1日问世，其核心内容为：60°S以南地区，包括所有海洋、岛屿和陆地，统称为南极地区；冻结对南极地区的领土要求；规定南极仅用于和平目的与科学合作。如今，有近30个国家在南极建立了110个科学考察站或观测站。南极，是科学圣地，也是衡量人类智慧和心灵的标尺。

南极，远离污染源，但不等于不会受到影响。也许亚马孙雨林的一场焚耕开垦活动，就会引起南极冰山的加速融化。全球性的大气环流和洋流运动等，会把人类活动的影响间接带到南极，南极臭氧空洞、南极半岛拉森冰架解体，就是例证。

南极，如今已是时尚的旅游热土。南纬40°—60°之间的咆哮西风带，构筑了风大浪急的海上屏障；南极冬季海冰的扩展阻隔，使南极的旅游时空限定在暖季的3个月，以及南极大陆的外围区域。到南极，欣赏冰雪之美的同时，也许会更真切地感受：南极属于全人类，更是全人类的未来。

景观欣赏

1

魔幻仙境中的冰山

| 1-1、1-2

冰山是感知南极的第一画面，也是南极的标志性景观。

冰山是南极大陆上的冰盖和冰川前沿断裂、崩塌入海而形成的。
一般来说，高度超过 5 米的冰被定义为冰山。冰山一旦入海，便
开始了漫长的漂流之旅。一边漂流，一边消融，并不断变换造型。
很多冰川消融时，会失去平衡，或倾斜，或躺倒，或翻卷。七颠
八倒的冰山在阳光的刻琢和海浪的冲击下，日积月累，会呈现千
姿百态的景观。有的形成孔洞如凯旋门，有的晶莹剔透如水晶宫，
有的如游弋于冰海的虎鲸……冰山的消融，如同花开花落，不经
意掉落的花瓣，也是一件天然的冰雕作品，消逝亦是一种美的展
现过程。

1-1 千姿百态的冰山（摄于 2017 年 2 月）

在无风宁静的时候，海水透明如镜面，冰山静静地漂浮，于天海之间，构成了一个纯净的魔幻仙境。在仙境里巡游，偶尔能听到冰山融化时噼里啪啦的声音，有点像碳酸饮料含在口中的感觉。那是尘封于冰中的压缩空气，带着昔日的讯息，释放出来的一种声效。静美之中，又有自然循环的律动之美。

1-2 各种造型的冰山（摄于 2017 年 2 月）

1-3 "水晶宫"冰山（摄于 2017 年 2 月）

| 1-3、1-4、1-5

镜面仙境会不断吸引你靠近，这种错觉很危险，其实，我们看到的仅仅是冰山一角。由于冰体的自重，冰山的大部分浸没在海水中，人们所见的漂浮于水面的部分，只占冰山体积的 10%—20%。因为冰山的大部分位于海面以下，其形状不可预测，而且冰山也可能在海面下水平扩展，因此，船只靠近冰山将会非常危险。

1-4　冰山的大部分位于海面以下（摄于 2017 年 2 月）

1-5　推开靠近船体的冰山（摄于 2017 年 2 月）

2

巨大的平顶冰山

| 2-1、2-2

在南极海峡北端，漂浮着许多巨型的平顶冰山。通过长焦镜头发现，冰山顶部像高原面一样平坦，四周为陡直的冰墙，类似"冰砖"。冰山在海面上的高度目测近百米，长度大约是高度的5倍。

一座座巨大的冰山，"航行"在海上，一字排开，连续不断，浩浩荡荡。有的像巨轮，有的如城堡，有的顶部崩落成蒙古包形，有的底部融解掏

2-1 平顶冰山（摄于2017年2月）

空而倾覆。冰山消融虽然随时在进行，但如此巨大的冰山全部融化，需要花费漫长的岁月，有时几十年，甚至上百年。据船上的科学家介绍，100 米厚的冰山，积雪要堆积 1 000 年左右才能形成。冰山的顶部有清晰的层理结构，类似于树木的年轮。由于积雪中保存了当时的空气，因此，冰山成了地球古气候和古环境的"密码箱"，如果每一层代表一年的话，里面珍藏着千年的自然物语。

巨型冰山的来历，与冰盖、冰架两个概念有关。南极大陆常年为厚厚的冰雪层所覆盖，人们通常把扣在大陆上面的冰雪层称为冰盖。南极大陆的冰盖平均厚度 2 450 米，大陆中部的冰盖厚度达 4 000 米以上。南极大陆中央厚厚的冰盖，因重力作用向大陆四周缓缓移动，在地势较低的地方，冰的滑动加速，形成冰川。冰盖和冰川在沿海地带，伸出海面生长，形成巨大的海上冰架。冰架因失去陆地的支撑，在重力、内应力变化以及海洋潮汐运动的多重作用下，会发生解体和崩塌，之后漂浮到海上，成为冰山。冰山在极地东风和海流的作用下，离开南极海岸向北渐行渐远。

在南极海峡附近漂流的巨型冰山，是南极半岛东侧的拉森冰架于 2002 年的年初，整体性大面积破碎、崩塌形成的，类似于多米尼骨牌式的快速崩塌。据介绍，这是在全球气候变暖的大环境下非同寻常的解体模式。

2-2　浩浩荡荡的平顶冰山（摄于 2017 年 2 月）

3

浮冰里的蓝天

3-1、3-2

南极地区的冰是蓝色的。它的蓝不是那种宣泄的、张扬的、铺天盖地式的蓝，而是内敛的、含蓄的。当冰川移动出现裂缝时，便会露出一道道深邃的幽蓝，让你浮想联翩，里面似乎隐藏着一个无垠的世界；当冰山整体崩塌断裂时，便会露出尘封已久的老冰，那是一种通透的宝石蓝，闪着耀眼的光芒；当浮冰受海浪冲击破碎时，便会绽放出一朵朵蓝玫瑰，洋洋洒洒地融入大海。南极冰的蓝，让这片纯净的冰雪世界，多了一份神秘而悠远的气息。

3-1 蓝玫瑰（摄于 2017 年 2 月）

南极冰的蓝，与其独特的成冰过程有关。在极地，落到地面的雪很难融化，这样，地面上的积雪越来越多，压力也越来越大，原本松散的积雪会被逐渐压实，变得越来越紧密，进而形成球状的粒雪。大大小小的粒雪相互挤压，经过合并再结晶而变成粒冰。在粒雪变成粒冰的过程中，融化的水沿着粒雪颗粒间的空隙下渗，将底部的粒雪冻结起来，使得原先存在于颗粒间的空气被封闭而成为气泡。粒冰含气泡较多时，看起来呈乳白色。粒冰继续受压，排除一部分气泡，并使留在冰中的气泡压缩得很小很小，当它们小到一定程度时，就会对阳光中波长较短的蓝光产生散射作用，于是，就变成了蓝冰。

蓝冰同蓝天的原理是相同的，都是光的散射作用，只不过在冰川冰中，微小的气泡代替了大气中气体分子的作用。冰川冰的年龄越老，冰体就越清澈。想象一下，把蔚蓝色的天空包裹进古老的冰川冰之中，这需要多大的耐心！

4

南极冰川

4-1　乔治王岛上的冰川（摄于 2017 年 2 月）

4-1、4-2、4-3、4-4

与高山地区的冰川相比，南极地区的冰川不是从 U 形山谷里流出，而是铺天盖地般地直接扣在陆地上、岛峰上、基岩上，粗犷豪迈、气势恢宏。冰舌的厚度、冰裂缝的深度、冰崩的巨响及其引发的海上巨浪，都会带来震撼心灵的感受。

4-2　普莱诺湾里的冰川（摄于 2017 年 2 月）

4-3　铺天盖地的冰川将岛峰连接在一起（摄于 2017 年 2 月）

当你伫立船头，极目眺望，冰川是天海之间的一道洪流，喷薄而下，奔腾万里。那些充满色彩的科考站、海冰上的海豹，做了渺小的前景陪衬。在冰川上行走，脚下的冰川有 1 000 多米厚，成冰时间是千年甚至是万年。环顾四周，白茫茫一片，时空超越、天地融合、静止于无垠。

4-4　冰川上崩落的冰山（摄于 2017 年 2 月）

5

海冰

| 5-1

在接近南极圈附近海域时，看到海面上的浮冰，这是由海水冻结而成的海冰。海水是咸的，在海冰结晶过程中会形成盐卤。因此，海冰比起淡水冰要松脆得多。

海冰每年四月开始封冻，并越来越厚，到了八月冬末，海冰的"疆界"不断往北扩展延伸，几乎可以覆盖三分之一的南大洋。大规模的海冰把南极大陆包围在其中，成为拱卫圣洁之地的坚固防线。十月开始，海冰逐渐破裂、分解、融化，成为海豹和企鹅生活的临时居所。

海冰，只有零零星星地小块漂浮，与脑海里想象的海冰拥堵航道相差甚远。海冰数量不多，暖季融化固然是一个原因，全球变暖、臭氧层空洞的大背景对海冰是否有影响，也未可知。虽然，南极是一个没有永久居民、没有污染的洁净大陆，但是，地球上任何一个居民的行为累积起来的影响，都会通过大气圈、水圈、生物圈的循环传递到这里。

5-1 海冰（摄于 2017 年 2 月）

6

南极版『三峡』

| 6-1、6-2

南极半岛西岸与波斯岛之间，有一段狭窄水道，称为勒美尔水道，全长 12.6 千米，宽不过千米，最窄处不足百米。穿行其间，两岸峰峦叠嶂、峻崖陡峭、冰纱雪帘、冰河奔腾，宛若仙境，被誉为南极版"三峡"。如果说，长江三峡是自然与人文完美的结合，那么南极版"三峡"就是自然的绝唱。

南极版"三峡"的峰、水、色彩是独特的。两岸尖耸的岛峰，在冰盖冰川的串联之下，组成了巍峨、雄奇、连绵的群峰。峰顶带了冰雪帽，仿佛每一座山峰都有了生命力，有的像情侣峰，有的像企鹅一家，

6-1 南极版"三峡"（摄于 2017 年 2 月）

6-2　连绵起伏的岛峰（摄于 2017 年 2 月）

充满了绵绵情意；海面风平浪静，海水曲折、委婉、宁静，游轮慢行其上，似水中画、镜中游；"三峡"色彩简洁，黑白搭配，蓝天映衬，碧水倒映，仿佛有江南的水墨意韵。

勒美尔水道的景观与这里的地质地貌密切相关。南极半岛是一个狭长而多山的冰陆混合地块，原先与南极大陆并不相连。若揭掉冰盖，南极半岛实际上是一系列海上岛峰，因受新生代褶皱带的影响，基岩起伏不平，因此造成海岸曲折，港湾纵横，岛屿星罗棋布的景观。

| 7-1

企鹅是南极地区最令人难忘的生灵。暖季到来，企鹅们回到记忆中的出生地，营巢、产卵、育雏、捕食，忙忙碌碌，繁衍生存，在冰雪天地之间，做着自己一生中最重要的事。

7-1　企鹅是南极的天使（摄于 2017 年 2 月）

| 7-2、7-3

企鹅筑巢的地点，往往选在港湾陆地，避风且能躲避天敌。在岩石裸露的地方，风化下来的小石子是筑巢的建筑材料。一般来说，最先到达繁殖地的企鹅，就能选择到最好的位置，捡到最多的小石子，建造最漂亮的家园，并且有更多的时间去捕食，养育出更健壮的后代。在大自然面前，只有身体强壮、适应性强，才是最好的生存法宝。在南极地

7-2　企鹅筑巢往往选在港湾避风处（摄于 2017 年 2 月）

区，位置较好的地方，企鹅往往聚集较多，显得拥挤、嘈杂。企鹅之间的打闹，多半是为了争夺狭窄的生存空间。

我特别喜欢拍摄企鹅群体在冰雪天地之间的照片，里面不仅能体现生存智慧，还有一种专属于这片遥远、纯净的土地上散发出来的力量。人类与自然生灵之间，若是没有作为资源利用的考量，心存的只是欣赏与学习，那么世间会有更多善与美。企鹅是南极的天使，它们是沟通地球上这片神秘之地与人类心灵的桥梁。

7-3　冰雪天地之间的企鹅（摄于 2017 年 2 月）

7-4　阿德利企鹅（摄于 2017 年 2 月）

| 7-4、7-5

在南极半岛附近常见三种企鹅：阿德利企鹅、白眉企鹅和帽带企鹅。它们差异明显，辨认起来很容易。阿德利企鹅就黑白两色，黑色的嘴，黑色的眼珠，白色的眼圈；白眉企鹅是橘色的嘴，黑色的眼珠，白色的眼圈上还有浓浓的一道白眉；帽带企鹅是黑色的嘴，橘色的眼珠，黑色的眼圈，头部下面有一条黑色的纹带。

7-5　白眉企鹅和帽带企鹅（摄于 2017 年 2 月）

整个暖季，企鹅都忙着哺育后代，温情场面不断。有的精心看护，防止小企鹅遭贼鸥的攻击；有的在海陆之间来回奔波，潜水觅食后，挺着圆滚滚的肚子上岸，然后雄赳赳地奔回自己的家。它们通过记忆、声音、气味等信息，可以顺利找到自己的孩子。

7-6　看护小企鹅（摄于 2017 年 2 月）

7-7　企鹅捕食归来（摄于 2017 年 2 月）

企鹅父母一般哺育两个孩子，但它们往往会优先照顾强壮的那个。有时候，小企鹅追着父母乞求食物，用嘴去啄父母的颈和嘴，很执拗，直到父母张开嘴为止。会叫会讨要的小企鹅总能吃到更多的食物，看起来比父母要壮。

7-8　小企鹅追着父母乞求食物（摄于 2017 年 2 月）

幼年的企鹅，一身蓬松的绒毛；长大后，就会逐渐褪去绒毛，换上一身防水的羽毛，像个绅士。换毛期间，会出现长着"鸡冠"的企鹅，以及各种各样的滑稽造型，萌萌的样子，非常可爱。

7-9　长着"鸡冠"的企鹅（摄于 2017 年 2 月）

| 7-10

有时企鹅父母会把能站立行走的小企鹅放进"托儿所"，让它们聚集在一起，留几个成年企鹅照看，自己去海里觅食，然后轮换照料。企鹅世界里也有社会化服务了，真是不可思议。

7-10　小企鹅的"托儿所"（摄于 2017 年 2 月）

| 7-11

在利文斯顿岛，看到白眉企鹅进入换毛季的状态。企鹅们一动不动，呆若木鸡的样子。有的对着岩石，似在面壁思过；有的紧闭双眼，一副痛苦的样子。白花花的羽毛飘落了一地。再看企鹅身上，已经不再是光滑的绅士服，而是披了一件混色的杂毛衣，当时天气阴沉沉的，氛围有些忧伤。据说，企鹅每年都会换一次羽毛，换羽毛时会一次性褪下所有的旧羽毛，再换上新羽毛。企鹅换一次羽毛大约需要三周时间，在这段时间里，企鹅的羽毛是不防水、不保暖的，因此，它们只能呆呆地站在陆地上，等待新的羽毛长出来。换毛期间，它们不能下海去捕食。因为没有食物，换完羽毛后，可怜的企鹅会瘦掉一圈。不过，企鹅还是有准备的，在换毛期开始前，它们会把自己吃得肥肥胖胖的，以便熬过这段尴尬的日子。

7-11　令人忧伤的换毛季（摄于 2017 年 2 月）

生命世界

南极为世界寒极、旱极、风极之地，又有漫长的极夜现象，因此对于动物来说，生存很艰难。但在暖季，南极的海洋、陆地和天空充满了魅力，众多生命回归聚集，生机盎然。

| 8-1、8-2

座头鲸每年夏季都会成群结队地返回曾经到过的极地水域，捕食南极磷虾和小型南极鱼类，冬季再迁徙到温暖的热带海洋去交配繁衍，迁徙路程长达 25 000 千米。

8-1 座头鲸（摄于 2017 年 2 月）

| 8-3

在南极半岛附近巡游，总能见到扎堆躺在海冰上的海豹。成年海豹一动不动地昏睡，偶尔抬头看看，翻个身，换个姿势继续睡，连眼皮子也懒得抬一抬。小海豹因好奇，听到声音还会昂起头，看看外面的世界。

8-3　海豹（摄于 2017 年 2 月）

8-4　象海豹（摄于 2017 年 2 月）

| 8-4、8-5、8-6

南极海豹属于海洋鳍脚类哺乳动物，也是世界上分布最南的哺乳动物。象海豹是南极海豹家族中个体最大的一种，其膨胀的大鼻子是雄性最明显的特征。食蟹海豹是南极海豹家族中数量最多的种类，它们以磷虾和小型鱼类为食。毛皮海豹有一对很可爱的小耳朵，在陆地上比其他海豹灵巧敏捷。

8-5　食蟹海豹（摄于 2017 年 2 月）

8-6　毛皮海豹（摄于 2017 年 2 月）

南极没有蛇、狐等海鸟天敌。冰消雪融的海洋和陆地，既有充足的食物，又有营巢筑窝的好材料，因此，每当春天来临，百鸟回归，南极又成为海鸟的天堂。

8-7 贼鸥（摄于 2017 年 2 月）

| 8-7、8-8

南极贼鸥，有一身灰褐色的羽毛，一双炯炯有神的眼睛和一张尖锐的利嘴。它是企鹅的天敌，因此，它的窝，往往筑在有企鹅的地方。它不知疲倦地守候在企鹅的栖息地，专门偷抢企鹅蛋或幼雏，被喻为"空中强盗"。巨鹱俗称巨海燕，体型巨大，长相凶猛，喙上有一个管状鼻孔，专门捕杀小海鸟，有"南极秃鹫"之称。

8-8 巨鹱（摄于 2017 年 2 月）

8-9　南极苔藓（摄于 2017 年 2 月）

南极，气候条件恶劣，限制了绝大多数植物的生长，然而，在南极半岛及其附近的岛屿上，还是能见到生命的风采。苔藓、地衣和藻类是南极植被的代表。

8-9

苔藓的生长需要水分和养分。凡是有冰雪融水的地方，水源就充沛，凡是有鸟粪和岩石风化物的区域，养分就充足，因此，每到夏季，被冰雪融水滋润过的岩石风化层表面，就会有大面积的苔藓生长。常见有红色、橘黄色的苔藓，在褐色的裸岩石壁上形成色块渲染，艳丽醒目。

8-10

地衣生长在贫瘠的裸岩上，经常是"一朵"盛开，大的有 10 厘米高，小的仅几毫米。偶尔也能看到"花团锦簇"的盛况。地衣是菌类与藻类的共生体，它们以特殊的营养关系结合在一起。一方面，地衣体的根能分泌出酸，溶解岩石，吸取营养，同时固定自己。坚固的表皮可以防止低温和强风带来的干燥，避免水分蒸发，同时还能为藻类提供水分。另一方面，藻类叶绿素光合作用产生的碳水化合物也作为营养被利用。互惠互利

8-10　南极地衣（摄于 2017 年 2 月）

的营养方式，维持着地衣生命走过漫长的岁月。据介绍，南极地衣生长极其缓慢，每100年才生长1毫米，"一朵"10厘米高的地衣，需要生长10 000年，南极地衣很可能是地球上仍保持生命活动的最古老的生物了。独特的生存方式，让地衣这个"共生生物"达到了"永生"。

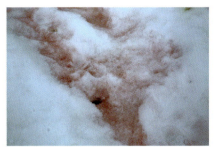

| 8-11

在冰雪地里，常常能见到藻类的踪影，尤其是紧挨着企鹅栖息地的冰雪地，因为鸟粪中有丰富的营养物质。红褐色和黄绿色的藻类，会把冰雪染成玫瑰色和抹茶色，如冰激凌一般，十分诱人。

8-11　南极藻类（摄于2017年2月）

| 8-12

在利文斯顿岛上，我在拍摄帽带企鹅时，意外地发现帽带企鹅脚边的一块石头上有南极发草。发草的叶子细长，犹如人的头发一样，这是南极地区仅有的两种开花植物之一。

8-12　南极发草（摄于2017年2月）

9

日月奇景

9-1、9-2

一个耀眼的变形太阳，顶着橙色的
光柱，仿佛正以风驰电掣般的速度
驶入地平线，刚接触海面的一刹那，
底部闪出紫色的光亮，然后太阳慢
慢变形为灯笼、方形、锯齿形，直
至消失。日落之后，海面上方出现
很多光亮，层层叠叠如天上的街市，
奇幻无比。

在南极地区，地表附近气温很低，
空气密度增大，容易导致太阳光线
发生折射而弯曲，因此，看到的太
阳为变形的状态。当高空中有扁平
状的雪晶，如同纸片一样水平飘落
沉降时，雪晶的下面会反射光线，
使太阳上方出现光芒，一直延伸至
高空，形成奇特的"日柱"现象。
当日落过程中遇到大气逆温层时，
就会形成海市蜃景。

9-1 日落景象（摄于 2017 年 2 月）

9-2　日落之后的海市蜃景（摄于 2017 年 2 月）

| 9-3

橙黄色的凸月，带着一抹
柔光，映照着雪山，如天
灯一般，神秘而魔幻。由
于大气的折射作用，月亮
不仅有变形，而且显得特
别大，边缘有些毛糙。在
南半球看月亮，因为人是
"倒立"着的，所以看出
来的月相及图案与北半球
相反。

9-3　月落景象（摄于 2017 年 2 月）

9-4 晚霞（摄于 2017 年 2 月）

9-4

粉红色的晚霞，让冰清玉洁不再那么高冷，
显出几分妩媚与妖娆。在高纬度的夏季，
白昼长，太阳高度角小，太阳基本为水平
移动，不会轻易落入地平线深处，因此，
晚霞持续的时间很长。

考察笔记

南极巡游十日纪行

　　漫长的空中辗转，从东半球到西半球，从北半球到南半球，颠倒晨昏，历经春夏秋冬，终于到达"世界尽头"乌斯怀亚港。从这里起航到南极距离最近，不超过 800 千米。从这里出发，横渡"咆哮西风带"距离最短，受晕船折磨的时间不会超过 48 小时。

2月2日，从"世界尽头"起航

　　2017 年 2 月 2 日傍晚 5 点登船，离开乌斯怀亚港，便进入了浩瀚之中，也意味着要"失联"了。没有信息的日子其实很好，可以过得单纯些、自我些。

　　此刻已是深夜 11 点，但毫无睡意，心情激动而紧张。尽管做足了功课，看了好几本有关南极的书，但没有亲身体验过是不能深入心底的。

　　我选择的是法国游轮。住四楼标准间，房间虽小，但五脏俱全。一个宽敞的大阳台，让你每时每刻都可以去发现；大幅落地玻璃窗，让人躺在床上也能感受移步换景；电视屏幕上的即时巡航地图，包括经纬度、海拔、风浪、海深、时间等数据，让我随时能感知运动与变化；房间里还有写字台和小桌椅，让我能安心撰写考察笔记。旅行的幸运在于，能与科学相逢，能与自我相识，那些收获必须要有文字来见证。

由于是法国船，所以游客以欧洲人为主，大多数是老年夫妻。随船的科学家志愿者有11位，来自世界各地，涉及众多专业领域，包括极地冰川、海洋动物、洋流运动、气候变化、南极探险等等，领队 John Frick 是一个有着15次极地探险经历的自然科学家。船上的服务生主要是印度尼西亚人。"地球村"的分工协作很清晰：法国人经营，印尼人是廉价劳动力，各自获得自己地位所决定的收益。而这样的分工是由"地球村"里每个成员所在地区的历史、社会、经济背景决定的。其实，这也没什么不公平，我看到的是，人总是可以通过有尊严的劳动获得生存权。

由于第一天登船，活动特别多，有船长 Captain Mickaël Debien 的欢迎会，有逃生演习、试穿防寒服和防水靴、环保教育等等。我的团队一共有8个人，我们自己内部做了分工，包括英文翻译、餐饮预订、沟通联络等等。我是团长，又是学地理的，自然就成了答疑解惑者。第一天登船，我就给大家上课了，讲解南极知识。忽然觉得可笑，自己的那点东西都是书本上的，居然好为人师起来！好在，一个真实的南极，即将呈现在眼前。

听着《海上钢琴师》里的曲子，期望优美的音乐伴着轻微晃动，让我保持清醒。现在，游轮在比格尔海峡中行驶，因处于岛屿之间，风浪很小，微微的晃动完全可以忽略不计。天空有些微雨，海上未有璀璨星空，但心里不沮丧，因为我有足够的时间去守候。

2月3日、2月4日，横渡"咆哮西风带"，晕天晕地31个小时

此刻，我终于能端坐着写东西了，德雷克海峡已经被穿越，这个被称为"死亡走廊"的"咆哮西风带"，让我活活地煎熬了31个小时。回想这段晕船的经历，真是刻骨铭心！

我看过很多恐怖晕船的介绍，但都没放在心上。带了晕船药出来，我也没按要求吃，似乎有些轻视与不屑，总以为自己身体健壮，扛得住，甚至还"天真地"想体验一下"咆哮西风带"的威力。

游轮一进入德雷克海峡，船体就摇晃起来，人的平衡系统很灵敏，身体立即做出反馈：头晕目眩，不能站立，只能静卧。本以为不吃东西，就不会吐，但我忍到下午，还是喷吐而出、一塌糊涂。本以为吐干净了，就会好了，这是我的经验。谁知道吐完之后，仍然晕得无法行动，只能继续卧床。本以为床如摇篮，在里面安睡也罢了，但根本无法睡着，那种摇晃，是打着圈圈的晃动，人似乎一直在做 360° 的圆周运动。这样的折腾不是一两个小时，而要持续将近两天。想到这里，一阵天昏地暗，心里有些恐慌了，赶紧吃药，但为时已晚。

　　连着两天没有进食，连洗漱也省去了，脸色灰暗不堪。唯一的感觉就是头昏恶心，只能躺倒，只能等待。时间流逝得很慢很慢，让我细细品尝着那种流遍全身的难受与后悔。

　　不是后悔来南极，而是忽视了对大自然的敬畏。虽然我从心理上、精神上尽量放松，不让自己紧张，似乎依靠精神力量就能解决晕船，但真的小看海洋威力了。据船员说，我们很幸运，遇到的风浪很小。上一个班次的游轮就遇见了大风浪。他用手势夸张地比画着波澜起伏，说我们遇见的是平静的风浪。他的这种说法，非但没能安慰我，反而让我自信扫地。小小风浪，就让我如此痛苦不堪，将来我如何面对更大的风浪！

　　晕船时间超过了 31 个小时，真是一段痛苦难忘的经历。当海面上零星有浮冰时，我才从懵懵懂懂中"活"了过来。恢复体力之后，再回看电视上的数据：此次穿越德雷克海峡时的波浪波峰高 6 米左右，西北风，风浪 4 级，经过的海盆深度 3 680 米。西风带确实未达到"咆哮"级别，但太平洋、大西洋在此交汇，其集聚的能量与威力是无与伦比的。大自然一个小小的变化，就能轻而易举地让人这个"小宇宙"颠覆，所以，敬畏自然不是一句口号，要认真地去面对、去领悟。

　　地球上海洋占据了 70% 的面积，人类对其认知还太少。非常敬佩那些始于 15 世纪的航海勇士们，他们仅仅借助风力，横渡西风带，探索到达了一个个未知的岛屿和陆地，而且往往会付出生命的代价。从某种意义上说，人类探索自然的科学史，也是一部悲壮的生命史。

　　现在游轮已经越过了 64 °S 的纬线，海面风平浪静，信天翁、巨海燕和南极鸬鹚成双成对地飞翔、晚归。天空有薄云，晚霞开始酝酿，一切变得美好起来。

南极鸬鹚晚归（摄于 2017 年 2 月）

晚上，我美美地吃了一顿法式西餐，好好地弥补了一下身体的损伤，然后在阳台上架好设备，静静地迎接我在南极的第一个日落。太阳在云层间欲遮还羞，晚霞绚丽如油画，那种深厚而沉静的美丽，在我心里，是勇敢穿越德雷克海峡的犒赏。

云层中的日落（摄于 2017 年 2 月）

2 月 5 日，登陆温特岛、加林德斯岛

今天是美丽的一天。眼睛一睁开，就望见了冰山、冰峰，一个纯净的冰雪世界。幸福来得太突然，似乎有些不知所措。太阳透过乌云，照射在冰峰的刃脊上，形成金色的光芒，熏染了云边，印亮了冰雪，裁剪了丝绸般的海面。几

冰峰日出（摄于 2017 年 2 月）

乎不需要构图，也不用后期美化，每一张照片都是自然美！

　　海上风平浪静，游轮停泊在南极半岛西侧丹科海岸与阿根廷群岛之间的海湾内，经纬度显示 65°15'S，64°15'W，接近南极圈了，今天上午和下午各有一次登陆。登陆安排井井有条，游客们被分成赤橙黄绿蓝五个组，按次序登陆。登橡皮艇之前，必须要对防水靴进行消毒，确保不把病原体带上南极陆地。

　　我所在的橙色组被安排在上午 10 点登陆，登陆的岛屿叫温特岛。

冰峰倒影（摄于 2017 年 2 月）

乘上橡皮艇，在冰山与浮冰间穿行，只 20 分钟就到了登陆点。登陆点地势较低，水不深，水底清澈，没有水草和青苔，都是巨大的鹅卵石，容易踩水上岸。

温特岛上已经关闭的科考站（摄于 2017 年 2 月）

温特岛很小，基本为冰雪所覆盖，唯一裸露的地方是一间黑色小木屋 Wordie House，这是英国人在 1947 年建立的科考站。Wordie House 于 1954 年被关闭，后被设计成一个袖珍博物馆，供游客参观。小木屋里保留了当时的工作生活场景，空间狭小，条件艰苦。墙上有一些当年的探险照片，其中，最珍贵的是一张温特岛地图。地图上清晰地标注了温特岛的位置和周边岛屿、海域情况，我如获至宝，赶紧拍摄下来。这个不到 3 平方千米，在 Google Earth（谷歌地球）上都找不到的小岛，我终于可以清晰地描绘出它的轮廓了。

离小木屋不远处的冰坡上，有英国人最早登陆时树立的标记牌，上面写着"British Crown Land"。可以想象，当时立牌时的一种豪迈：这块土地是我的！在那个年代，依靠经济、军事、航海优势，在南极地区探险圈地的国家比比皆是。

温特岛上裸岩极少，即使有，风化程度不高，小石头很少，企鹅没法筑窝，因此没有见到企鹅，也没有飞鸟，没有海豹，没有任何直观的生命迹象。小岛俨然是一个荒凉寂寞的冷酷世界。想必，这个科考站的废弃也有这个原因。

徒步 1 小时，登至小岛的最高点俯瞰，冰川、雪崖、静海和已经成为南极第 62 号历史遗迹的黑色小木屋，白与黑，在阳光下格外刺目。若是我，能否坚持在这种只有黑白、没有生息的境况下进行科考工作？难以想象的寂寞与孤独。

下午 3 点，我们登陆了加林德斯岛，这个岛屿紧挨着温特岛。与温特岛相比，加林德斯岛有故事、有人烟、有企鹅，是个生机勃勃的地方。岛屿东侧和南侧

加林德斯岛上的沃尔纳德斯基院士科考站（摄于 2017 年 2 月）

都有冰川雪崖，只有西北部地势较低，岩石裸露，乌克兰的沃尔纳德斯基院士科考站就在西北部。

　　科考站原先是英国的，英国在南极建有多个科考站。为减轻过重的财政负担，英国有意调整布局，关闭一些，但环境和拆迁费用昂贵，面临两难。乌克兰当时有意向，期待在南极拥有自己的科考站。1996 年 2 月，英国象征性地以 1 英镑的价格将科考站转售给乌克兰，这既解决了英国的麻烦，也了却了乌克兰的心愿。乌克兰接手后，重新修整扩建，将其命名为沃尔纳德斯基院士科考站，继续进行地球科学研究，内容涉及气象、高层大气、地磁、地震、臭氧层、冰川、生态、生物、物理学等多个领域。这个基站为常年站，冬季也有 10—15 名科考人员留守。在这里工作，最艰难的是一种难以抑制的孤独感。尤其在冬季，漫漫长夜的寂静，需要强大的内心力量。

　　夏季，游船到访，岛上就热闹一些。科学家们临时客串导游，也是一种很好的调剂。科考站既是科研场所，也是科学历史博物馆。沿楼梯向上的墙面上，有很多珍贵的图片。按照年份，这些图片详细记录了从 1954 年至今的科考历程，包括科考成果和科考队员。比尔·盖茨曾经到访过这里。科考站里有售卖明信片的，我买了两张。它们将被乌克兰的科考补给船带回国内，再被寄出，至少需要两个月时间。它们将飞越半个地球，到达某个角落，那是来自地球最南端的冰雪祝福。

在加林德斯岛上见到企鹅，我兴奋不已，这是来南极之后，第一次见到。岛上的企鹅叫白眉企鹅，顾名思义，白色的眼圈上有浓浓的一道白眉。一身

白眉企鹅登陆（摄于 2017 年 2 月）

棕黑色的毛，配上橘色的嘴、橘色的脚蹼，在冰雪蓝海之间，异常鲜亮。白眉企鹅刚从海里觅食归来，精气神十足。抖落水珠，挺着圆滚滚的肚皮，似有吃撑的感觉。为了养育小企鹅，必须带回更多的食物。企鹅不怕人，面对长枪短炮，淡定自若，只顾走自己的路。在它的脑海里，自己熟悉的那个气味与声音，正在呼唤它、等待它。

一天两次登陆，穿着厚重的防水衣和救生衣，背着两个相机在冰雪上徒步、拍摄，不亚于一次高强度的体力劳动。但身体上的疲劳，总能被南极的奇景轻易消除。晚上 10 点，等到了南极的完美日落。

太阳变形奇特，底部平坦，上部浑圆，如馒头一般。四周带着橙色的花边，头上顶着冲天的光芒。太阳入海时，陆续变形为气球、灯笼、方形等，充满童趣。太阳在地平线消失的一刹那，橙色的天空中出现了海市蜃景，奇幻无比。南极地区气温低，云层中多冰晶，而且太阳高度角小，特殊的环境条件引起的一系列光学现象，让日落与众不同。

2 月 6 日，登陆彼得曼岛，巡游普莱诺湾，穿行勒美尔水道

早上 4 点起床拍摄，景色与昨天有所不同。海面出现了大量浮冰，有的是冰山崩解而成，有的是海冰融解后的残留。浮冰虽然多，但不密集，不会拥堵，它们静静地，如一片片飘零的树叶。

游轮停泊在港湾内，四面都是雪峰，太阳已经从东南方向升起，柔和的光线通过雪峰之间的缺口照射进来，把对面的雪峰染成了桃红色，雪峰把霞光映进水里，漾出一缕缕粉色的涟漪。涟漪如弦，轻轻地拨动，于是，宁静的港湾里悄悄奏响了美丽的晨曲：海冰上的企鹅苏醒了，轻快地蹦出了雪窝，四下探望；浮冰上的海豹苏醒了，懒洋洋地睁开眼，瞧了瞧身边的两只企鹅，笨拙地蠕动着；海面上泛起了点点水花，伴着叮叮咚咚的脆音，一群企鹅已经在水里"飞"了；空中一只信天翁在"巡航"，伸展出的翅膀将近 2 米，霸气十足。港湾内的微妙变化，是一种神秘的传递，从宇宙到天地，再由天地到生灵，依次传递着阳光、能量、生命力，这是多么美妙的感觉！在这寂静中，倾听自然与生命的联结，令人心潮澎湃！只有在南极地区，才能纯粹地感悟到天地的赐予与生命的勃发，才能真正地领悟到那种透彻心扉的真与善。

　　太阳照亮了港湾，四周雪峰林立，船头的右侧是南极半岛西侧的丹科海岸，雪崖陡峭，冰河浩瀚。船头的左侧是一个个岛峰，海拔不高，但高耸峻拔。裸露的基岩上留着冻融风化的痕迹。偶尔发现一面山崖上有红色的图案，还有稀疏的黄绿色点缀。经长焦镜头拍摄鉴别，红色的是苔藓，黄绿色的是地衣。苔藓和地衣是南极地区的典型植被，也是极寒地区生命的稀罕之物。

　　苔藓的生长条件极为苛刻，不仅需要冰雪水滋润，还需要有养分。地衣看起来比较"厚实"，"扎根"在一块石头上。据说地衣每 100 年才生长 1 毫米，一株 10 厘米高的地衣，需要集聚 1 万年的天地精华。本来我期望登陆南极时，能采集到地衣标本，但学习了 IAAPO（国际南极旅游组织协会）规定之后，彻底打消了这个念头，每一个游客都有责任维护南极的自然生态与纯洁。

　　上午 8 点，我们登陆彼得曼岛，岛屿很小，长 1.8 千米，宽 1.2 千米。这个岛是德国探险队在 1873—1874 年发现的，并以地理学家 August Petermann（奥古斯特·彼得曼）的名字来命名的。

　　登陆上岸，一间红色的小木屋格外醒目。据介绍，这是阿根廷于 1955 年建立的简易避难小屋。红房子挡风避雪，成了企鹅天然的避风港，有的在看护，有的在哺育，有的在追逐，温馨场面不断。IAAPO 规定，游客必须与企鹅保持 5 米远的距离，不允许干扰企鹅的生活。所以，游轮上的志愿者在岛上插了

登陆彼得曼岛（摄于 2017 年 2 月）

简易的避难小屋（摄于 2017 年 2 月）

彩旗，隔出一段距离，不让靠近红房子。游客们非常自觉，不越雷池半步。

彼得曼岛上有将近一半的陆地覆盖着永久冰川，还有一半基岩裸露。岩石都是火山岩，节理丰富，风化碎石较多，适合企鹅筑窝。据介绍，彼得曼岛上有3 000多对白眉企鹅，还有少量阿德利企鹅、蓝眼鸬鹚混居其间。

几乎每个裸露的基岩上都有企鹅居住，位置较好的，往往聚集得多，显得拥挤、嘈杂。成年企鹅会用"喷粪"的方式圈出自己的"领地"。企鹅越健壮，其喷射力就越强，据说，最远的能喷射3米。因此，在岩石上，能看到大大小小的交叉"领地"，毕竟空间狭小。企鹅之间的打闹，多半是为了争夺有限的生存空间。

企鹅父母是轮流看护孩子的，看护的一方往往站在风里一动不动，把小企鹅紧紧地护住，等待另一方觅食归来。

来往于海陆之间的企鹅，喜欢走同一条路，走多了，便形成了一条企鹅专用的"高速路"。这是一条有着浅浅的凹槽，混合着黄绿色和淡粉色藻类，从海边一直延伸至山顶的冰雪路。细看，冰雪留痕，有数不清的企鹅脚印，像一片片放大了的枫叶。

我们沿着企鹅"高速路"徒步登山，并与"高速路"保持一定的距离。企鹅不怕人，看到有人从身边走过，反而会停下来观望、"让道"，非常有趣。

登至最高点俯瞰，灵动的画面跃然于冰雪天地之间：雪峰挺拔，冰河倾泻，企鹅伫立山岩，仰脖高歌，似在呼唤表达；海面平静，冰山璀璨，企鹅翘首凝望，似在等待归来；寒烟袅袅，裸岩冰凉，企鹅按着生命的节奏，做着自己一生中最重要的事。它们在冰雪天地之间的生存、适应、坚守，带来一种独特的美感，那是一种孤单的美、苍凉的美、生命的美。企鹅是南极"天使"，它拉近了人类心灵与地球南端这片最遥远土地之间的距离。

下午，游轮往北航行，停泊在普莱诺湾。这个海湾处于普莱诺岛、波斯岛、南极半岛西侧丹科海岸之间，景色奇绝，如入天堂。远处岛峰连绵，黑白两色，犹如一幅水墨长卷；近处冰山纯洁，蓝冰耀眼，海面如明镜一般。抬头蓝天丽日，低头却是另一个虚无的海中仙境。世界静止了，我的心忽然空了，我不再忙着按快门，而是闭上眼睛，沉浸在缥缈的空境之中，任凭天堂的光芒穿透……

蓝冰（摄于 2017 年 2 月）

那一刻心底澄澈、天人合一。

　　海豹就生活在这样的天堂里。有的三三两两地躺在海冰上，鼻涕都结成冰凌了，依然还睡得香；有的一大群聚集在海冰上，显然是妻妾成群，小海豹调皮些，还愿意仰着头，看看外面的世界。海水透明，我们能清晰地看见成群结队的企鹅在水里潜泳、觅食，企鹅只在水里穿梭，就是不肯登上海冰，也许海冰都被海豹占领了，也许企鹅们急着带食物赶回家。

　　巡游结束，享尽了天堂的美景，身心焕然一新。晚上 7 点，阳光依然灿烂，离开普莱诺湾，游轮继续向北航行，将通过狭窄的勒美尔水道。勒美尔水道位于波斯岛

海豹（摄于 2017 年 2 月）

巡游勒美尔水道（摄于 2017 年 2 月）

与南极半岛西岸之间，以波斯岛南端为起点，以丹科海岸佛兰德湾的雷纳尔角为终点，全长 12.6 千米，最宽不过千米，最窄处不足百米。为确保安全，游轮停在开阔海域。一艘冲锋艇，先去探路，若是冰山拥堵，游轮就不能通行这处南极地区最狭窄的海峡。

今天运气不错，游轮能通行。水道确实狭窄，游轮进去，犹如进到了"狭管"里。两岸冰崖陡峭，银峰挺拔，遮住了斜阳，加上刺骨寒风，致使体感温度下降。两岸风景如画，蓝天、白云、碧水，冰河、雪帘、黛山，虽然颜色以黑白为主，但纯净至极，具有江南水墨的意蕴。

勒美尔水道有南极版"三峡"的美誉。其实，两者的神、形、质都不相似，但并不妨碍它们各自的非凡性和唯一性。勒美尔水道属于海峡，几乎没有落差，因此水流平稳，穿行其间，没有"轻舟已过万重山"的豪迈，却有"漫观云卷云舒"的从容；勒美尔水道两岸的峰峦，没有植被覆盖，没有四季色彩，但有冰河奔腾、雪帘轻盈，透着远古洪荒的仙气。勒美尔水道为单纯的自然景观，没有故事，没有诗词，但有美丽的生灵，它们自由自在地生活在天堂里，就是一首美妙的自然诗篇。如果说，长江三峡是自然与人文的完美结合，那么南极版"三峡"就是自然的绝唱。

游轮通过勒美尔水道后，没有继续航行，而是停泊在宽阔海域，等待过夜。晚上 10 点，天空出现了绚烂的晚霞，色彩浓烈、层次丰富。云彩与冰山组合，创造了"冰火两重天"的境地。云彩又与水中的倒映相对，构成了虚实相生的妙境。由于高纬度地区，太阳高度角小，太阳基本为水平移动，不会轻易落入地平线深处。晚上 12 点，出现了难得一见的粉红色晚霞，把冰峰晕染得妩媚而妖娆，令人心动不已。

当粉红色的霞光渐渐消退，橘黄色的凸月又惊现天空，月亮很大，正缓缓落入雪山之中，凸月很亮，水中也有一个，两只"天灯"照亮了南极的冰山。

美景不断出现，我的相机始终不离手。从早上 4 点，到第二天凌晨 1 点，拿相机的时间将近 20 个小时。很累，但实在太美，不能辜负天堂盛景！

2 月 7 日，登陆南极半岛，巡游威廉敏娜湾

早晨起来，发现游轮周围浮冰密集，体积不大，轻浮海面，看起来没有危险。两岸山峰连绵，冰河奔腾，海岸几乎都是冰崖雪墙，因冰盖的移动、推挤、受阻，冰裂缝纵横交织，透出幽蓝的光，似乎在积蓄最后的力量，等待"绽放"。远远地传来沉闷的雷声，那是"绽放"的声响。千年蓝冰，崩落、破碎、融化，又开始另一次漫长的岁月轮回。

从航海图上的位置可以看出，我们航行在捷拉切海峡。捷拉切是比利时著名航海家。在 1897—1899 年间，他领导一支由不同国籍船员组成的南极探险队，到达了南极半岛格雷厄姆地西海岸，发现了很多岛屿，并对那些岛屿进行测量、制图、命名，船队还顺利穿越了南极圈。为纪念捷拉切在南极的科学探险成就，将南极半岛格雷厄姆地西海岸与昂韦尔岛之间的海峡称为捷拉切海峡。

捷拉切海峡两岸，由于半岛与岛屿上覆盖着厚厚的冰盖，冰盖前缘到达海岸边，会失去支撑，容易崩塌坠落，形成无数漂浮在海上的"花瓣"。航行在捷拉切海峡，犹如航行在"落英缤纷的山道"上。

今天上午我们要登陆纳克港，纳克港位于南极半岛格雷厄姆地西海岸安沃尔湾的入口处，经纬度为 64°50'S、62°33'W。这处港湾最早就是捷拉切发现的。在 1911—1924 年间，纳克港是捕鲸船停靠的港湾。

纳克港位于南极半岛上，登陆纳克港，就意味着登陆南极大陆。理论上说，从登陆点出发，一直向南行进，就能到达南极点。但南极点是个"难达"之地。冲击南极点，意味着要和"暴风雪、雪盲、冻伤、饥寒交迫、无限孤独"等困难相伴，这绝非常人所能。南极探险史上最悲壮的一页，就是 20 世纪初，斯科特和阿蒙森分别率领的英国和挪威两支探险队之间展开的一场谁先到达南极

点的竞赛。最终，阿蒙森队历尽艰辛，率先到达南极点，而斯科特队晚了一个多月才到达南极点，返回途中，遭遇暴风雪，缺失补给，饱受伤病之苦，最后全军覆没，永远沉睡在南极大陆的冰雪之中。探险家们的故事与悲壮，带着不灭的精神，在南极留下了永恒的文化记痕。

我登陆后，急着想登到冰川最高点，去找寻一种感觉，那种面临极寒困境时的内心感受。

冰川坡度比较大，冰面很滑，必须借助登山杖，踩着前人的脚印。由于穿着厚重的防寒服，又背负两台相机，因此攀登艰难，走几步就要停下来喘粗气，还要担心脚底打滑。当站在最高点俯瞰时，我的心情并不轻松。冰盖连绵起伏、无边无际。天空云层很厚，云层和冰雪的反射光让世界变得沉寂而惨白。偶尔从冰盖中露出的山岩，也是静穆而荒凉的，忽然感觉有些渺茫、无助，踏上南极大陆的豪迈，顷刻就烟消云散了。真的难以想象，探险家们是如何消减掉那种空无的白和内心里的绝望。是精神、绝境，还是欲望？而我，此刻，站在南

登陆南极大陆（朱洪拍摄）

极大陆上，那种深刻的孤独感，提醒自己：我只能是个普通人。

通过长焦镜头，我望见了停泊在港湾内的游轮。游轮在这个以白色为主调的荒凉世界里，显得异常生动、亲切，它可以带我重回"人间"。继续通过镜头寻找，发现礁岩上忙忙碌碌的企鹅，它们生息于冰雪天地之间，把荒凉世界当作快乐天堂。动物对恶劣环境的耐受力远远超越人类。

从山顶下来返回海滩，途中听见雷声，循声去找，原来海滩对岸的冰墙有一部分崩塌了。崩塌下的冰块坠海时，引发的波浪很快冲击到海滩上，海水迅速"涨潮"，涌上了鹅卵石海滩。在南极地区，要尽量远离有冰墙分布的海滩，夏季冰崩频繁，靠近海岸的水位受冰川影响很大。荒凉世界并不寂寞，自然界的循环始终在有声有色地进行着。

冰川崩落（摄于 2017 年 2 月）

中午回到游轮，领到一份证书，证书由船长亲笔签名，证明今天登陆了南极大陆。其实，还有一份证明在我内心里，那是一种由荒凉到豁然的独特领悟。

下午游轮到达威廉敏娜湾附近的 Enterprise Island，这个小岛也是捷拉切率领的南极探险队发现的，经纬度为 64°32'S、62°00'W。小岛闻名是因为鲸鱼。也正是因为鲸鱼，在 20 世纪初，这里招来了大量捕鲸船。

巡游时，看见一条挪威捕鲸船的残骸。据资料，当时因为船上失火，火势得不到控制，船员们急中生智，把船开进了海湾，故意搁浅于海滩，所有船员幸免于难。捕鲸船的残骸有一半沉在水底，船体倾斜，锈迹斑斑。从船体内部的机器零部件看，100 多年前的捕鲸船如此先进，完全机械化作业了。看着有点心惊胆战的，那些海洋里的巨无霸，在这些机器链条的隆隆声响中，被狂屠滥杀。那时的场面，是何等血腥！好在，一切都已成往事。捕鲸船搁浅了、沉没了，它既是一处历史遗迹，也是一种丑陋行为的终止符号。

捕鲸船残骸（摄于 2017 年 2 月）

自 1946 年《国际海洋生物资源保护公约》公布对鲸类的限捕令以来，鲸鱼资源的枯竭得到了控制。现在，南极海域拥有世界上数量最多的鲸豚类海洋哺乳动物。

傍晚，游轮驶入威廉敏娜湾，停泊在被雪山环抱的宁静海域，等待座头鲸的精彩表演。据介绍，每年夏季同一群座头鲸会故地重游，返回到记忆中的冷水海域，捕食南极磷虾和小型南极鱼类，冬季再迁徙到温暖的海域去交配、繁衍，迁徙路程长达 25 000 千米。至今，科学家们对于座头鲸的洄游路线依靠什么进行精确导航，还没有圆满解释。

威廉敏娜湾是座头鲸故地重游的海域之一。游客们聚集到甲板上，举着"长枪短炮"，等待座头鲸的亮相。不一会儿，听到惊呼声，那是有人率先发现座头鲸踪影了。循声而去，看到三三两两的座头鲸互相追逐，翻越出水，鲸鳍高举，鲸尾击浪，鼻孔里喷出的呼气形成雾一般的水柱，同时伴着类似蒸汽机发出的声音，场面壮观。

座头鲸体长在10米—15米之间，它们在水里异常活跃，翻越出水的姿势很漂亮，但相机跟不上眼睛，要定格瞬间很困难。快门摁的手都抽筋了，但基本都是模糊的影像。定下心

冰雪之间的鲸鱼群（摄于2017年2月）

来，仔细观察，经过一番琢磨，我慢慢摸到了座头鲸出水的规律了。当海面出现一片低陷而平滑的水圈时，那是座头鲸在向下深潜，只要盯紧那个水圈的移动，就能追踪到鲸的"足迹"；当海面出现喷射的水柱时，它就会露出向上弓起的背部，只要追随鲸的呼气，就能拍到它背部的优美曲线；当鲸鱼缓缓游动，突然消失，海面出现"旋涡"时，那是鲸鱼准备翘尾下潜，只要盯着那个旋涡，就能看到巨大的鲸尾叶露出海面，带着一帘水珠，高高举起，然后优美地翻转入海。

座头鲸的尾鳍宽大，末缘呈不规则的锯齿状，中部有凹刻，内侧有白色斑块，有的白斑上覆盖了一层黄色，有的白斑上是黑色。不知何故？是年龄的原因，还是性别的差异，抑或是那些微小群落鲸虱"染"上去的？不得而知。但是，我猜想，鲸鱼尾鳍的特殊色彩可能是它身份的一个标记。鲸鱼头部有一条条平行的纵沟，如均匀的褶皱，上面还黏附着疙疙瘩瘩的东西，若有密集恐惧症的话，看起来会有些不舒服。那些疙瘩应该是藤壶，一种常附着在海边岩石或浮动的硬物上的节肢动物，它们依靠流水获得食物。鲸鱼不仅有一个坚固的躯壳，还能在迁移中给藤壶带来流动的食物，藤壶找到了一个好的寄主。可是，藤壶对鲸鱼似乎没什么好处，密集的生长会增加鲸鱼游动的阻力，对鲸鱼皮肤也会产生影响。藤壶"寄生"的名声本来就不好听，还"以小欺大""损人利己"。看来，物种之间的利益关系并非完全公平。

我还发现，座头鲸出没的地方往往聚集了很多黑背鸥，它们飞在上空，或站在鲸鱼的脊背上，等着美食出现。鲸鱼的捕食，很有特色，嘴巴张开角度可

达 90°，一口吞进大量的海水和磷虾，嘴巴闭上后，再排除海水，吞食磷虾。排除海水时会漏出很多磷虾，这样黑背鸥就可以坐享其成了。有的鸥鸟胆子更大，会迅疾地从鲸鱼还未合上的嘴巴里抢食吃。忽然，觉得座头鲸真是个"傻大个"！在自然界"生存固然跟成长、繁殖息息相关，但物种之间像邻里一样紧密合作，也是生存之道"。人类不能用自己的情感与好恶去评价、去干涉自然界的问题，只能由着它们自己去解决。

在甲板上拍摄了将近 3 个小时，眼睛幸福了，身体却冻僵了，毕竟这是冷水海域，夏季温度最高也只有零摄氏度。我赶紧回舱取暖。在房间里，透过阳台望出去，发现一座冰山正在慢慢地靠近游轮，海面之上的冰体不算大，但是若按5:1或10:1的比例去推算，海面之下的冰体就非常庞大了，而且形状不可预测。会不会撞到游轮？忽然一艘冲锋舟开过来了，船长坐在里面指挥着，冲锋舟选择了冰山的中心位置，顶住冰体，开足马力推冰山，同时，轮船排水动力开启。两招合力很有效，冰体慢慢地"漂离"了，真是有惊无险。

2月8日，海上巡游到达南极半岛最北端

今天没有登陆计划，只在海上巡游。巡游很惬意，窗外的风景就是流动的心情，那些能触动你的风景，便是你心灵的视野。

我在阳台上准备好了旅行三件宝：相机、咖啡和书籍。相机定格风景，也定格心情；咖啡调和心绪，也沉淀心境；书籍是心灵的伴侣，更是心灵的观照了。我今天选了亨利·贝斯顿的《遥远的房屋——在科德角海滩一年的生活经历》来读，作者笔下的大海有着史诗般的壮丽，契合今天的海上巡游。准备好了一切，我便开始"守株待兔"了。

游轮往东北方向航行，进入了布兰斯菲尔德海峡。海峡位于南极半岛与南设得兰群岛之间，海域宽阔，风浪很大。由于远离半岛、岛屿、海湾，海面上看不到冰山、冰雕、蓝冰，更看不到企鹅"天使"，心里不免有些落寞。

海水深蓝，透着冷峻的幽光，深不可测，拒人千里。人类能到达地球的最北、最南、最高点，却唯独到不了海底深渊。风很大，卷起的浪有如一座座蓝色的山峰，浪尖上明亮的水花有如峰顶的冰雪，浪花一排排涌起与消散，有如冰河

的奔腾与崩落。浪与浪之间的波谷，平坦舒缓，如华贵的绸缎。以同浪尖的速度与激情相比，波谷是相对静止的时空。如此看，海面上似乎也有了冰峰、冰河、雪墙和宁静的港湾，虽然是虚拟版的冰雪世界，但它的汹涌、浩瀚和变化，无与伦比。

由于南北气流在此辐合，海上风云多变。天空的主色调是灰白的，云层厚薄不一，透光不同，灰白中就有了丰富的层次感。厚的积云，让天空有了浓重的灰，一团团的，如宣纸上墨迹化成的一座座山峰；薄的透光云，让天空有了轻纱一般的亮灰，如冰纱雪帘。云层的缝隙，是机会的窗口，若遇到散射光，天空会添上一抹淡蓝，如上帝微微睁开的慈祥的眼睛，那里是安宁的港湾；若遇到直射光，那就有"圣光"降临了，它洒向海面，洗出一片璀璨的星空，那里有落英缤纷。

天上的画卷，每一处笔墨都能与海面呼应。站在天海之间，想象天海之间的循环，有如站在冰雪天地之间，观察自然与生灵的和谐。

忽然，几只海鸟飞进了我的视野，打断了我的思绪。南极的海鸟虽然有50多种，但海鸟数量少、飞行快，要在茫茫大海上见到其中一类，也算是幸运的。

那是一种外观独特的海鸟，叫岬海燕。身长40厘米，翅膀展开可达90厘米。头颈和尾巴为黑色，腹部是白色，翅膀腹面主体也是白色，但翅尖和前后缘为黑色，翅膀背面及躯干背面有黑白相间的大块斑点。这件花斑外套很时尚，在大海上辨识度高。因此，岬海燕也被称为花斑鹱。岬海燕的飞行很有特点，喜欢贴着海面，在波峰与波谷之间作螺旋式飞行，有时还会擦着波峰，箭一般地飞身上天，本以为它飞走了，突然又俯冲下来。它太自由了，可以高飞，也可以低就。对于它来说，

海面上的岬海燕（摄于2017年2月）

山海无极，随心所欲。这般自在的境界，令人心动，这何尝不是我们很多人的向往呢。

岬海燕飞行太快，游轮又在航行中，拍摄时，难以把握到精彩的瞬间，因此，我只能放弃拍摄特写，而是将它置于大海波涛的背景中，展现它自由的身姿。后来，我干脆不拍了，让自己完全沉浸于天海之间，享受自然的恩赐，感知大自然永恒而富有诗意的精神。

游轮速度很快，天海之间的变化也很大，太阳升得越来越高，风也越来越大，海面上的波浪演变成了汹涌的波涛，天空的色调也由灰色渐渐转变为一片明亮的蓝。一切的变化，似乎在预告着有什么奇观要"登场"了。果然，在天边，出现了一座"方块冰山"。通过长焦镜头发现，那是一座巨型的长方体冰山，顶部像高原面一样平坦，四周为陡直的冰墙，目测长度至少有 500 米，长与高的比例大约是 5:1。查航海地图，游轮位置接近南极半岛北端的南极海峡了。慢慢地，在天海之间，又连续出现几座"方块冰山"，高度和形状都差不多，一字排开，组成恢宏的阵势。

查资料得知，那些巨型"方块冰山"叫作平顶冰山，这类冰山都是从南极冰架上崩解下来的。南极最著名的冰架是罗斯冰架，其他有龙尼冰架、拉森冰架等。冰架崩解形成的冰山，在南极环流和极地东风的作用下，会逐渐往北漂移，离开南极大陆。

眼前所见的平顶冰山群，据介绍，是由拉森冰架崩解下来的。拉森冰架位于南极半岛北端东岸，濒临威德尔海，属于大陆边缘冰架。拉森冰架由北向南延伸，分为"拉森 A"（面积最小）、"拉森 B"、"拉森 C"（面积最大）三段。其中"拉森 A"冰架于 1995 年已经全部崩解、融化，荡然无存了。"拉森 B"冰架于 2002 年初解体，整体性大面积崩塌、破碎，类似于多米尼骨牌式的快速崩塌，这是非同寻常的解体模式。目前"拉森 C"冰架相对稳定，随着气温持续升高，"拉森 C"冰架的变化将成为全球气候变化的晴雨表。

从航行路线看，我们的游轮不会穿越南极海峡，只在海峡入口处兜一圈，然后会快速离开这个危险之地。历史上，南极海峡因经常遇到平顶冰山的阻塞，成为难以穿越的海峡之一。目前，要到达南极半岛的东侧，为确保安全，一般

巨型平顶冰山（摄于 2017 年 2 月）

不走"拥堵"的南极海峡，而是绕道而行。

巨大的平顶冰山，一面漂浮，一面融化。一座冰山完全融化需要几十年，甚至上百年。由于冰山融化要吸热，冰面又强烈反射太阳光，因此，冰面与海面之间存在局部热力环流，加剧了冰山周边海域的风浪。

冰山与海洋，在相融相克的过程中，形成一种强大的气场，一个浩浩荡荡，一个碧波汹涌。它们的能量呼啸着通过波涛传递过来，击打着船舷，飞溅起的水花，在阳光下形成一弯彩虹。那彩虹似浅浅的微笑，在深蓝的海面上，与我相对，并紧紧地跟随着我，让我欢欣开怀，感激大自然。它集聚了各种时空要素来实现这个完美的微笑。这是大自然给予一位观察者独一无二的鼓舞。

游轮离开南极海峡入口，折向西北，准备横穿布兰斯菲德尔海峡，到达南设得兰群岛。南设得兰群岛由 11 个大岛和一些小岛组成，它犹如一把璀璨的珍珠，由东北撒向西南。群岛北面距南美火地岛 960 千米，南面距南极半岛 160 千米。由于地理上的便捷，西方各国早期探险活动大都

一弯彩虹（摄于 2017 年 2 月）

发生在这一带，并以此为跳板逐步深入南极半岛。

南设得兰群岛多火山，绝大部分岛屿的中部覆盖着永久性冰川，滨海无冰带多为南极绿洲，因此，南设得兰群岛成为许多国家跻身南极兴建科考站的首选。迄今，已有 14 个国家在此建立了近 30 个考察基地和观测站。

游轮到达南设得兰群岛中最大的乔治王岛，进入岛屿中南部的阿德穆勒尔蒂湾巡游。岛上的山峰虽然不高，但山峰之间流动的巨型冰川粗犷豪迈、铺天盖地。靠近海岸的绿洲区，地势低平，气候相对温暖，那里是兴建科考站的绝佳场地。

乔治王岛（摄于 2017 年 2 月）

中国在南极建立的第一个科考站——长城站，就建在乔治王岛西部的菲尔德斯半岛上。本以为游轮从阿德穆勒尔蒂湾出来后，会继续往西部巡游，这样，我就能拍到长城站上的五星红旗了。可是，游轮从海湾出来后，直奔西南方向的迪赛普申岛去了，没能如愿，非常遗憾。

2 月 9 日，徒步"欺骗岛"、利文斯顿岛

今天上午要登陆迪赛普申岛，这是由海底火山口露出海面形成的马蹄形小岛。小岛非同一般，集聚了诸多特殊性。第一，这是一个破火山口。东南部的火山锥体在屡次喷发中坍塌，形成了缺口，这样，火山口就成了世界上最大的天然港湾，港湾水面宽阔、避风、温暖，是去往南极半岛良好的中转站。第二，这是一个活火山口。最近一次火山喷发在 1967 年 12 月，摧毁了岛上英国、阿根廷和智利的全部基地。第三，这是一个"欺骗岛"。进入海湾的唯一通道是东南部那个狭窄的缺口，宽约 230 米，但能让船只通行的宽度只有 100 米。

一边为陡峭的山崖，一边有火山崩塌物组成的暗礁，加上雾气升腾，曾经有多艘轮船因迷雾触礁沉没，人们认为"上当受骗"了。

这些特殊性，让今天的登陆充满了冒险与刺激。早上6点，我就登上船头甲板，想亲眼见证游轮开进活火山口，这种体验是前所未有的。在一片迷雾中，我发现了两排黑漆漆的山峰，绵延、规整、对开，很有气势，中间是一道窄窄的泛着银光的入口，一边是悬崖直壁，一边是崩塌的斜坡。在茫茫大海上，这道入口之门，显得那么渺小、约束、艰难，但一种不可名状的诱惑在等着，我幻想着火山口里面的"新天地"。

进入火山口的"海神水道"（摄于 2017 年 2 月）

游轮速度很慢，小心翼翼地靠近，那个狭窄的水道有一个美丽的名字，叫"海神水道"。不知今天的海神会掀起巨浪还是平息风暴。天空云层很厚，靠近入口时，忽然飘起了细雨，显得格外阴冷。游轮缓慢前行，几乎是"静止"状态下的挪动，水道束狭，仿佛进入峡谷一般。两岸黑褐色的山岩，威严矗立，岩石松散，随时会坠落。接近海面的山岩因海水侵蚀而深深凹陷，似乎随时都会倾倒，令人不寒而栗。

海滩上巨型油罐遗迹（摄于 2017 年 2 月）

被火山灰掩埋的房子和鲸骨（摄于 2017 年 2 月）

还好，海神没有发威，用风平浪静帮助我们安然通过。进入火山口，视域上开阔了，但呈现出来的"新天地"却是个凄凉的世界。四周都是黑褐色的火山岩，即使顶部有冰川，也被火山灰染成了脏兮兮的模样。崖壁上偶尔有暗红色的火山岩出露，也仿佛是张开的"血盆大口"。海滩上都是黑色的砂石，似乎到了采煤场。海滩上几个巨大的圆柱形铁皮油罐，因锈蚀严重，显出棕红色，在黑漆漆的背景中尤为刺目。这是 20 世纪初人类屠杀鲸鱼炼制工业油脂的遗留物。

我们坐橡皮艇在捕鲸者湾登陆，这里曾经有成百上千的捕鲸船进进出出。沿着海滩走，一幕幕细节展现在眼前：鲸鱼的骨架、散乱的木头、锈蚀的搅拌机、破损的大厂房、黑色的河床、地热蒸汽形成的白色迷雾，整个画风甚为阴沉、肃杀。从场面的宏大来判断，当初这里是何等的"轰轰烈烈"，进进出出的轮船载着猎杀的鲸鱼，把海滩堆成了山。据说，最多的纪录，海湾内曾汇集了 5 000 头鲸鱼的尸体。机械化的切割、搅拌声，淹没了鲸鱼的哀痛呼喊，那个时候，海面的颜色是血色的。难以想象，一场疯狂对待海洋哺乳动物的恶行在冰清玉洁的掩盖下恣意蔓延。难以忍受，那种想象带来的隐痛。英国人当年留下的木牌上写着：从 1918 至 1931 年，英国人在此炼制了 360 万桶鲸油。

鲸类是地球动物界的巨无霸，它们待人温顺，极具智慧和灵性，但它们一直受到人类极不公正的对待。为了从鲸鱼身上提炼工业油脂，人类狂屠滥杀。至 19 世纪末，北半球的鲸类几近灭绝。于是，贪得无厌的人们又转战南半球，远征的捕鲸船队直指南大洋。至 20 世纪 30 年代，南极捕鲸达到顶峰，仅 1937 年就捕杀 4.5 万头，致使整个南极周围大洋中鲸影难觅。

人类在南极留下的足印中，始终有阴影伴随。迪赛普申岛最早就是欧洲人的海豹捕猎船和捕鲸船队探险发现的，他们把避风港湾变成了血腥的炼鲸基地，并以此为依托，对邻近的南极半岛地区做过一些科学考察。人类自身就是一把双刃剑，发现与攫取、开拓与毁灭、征服与创造，如影随形。欲望本无善恶之分，关键是人类如何自控。1967 年 12 月，海底火山再次喷发，摧毁了岛上所有炼鲸基地，人类的欲望被大自然终止，这是天意！据说，企鹅与海豹们在火山爆发前早已逃之夭夭。在那次喷发中，同时被埋进火山灰的还有一段不堪的记忆，英国和阿根廷曾为争夺该岛发生相互炮击事件。

如今，火山本性依然威严，而岛上曾经的"热闹"，在《南极条约》框架下，都成了人类历史记痕。那些醒目的铁罐，是人类带着掠夺者的心态，对于自然的一种狭隘表达。鲸类与人类一样，都是"地球公民"，它们的生命应该得到善待与尊重。作为拥有无限创造力的人类，保持与自然的和谐共生，才是对于自然的一种最美好的表达。

为了获得对火山口地貌的整体感知，我攀登至最高点俯瞰。火山口顶部海拔 539 米，不算高，但因内壁陡直，坡上都是松散的风化碎石，脚底打滑，攀登艰难。我干脆放慢脚步，走走停停，充分欣赏登山路上遇见的各种火山岩。这反而让我有了惊奇的发现。

一路上，蜂窝状的玄武岩很多，有黑色、灰白色、砖红色三种，这类石头

浮石（摄于 2017 年 2 月）

角砾岩（摄于 2017 年 2 月）

轻度变质岩（摄于 2017 年 2 月）

掂在手里感觉很轻，若能浮于水面就可称为浮石了。我还发现一种又黑又亮的玻璃质晶体，表面有少量气孔，手感很硬，边缘锋利，初步推断为黑曜石。黑曜石在远古石器时代被用作切削工具，现代人则把黑曜石当作辟邪、护身的宝石。我心有所动，忽然也想捡拾一块未经雕琢的"宝石"带回，但只一刹那，那个念头就消失在另一个自觉意识中了。在南极，除了照片，什么都不能带走。

我还认出两种火山角砾岩，一个是由黑色和白色的火山碎屑岩压实固结而成的，还有一个是由黄色、橘色、黑色的火山岩渣胶结形成的。虽然说不出具体名字，但鉴定特征很清晰，无层次、分选差、多棱角、大小不等。除了火山岩，还见到一种粉色与灰色相间的呈片状的岩石，很容易剥落，这应该是轻度变质岩了。

登山之路，似乎是在经历一次地质考试，不仅缓解了攀登的压力，而且充满了发现的乐趣。我把石头标本一一拍照记录，把"作业"带回去，让地质专家"批改"。

做完"作业"，也就轻松登顶了。站在山顶俯瞰，火山口轮廓清晰，似一口巨大的"火锅"。"火锅"内是天然的避风港湾，叫福斯特湾，这是世界上唯一一个轮船能直接开进来的活火山口。

火山口内还嵌套着一个小火山口，据说那就是 1967 年喷发时形成的。小火山口是一个翡翠般的湖，由紫色的火山渣圈围起来。火山口沉静、安详，如镜面一般，映着天上的云，仿佛青藏高原上的圣湖。只是，我无法从那镜子里的云舒云卷中，揣摩出火山的喜怒哀乐。

登火山锥（摄于 2017 年 2 月）

　　从山顶往下撤，顺着松散的风化物一路下溜，速度很快。来到一处"热气腾腾"的海滩，那来自海底火山岩缝、不断冒出的地热蒸汽，是火山的呼吸。

火山口全景（摄于 2017 年 2 月）

冒出地热蒸汽的海滩（摄于 2017 年 2 月）

海鞘（摄于 2017 年 2 月）

因热气弥漫，遮蔽了黑色的背景，朦胧了山与海的轮廓，踩着柔软的砂砾，沉浸于温润的梦幻之中。

海滩上有一种奇特生物，很多个首尾相连，组成各种神秘的形状。头部有一团橘色的东西，身体透明，中部有一条细细的线。触碰感觉，如同果冻。仔细观察，发现身体还在动，有呼吸。赶紧找随行的科学家来鉴定，原来，这是最低等的一种脊索动物，叫海鞘。它是从无脊椎动物到脊椎动物过渡的标志性种类，起源历史可

追溯至 5 亿年前。真没想到，这个神奇的透明物体，是生物进化史上不可缺少的一个"桥梁"，也是见证物种进化的"活化石"。

海滩上还有被冲上来的南极磷虾，磷虾外形似虾，红色，半透明。磷虾富含高蛋白，是南极各种动物的主食。海滩上空飞鸟不多，偶见南极鸬鹚和黑背鸥的身影。岛上的动物也不多，只见到几只毛皮海豹。难道，动物们心有灵犀，担心火山再次喷发，还是担心人类带来的血色记忆？天地沉默不语。

下午，游轮到达利文斯顿岛的步行者湾，我们在汉纳角登陆。这是一处陡峻的山崖，聚集了成百上千的企鹅，如影随形的还有众多的贼鸥。贼鸥是企鹅在陆地上的天敌，它专门袭击企鹅的幼雏，并以此来哺育自己的后代。据统计，企鹅幼雏每年能存活下来的只有 70%。自然界并无善恶之分，只有以食物为纽

带的生存关系。若以这样的生态观去欣赏自然，心灵就会缓解不少纠结，比如，不会因为两只贼鸥叮啄一只落单的小企鹅而去轰赶，也不会因为企鹅被贼鸥啄瞎了眼而去保护，心里有同情，但不能有所作为。在山崖上，企鹅的窝筑在下方，靠海，便于下海捕食；贼鸥的窝在上方，居高临下，便于俯瞰、俯冲。沿途企鹅太多了，按照必须远离 5 米的守则，根本做不到。企鹅不怕人，也不理人，只顾走自己的路，让别人看去。贼鸥不时地俯冲下来。跟着贼鸥的飞行轨迹，必然能看到生存对峙的场面。

在一处相对开阔的山坡上，我发现很多企鹅呆若木鸡地站着，一动不动。有的对着岩石，似在面壁思过；有的紧闭双眼，一副痛苦的样子，白花花的羽毛飘落了一地。再看企鹅身上，已经不再是光滑的绅士服，而是披了一件混色的杂毛衣，这是成年企鹅进入一年一度的换毛期了。据说，企鹅换羽毛时会一次性褪下所有的旧羽毛，然后换上新羽毛。企鹅换一次羽毛大约需要三周时间，在这段时间里，企鹅的羽毛是不防水、不保暖的，因此，它们只能呆呆地站在陆地或冰盖上，等待新的羽毛长出来。换毛期间，它们不能下海去捕食。因为没有食物，换完羽毛后，可怜的企鹅会瘦掉一圈。不过，企鹅还是有准备的，在换毛期开始前，它们会把自己吃得肥肥胖胖的，以便熬过这个尴尬的时期。

据随行的科学家介绍，换毛的企鹅中有不少单身企鹅，有的是捕食归来找不到家的，有的是伴侣下海捕食遭遇天敌未归的，也有的是丢了孩子的。当时天气阴沉沉的，氛围有些忧伤。生命历程中，总有一个阶段会很无助，需要独自面对，但这并不影响生命的延续，这就是大自然的规律。

在低缓平坦的海滩上，看到一群体型庞大的象海豹。象海豹是一夫多妻制，一群就是一个家族，其膨胀的大鼻子是雄性最明显的特征。海滩上还有嬉戏的海狮，以及从海里捕食归来挺着圆滚滚大肚子的企鹅。这些动物生活在一起相安无事，和谐共处。

南极地区的动物如此生动活泼，与其适应性、活动性有关。相比之下，南极地区的植物因环境因素的限制，显得非常寂寞，只有最低等的苔藓、地衣零星出现。南极苔藓，往往点缀在崖壁上，把山岩染成斑驳的红色与黄色。南极地衣，极其稀罕。一株 10 厘米高的地衣，需要 1 万年才能长成。许多生命随时间消亡了，而南极地衣却随着时间长到天荒地老。

利文斯顿岛是此行登陆的最后一个点，也是我此行最后一次有机会去搜寻南极地衣了。一路上，从山崖到海滩，从裸岩到砂砾，一寸都不放过。功夫不负有心人，在海滩尽头的山麓地带，在一处贫瘠的裸石上，我终于看到了珍贵的南极地衣。地衣生长在裸石迎风的一侧，不止"一朵"，而是"花团锦簇"。大的10厘米高，小的仅几毫米。每一株地衣都是从根部的一小块绿色垫状物"抽枝"出来，形成无数伸展的枝条，靠近根部的枝条较粗，呈白色，靠近尖端的枝条较细，深绿色与白色相间，有如"花簇"盛开，非常奇特。

据资料，地衣是菌类与藻类的共生体，它们以特殊的营养关系结合在一起。一方面，地衣的根能分泌出酸，溶解岩石，从中吸取营养，同时固定自己。地衣坚固的表皮可以防止低温和强风带来的干燥，避免水分蒸发，同时还能为藻类提供水分。另一方面，藻类叶绿素光合作用产生的碳水化合物也作为营养被利用。互惠互利的营养方式，维持着地衣生命走过漫长的岁月，绽放在极寒之地。独特的生存方式，让地衣这个"共生生物"达到了"永生"。

我凑近观赏，屏住呼吸，怕热气干扰了它生长。用手指尖轻轻触碰，感觉到了生命的坚韧。南极地衣与时间抗衡，见证了大自然生命的一次次轮回。作为地球上仍保持生命活动的最古老的生物，地衣可以用来估算冰川的年龄，还可以用于推断全球气候变化的影响。

植物化石（摄于2017年2月）

在利文斯顿岛上，我还看到了"大陆漂移说"的证据。地质学家们在岛上发现了大量植物化石，证明这里原本是森林繁茂的温凉之地。堆放着的化石标本中有舌羊齿植物化石，这是二叠纪至三叠纪南半球冈瓦纳古陆上具有代表性的植物类群。在地质历史时期，南极陆地并不孤单，而是与非洲、南美洲、澳大利亚、印度半岛和阿拉伯半岛等古陆合并在一起，称为冈瓦纳古陆。在侏罗纪末白垩纪初（距今约 1.2 亿年前），冈瓦纳古陆逐渐解体，其他陆块相继离散，南极陆块独自漂向地球的最南端。除了植物化石，科学家们还找到了其他的证据，比如爬行类动物化石、含有煤层、相似的地质构造和冰碛层等等。

2月10日、2月11日，风雨之后见彩虹

10 号开始返程，又要穿越"咆哮西风带"。这次，我老老实实地吃药和贴耳贴。德雷克海峡的风浪为五级，比来的时候大一些，但因为药效作用，晕船感觉不严重，至少可以坐，可以正常用餐。

南极的一切真实，随着北归的距离，又变得遥远起来了，但沉淀于心间的"寻归"却越来越清晰。冰山的美、企鹅的真、天地间的善，让心灵回归了纯净世界，让自己获得一种像大海、冰山那般沉静的定力。走向自然，寻求自然的造化，把自然的极致之美融化在心间，变为生活中的定力，或许，这就是旅行的意义。

手绘行程图，是我旅行的惯例。边画边回顾，那些点与线，既是旅行的纪念符号，也是感念天地的心灵仪式。

在摇晃的船上，完成一幅"巡游南极路线图"并不容易。此次登陆的几个小岛、海湾，在地图上根本找不到，即使用 Google Earth（谷歌地球）放大看，也需要通过照片来辅助辨认。我有个习惯，出行前要研究地图，途中会关注每个点的位置、方位、地名、重要标识等，遇到地图必定要拍摄，这样，回来后再作比对，可以确保旅行路线的准确性。

一边研究一边绘制，有时船体突然摇晃，手中的笔控制不住，地图花了，只能作废重来；有时突然头晕恶心，画上几笔就要睡一会儿；有时地图布局不当，文字标注不美，也下狠心推倒重来。如此，反反复复，从早到晚，花了近 8 个小时才完成。最后一稿，还是有瑕疵，把"威德尔海"写成了"威尔德海"，只能自我安慰，就当作一个特殊标识吧。

路线图画好了，心里幻想着，若有船长的签字，就圆满了。我抱着试试看的心态，拿着地图，赶在晚宴开始前，找到了那位长得有点像拿破仑的法国船长，给他看了路线图。他看后，非常惊奇，欣然签字，并嘱咐身边的助手，拿去盖章，

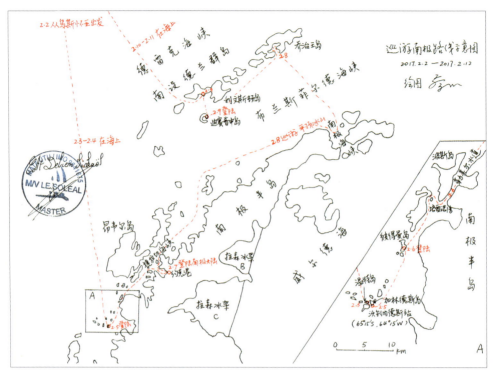

作者手绘的巡游南极路线示意图

还邀请合影。这让我激动不已。船长的签字与盖章，布局在恰当的位置，画龙点睛，不仅让地图看起来更美观，而且让这幅"价值不菲"的路线图成了独一无二。

晚上的告别宴会，气氛浪漫而热烈，德雷克海峡的风浪也呼应着，达到了高潮。滔天的巨浪，一直攀到了二层甲板上，透过窗户，我看到浪花在沸腾。船体击碎风浪的声响，低沉，环绕，充满力量，这是大海的命运交响曲。游轮破浪而行，所有的惊险都淹没在聚会的欢乐之中。我终于，在不晕船的状态下，享受了一顿正宗的法式西餐。

11号上午7点左右，游轮将经过合恩角。合恩角是南美洲大陆最南端一处伸入德雷克海峡的海岬，位于太平洋与大西洋的交汇点。据资料，1616年，两位荷兰航海探险家成功地绕过了海岬，他们以自己家乡的名字合恩来命名。

合恩角的名声不大好，因为终年风暴不断，航行异常危险。历史上曾有500多艘船只在合恩角沉没，两万余人葬身海底。在1914年巴拿马运河开通之前，合恩角一直是海上运输的必经之路。

11号清晨，我很早就守候在阳台，期望能远眺这个危险的风暴岬角。海上波涛汹涌，天空风云变幻，云层的聚合与离散似乎都在瞬间。飞舞的水珠，分不清是雨滴还是浪花，水天一色，世界灰暗混沌。忽然，毫无征兆的，天地初开，天青了，海黑了，天顶惊现橘色靓丽的云裳。云裳飘飘然，落在大海的上方，之后，又伸出一道鲜亮的彩虹，连接了天与海，仿佛仙子要下凡。彩虹的外侧又有一道淡淡的霓虹，若隐若现地伴随着。两条彩色光带变幻着，一会儿鲜亮，一会儿暗淡，一会儿又横贯天空，似乎有人在遥控着，充满了魔幻般的美。

为了拍摄彩虹横跨德雷克海峡上空的全景，我登上六楼船头甲板，希望找个好角度。谁知，船头承受的风浪更大，通往甲板的门在强大的风压之下，几乎推不开，我费了九牛二虎之力才推开。一上甲板，发觉不妙，人几乎要被风吹走。甲板上结着一层薄冰，薄冰上有水，一踩上去就打滑。船头迎着风浪，浪花变成细雨，打在脸上，蒙蔽了我的眼睛。甲板上只有我一个人，旁边就是3 000多米深的大海……越想越怕，手脚冰凉，不敢冒险拍摄，赶紧撤退。

德雷克海峡上空的彩虹图（摄于2017年2月）

同样，从甲板回舱内的门也拉不开，被浪花打得冰凉湿滑。我只能耐心等待一个风浪的间隙，发力一拉，才开门逃回舱内。一个美丽的诱惑，让我体会了海上风浪的威力。回到房间，心潮起伏，不敢告诉同伴那一刻在甲板上掠过心头的恐惧。彩虹还未消失，依然在天海之间冲着我微笑，那是一个意味深长的微笑。

信天翁在风浪之间翱翔，自由而从容，它们是天生的海上漂泊者，它们喜欢有风暴的日子，常常利用狂风作长距离的滑翔飞行。自然界的生灵，往往无法选择生存的环境，但当它拥有生命力时，所有的生存条件在它面前都是最理想的天堂。

7点左右，远方终于出现一个岛屿，伸向大海的岬角陡峭、挺立，这应该就是合恩角了。合恩角的经纬度为 55°59'S、67°16'W。从纬度看，海岬位于强劲的西风带和最强大的西风漂流内，因此，海岬地形必然会阻碍气流与洋流；从经度看，海岬处于太平洋和大西洋的交汇点上，不同气流、洋流交汇，必然会造成海岬附近海况恶劣。游轮航行在大西洋一侧，虽为远眺，但从画风上能想象其附近的险境。那里海天一色灰，雾气迷蒙，乌云压住了山头，洋面波涛汹涌。唯一的亮点就是那些信天翁，在天海之间俯冲、翱翔，任凭风吹浪打，自由自在。那两道彩虹还未完全消失，忽隐忽现地在远方地平线处，那是一种激励，一种希望。

傍晚时分，游轮进入了比格尔海峡，风平浪静，又见乌斯怀亚"世界尽头"的灯塔。经过10天总计1791海里（合3315千米）的航程，我们又回到人间。忽然，一种重生的温暖涌上心头："尽头"并非末日，带着冰雪世界的真善美，带着丰厚的内心感受，一个全新的自我又回来了。

在海上看乌斯怀亚，地貌与南极半岛有相似之处。地面崎岖，岩层倾斜，山峰尖耸，有明显的褶皱运动和冰川作用的痕迹。从地质构造上说，乌斯怀亚境内的山地是安第斯山脉的余脉，而南极半岛也是安第斯山脉的延续。

与南极半岛山峰冰河纵横景观不同的是，乌斯怀亚山地的垂直分异明显，雪线之下是郁郁葱葱的森林和草地。终于又见到大片大片的绿色了，繁荣的生命，勃发的生机，这些在南极却是极其稀罕的生命色彩。望着洋洋洒洒的绿，脑子里却闪现出南极地衣那一点点奢侈的绿，它们要用千万年的深情，才能绽放出最珍贵的绿意。

第二天一大早，我又去甲板等日出，似乎想为旅程讨要一个完美的"句号"。慢慢地，天亮开了一条缝隙，霞光在海上画出橘红色的五线谱，两只信天翁轻轻飞过，如美妙的音符，奏响了生命的乐章……没有红彤彤的"句号"，却是霞光万丈的"省略号"。

朝霞里的"五线谱"（摄于 2017 年 2 月）

一起考察南极地区的伙伴各自装扮出企鹅的姿态（摄于 2017 年 2 月）

八　原始部落

世界上仍然有某个角落，有那么一些人，无拘无束地游荡于天地之间，与野性生灵共舞，过着简朴、自由、原始的部落生活。

旅行中，我有幸接触到那些"自由人"，他们或栖于非洲的荒漠与草原深处，或隐于美洲的丛林与冰原地带，他们守着荒野，生生不息。探访原始部落，我并不关注部落不断式微的过程，而是关注他们如何与天地共生，如何成为那片自然土地不可分割的一部分。

族人、牧群、居所、荒野，是原始部落可以感知的四个组成部分。族人的服饰与打扮，既是美的追求、生命的标记，也是部族内部的结构与秩序。牧群是衣食能量的源泉，是族群财富和权势的象征。居所往往就地取材，石头、泥土、枯木、茅草、畜粪等都可以是建筑材料，一个地铺，一个火塘，作为栖身之用，简单至极。荒野是原始部落的天地背景，千百年来，部落成员默默地寻求着与荒野相处的途径，他们心怀虔诚，敬畏自然，依存于自然，跟随着自然的时序轮回，游牧、迁徙、浪迹，也许那并非是田园牧歌般的生活，但却是与自然达成默契的一种生存方式。在原始部落，辨识度最高的永远是族人，他们受限于对自然的认知，因此敬畏和顺应自然，他们融于荒野的景观，就是一幅最原始的天人合一的图景。

可以感知的部落特征很容易进入视野，但族群的信仰和精神世界，永远是个谜。我总在好奇：维持着最基本的生命需求，他们真的别无所求吗？每天直面自然荒野，他们心灵的风景又如何？面对现代文明的"步步逼近"，属于族群的内核还能延续多久？

原始部落中，孩子们与外部世界相触的眼神，能透露出那种若即若离的状态。有的纯朴，带着好奇探索的目光；也有的茫然，一副与世隔绝的神情；更有骄傲的，露出桀骜不驯的样子。族群的未来掌握在他们自己手中，是保持传统，还是抛弃传统？也许，只有享受过那片自由土地的族人才能真正倾听到内心的声音。若是选择抛弃，那也一定是族人被更有生命力的文化所吸引。

观景

赏观

欣赏

贝都因部落

贝都因，为阿拉伯语音译，意为"沙漠中的游牧民"。古时，贝都因人住在阿拉伯半岛和叙利亚，后来进入美索不达米亚平原。7 世纪时，随着阿拉伯帝国版图扩大，贝都因人到了北非。现在，贝都因人的主要分布范围，东起伊朗西部沙漠，西至大西洋岸，北起库尔德地区，南至苏丹北部的广阔荒原。我在埃及旅行时，从红海之滨的洪加达出发，西行 100 千米，探访了沙漠中的贝都因部落。

▌1-1、1-2
热带沙漠是贝都因人的生存背景。荒山秃岭，黄沙遍地，酷热干旱。为了适应恶劣环境，贝都因人逐水草而居，随季节变化而迁徙。

1-1 热带沙漠是贝都因人的生存背景（摄于 2008 年 7 月）

| 1-3

贝都因人的生活离不开骆驼，主食是驼奶和椰枣，住的帐篷是用驼毛染黑编织的，骆驼是最好的运输工具，驼粪不仅可作燃料，连新生婴儿也要用驼尿涂擦。贝都因人的生活永远与帐篷、骆驼、沙漠和漂泊联系在一起。

沙漠生活塑造了贝都因人豪放不羁的性格。在食物匮乏、无处觅食的年代，贝都因人靠劫掠商队来维持生存。劫掠行为被贝都因人逐渐演化为一种民族风气，在他们眼里，这是一种表现男子英勇气概的生存方式。

1-4　贝都因部落的绿树标志（摄于 2008 年 7 月）

‖ 1-4、1-5、1-6

绿树和水井是贝都因部落的两个标志。一棵绿树，在寸草不生的荒漠中格外醒目，那是生生不息的希望。一口深井已有 700 多年历史，据说是当年摩西到达这片沙漠时修建的。水井位于山前，开挖很深，从上面俯瞰是一个陡峭凹陷的深坑。系水桶的绳子有 30 米长，据此判断水井深度约为 30 米。由于长期取水，水位不断下降，井底已不见水，现在部落的饮水依靠每周送水解决。水井已"名存实亡"，但水井前的红色拱桥标志依然耀眼，这是生命的源泉。

1-5　沙漠水井（摄于 2008 年 7 月）

1-6　沙漠水井前的红色拱桥标志（摄于 2008 年 7 月）

1-7　贝都因孩子（摄于2008年7月）

1-8　贝都因妇女（摄于2008年7月）

如果说，绿树和拱桥是这片沙漠的生命色彩，那么贝都因人便是这片荒漠最迷人的风景。女孩褐色的眼睛神秘而深邃，迷人的微笑展露一种永恒的自然之美。男孩迎着霞光，黝黑的肤色透着健康和纯朴。一位老妇人正在用驼毛捻线，"年轮"下淡定自若的表情，诠释着荒漠的生存状态。一个女孩在做烙饼，灶台是一个石堆，中间放驼粪燃料，上面搁一块铁板，不放油，面饼的自然香味随着女孩手里铁钎的翻动，丝丝缕缕地飘出……这是原汁原味的朴素生活。

阅尽部落风景后离开沙漠，又回到繁华的洪加达，我忽然迷惑了。一个原始简朴，一个灯红酒绿，两相对照，我很难说服自己倾向于哪一种生活方式。

贝都因人选择了原始的荒野生活，他们喜欢野性的自由，不愿意接受城市生活的束缚，更重要的是，贝都因人的祖先把他们遗留给了这片沙漠，沙漠是他们的王国，他们是沙漠的儿女，贝都因人的身心早已与沙漠融合在了一起。

1-9　贝都因人的铁板烙饼（摄于 2008 年 7 月）

2

辛巴部落

2-1　辛巴部落（摄于 2014 年 8 月）

‖ 2-1

辛巴部落，是一个充满神秘色彩的原始部落，目前人口仅剩 2 万，分布在纳米比亚和安哥拉交界处的库内内河流域。

辛巴人最早游牧在安哥拉高原，曾是非洲大草原上最为富庶强大的游牧民族之一。但在 17 世纪，被更加强大的外来部落驱赶到纳米比亚的荒原里，在几乎与外界隔绝的荒原上，辛巴人饱受了干旱与战争（纳米比亚独立战争和邻国安哥拉的内战）的煎熬，仍然顽强地生存下来。他们逐水而居，放牧牛羊，数百年来一直保持着原始的生活方式。

‖ 2-2

辛巴女人袒露上身，浑身涂抹红泥，头发也用红泥一缕一缕地包裹起来。据说红泥是用红石磨成粉后与油脂混合而成，可以保持一周不褪色。红泥有很多好处：抵御烈日暴晒；防止蚊虫叮咬；封闭毛孔起到保暖作用；由于缺水，辛巴女人终生不洗澡，擦红泥类似洗澡，可以除去身体上的污物。辛巴女人一生都裹在红泥中，因此又被称为"红泥人"。辛巴人以"红泥"为美，认为那是大地的色彩，是生命本源的象征。

2-2 辛巴女人（摄于 2014 年 8 月）

2-3　辛巴女人的发饰（摄于 2014 年 8 月）

2-3、2-4

辛巴人的发型很特别。女人的发辫都留着黑色发梢，头顶上系一个皮制的发冠，据说这是由女孩变成女人的标志。女孩的发辫是从后往前梳成两股，遮住脸颊，以躲避男性注意。男孩的头发从头顶往后梳成独辫，结婚后就改成戴帽子或者用头巾将头发包裹起来。辛巴人的颈、腕、踝都缠绕着多种质地的圈圈环环，漂亮而有层次感。辛巴人的装扮，既有自己的审美标准，也是部族内部的规则与秩序。

2-4　辛巴女孩的发辫（摄于 2014 年 8 月）

辛巴部落中男人不多见，一方面辛巴男人常年在外狩猎；另一方面由于遗传基因和环境因素等，辛巴男人的寿命比较短，男女比例严重失调，几乎是 1∶10。为此，辛巴族实行一夫多妻制，以维持族群的繁衍生息。

辛巴人崇拜祖先，祖先是维系族群的精神核心。一个部落就是一个家族，家族是唯一的社会保障，家族长老掌管一切，包括分配、判定惩罚等。

2-5 辛巴男人（摄于 2014 年 8 月）

2-6 红沙丘（摄于 2014 年 8 月）

2-7 沙丘深处的盐碱地（摄于 2014 年 8 月）

| 2-6、2-7、2-8、2-9

与辛巴部落相联系的自然土地有着远古洪荒的味道。独一无二的红沙丘已历经了上亿年的漫长岁月；沙丘深处的一片盐碱地是逐渐干枯的咸水湖底，遗留的枯树风骨犹存；广大的盐沼荒漠是剑羚、瞪羚等野生动物的家园；荒漠草原上一座座红色小丘，都是蚂蚁

2-8 纳米比亚盐沼荒漠（摄于2014年8月）

的"都市"，是蚂蚁创造的有序的迷宫。岁月的脚步，并没有改变辛巴人生活的这片土地。也许正因为原始、洪荒、人迹罕至，才免于现代文明的过多侵扰，才能让辛巴人沿袭古老的习俗，按着自己的方式生活。

2-9 纳米比亚草原上的蚁丘（摄于2014年8月）

3

马赛部落

马赛族是东非高原上最大的游牧民族，分布在肯尼亚南部和坦桑尼亚北部的交界地区，那里有辽阔富饶的热带草原。传说 18 世纪，哈米特黑人为寻找肥美的草原，赶着牛羊从埃塞俄比亚南下，进入坦桑尼亚的一支部族，则发展为今日的马赛族。

马赛人相信，只要有草的地方，就是他们的故土。马赛人没有边境概念，随季节变换，沿肯尼亚、坦桑尼亚的边界地带放牧。他们不畏惧野兽，生活在狮子、豹子等野兽出没的草原地带。长期的共生共存，使马赛人与野兽之间形成某种默契，平常互不干扰。

马赛人偏爱红色，外出放牧，身披鲜艳的红毯，如同一团火焰，无形中震慑了野生动物。马赛人相信万物有灵，他们崇拜自然，从不狩猎，与野性生灵和谐共处于天地之间。如果说东非大草原上的野生动物生活在天堂，那么马赛人就是天堂里自由自在的邻居。

3-1 马赛人的村落（摄于 2009 年 8 月）

| 3-1、3-2、3-3

马赛人的村落别具风格，房子很矮
小，全部是用牛粪和泥巴的混合物
糊在树枝上搭建起来的。十几间一
模一样的土房子围成一个圈，中间
留出一大片空地，像个"广场"。
白天，"广场"是孩子们嬉戏的地方，
晚上，便成为牛群的栖身之所。"广
场"上遍布牛粪，几乎没有落脚的

3-2　马赛男子表演燧木取火（摄于2009年8月）

地方。为迎接客人的到来，马赛男子表演燧木取火，女人们则穿着色彩斑斓的服装，在
烈日晴空下载歌载舞。

马赛人鄙视农耕生活，认为耕作使大地变得肮脏，他们以牛羊肉及其奶、血为主要食物。
牛在马赛人心目中是神灵的赐予，他们认为牛身上的一切都是最洁净的。新鲜牛血是马
赛人传统的早点，牛血与牛奶搅拌后是可口的饮料，煮沸过的牛奶是治病的良药。在缺
水的情况下，为讲究卫生，就用湿的或干的牛粪洗手。成千上万的马赛人就这样按着传
统的习俗，在富饶的草原上度过了几个世纪。

3-3　马赛妇女表演舞蹈（摄于2009年8月）

3-4　马赛男人梳小辫（摄于 2009 年 8 月）

3-5　马赛女人不留发（摄于 2009 年 8 月）

3-6　马赛人的耳洞（摄于 2009 年 8 月）

3-4、3-5、3-6、3-7

马赛人的头饰风格与我们的惯常思维不同，他们是女人不留发，男人梳小辫。女人仅用一个简单的头饰来装点，而男人不仅有无数的小辫子，还有繁复的头箍装饰，显得很飘逸。马赛人喜欢穿耳洞，有的耳洞大到能放进一根木棍，他们认为耳洞越大越美丽。据说在七八岁时，父母将孩子的耳垂切出一个口子，然后挂上许多金属圈、铁罐、耳环等沉重饰物，任其下坠，将耳洞拉大。有的耳洞太大，以至于放牧时很容易被树枝挂住，于是不少马赛人会把耳朵挽起来，如同将长发挽起来一样。如此审美标准不敢苟同，但并不妨碍我欣赏他们的自信和愉悦。

3-7　马赛人把耳朵挽起来（摄于 2009 年 8 月）

3-8　非洲草原上的长颈鹿（摄于2009年8月）

| 3-8、3-9、3-10、3-11、3-12

马赛人生活的天地是野生动物的生命世界。长颈鹿好奇地打量着草原上的匆匆过客；为了寻找新鲜的嫩草，浩浩荡荡的角马（也叫牛羚）大军向着天空布满积雨云的方向迁徙；三只小猎豹挂在树上，等待母亲捕猎归来；威武的雄狮在领地巡视，那份霸气担当得起"草原之王"的美誉。如果说野生动物让这片土地千百万年容颜不改，那么马赛人与自

3-9　非洲角马迁徙（摄于2009年8月）

然和谐共处的信仰，让这片土地生机勃发。日落霞光中的东非草原意境深远，云雨馈赠，万物而生，那也是地球人类的源地。

3-10 非洲草原上的猎豹（摄于 2009 年 8 月）

3-11　非洲草原上的雄狮（摄于 2009 年 8 月）

3-12　非洲草原上的日落（摄于 2009 年 8 月）

4

亚马孙印第安部落

4-1　雨林部落里的孩子（蔡守龙拍摄）

亚马孙雨林是地球上最为神秘的"生命王国"，在人类所知的物种中，近 1/10 都能在亚马孙雨林中找到。16 世纪，欧洲殖民者没能侵入亚马孙雨林，一是因为雨林令人敬畏的生物多样性；二是遭遇了雨林中印第安原始部落的攻击。如今，雨林岌岌可危，而与这片雨林早已融为一体的印第安人，成了雨林最后的守望者。在 19 世纪末 20 世纪初的南美"橡胶贸易潮"中，很多印第安人因感染了外界带来的病毒而死去，幸存者们躲进更深的密林中，与外界联系甚少，世世代代过着原始生活。

我在秘鲁东北部的伊基托斯考察亚马孙雨林时，在向导的带领下，探访了亚瓜族部落。这个部落是唯一保留自己语言和信仰体系的印第安部落，人口不到 4 000，散居在丛林深处。

4-1、4-2

一见到游客，孩子们从草棚里奔了出来。男孩穿"草裙"，女孩披"草衣"，脸上涂了红色的妆彩，裸露的皮肤光滑整洁，没有热带丛林中那种常见的蚊虫叮咬痕迹。据介绍，那"草裙""草衣"是用雨林中的植物——毛瑞榈的纤维做成的；红色的妆彩是一种天然染料，来自乌鲁古树上的红色浆果；还有一种含碘成分的植物汁液能治蚊虫叮咬。雨林的多样性，成了亚瓜族人的"杂货店"。

4-2　雨林部落里的孩子（摄于 2013 年 8 月）

亚瓜族人懂得与丛林的相处之道，他们认为动物是赋予生命和智慧的灵性之物，从丛林获取的一切都必须归还回去。他们只在需要时，才用吹箭捕杀小型成年动物，亚瓜族人用温和的方式守护着热带丛林。吹箭是捕猎"神器"，吹管有两三米长，箭头分为有毒箭和无毒箭两种。有毒箭的毒用雨林中的一种蟾蜍的毒汁和一种植物的毒汁调制而成；无毒箭的箭头用亚马孙河中有"第一杀手"之称的食人鱼的牙齿（带缺口的）做成。

4-3 亚瓜族男人正在制作吹箭（摄于 2013 年 8 月）

4-4 作者探访雨林部落（蔡守龙拍摄）

孩子们在极力兜售手工制作，那是用植物果实或种子做成的手环、项链、面具等，虽做工粗糙，但携带了原始丛林的信息。我买了不少，安慰了孩子们期待的目光。孩子们的未来就是亚瓜族部落的未来，或许他们愿意继承部族的传统文化，永远留守丛林；或许他们更愿意走出雨林，融入现代社会；或许他们会徘徊在野性自由与文明约束的艰难抉择中。

4-5 雨林部落里的女孩（摄于 2013 年 8 月）

4-6　亚马孙热带原始雨林景观（摄于 2013 年 8 月）

4-7　雨林中的焚耕开垦（摄于 2013 年 8 月）

4-8　雨林中被开垦的土地（摄于 2013 年 8 月）

4-9　雨林中被开辟为牧场的土地（摄于 2013 年 8 月）

4-6、4-7、4-8、4-9、4-10
从空中俯瞰亚瓜族人所处的背景，亚马孙河自由随性，雨林无边无际绵延于水系间。人类活动的痕迹已随处可见，那一缕缕升腾起的白烟，一块块黑色或黄色的"补丁"，局部变得稀疏单一的次生树种，装船准备出口的粗壮硬木……人类活动正以前所未有的速度，挤占原始部落的生存空间。如果自然界的多样性不复存在，那么人类社会的文化多样性也就无从谈起。亚瓜族的未来，在雨林被毁的进程中。

4-10　伊基托斯港口的硬木运输（摄于 2013 年 8 月）

| 4-11

夜间，我们打着手电筒进入雨林。夜间捕食者很活跃，世界上最大的蜘蛛——亚马孙巨型食鸟蛛正伺机而动；池塘深处，黑暗中闪烁的光点，是鳄鱼的眼睛；不知名的动物叫声从丛林深处传出，令人不寒而栗。

4-11　亚马孙巨型食鸟蛛（摄于 2013 年 8 月）

4-12　沐浴着霞光的亚马孙河（摄于 2013 年 8 月）

| 4-12、4-13

清晨，沐浴着霞光的雨林很美，亚马孙霸王莲圣洁开放，绿色天际线呼应着蓝天白云，延伸至远方的深幽处。但愿，那种朝向天空、向着太阳的姿态，永恒地留在人们的视野中。

4-13　亚马孙霸王莲（摄于 2013 年 8 月）

考察笔记

辛巴『红泥人』，不可抗拒的野性美

又是因为"颜值"的诱惑，我踏上了寻访之路。辛巴部落生活在纳米比亚与安哥拉交界处的库内内河流域，目前人口仅剩 2 万，是即将消失的原始部落。辛巴女人，因全身涂满红泥，被称为"红泥人"。在很多摄影作品中，辛巴女人的美是狂野的、神秘的，蕴含着原始的生命力。

寻访之路，从纳米比亚首都温得和克开始，先往南到内陆地区的苏丝斯黎死亡谷，然后到达西海岸的十字角和骷髅海滩，再往内陆经颓废方丹，最后到达奥普沃——辛巴人的家乡。路远迢迢，万水千山，有时似乎穿越在悠远的史前时代，有时仿佛到了"火星"上，途中的荒凉景观，既有自然演变的规律，也有生命极致的呈现。

苏丝斯黎死亡谷

苏丝斯黎死亡谷位于纳米布沙漠中，呈现出一种超现实主义的景观：一片干涸的白色盐碱地上，突兀地矗立着一棵棵黑色扭曲的古树，树死了，魂依然在。与四周橙红色的沙丘形成鲜明的对比。顶着烈日，走

苏丝斯黎死亡谷（摄于 2014 年 8 月）

枯木的风骨之美（摄于 2014 年 8 月）

进这沉寂中。低头，是河床龟裂形成的美丽花纹；抬头，是枯木的风骨之美。漫步拍摄，访问生命，穿越到久远的过去，沙丘与河流不断斗争的自然史便逐步还原出来。

死亡谷原先是一个浅水洼地，有一条内流河汇入补给。洪水来时，带来泥土堆积，一些耐旱的刺槐树在浅水处生长，使这里成为生命的绿洲。但1 000年前，这里遭遇了严重旱灾，沙丘流动，阻断了内流河的水路，洼地因得不到补给而逐渐干涸，地下水也被消耗一空，树根失去了维系生命的基本条件，树木慢慢变干、死去，被烈日烤灼变黑。幸亏四周有沙丘包围，没有大风劲吹，深扎的根系与充满韧性的枯枝，才能让自己再"活"千年。站立的身姿，既是祭奠曾经的岁月流年，也是为自己的生命傲骨树立丰碑，即使枯竭到极致，也要保持无限伸展的精神气质。

古树的未来会怎样，化木为石，还是枯木逢春，不得而知。偶尔看到一只甲虫，一小丛绿灌，它们依靠晨露产生的薄雾生存。静悄悄的生命，在时间里，耐心等待着大自然创造的机遇。

本格拉寒流的罪过与创造

离开苏丝斯黎，到达西海岸，沿着鲸湾、斯瓦克普蒙德往北，右边是一望无垠的纳米布沙漠，左边是广阔浩渺的大西洋，沙漠与海洋零距离。有人在疑惑，到底是内陆的沙漠还是沿海的沙滩呢？从空中俯瞰的照片来看，沙丘为流动沙丘，出现新月形构造，这是内陆沙漠特有的景观，因此，眼前所见不是海边沙滩，而是正宗的沙漠。从地理要素分析，这里常年受副

十字角和骷髅海滩（摄于2014年8月）

热带高压和东南信风的影响，气候
干旱，形成沙漠。而流经西海岸的
本格拉寒流，有降温减湿作用，使
得沙漠由内陆延伸至海岸，因此，
创造了海岸、沙丘、迷雾交织的独
特景观。

1484 年 8 月 8 日，葡萄牙人
DiegoCao 首次在纳米比亚西海岸
登陆，为了感谢上帝的一路保佑，
他们在海滩上竖起了一根两米高的
十字架。现在这处海滩被唤作十字
角海滩。十字角附近是南北绵延达
数百千米的"骷髅海滩"。所谓"骷
髅海滩"就是这一带沉船无数，尸

色彩斑斓的苔藓（摄于 2014 年 8 月）

骨纵横。这得归罪于本格拉寒流。因为有寒流经过，使得海面上经常大雾弥漫，

沙丘海岸边的火烈鸟（摄于 2014 年 8 月）

海滩日落（摄于 2014 年 8 月）

靠风帆航行的船只很容易迷失方向，撞岸触礁，而且"骷髅海滩"向东纵深上百千米都是沙漠，没有水源，没有人烟，即便沉船的海员有幸登岸，最终也难逃饥渴而亡的命运。

　　本格拉寒流一面搞破坏，一面又创造奇观。"骷髅海滩"附近有一块巨大的"花毯"，低微的生命贴着砂地，裹住石子，绚烂而生。这得益于寒流迷雾带来的阴凉与微弱的水分。本格拉寒流由南往北，浩浩荡荡，带来鱼群汇集。这里又有海底上升流带来的丰富饵料。鱼群活跃，食物链就多姿多彩了，海狮滩上有成千上万只海狮，鹈鹕岬上有数不清的鹈鹕，成群结队的火烈鸟落脚在海岸边。各种动物占着海岸上的一块领地，热热闹闹、生机勃勃。我们在品尝了鲜美的生蚝之后，永远会记得纳米比亚西海岸的纯净与富饶，这是本格拉寒流的馈赠。

颓废方丹的史前岩画

　　离开骷髅海滩，往东北深入内陆荒原，沿途经过古老壮阔的熔岩台地，登高远眺，亿万年的地质史浮现眼前，岩浆涌动、挤压、隆起的过程，全部凝固在大地上。如果没有针茅草的点缀，没有蜿蜒的土路，还以为到了火星上呢。

古老壮阔的熔岩台地（摄于 2014 年 8 月）

颓废方丹（摄于 2014 年 8 月）

此时，离辛巴人的老家——奥普沃还有很长的路程，途中虽然荒凉，但景观却是独一无二的，美得狂野，美得恣意。

　　颓废方丹，是一片由砖红色砂岩构成的峡谷区。岩层的纹理、洞穴、皱褶和倾覆，叙述着亿万年的地质变迁，银色的针茅草从岩石缝隙中伸展出来，犹如苍苍白发，更增添了远古洪荒的味道。颓废方丹，是世界上史前岩画最集中的地方，保存完好的精美岩画近 2 000 幅，距今有 6 000 多年历史。2007 年，颓废方丹被列为世界文化遗产。

　　颓废方丹，这个地名翻译得很有意思，"颓废"让人联想到沧桑、荒凉的场景，"方丹"是泉水的意思。荒漠地区只要有泉水出露，就能满足最基本的生存条件。布须曼人是最早生活在峡谷区的史前居民，他们用石英作刻刀，用矿物粉末、植物汁液等作颜料，在散落的巨石上雕刻图案，描绘人类与自然共生共存的故事。

　　徒步进入峡谷区，在讲解员的带领下，很容易找到石壁上清晰的岩画。据

布须曼人的岩画（摄于 2014 年 8 月）

介绍，布须曼人雕刻岩画是为了教育子孙后代如何狩猎。巨石上几乎雕刻了在纳米比亚能看到的所有野生动物，可以辨识出犀牛、大象、鸵鸟、羚羊、长颈鹿等等。长者通过图案告诉子女哪些动物可以捕食，哪些是危险的。神奇的是，在岩石上还发现有海狮和企鹅的图案。这说明当时原始部落曾经去海边采盐食用，看到海狮和企鹅后，回来按照记忆雕刻的。

岩画中还有人和动物的脚印画，其中最有名的就是"狮人"，一只狮子的脚爪和尾巴上都有五个脚趾。据考古学家分析，雕刻这些图案与狩猎采集者的信仰有关。还有一些岩画是几何图形，那些大大小小的同心圆圈不知何意，尽管没有解释，但至少可以肯定，这是史前人类在表达对世界的某种感知吧。

辛巴红泥人的原始生活

从颓废方丹到辛巴人的家乡——奥普沃，还需 6 个小时车程，一路车马劳顿，但途中景色完全可以用"高颜值""独一无二"来形容，加上游客稀少，观景的心境是自由的、畅快的。

奥普沃位于纳米比亚西北部，是库内内区的首府。说是首府，其实离现代城市的概念相差甚远，一条主街加上两旁的店铺，维持着城市的运转。观察街上的行人，多数是普通着装的黑人，其次是长裙盛装、带大帽子的赫雷罗族人。我一直在找"高颜值"的辛巴女人，终于发现几个，她们裸胸露乳、打扮醒目，怎奈她们以"流落"的方式，蜷缩于街头角落，神情茫然，不知所措。也许，这个"繁华"城市并不属于她们。我观察，除了我们一群游客在"注视"她们，其他走过、路过的人根本不关注辛巴人。也许我们少见多怪了，也许城市早已包容了辛巴人的生活方式。

辛巴，是指住在河岸边的人，辛巴人真正的家在库内内河流域。为了能进到辛巴部落访问，按照向导嘱咐，要带上见面礼。为此，我们到超市买了四包面粉和白糖，还买了不少棒棒糖。

第二天，我们从奥普沃出发，车行 2 个小时，才到达一个辛巴部落。四周植被稀疏，满目砂土。辛巴人的房子是圆锥形的，由树枝、泥土和牛粪搭建而成。十几个房子围成一圈，外围再用树枝编织的栅栏圈起来，形成一个相对封闭的空间。

辛巴人的家（摄于 2014 年 8 月）

　　族长正好在家，我们给了见面礼，就等于买了"门票"，接下来就可以自由地在部落里拍摄了。族长是一位相貌很老的男人，荒野的"熏陶"让人读不出他的年龄。他在安慰身旁一个哭哭啼啼的男孩，不知是儿子还是孙子。

　　据说，由于遗传基因和环境因素等，辛巴男人的寿命比较短，男女比例严重失调，几乎是 1：10。为此，辛巴族实行一夫多妻制，以维持族群的繁衍生息。一般每个男子都会娶上三四个妻子。第一个妻子最重要，一般由父亲选定，儿子没有权利拒绝。每个妻子都住在自己的屋子里，男人的小屋右边是第一个妻子的住所，她的房子要正对着村子里的神树。小屋左边住的是第二个妻子，第三个妻子又排在第一个妻子的右边，第四个妻子排在第二个妻子的左边。我问族长有几个妻子，他说四个。继续问，若是她们吵架了怎么办？他摇头表示不会。再问部落是否有规则，他点了点自己的嘴巴，霸气地表示，他说的就是规则。一个部落就是一个家族，家族是唯一的社会保障，族长掌管一切，包括分配、判定惩罚等。他问我们是否要进屋看看，我们很欣喜。一个年纪稍长、笑容可

探访（蔡守龙拍摄）

掬的辛巴女人过来把我们领进了她的房子。看起来，这个女人应该是族长的第一个妻子了。

房门低矮，必须弯腰进入。房子中间有一根树桩承重，格局有点类似"蒙古包"，只是迷你的而已。地上一张牛皮，是床也是饭桌，墙上挂着各种皮裙子，还有瓦罐、木瓢等日常用品，比较现代的用品就是两只大皮箱。由于辛巴女人身上的红泥，屋子里外，门框上，每一件物品上都染上了一层红色。女主人拿出辛巴人特制的化妆品——红泥，热情地要给我们几个抹上。我谢绝了，我的一个美女同伴的额头上给抹了一下，感觉还不错，留着特殊的香气。

走出房子，寻找拍摄素材，辛巴女人的美永远是聚焦点。辛巴女人展示美的方式与众不同，她们袒露上身，浑身涂抹红泥，头发也用红泥一缕一缕地包裹起来，每一缕发辫都留着富有动感的黑色发梢，头顶上系一个皮制的发冠，据说这是由女孩变成女人的标志。女孩的发辫是从后往前梳成两股，遮住脸颊，据说这是为了躲避男性注意。女人下身穿超短的皮裙，大波浪的裙摆非常性感。

也有的开始穿花布裙子了，现代生活的气息已经悄然出现在部落里。辛巴女人的装饰物很有特点，脖颈里套着各种项链，有的用藤条编织而成，有的是串珠贝壳，还有的用像轮胎一样的皮质项圈。手腕、脚踝也都缠绕着多种质地的圈圈环环，漂亮而有层次感。每个人的装饰物都不一样，尽管不知其具体的含义，但一定包含了独特的审美标准，以及部族内部的规则和秩序。

看到我们在拍摄，她们不忸怩，淡定自若，对自己的美丽充满了自信和骄傲。看到一个辛巴女人抱着孩子正在做饭，锅里飘出香味，忍不住诱惑，让女人揭开锅盖看一看里面的佳肴，原来是一大锅土豆，没有其他配菜，也不见肉末，金灿灿的土豆冒着热气，透出自然土地的味道。又看到一个辛巴女人正在研磨红石粉末，一块红石变成粉末需要漫长的艰辛劳动。大自然用千万年的岁月孕育了美丽的红石，而辛巴女人用一辈子的研磨、融合来寻求对美的追求，这是人与自然之间的默契。

在部落里转了一圈，除了族长外，很少见到其他男人，辛巴男人常年在外狩猎，加上男女比例失调，因此也就不足为奇了。好不容易瞥见一个年轻的男子，他正准备远行。男子的头发是从头顶往后梳成独辫，然后用头巾将独辫包裹起来，别具风格。

一个村落有访客，其他村落的人得知信息后也会赶过来，抱着孩子，带着大包小包，摆开了地摊，卖手工艺品。她们不叫卖，也不兜售，似乎买与不买都无所谓，坐在地上，聊着天，热闹得像个集市。我忽然发现摆摊的辛巴人中混入了一个赫雷罗族女人，她的装扮和辛巴人完全不同，一眼就认出来了，看来这个部落是常年对游客开放的。"集市"上孩子很多，大一点的孩子会追着我们讨要东西，所有棒棒糖都送出去了，他们似乎对圈圈环环样式的东西特别感兴趣，因语言不通，我同伴的手链和项链被一个野孩子抢走了。

现代文明的渗透，必然会改变辛巴人的生活状态。辛巴人最早游牧在安哥拉高原，曾是非洲大草原上最为富庶强大的游牧民族之一。但在17世纪被更加强大的外来部落驱赶到纳米比亚的荒原里，在几乎与外界隔绝的荒原上，辛巴人饱受了干旱与战争的煎熬，仍然顽强地生存下来。1990年，纳米比亚独立后，政府给辛巴人提供了一系列优惠政策，其中包括一项名为"自然资源管理计划"的政策，即让辛巴人自己管理他们土地上的野生动物和观光业，掌握自己族群的未来；同时，政府还与一些国际组织合作，为辛巴儿童提供免费义务教育，帮助他们尽快融入现代社会，而不"仅仅成为吸引游客的活人"。

如今，已有一些辛巴人离开部落进入城镇谋生。留在部落的孩子们也在不断接受旅游带来的信息。他们长大后，会选择继续留守还是离开？我相信有一部分人会选择抛弃传统，进入现代社会。进入不等于融入，这取决于他们能否将"依赖自然生存的能力" 转化为"适应现代社会生存的本领"。我认为这需要几代人的努力，这里包括教育、同化、认同、包容等等。

村落里有一块碑伫立着，上面刻着 1928 年和一些读不懂的文字。边上有一棵树，树的周围用栅栏圈围起来。我推测这是部落家族祖先的墓碑，或是祖先迁入此地的纪念碑。辛巴人没有图腾，他们崇拜祖先，祖先是维系家族的精神核心。面对现代文明的"步步逼近"，属于族群的内核还能延续多久？

九　文明遗存

文明遗存，是古代人类创造的财富。在经历了本土生长、鼎盛、陨落之后，尘封于沙漠、丛林、汪洋、高山之巅，从此销声匿迹。但那些耀眼的文明，终究不会"消失"，那些伟大的石头建筑伴随着破碎的记忆，因发现而"重回"人间。

文明遗存中，不可移动的那些石头建筑，虽然已是断壁残垣，但与文字、传说相比，是更真实的存在，是古代文明时期人们思想、观念、信仰最可靠的证据。古埃及法老们信奉来世，刺破天空的金字塔，是灵魂迈入天堂、到达来世并不朽的阶梯；玛雅人相信天象代表神灵传下的旨意，构思精巧的羽蛇神金字塔具有沟通天地的功能；吴哥王朝的国王宣扬国王是毗湿奴神的化身，死后要回到神话中居于世界中心的须弥山，于是，那些"塔殿"和"庙山"的建筑形式里融入了神王合一、王权神授的理念。

文明遗存中，不可或缺的地方景观，如山川、草木等，是文明生长的自然背景。有的是资源，滋养文明、给予灵感；有的很荒芜，生存苛刻，却激发非凡的创造力；有的充满敬畏，会被转化为漫天飞舞的神灵，连接俗世与天堂。尼罗河定期泛滥，造就了肥沃的黑土地，这是古埃及人永恒的生命线。安第斯山脉陡峭高耸，印加人开凿山体修成梯田，引溪流灌溉，把生存的地域推向了可能的极限；海底火山露出海面形成的复活节岛上，拉帕努伊人用凝灰岩雕琢莫埃石像。独特的地方景观，连接时空，让生长于此的文明具有了非凡的特质。

文明遗存中，那些镌刻在神庙、纪念碑、祭坛上的文字，是记录人类活动的符号和载体。尽管留存下来的文字已经支离破碎，或者艰涩难懂，但依稀可以从文字的象形中，感受那个文明世界里，人们对于世界的认知和想象。古埃及的象形文字之谜，因法国语言学家商博良的伟大发现，使沉默千年的文明遗存重新有了讲述；玛雅人的文字是一个个整齐的矩形空间，里面如同卡通画一般的文字包含了广阔无边的事物；复活节岛的朗格朗格条板上刻满了古怪的象形文字，时至今日，仍无人能解读，莫埃石像只能守着秘密，寂寞在时空里，静待一场相知。

文明遗存，仿佛人类儿时的老照片，给了我们长久回望的可能。人类文明的历史画卷，正是在回望中，逐渐展露出真实和璀璨的光芒。也许我们无法体会那个文明世界里人们的思想、情感和宗教信仰，也无法辨析众说纷纭的文字史料，但如果，我们在那个地方场景中，驻足、静观、不带偏见地去阅读，那便是一场与古老文明最好的相遇。

景观

观赏

景观

欣赏

1

古埃及文明

古埃及文明，是令世界仰望的丰碑。它是世界上最古老的文明；它给世界创造了最壮美、最精密的石头建筑；它留下的象形文字已被破译，因此它的往昔能被依稀讲述。

古埃及文明是尼罗河的赠礼。尼罗河定期泛滥，形成一条狭长而肥沃的绿色走廊，南部河谷为"上埃及"，北部三角洲为"下埃及"。公元前3400年左右，上埃及和下埃及有了各自的国王，他们信奉不同的神灵。公元前3100年，上埃及的国王美尼斯征服了下埃及，使上、下埃及得以统一，建立了古埃及历史上第一个王朝，定都孟菲斯。公元前2700年至公元前2181年，是古埃及的黄金时代，也称为金字塔时代。公元前31年，古埃及最后一个王朝——托勒密王朝覆灭。至此，一个延续3 000多年的文明便永恒地失落了。金字塔、神庙、浮雕壁画、方尖碑是古埃及文明遗存中最具视觉冲击力的部分。透过它们，可以感知尼罗河畔曾经的荣耀和智慧。

1-1　吉萨金字塔群（摄于2008年7月）

吉萨金字塔群，包括胡夫金字塔、哈夫拉（胡夫的儿子）金字塔与门卡拉（胡夫的孙子）金字塔，祖孙三代的金字塔一字排开，耸立在尼罗河西岸的高地上，默默注视着古埃及的千古变幻。在古埃及人心目中，尼罗河东岸是太阳升起的地方，是生命的起源，而西岸则是死后灵魂的去处。金字塔是法老的陵墓，是他们永恒的"居所"。简洁的锥体形状，像光芒一样，直指天空。这是通往天国的阶梯。法老的灵魂沿着这个阶梯升入天堂，与太阳神合二为一。

|1-2、1-3、1-4

胡夫金字塔建于公元前 2690 年左右，是吉萨金字塔群中规模最庞大的一座。230 万块巨石堆砌得天衣无缝，因自然风化和人为采石，外层完全剥落，露出层层叠叠的巨石天梯。在15层天梯处有墓门，那里有狭窄的墓道通往金字塔内部。

1-2　胡夫金字塔（摄于 2008 年 7 月）

1-3　胡夫金字塔入口（摄于 2008 年 7 月）

1-4　作者登临胡夫金字塔（蔡健萍拍摄）

1-5　斯芬克斯和哈夫拉金字塔（摄于 2008 年 7 月）

| 1-5、1-6

哈夫拉金字塔建于公元前 2650 年左右，是吉萨金字塔群中最壮观完美的一座。顶部的"帽子"是重要标识，南面有守护神——狮身人面像。经历了千年的风沙磨损，狮身人面像已面目全非，但它的面容依然蕴含着一种永远难以破解的神秘。门卡拉金字塔矮小简陋，预示着一个法老时代的衰败。

1-6　门卡拉金字塔（摄于 2008 年 7 月）

1-7　巨型列柱（摄于 2008 年 7 月）

1-8　列柱上的雕刻（摄于 2008 年 7 月）

| 1-7、1-8、1-9

卡纳克神庙，为供奉阿蒙神和彰显法老们的丰功伟绩而建。每一任法老都会在原有的基础上增添一份宏伟，前前后后历时 1 300 多年。神庙里最精彩的遗存是布满在列柱和墙壁上的浮雕。现存巨型列柱有 134 根，排列密集如丛林，列柱上的浮雕内容主要描绘历代法老的功绩、祭祀场景和日常生活。

墙壁上的浮雕主要描绘法老与神灵交流的场面。在古埃及人心中，法老是人间的神，他们能与拥有自然力的神灵沟通。一个个浮雕画面仿佛"历史连环画"，徜徉其间，似乎可以找寻到古埃及的神灵和法老的气息。

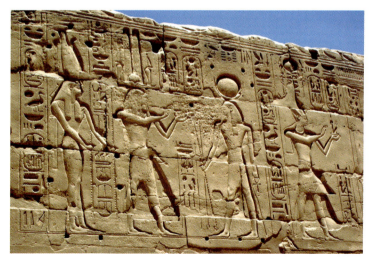

1-9　神庙里的壁画（摄于 2008 年 7 月）

1-10

神庙里高达几十米的方尖碑，是古埃及除金字塔之外最明显的图像标志。碑上刻满象形文字，用来歌颂阿蒙神和记载战争或祭典等大事。方尖碑犹如太阳的光芒，令人不得不仰视之。

1-10　神庙里的方尖碑（摄于 2008 年 7 月）

1-11 哈特舍普苏女王神殿（摄于 2008 年 7 月）

| 1-11、1-12

哈特舍普苏女王神殿，里面已空无一物，但从其依山势而建的气派中，还是能想象出这位古埃及历史上第一位女王的尊贵。门农神像，是另一处神庙遗址上仅存的两尊法老雕像，风化严重，面容全毁，但法老高大优美的坐姿，依然彰显了古埃及雕像的壮美。

古埃及文明遗存至今仍然有太多的迷，它们沉默不语，流传至今的故事，不足以串联起 3 000 年文明史中那些跌宕起伏的王朝更迭与宗教纷争。尼罗河由南向北静静流淌，太阳日日升起，横贯其上，那些无与伦比的人类杰作，在时间的长河里永恒。

1-12 门农神像（摄于 2008 年 7 月）

2

玛雅文明

玛雅文明，是中美洲古代印第安文明的杰出代表。它掌握"0"这个数字，比欧洲人早了约 800 年；它发明卓尔金历法，每年 13 个月、每月 20 天、一年 260 天的日历似乎并不适用于地球；它建造的金字塔和神殿装饰繁复、雕镂精美，被喻为"美洲的希腊"；它在鼎盛期突然衰落，似乎一夜之间蒸发了，留给后人无尽的谜团；2012 世界末日的玛雅预言，曾引起全球范围的大恐慌……玛雅文明，是热带丛林深处的谜语。

玛雅文明遗址主要分布在墨西哥尤卡坦半岛、危地马拉、伯利兹以及洪都拉斯和萨尔瓦多西部地区。关于玛雅文明史，欧洲历史学家将其分为三个阶段：前古典期（约公元前 1500 年—公元 300 年）为玛雅文明形成期；古典期（约公元 300 年—公元 900 年）为鼎盛期，此后玛雅文明突然衰落；后古典期（约公元 900 年—公元 1524 年）为衰落期，玛雅文明中心逐渐从雨水丰盛的丛林转移到干旱的尤卡坦半岛低地，北方民族托尔特克人乘虚而入占领了尤卡坦半岛，使玛雅文明烙上了浓厚的托尔特克风格。16 世纪西方殖民者接踵而至，侵略者的炮火将已经奄奄一息的玛雅文明彻底扼杀。玛雅文明延续了 3 500 多年，最终湮没在历史的尘埃中。

在墨西哥旅行时，我参观了尤卡坦半岛上的奇琴伊察遗址，这是玛雅文明后古典时期最具代表性的城市。虽然奇琴伊察并非玛雅文明鼎盛期的正统代表，但从遗存的建筑风格中，仍可以感知玛雅人关于时空、生命、信仰的独特看法。天文历法、宗教祭祀和象形文字，是玛雅文明最显著的三个标签。

玛雅人相信观察到的天象代表神灵传下的旨意，因此，构思精巧的平台金字塔就具有了上传下达、沟通天地的功能。金字塔本身就是一部玛雅年历，金字塔有四面阶梯，每面 91 阶，加上顶端的神殿共 365 阶，代表阳历 365 天。而 9 层平台由阶梯一分为二，成为玛雅年历的 18 个月，每月 20 天，合计 360 天，剩余的 5 天为不祥之日，玛雅人届时或禁食或忏悔，等待新年来临。平台四面共显示出 52 个方块，代表玛雅人以 52 年为一世纪。

2-1　玛雅羽蛇神金字塔（摄于 2012 年 8 月）

金字塔顶部平台上是羽蛇神殿，羽蛇神在玛雅语中被称为"库库尔坎神"，它的形象是蛇头蛇身，尾有羽翼。在玛雅人心目中，羽蛇神是主宰播种和收获的善神。神殿四边分别代表春分、夏至、秋分和冬至，神殿北面雕刻有两个蛇头，象征羽蛇神。每年春分、秋分日，夕阳从顶端开始，顺阶梯形成的三角形影子连接在一起，直达底层的蛇头，成为一条跃动感十足的飞蛇，仿佛羽蛇神从天而降，告知玛雅人播种或收获的时节到了。精湛的建筑、精确的推算和宗教信仰在羽蛇神金字塔得到了完美的融合。

2-2 玛雅羽蛇神殿（摄于 2012 年 8 月）

2-3 羽蛇神（摄于 2012 年 8 月）

2-4　奇琴伊察的天文台（摄于 2012 年 8 月）

| 2-4

奇琴伊察天文台是为观测金星而设计的。天文台由两个部分组成，底部为圆柱塔，上部为螺旋状的环形塔，整体宛若蜗牛，风格奇特，塔顶的 3 处开口是玛雅祭司观测金星运行的窗口。金星是地球的近邻，以晨星和昏星两种姿态出现。金星的会合周期为 583.92 天，而玛雅祭司则测定为 584 天。他们知道这个数字比实际稍大些，还制定了相应的纠偏规则。玛雅人观测金星与战争有关，他们认为根据金星择吉日出征可获得辉煌战果。战争是玛雅人生活中的一件大事，战争意味着可以获得被征服者的纳贡，以及更多可用于祭神的俘虏。

2-5　奇琴伊察的战士神殿（摄于 2012 年 8 月）

| 2-5、2-6、2-7

玛雅人精通天文，知晓时节，但对于自然事物的复杂与关联还没有科学认识。关于天、地、人之间的关系，他们借助神灵，建立了一套自己的认知和信仰体系。玛雅人把干旱无雨、害虫泛滥、庄稼歉收等，全部归结为神灵发怒，太阳神将走向毁灭，玛雅人必须做一些自我牺牲来延续神灵存在的时间，让太阳神继续光芒四射。因此，在玛雅文明后期出现了大规模以"人祭"为主的宗教仪式。为了获得源源不断的人祭，玛雅人痴迷战争，不计其数的俘虏被掏心、断头，以跳动的心脏和热血来喂养太阳神。于是，我们在战士神殿前看到了石柱浮雕上勇往直前的战士，在神殿墙面的浮雕上看到捧着人心的美洲豹，在骷髅平台的四面石壁上看到了被嵌满的牺牲头骨。杀戮的主题，带着威严与神秘，令人不寒而栗。

2-6　浮雕上捧着人心的美洲豹（摄于 2012 年 8 月）

2-7　平台石壁嵌满了牺牲头骨（摄于 2012 年 8 月）

2-8 玛雅足球场（摄于 2012 年 8 月）

2-9 石圈（摄于 2012 年 8 月）

| 2-8、2-9

奇琴伊察足球场，是中美洲玛雅时代最大的球场，在几百年间，一直重复着死亡与重生的故事。球场为长方形，两条长边所在的石壁上，高悬着小小的石圈，球穿过中间的圆孔便算得分。据介绍，球是一种实心的橡胶球，比赛时不能用手，只能用臂、胯和膝部触球。这么高的位置，这么重的球，看起来根本不可能命中。因此，球场的宗教意义远大于娱乐用途。球场两条短边的尽头，一处为神殿，是国王宣布比赛开始的地方，另一处为献祭台，是球赛胜利者带着微笑向太阳神进献自己头颅的荣耀之地。

| 2-10

球场四壁底部的斜坡上布满浮雕，浮雕上位于两队球员之间的球，雕有象征死亡的骷髅头，左边球员一手持燧石刀，一手提着砍下的首级，右边跪地的球员不见头颅，只见从颈项喷出的血水，一旁的植物因受血水浇灌而开花结果。玛雅人借助

2-10 足球场边的浮雕（摄于 2012 年 8 月）

仪式，把内在思想转化为外在令人敬畏的力量，杀伐之气带来狞厉的快感，在近乎疯狂的宗教仪式中，生命变得无足轻重。作为一个视生命为至上至尊的现代观者，无疑需要有极强的心理承受能力。

2-11、2-12、2-13、2-14 图卢姆玛雅城堡遗址位于加勒比海岸边。建在悬崖上的是雨神庙，与之相对的是降落神殿。降落神脸朝下，双脚朝天，从天而降，预示带来食物和用品。城堡内的贵族宅邸，仅剩断壁残垣和兀自伸向天空的石柱。宅邸南面有一座壁画神殿，四方建筑的门楣上雕塑着各种神灵，转角处一个神灵的头像清晰可辨，鹰钩鼻、下巴突出、嘴角下垂，据猜测是"雨神"恰克。神殿里壁画痕迹模糊，已无从揣摩其描绘的故事了。

2-11　图卢姆的雨神庙（摄于 2012 年 8 月）

玛雅遗址中，那些现实世界里的物质、场所已经残破不堪，而那些虚幻的神灵世界在口口相传中反而清晰可见。在玛雅人所构建的文明世界里，那些超自然的力量被赋予了人

2-12　图卢姆的降落神殿（摄于 2012 年 8 月）

2-13 图卢姆的贵族宅邸（摄于 2012 年 8 月）

2-14 图卢姆的壁画神殿（摄于 2012 年 8 月）

性，各种神灵掌管着某一个领域，而各领域密不可分地交织在一起。因此，赞美神灵、敬畏神灵、取悦神灵，等待神灵带来生命、福祉和祥和，就构成了玛雅人生活的全部意义，这种意义甚至比呼吸空气还重要。

适逢雨季，天色苍茫，道路泥泞，在潮湿的氛围中去阅读玛雅文明布下的迷阵，愈加迷雾重重。玛雅人构筑了以神权为核心的天—神—地—人的观念体系，让人模糊了神话与历史的边界，也让我这个现代人只能"知道"，而无法"懂得"。这不仅是时间遥远带来的距离，而且还有思维方式不同带来的理解障碍。

▍2-15

在墨西哥国立人类学博物馆里，我欣赏到玛雅人创造的象形文字，那是整齐的方块文字。仔细看，好像一幅幅抽象的卡通画，宇宙间最广阔无边的事物都被浓缩在神秘的方块世界里。如果以文字的发明和使用作为衡量文明的真正标尺，那么玛雅文明就是中美洲最为文明、最富智慧的古老文明。

2-15 玛雅象形文字（摄于 2012 年 8 月）

3

阿兹特克文明

阿兹特克文明，是美洲印第安古老文明的一部分。它在湖中人工岛上缔造了一个庞大而辉煌的帝国；它发明了"浮园耕作法"，直到今天，某些地区仍然在使用；它建立了自己的"五宙"观念；它的神话传说更是扑朔迷离，似真似假分不清。

3-1 墨西哥特诺奇蒂特兰古城遗址（摄于 2012 年 8 月）

传说中，阿兹特克人原是墨西哥北部的游牧民族，12世纪中叶开始向南迁徙。根据神谕，如果看到一只鹰叼着一条蛇站在仙人掌上，那就是他们的栖息地。13世纪早期，阿兹特克人进入墨西哥盆地，那里土地肥沃、水草丰美。1325年，他们在特斯科科湖的一个小岛上，看到了神谕中的景象——鹰叼蛇立于仙人掌之上，于是决定在那里定居下来。阿兹特克人在湖中建造了特诺奇蒂特兰城（今墨西哥城）——一座巨大的人工岛，后来这座城市成为阿兹特克帝国的都城。

蒙特祖马二世（1502—1520）时期，是阿兹特克帝国最为强盛的时期，其疆域已经扩张到墨西哥湾和太平洋沿岸。特诺奇蒂特兰城拥有近20万人口，是当时西半球人口最多的城市。不可思议的是，最强盛的时期却是走向灭亡的开始，这或许是历史的偶然巧合。

阿兹特克人崇拜羽蛇神魁扎尔科亚特尔。在他们心目中，羽蛇神带来新的世界与繁荣。1519年，恰逢羽蛇神52年一次的回归年，当西班牙殖民者科尔特斯带着一小支部队，进入特诺奇蒂特兰城时，阿兹特克人看到白皮肤、大胡子、穿铁甲的怪物从羽蛇神当年消失的东方出现，骑着从未见过的骏马，伸手抛出一团火光，他们便认定这个陌生人就是羽蛇神本人。于是，西班牙殖民者鬼使神差地得到了"神"一样的礼遇。很不幸，一切都搞错了。

"神"带来的结局是：壮观的特诺奇蒂特兰城被夷为平地，大神庙金字塔被弄得支离破碎，书籍画卷全被付之一炬。在无情的摧毁中，阿兹特克文明画上了悲壮的句号。

神指引阿兹特克人创造了美丽的生命家园，神的回归又隐喻了一个全新的世界，只不过这个新世界不属于阿兹特克人，而是属于那片土地上繁衍生息的子子孙孙。如今在墨西哥城的历史遗迹中，能见到阿兹特克大神庙金字塔的废墟，上面矗立着西班牙殖民时期的教堂，不远处还有一座高大雄伟的现代建筑——墨西哥外交大楼。三种文化在一个空间里，有冲突，但历史没有表情，而是默默地记下了一切。

阿兹特克人相信生命的轮回，他们用日历石描绘了对宇宙的观念。日历石也称为"太阳历石"，它由一整块玄武岩雕凿而成，直径 3.6 米，重达 24 吨，大约出自 1479 年，当时立于特诺奇蒂特兰城中心广场。

在阿兹特克人观念中，人类经历了五个"宙"，也就是人类世界的五次生命。日历石正中是太阳神，周围四个方框表示以往的四个"宙"，从右上角开始按逆时针方向旋转，依次代表"土的太阳、风的太阳、火的太阳和水的太阳"，预示每一次生命的灭亡都是某种灾难的结果，比如地震、飓风、火山灰、洪水等。这些自然灾害都与阿兹特克人生活的那个地域密切相关。

日历石中，太阳神左右两边各有一只握拳的爪子，爪中握着用于祭祀的心脏，这代表了第五个"宙"——"我们的太阳"。在它的照耀下生活，而它终有一天也要消失，就像被土、被风、被火、被洪水吞没一样，它会被另一种可怕的物质——运动所吞没。这是一个恐怖的预言，也是一个警告。那"运动"是什么呢？何时来临？阿兹特克人并不知晓，但他们知道，为了守住宇宙的秩序，为了让世界免于毁灭，人类必须用"血祭"来保证"我们的太阳"永恒运转，阿兹特克人惧怕自然力量，同时又试图统治自然力量。

每一个轮回都是在灭亡中获得重新创造，"太阳历石"中蕴含的哲理，观照到我们的现实，也颇有意味。

在墨西哥城东北 40 千米处有著名的特奥蒂瓦坎古城遗址，建于公元 1—7 世纪，太阳金字塔和月亮金字塔是其最显著的标志。古城的建造与阿兹特克人无关，但古城的流传，却与最先见到它的阿兹特克人有关。

阿兹特克人将这片广阔的废墟叫作特奥蒂瓦坎，即"众神之都"。他们认为：神建造了特奥蒂瓦坎，神在这里升起了第五个太阳。特奥蒂瓦坎城的废弃，是因为神的离开。无法知晓的往昔，交给神话，游离在神的迷雾中，有时也不失为一种乐趣。

3-3　从月亮金字塔上眺望死亡大道和太阳金字塔（摄于 2012 年 8 月）

3-4　月亮金字塔（摄于 2012 年 8 月）

| 3-3、3-4

登上月亮金字塔，俯瞰特奥蒂瓦坎古城遗址，群山环绕，中央大道被阿兹特克人称为"死亡大道"，其两侧布局着大大小小的阶梯状建筑，是神庙，宫殿，还是住宅？不得而知。大道东侧有高大的太阳金字塔，那是举行宗教仪式的祭坛，阿兹特克人将其视为通往新世界的天路标识。

| 3-5

太阳金字塔是由六个依次向上缩小的梯形体叠构而成，顶部为平台，过去平台上有神殿。金字塔正面中部有"通天之路"。站在金字塔下，根本看不到金字塔顶部，只能看到一级一级石阶向上延伸，伸向无限，伸向未知。

3-5　太阳金字塔（摄于 2012 年 8 月）

4

印加文明

印加文明，雄踞于安第斯山，与玛雅文明、阿兹特克文明并列为美洲印第安文明的三个高峰。它创造了世界上无与伦比的石方工程；它没有文字，却不辞抔土、博采众长，达到安第斯古代文明的最高境界；它崇拜太阳神，把敬畏之心融化在顺应自然的改造中，留下了人与自然和谐统一的典范。

据考证，大约 12 世纪，栖息在的的喀喀湖畔的一支部落，往北迁徙至库斯科谷地居住，称为印加，意为"太阳的子民"。13—14 世纪，印加部落逐渐强盛，兼并邻近部落，并开始向山谷之外的地区扩张。1438 年，印加人统治了安第斯北部山区，建立了印加帝国，定都库斯科。15 世纪末至 16 世纪初，印加帝国达到鼎盛，其版图包括今天的秘鲁、厄瓜多尔、玻利维亚的全部、哥伦比亚南部、智利的大部和阿根廷的北部，人口达到 600 万。为了稳固帝国的生存基础，印加人创建了规模宏大的水利和梯田系统；为了统治辽阔的疆域，印加人建立起贯通全国的道路驿站系统；为了显示帝国的荣耀，印加人把巨石变成了坚不可摧的建筑艺术。

印加文明的地域强盛，最终没能抵挡住域外文明的征服。1533 年，印加帝国被西班牙殖民者终结，印加人也因为对外界带来的传染病没有抵抗力，人口在短时期内急剧下降。一个没有文字，仅靠口传来记载历史的民族，人口消亡意味着记忆中断。好在印加人留下了永恒的遗迹：古城、巨石、神殿和古道。它们虽不能开口，却闪烁着耀眼的光芒，让我们可以窥见帝国曾经的辉煌。

4-1　安第斯山脉印加之道（摄于 2013 年 8 月）

4-2 库斯科圣多明哥教堂（摄于 2013 年 8 月）

4-3 库斯科修道院中的印加风格（摄于 2013 年 8 月）

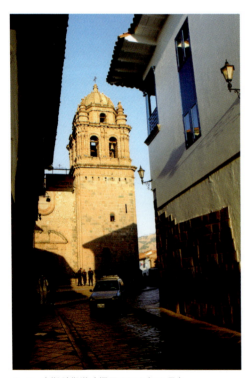

4-4 库斯科街道（摄于 2013 年 8 月）

| 4-2、4-3、4-4

库斯科，是古印加帝国的都城，海拔 3 397 米，自然环境类似我国"日光城"拉萨。初到库斯科，会有高原反应，咀嚼古柯叶可以得到缓解。在库斯科，已经找不到印加时期的殿堂楼宇了，原先科里钦查太阳神庙所在的位置上，矗立着圣多明哥大教堂和修道院，印加的神祇早已被欧洲世界的上帝取代了。但奇特的是，教堂和修道院的地基和围墙都是用印加帝国的多边形巨石拼合而成的，严丝合缝，异常坚固，印加人奠定的基石支撑着殖民者带来的欧式建筑。狭窄的石铺街道两旁随处可见古印加人的巨石标签。库斯科城外表是典型的西班牙风格，而内里却蕴含着完全的古印加痕迹。

4-5　萨克塞华曼堡垒（蔡守龙拍摄）

4-6　印加帝国的多边形巨石（摄于 2013 年 8 月）

| 4-5、4-6

在库斯科城北，有一片巨石群——萨克塞华曼堡垒，由庞大石料堆砌而成的三层石墙蜿蜒排开，气势恢宏，如同"帝国神鹰"守卫着都城。石料为花岗岩，巨大无比，有的达 9 米高，5 米宽。每一块石料都是多边形，且没有一块石料形状相同。巨石间没有砂浆黏合，彼此交错、相扣、拼合，似浑然天成。据介绍，印加石方建筑的奥秘在于采用了"拼接"和"榫接"两大技术。"拼接"主要用于多边形石块，依靠石块间对缝契合，相互支撑，即可经受来自不同方向的冲击力。"榫接"主要用于相对规整的四边形石块，通过琢磨修整，达到凹凸相扣，彼此吻合。考古学家们估计堡垒至少需要每日 3 万人工，费时 77 年才得以建成。与其说萨克塞华曼堡垒是库斯科的防御工程，不如说，这是印加帝国建造的巨石纪念碑。

4-7 马丘比丘全景（摄于2013年8月）

以萨克塞华曼堡垒为起点，一条满是藤蔓青萝的印加古道，能把行者引入"天空之城"——马丘比丘。徒步需要四天。我没有选择走印加古道，而是选择坐4个小时的火车，沿着乌鲁班巴河翻山越岭到达"天空之城"。

| 4-7、4-8

马丘比丘是在帕查库蒂（1438—1471年在位）时期建造的，距离库斯科城120千米。它藏在群峰之间，披着丛林荒草，隐于白云深处。难怪印加帝国陨落后，在长达4个世纪的时间里，无人知晓，成了"失落的天空之城"。直到1911年美国探险家的意外发现，才重回人间。当时人们不知它的名字，于是借用了附近一座山名，称其为马丘比丘，意为"古老的山巅"。印加人把城池建在最高的山巅，是不是为了让自己更接近太阳呢？登高俯瞰，建在陡峻山脊上的古城，借着山势延伸铺展，气势宏伟。古城的功能分区一览无遗，地势略高的部分为上城区，以神庙、祭坛和宫殿为主，背靠悬崖，与天相接，超脱凡尘。地势较低的部分为下城区，以普通住宅、作坊和谷库为主，建筑相对密集、

4-8　马丘比丘住宅区（摄于 2013 年 8 月）

粗糙。一个巨大的广场把
上城区与下城区明显隔开，
这是印加社会等级制度的
折射。

4-9　马丘比丘梯田（摄于 2013 年 8 月）

| 4-9、4-10
古城外围是由梯田构成的
农业区，印加人先在陡坡
上堆砌出一堵堵石墙，然
后填土筑成梯田，水源来
自山泉和引水渠，顺坡实
现自流灌溉。人与自然相
映生辉，这在印第安文明
遗存中是独一无二的。

4-10　马丘比丘引水渠（摄于 2013 年 8 月）

古城内部皆以山道、石阶相连。山道似迷宫，石阶有成千上万，我没有时间全部走到，而是在向导的带领下，参观了拴日石、主神殿、三窗殿和太阳神庙四个标志性建筑。

▎4-11

位置最高的平台上是一个巨大的日晷，也叫"拴日石"。拴日石由整块花岗岩打造，顶部棱形石柱的四面分别指向东南西北，石盘上太阳影子的日变化可以标示时间，年变化可以测定四季。印加人崇拜太阳，惧怕太阳消失，每当太阳西落或高度变低时，总是担心太阳从此坠入深渊，再也不能爬上来。因此，为避免太阳一去不复返，每年会在太阳高度最低的一天，举行盛大祭典，要把太阳牢牢拴住，让它永不沉沦。

4-11　马丘比丘拴日石（摄于 2013 年 8 月）

4-12　马丘比丘主神殿
（摄于 2013 年 8 月）

▎4-12、4-13、4-14

主神殿是一座有三面石墙的精致建筑，石墙由打磨精细的花岗石砌成，石块间结合紧密，契合完美，如同神传所说，真的连最薄的刀片都插不进去。三窗殿位于主神殿旁，因有三扇巨石叠成的大窗而得名。窗户朝东，太阳升起时，光线正好直射进殿堂，据说这是记录太阳运行的观察台。太阳神庙是一座马蹄形建筑，建在悬空的山岩上，朝东的一扇窗子很重要，这扇窗可以"抓住"太阳光线。

4-13　马丘比丘三窗殿（摄于 2013 年 8 月）

4-14　马丘比丘太阳神庙（摄于 2013 年 8 月）

太阳崇拜是印加人全部的精神世界，那些巨石凝聚着自然神明的力量，经历了千年风雨，经受住地震的挑战。置身于马丘比丘，高墙阔门、山道石阶、渠水淙淙，似乎不觉得这是一处 500 年前被遗弃的城市。仿佛印加人刚刚离开，随太阳神去了天堂，而留下这神秘的天上人间，迎接远道而来的客人。

吴哥，在高棉语中意为"都市"，它是古代高棉王国（公元9—15世纪）的都城，距离柬埔寨金边西北方向约240千米。

据记载，柬埔寨（旧称高棉）最早出现的是扶南国，公元6世纪被真腊所灭。公元802年，阇耶跋摩二世统一了真腊，定都吴哥地区，史称吴哥王朝。1113年即位的苏耶跋摩二世勇敢善战，把疆土拓展到马来半岛南端，吴哥窟就是其在位时修建的杰作。1150年苏耶跋摩二世去世，之后内外纷争、动荡不安，直到1181年阇耶跋摩七世即位，才拯救了王朝。此后吴哥文明到达巅峰，吴哥通王城就是在这一时期兴建的。1431年吴哥被暹罗人所破，被迫迁都金边，从此吴哥被废弃，被丛林湮没。19世纪中叶，因法国探险家亨利·穆奥的发现，吴哥遗存才重返人间。

吴哥古迹被发现，特别要提到一个人和一本书。1296年，浙江温州人周达观奉命随元使前往真腊，逗留约一年时间，回国后撰写了《真腊风土记》，详尽记录了吴哥全盛时期的面貌。《真腊风土记》曾被译成法文，在法国再版三次。亨利·穆奥正是得益于这本书，才执着地深入榛莽，探寻书中的神秘古城。

吴哥古迹以吴哥窟（小吴哥）和吴哥通王城（大吴哥）为主，寺庙建筑群有40多组，单体建筑有600余座。如何从遗存中感受它的辉煌？我选择"雕刻艺术、建筑里的观念、树石交融"三个重点来"观"，期望梳理出我心目中的吴哥文明。

吴哥享有"雕刻出来的古王城"之美誉，几乎在所有的寺庙里，都能见到精美的雕刻。吴哥的历代国王都试图将自己与湿婆、毗湿奴、菩萨关联起来，并使之成为雕塑与建筑的精神源泉。

5-1　女王宫里的石刻浮雕
（摄于 2011 年 1 月）

5-2　跳着破坏之舞的湿婆神
（摄于 2011 年 1 月）

5-3　女王宫塔门上的山花
（摄于 2011 年 1 月）

|5-1、5-2、5-3

女王宫（公元 968—1001 年建）里的浮雕细密繁复、色彩华美，由于供奉的是湿婆神，因此雕刻的主题以湿婆神的故事为主。

在第一幅浮雕中，湿婆神正在冈仁波齐峰上冥想修炼，怀里抱着妻子帕瓦尔蒂，最下面的魔王拉瓦纳长着 10 个头 20 条手臂，正在作法，企图搬动冈仁波齐峰。对垒之时，僧侣以及老虎狮子大象都感到害怕，恐慌的神情刻画得惟妙惟肖。

在第二幅浮雕中，湿婆神踩着宇宙创造的浪花翩翩起舞。湿婆的形象通常是坐着，一旦舞起来，就会睁开第三只慧眼，喷出烈焰，世界即将毁灭。在第三幅镂空的雕饰中，各种曲线构成的多层空间，如飞溅的浪花，亦如散开的花瓣、舒卷的藤蔓，更像跳跃的音符，勾勒出华丽的乐章！

女王宫里的浮雕，经历千年风雨，依旧光彩夺目。原来整座宫殿都用红砂岩砌成，红砂岩是用热带地区特有的红土加工制成的。红土黏性极强，富含水分，工匠们将红土模压、夯实成形，再晾晒风干。在风干过程中，表面便于雕刻出复杂细腻的图案，雕刻后经过风干，红土就变得异常坚硬，不仅能抵抗风化，还能保留色泽。女王宫的雕刻艺术代表了古代高棉雕刻的最高峰，被誉为"吴哥艺术之钻"。

5-4　吴哥窟里的舞神浮雕（摄于 2011 年 1 月）

| 5-4

在吴哥窟（1112—1182 年建）回廊的壁上、石柱上，随处可见"阿普沙拉"仙女浮雕，
她们头冠华丽、胸部丰满，轻拈一支莲花，带着浅笑，跳起诱人的舞蹈。"阿普沙拉"
是印度教神话中在云层和水里幻化出的仙女，她们以舞蹈为神灵服务。徜徉在一群群婀
娜多姿的仙女中，仿佛踏入了众神的世界。

巴戎寺（1002—1050年始建，1181—1220年重建）里有49座佛塔，每座佛塔均刻有四面佛像，每一面雕像足有两层楼高，佛像的面容，据说是阇耶跋摩七世的面容。厚厚的嘴唇微微翘起，透出浅浅的笑意，半闭的眼睛微微下垂，安详平和、心境悠远，充满了感召力，人们称其为"高棉的微笑"。穿行于石雕构筑的神圣空间，佛始终凝视着你，撼人心魄。

5-5　"高棉的微笑"（摄于2011年1月）

5-6　巴戎寺里的四面佛（摄于2011年1月）

5-7　巴戎寺里的飞天女神（摄于 2011 年 1 月）

吴哥的雕塑，源自神话、宗教，同时也面向现世、人间。巴戎寺里的飞天女神，在睡莲上翩翩起舞，似乎在表达生命的喜悦。斗象台上，敦实健美的大象正抬腿阔步迈进广场，准备接受国王的检阅。神圣中包含着世俗的情味，拉近了与生活的距离。

5-8　斗象台中的大象浮雕（摄于 2011 年 1 月）

吴哥窟也称为吴哥寺，是一座印度教神庙，它塑造了一个宇宙空间的微缩模型：庙宇中心最高的莲花塔象征着居于世界中心的须弥山，其他四座位置较低的莲花塔是其周围的山峰，往下以陆地（相对较矮的庭院）和海洋（护城河）作为界限，以蛇神（那伽）象征着彩虹桥，由此通

5-9　吴哥窟的标准像（摄于 2011 年 1 月）

往神的世界。寺庙大门朝西，预示通往西方极乐世界。三层台基象征着地狱、人间、天堂。进入天堂的阶梯陡峭无比，只有无畏艰险的人，才能抵达神灵的居所。

把观念融进建筑风格，通过空间、造型表达象征，无声静默，让人不由自主地进入特定的氛围中去感悟、敬畏化身为毗湿奴神的国王。吴哥窟的建筑之美，是艺术创造与精神信仰完美结合的产物。

吴哥通王城的城门设计，反映了宗教融合的印迹。城门外的引道两边分别有 27 尊石像，一侧代表天神修罗，一侧代表恶魔阿修罗。善与恶角逐，以蛇神（那伽）的身子为杠杆，搅动乳海，抢夺甘露。城门之上是高 20 米的四面佛塔，佛静观世间，显示了佛的庄严和永在。在这里，不同宗教有各自的空间，也许正是兼容并蓄，整个古王国才有不竭的神力，到达文明的巅峰。

5-10　城门外两侧的神像（摄于 2011 年 1 月）

5-11　坍塌了的崩密列藏经阁（摄于 2011 年 1 月）

| 5-11、5-12、5-13、5-14

吴哥古迹中，还有一种奇观隐于热带丛林。寺庙被丛林包围，大树仰仗着狂放的生命力，探入石缝、裹挟梁柱、缚住神庙，撼动着人类创造的稳固基石。热带植物在这里，与人类创造的伟大建筑进行博弈。崩密列乱石林立，圣剑寺断壁残垣，而自然界不仅欣欣向荣，还给寂寞的寺庙带来了脉脉温情，塔普伦寺里，根系与回廊交缠相依，如同珠帘网幕，为热烈舞动的"阿普沙拉"仙女掀起。

5-12　圣剑寺的断壁残垣（摄于 2011 年 1 月）

5-13　塔普伦寺里的树（摄于 2011 年 1 月）

5-14　塔普伦寺里根系与回廊交缠相依（摄于 2011 年 1 月）

5-15　塔逊寺里大树与寺门合二为一（摄于 2011 年 1 月）

| 5-15

塔逊寺里，大树与寺门合为一体，根系在地表扩张，枝
干伸向天际，绿影婆娑，陪衬着"高棉的微笑"。

丛林生生不息，源自其强大的自我更新力，当它侵入人
类领地时，吴哥文明的生命力已随硝烟散去。丛林将千
年前的盛世湮没，接着还将继续瓦解人类文化的遗存，
如果现代人不及时干预，这片故国王城终将变为抔土，
被大自然收回，演绎世间的轮回。

5-16 巴肯山的日落（摄于2011年1月）

| 5-16、5-17

巴肯山的日落、古寺庙里的斑驳，见证了古代高棉王国的辉煌与沧桑。幽幽古意与勃勃
生机、历史与现代，全部交融在当下的时空里。

5-17 古寺庙废墟（摄于2011年1月）

复活节岛文明

复活节岛立于东南太平洋上，归属智利。它很小，面积不到120平方千米；它又很孤独，方圆3 000千米的汪洋中，没有一个邻居；它还有些荒凉，岛上没有森林，没有鸟语花香。但与世隔绝的小岛却令整个世界着迷，因为它拥有独特的文化景观——巨人石像，当地人称石像为莫埃（Moai），因为莫埃，小岛被列为世界文化遗产地。

1722年4月5日，荷兰航海家雅克布·洛加文航海时发现了这个岛，因那天正好是复活节，所以就把小岛叫作复活节岛。而岛上的原住民称其为拉帕努伊（Rapa Nui），在波利尼西亚语中意为"世界的肚脐"或"世界的中心"。

6-1　火山熔岩（摄于2013年8月）

6-2　火山口（摄于 2013 年 8 月）

| 6-1、6-2、6-3

复活节岛呈三角形，由三座海底火山喷发而形成。从空中俯瞰，复活节岛东部覆盖着火山熔岩，海岸几乎直立；火山口在云层缭绕中，仿佛还在"喷发"；站在最大的火山口观察，火山口湖异常美丽，一片幻蓝镶嵌着萋萋芳草，与外侧的太平洋相望。岛上没有一条河流，火山口湖便是岛上最珍贵的淡水来源。

6-3　火山口湖（摄于 2013 年 8 月）

6-4　通伽利基大阿胡上的莫埃石像群（摄于 2013 年 8 月）

莫埃是波利尼西亚人的后代——拉帕努伊人的创造。莫埃巨人造型夸张，高鼻、洼眼、窄额、长耳、昂着头、噘着嘴，背对大海，面向内陆，神态倨傲。据统计，岛上有 800 多尊莫埃，石像一般高 7 米—10 米，重 50 吨左右，石料就地取材，用火山凝灰岩雕凿而成。莫埃姿态各异，如果仅以观赏角度看，我将其归为四类。

| 6-4、6-5、6-6

第一类是壮观的石像群。阿胡（Ahu）是放置石像的平台，莫埃竖立其上，一字排开，充满了仪式感。它们个个神情庄严，凝望远方，似有万千思绪，在心里风起云涌。

6-5　塔海景区的莫埃石像群（摄于 2013 年 8 月）

6-6　阿纳基纳海滩上的莫埃石像群（摄于 2013 年 8 月）

6-7　当年竖起的第一尊石像（摄于 2013 年 8 月）

6-8　唯一有眼睛的莫埃石像（摄于 2013 年 8 月）

| 6-7、6-8、6-9

第二类是独特的石像。小岛现代史上第一尊石像，竖立在第一代移民登陆的海滩上，这是 1956 年挪威人类学家托尔·海尔达尔登陆考古时，请岛民们用他们祖先使用的方法在阿胡上竖立起来的。小岛有一尊戴了峨冠又镶了眼睛的石像，高冠是权力的象征，眼睛意味着神力。据说莫埃只有立在阿胡上，才可以被镶上眼睛，一旦镶了眼睛，莫埃就会拥有超自然力量。小岛唯一一尊面向大海的石像，它以山岩为翅，望向无垠的天宇，似在默默期待，又似心怀忧虑。

6-9　莫埃似以山岩为翅（摄于 2013 年 8 月）

6-10　采石场里横七竖八的莫埃石像（摄于 2013 年 8 月）

| 6-10、6-11

第三类是横七竖八的石像，主要集中在采石场里。有的已完工，似乎正等着被运走；有的在深坑内，似乎正在被进一步雕凿；有的身体还连着山体，似乎正等着被切割。采石场里的一幕幕情景，给我们呈现了雕凿巨人的过程：先在山体上找到适合的岩石，初步雕刻成形；接着开始切割，从巨人后背底部的两侧向中间雕凿，当接近凿通时，在后背下塞入龙骨以支撑巨人；然后凿通后背，让巨人与山体分离；最后，拆除龙骨，让巨人沿山坡滑进事先挖好的深坑，这样巨人的雕刻就能完成了。

6-11　还躺在山体里的莫埃石像（摄于 2013 年 8 月）

| 6-12、6-13

第四类是倒地的石像，巨人默默无语躺倒在地，与杂草为伴，同泥土为伍，有的缺鼻少耳，有的身首异处，还有的整个都摔成了碎块。是什么力量让巨人倒地的？有的说是天灾，由于地震或海啸的冲击力，让石像在同一时刻往同一个方向骤然倒地；也有的说是人祸，岛上部族之间有纷争，相互推倒巨人。据西方探险者的记录，他们登岛时见到的都是被推倒的莫埃。如今站在阿胡之上的石像，都是用现代吊装设备重新竖立起来的。

6-12 倒地的莫埃石像（摄于 2013 年 8 月）

6-13　从阿胡上倒下的莫埃石像（摄于 2013 年 8 月）

莫埃石像，是复活节岛文明的标志。莫埃被推倒，意味着文明的终结。一个荒僻的小岛，几乎不受外界影响，到底是什么原因让一个辉煌的文明走向了末日？科学家们通过"孢子花粉分析"和"沉积物物源分析"，推测了岛上植被的更替和食物的演变，得出一个惊人的推论：复活节岛文明的陨落，是人口增长超过环境容量的演变结果；它不是一天到来的，而是不知不觉地逼近；它是孤岛，无从逃离，只能自生自灭。

复活节岛是一面镜子，用它来观照我们地球时，是否会被惊出一身冷汗呢？地球是茫茫宇宙中一颗孤独的星球，人类无从逃离、迁徙，因为人类只有一个家园——地球。

考察笔记

复活节岛的秘密

与世隔绝

世界上凡是有人迹的地方，恐怕要数复活节岛最荒僻了。岛上的居民所能看得见的，除了夜间的明月和太空行星外，只是一片茫茫海水，连半点儿陆地的影子也没有……这是挪威人类学家托尔·海尔达尔在《复活节岛的秘密》中的一段描述。

复活节岛孤悬于浩瀚的南太平洋上，面积不到120平方千米。它属于波利尼西亚群岛，但离群岛内最近的迪西岛超过2 000千米；它属于智利，却与智利海岸相距3 600千米。但就是这样一个与世隔绝的小岛，却是太平洋上最耀眼的星辰，因为它拥有独一无二的文化景观——巨人石像。

为了它，我辗转2万多千米，累计飞行40多个小时，才顺利到达。在最后一段飞越南太平洋的航程中，连续9个小时看不到一座岛屿。蔚蓝的天，湛蓝的海，几乎把我变成一只孤独的鸟，寂寞得无所适从。当小岛终于出现时，那种狂喜与解脱可想而知了。

飞机降落时拍摄的复活节岛（摄于 2013 年 8 月）

从空中俯瞰，复活节岛呈三角形，点缀在海上的样子，确实像"肚脐"，难怪复活节岛被原住民称为"世界的肚脐"。问题是 1 000 多年前，原住民是怎么"飞"到高空的？随着高度降低，我看见岛上有三个火山口，火山口内壁陡峭，形态完美。我忽然觉得，这一个个火山口倒是像"肚脐"。莫非，所谓"世界的肚脐"是指火山口？

岛屿四周是严峻的熔岩海岸，悬崖高耸，礁石凌乱。岛屿东部的波伊克半岛看起来非常别致，绿色的草原与红色的熔岩相连，缝合处是墨绿色的灌木丛。仔细观察，发现那条缝合线是一条不规则的折线，难道那是艾科防御沟？传说长耳人为防御短耳人的进攻，在首领艾科的带领下精心修筑了防御系统，但最终长耳人还是被短耳人烧死在自己挖掘的壕沟里。历经几百年的自然演变，当年焚烧过的壕沟在海洋水汽的滋润下，被郁郁葱葱的灌木丛愈合了。当然地质学家认为，壕沟是天然形成的，是两股熔岩流汇聚时形成的沟壑。我相信，长耳人巧妙利用了沟壑来构筑防线。

　　岛上除了东部的那块红色裸地，其余都是宁静的草地，几棵矮树，并不成林，仅形成几抹色彩挑染。马塔维里机场在岛屿的西南部，一条3 000米不到的跑道，两端直接通向大海，冲向海洋的降落过程，令人胆战心惊！

　　出机场后，先弄到一张地图，然后学着荷兰航海家雅各布·洛加文那样，在地图上标注时间、地点，当然我和他标注的完全不同。洛加文是在1722年4月5日航海时发现了小岛，因那天恰好是复活节，于是便在航海图上将小岛标注为复活节岛（Easter Island）。从此，小岛的名字为世界所知。而岛上的原住民称其为拉帕努伊（Rapa Nui），在波利尼西亚语中意为"世界的肚脐"。因此，我在图上标注了当地时间2013年8月14日12点10分登陆拉帕努伊岛，与洛加文发现小岛相隔了290年。

　　午后的小岛，阳光虽然炽热，却被一种静美，融化在了温婉中。海风轻抚、山峦幽雅、草地馨香，不知不觉中，人的听觉变灵敏了，视野变开阔了。最荒僻的小岛营造了最美丽的心境。我将用自己的感知，来构建心中的拉帕努伊文化。

　　岛上的居民为现代波利尼西亚人，人口约2 500，集中居住在安加罗阿小镇。接待我们的是当地人，说西班牙语，但夹杂着波利尼西亚语。虽然我们有

岛上的植被（摄于2013年8月）

火山口湖（摄于2013年8月）

一个中文导游，但他也是第一次登岛，所以遇到地名和专用词，也是稀里糊涂的。幸亏带了海尔达尔的书，我把书中的地名翻录到地图上，确定了几处重要景观的位置。书中未提及的小地名，我根据标牌上的读音记录下来，终于勾勒出了拉帕努伊岛上自然与人文遗迹的空间布局。

前世来历

复活节岛属于火山岛。大约100万年前，由三座海底火山喷发而形成。由于火山岛已随大洋板块的移动，离开了"热点"，因此火山已经停止活动。三座火山分布在岛屿的三个角上，北部的拉诺·阿洛伊火山海拔511米，是岛上海拔最高的地方。西南角上的拉诺·卡奥火山是岛上最美丽的火山，火山口底部是一个镶嵌着茵茵芳草的蓝湖，陡峭的内壁上点缀着银色的灌木和黄色的茅草，分外动人。东南部的拉诺·拉拉库火山是岛上重要的采石场，火山口内是一片芦苇丛生的湿地。岛上没有一条河流，火山口里的湖泊便是岛上最珍贵的淡水资源。除了三座火山，岛上还有无数的小火山锥，姿态都很美。按照板块构造学说，复活节岛的未来，将会不断遭受侵蚀、下沉，然后消亡在大陆板块之下。

火山锥（摄于2013年8月）

复活节岛的位置约在 28°S、108°W 处，属亚热带海洋气候，雨水充沛，加上肥沃的火山灰，岛上应该有浓密的原始森林覆盖。但眼前所见，并非如此，岛上多为草地景观，只有两种矮树和两种灌木稀疏点缀。

　　岛上最早的居民来自哪里？主要有两种说法。一种说法是古代波利尼西亚人都是航海高手，他们比欧洲人和亚洲人提前几百年进行远洋航行，他们发明了双体独木舟，学会了根据星星、云层、洋流、漂浮物和鸟的飞行来判断航行方向。大约 2 000 年前，古代波利尼西亚人从亚洲东南部出发，向东迁徙到达塔希提岛和

岛上的灌木（摄于 2013 年 8 月）

马克萨斯群岛，然后从那里出发，继续迁徙，向东到达复活节岛，向北到达夏威夷群岛，向西南到达奥特亚罗瓦（即新西兰）。"波利尼西亚"就是被用来描述由夏威夷岛、复活节岛和奥特亚罗瓦构成的三角形之内的那些岛屿。共有的 DNA、类似的语言、共同的习俗都是这种迁徙的证据。

　　据说第一批波利尼西亚移民在首领霍图·玛图阿的带领下，在复活节岛东部的阿纳基纳海滩登陆。公元 400 年左右，霍图·玛图阿在马克萨斯群岛的部落战争中失败，随后带着他的部落分乘两艘大独木舟，船上装了甜薯、甘蔗、鸡等动植物，在海上漂泊了两个多月，最终发现了海滩并定居下来。可以说，霍图·玛图阿是复活节岛真正的发现者。

　　阿纳基纳海滩是岛上唯一可登陆的地方，白沙细腻，海水湛蓝，温暖的草坡盖住了火山曾经的威严。可以想象，对于海上漂泊者而言，这里是天堂。而寂寞的岛屿，因人类的第一个脚印，从此改变了自然发展的命运。

　　在海滩上，我发现几块奇怪的石头，有点像石灶，不知是否为当年霍图·玛图阿使用过的石灶。在海滩附近还有一块光滑的大圆石，岛民称其为能量石。

波利尼西亚人最早登陆的海滩（摄于 2013 年 8 月）

传说能量石是由霍图·玛图阿带来的，能量石所在的位置就是"世界的中心"。岛民们相信，只要把双手放在石头上，静心感受，就会精力充沛，力量倍增。其实，这块圆石因富有磁性而与众不同，至于是否为"世界的中心"，那全是岛民心里的感受了。

石灶（摄于 2013 年 8 月）

另一种说法是古代印第安人在公元 3 世纪，乘着芦秆做成的船只，在海上自由航行，随秘鲁寒流漂到了这里。从地图上看，随寒流漂浮至此有这个可能。在岛上，我观察到几处证据。在维纳普海湾附近，一个高大的墙台由巨石堆砌而成，天衣无缝，这是明显的印加标志。

能量石（摄于 2013 年 8 月）

南美印加风格的叠石（摄于 2013 年 8 月）

南美风格的无头红柱雕像（摄于 2013 年 8 月）

边上的矮胖石人，圆头、短脸、大眼睛，这是南美风格。一个无头红柱雕像，据海尔达尔在书中描述，属于南美的的喀喀湖畔的蒂亚瓦纳科文明。在拉诺·拉拉库火山口内，湿地中的芦苇，被称为美洲淡水芦苇，印第安人称之为拖拖拉芦苇。这种芦苇并非岛上的原生植物，据说是由一个名叫乌鲁的祖先从南美带来培育的。

　　两种说法都有证据，那么到底谁先登陆，没有更多的证据。唯一能确定的是岛上的拉帕努伊人是波利尼西亚人的后代，而拉帕努伊人创造了巨人石像。

美洲淡水芦苇（摄于 2013 年 8 月）

巨人石像

巨人石像是岛上最令人瞩目的景观，据统计，岛上共有 887 尊石像。石像一般高 7 米—10 米，重 50 吨左右，均用火山岩雕凿而成。

巨人们相貌奇特，都是高鼻、洼眼、窄额、长耳、昂着头、噘着嘴。它们伫立在高台上，背对大海，面向岛内，注视着前方的开阔地带，倨傲凝重，神态威严。原住民称巨人石像为"莫埃"(Moai)，其伫立的高台叫"阿胡"(Ahu)，阿胡的高度一般为 4 米左右。莫埃头上的石帽叫"普卡奥"（Pukao），有的认为普卡奥不是帽子而是发髻。普卡奥是权力的象征。

站在海岸，若是把莫埃、阿胡、莫埃伫立的方位作为一个整体去欣赏，就会理解莫埃是具有宗教意味的。莫埃是被神化了的祖先，阿胡是神殿或祭台，莫埃面向的开阔地带为神殿广场，巨人望向自己的部落，既是传递力量，也是给予保护。

莫埃头上的石帽"普卡奥"（摄于 2013 年 8 月）

莫埃石像几乎遍布海岸，巨人屹立的姿态，是至高无上的守护者的姿态。在伟大的石像面前，除了心灵的震动与安慰，似乎还能感觉到一种更真实的"存在"，那就是将物质世界与精神世界联结在一起的古代匠人们。他们用粗劣的石斧在火山上开凿，雕刻了巨人，并将巨人从陡峭的火山壁上运下来，几近狂热地把巨人竖立在所有海岸。正如一位考古学家所言，"那些沉默不语的石像是臣子，古代的石匠则是至高无上的君王"。

在向导的带领下，我们参观了拉诺·拉拉库火山口南坡的采石场。据介绍，岛上的巨人 95% 来自这里。石像千姿百态，有的已竣工，神情高傲，似乎正等待着被运往阿胡；有的还在深坑内，正等着被进一步雕凿；有的身体连着山体，还没有完成切割。有一尊高达 26 米的石像还躺在船形的岩壁里。蔚为壮观的景象，让人感觉刚刚还在热火朝天，忽然戛然而止了。虽然不知为何，但现场的一切，倒像是一部连续剧，为我们呈现了巨人被雕凿的全过程。

　　首先在山体上找到适合雕凿的岩石，初步雕刻出巨人的脸部和躯体正面；然后沿躯体两侧刻凿下去，刻出长耳朵和胳膊；巨人成形后，就要想办法与山体分离，先从巨人后背底部的两侧向中间雕凿，留下一条狭窄的龙骨与岩壁相连；接着石匠继续完善巨人正面的各个细节，只留下一道工序不刻，即不刻眼睛，所以这时的巨人是个瞎子，据介绍，巨人只有被竖立在阿胡上，才雕凿眼睛，镶上眼球；当雕像正面完工后，凿掉后背的龙骨，完成与山体分离；分离的巨人顺着山坡滑入事先挖好的深坑，斜靠在坑壁；石匠们将巨人竖起，完成其背部的雕刻。要理解整个过程，需要一点想象力。

　　接下来的搬运和竖立过程，同样充满着原始的创造性：先用撬棒、绳索把石像搬到支架上，在路上铺满茅草和芦苇，用绳索拖着支架，类似拉"雪橇"一样，运到海岸；再利用绳索和撬棒将石像撬起来，斜靠在阿胡上，随后用碎石块填充空隙部分，既避免石像倒下，又可以抬高石像；通过不断填充碎石，加大石像竖起的角度，当石像竖起一半时，去掉支架和碎石塔，用绳索帮助固定好位置。那么普卡奥又是怎么放到巨人头顶上的？实际上，答案已经有了。帮助巨

采石场里的莫埃群像（摄于 2013 年 8 月）

人站起来的碎石塔，就是一条捷径。只要沿着碎石塔的坡面，用同样的方法，就可以轻而易举地把普卡奥安放到巨人头顶上。最后，石匠会给耸立在阿胡上的莫埃镶上眼睛，眼睛由黑曜石和贝壳镶嵌而成。一旦被镶上了眼睛，巨人便拥有了马那（Mana），马那是指超自然的力量，拉帕努伊人相信，马那能带来丰收和部落兴旺。

在整个过程中，撬棒、绳索、支架似乎必不可少。撬棒要用高大粗壮的圆木，绳索用的是坚韧的植物纤维，支架必须用带叉的树干，而这些材料全部源自森林。这表明，复活节岛曾经是个森林繁茂之地，否则无法实现这样的壮举。

海尔达尔 1956 年在复活节岛上，曾经让岛民们用他们祖先使用的方法，在阿纳基纳海滩上竖起了一尊巨人石像。巨人高 6 米，重 25 吨，由 12 个人用 18 天时间完成。据书中描述，这件事情在当时引起了轰动，岛上所有走得动的人都赶到阿纳基纳海滩来观看。因为，这是自 1838 年最后一尊巨人石像倒下后，几代岛民第一次看到真正竖立在阿胡上的巨人。据向导介绍，除了这一尊依靠原始方法竖起的，其他伫立在阿胡上的莫埃，都是在 20 世纪 90 年代用现代吊装设备竖立起来的。

到了岛上，我才知道，但凡站着的莫埃都是现代竖立起来的，那么曾经站着的巨人为何会全部倒下呢？向导把我们带到几个遗迹点，看到了栽倒在阿胡

倒地的莫埃石像（摄于 2013 年 8 月）

下的石像，都是往岛内方向扑倒的姿势。有的大阿胡下有几十尊栽倒的石像，脸朝下、背朝天，鼻子深深嵌入泥土中，它们与杂草为伴，躺倒在地几百年。有的身首异处，有的缺鼻少耳，还有的摔成了碎块。是什么力量把石像推倒在地的？我的直觉判断是自然力的摧毁，比如超级巨浪就极具摧毁力，耸立在海边的石像很容易被冲垮；如果遭遇地震，冲击波也可能使石像在同一时刻往同一个方向骤然倒地；另外石头中相对较软的部分，会遭受风化、侵蚀而发生断裂，尤其是巨人的颈部，石匠总会选择最脆弱、最容易加工的那部分岩石来作为雕像的颈部。

自然力的作用肯定存在，但现在普遍认同的观点是，因为部族之间发生战争，相互推倒石像，以消减神力。从巨人全体脸部着地的遗迹看，似蓄意而为。

通伽利基大阿胡，是最壮观的阿胡。长 98 米，宽 6 米，高 4 米，现在竖立着 15 尊莫埃，最高的 14 米，最矮的 5.4 米。据介绍，这座大阿胡上曾经有 30 尊莫埃，但在 17 世纪末到 18 世纪初的部落战争中，所有莫埃都被推倒了。1960 年 5 月，智利大地震所引发的海啸冲击了复活节岛，巨浪将莫埃冲向内陆，有一尊被冲了 150 米远，目前这尊断为两截的莫埃还躺在离阿胡 150 米远的地方。重建时，这尊莫埃没有坐回大阿胡，不知是因为断为两截，还是想让游客见证海啸的威力。

阿纳基纳海滩上的大阿胡那乌那乌，是最漂亮的一个。长 60 米，宽 12 米，有 7 尊莫

受海啸影响倒地的莫埃巨石像（摄于 2013 年 8 月）

埃端坐其上，最特别的是有 4
尊莫埃的头顶上有普卡奥，而
且样式不同。还有两尊莫埃的
头在部落战争中被砍掉了，但
并不影响整个阿胡的美观。

复活节岛博物馆里的莫埃的眼睛（摄于 2013 年 8 月）

小岛唯一一尊戴了普卡奥
又镶了眼球的莫埃，竖立在小
镇北面的塔海景区。虽然眼睛
是仿制的，但看起来，神情生
动，似乎不再威严，而有些许温暖。在岛上的博物馆里，我见到了真正的莫埃
眼睛，眼白是用珊瑚做的，而眼珠则是一种深色石头。

莫埃石像，是复活节岛文明的标志，莫埃被推倒，意味着文明的终结。那
么部落战争又因何而起？岛上森林为何消失了？一个荒僻的小岛，几乎不受外
界影响，到底发生了什么，让一个辉煌的文明走向了末日？

文明陨落

了解复活节岛的历史，最好的线索是文字。岛上曾有刻着象形文字的朗格
朗格（Rongorongo）条板，当地人叫它"会说话的木板"。木板上密密麻麻
地刻着奇怪的表意符号，有的像人，有的像鸟和鱼，有的像草木和船桨，还有
的是一些几何图
形。第一行刻完调
头再刻第二行时，
文字倒置，就像耕
田地上的犁沟一
样。这些象形文字
很可能是揭开复活
节岛之谜的钥匙，
但至今未能破译。

仿制的朗格朗格条板（摄于 2013 年 8 月）

可惜的是，1864 年法国传教士定居复活节岛，将"会说话的木板"视作异端邪教，统统付之一炬。现在仅存的 25 块朗格朗格条板，是拉帕努伊人偷偷藏下来的，目前散落在欧洲国家的博物馆里。在买纪念品的地方，我惊奇地发现了一块朗格朗格条板，尽管是仿制的，但我还是买下了它。我相信，总有一天，人们借助科学手段能成功破译"天书"。

虽然没有文字流传，但流传下来的见闻却不少。自 1722 年雅各布·洛加文发现复活节岛后，小岛便为世界所知，陆续有航海家、探险家、考古队到达过复活节岛。从他们记录的所见所闻中，可以窥见历史的蛛丝马迹。

1722 年洛加文发现复活节岛，他看到岛上有巨人石像，并亲眼看到长耳人十分虔诚地崇拜那些石像，但并没有看到岛上有坚固的圆木和粗绳。

1770 年西班牙人来了，他们发现原野空荡荡的，连一棵树也没有，岛上成年男人多，女人和儿童很少。西班牙人怀疑岛上有秘密洞穴。

1774 年享有盛名的英国航海家詹姆斯·库克船长来到复活节岛，发现岛上只有几百人，处境可悲，没精打采的。库克猜测其他人都躲进了岩石洞穴。库克看到了阿胡和头上戴着普卡奥的莫埃石像，了解到石像耸立在台基上的秘密。但他也发现很多石像已经歪倒，横躺在原来的高台下，而且上面还有蓄意破坏的痕迹。

1786 年法国人到达了复活节岛，发现棵树不长、月球似的小岛上人很多，似乎突然从地球深处冒了出来。实际上，他们确实是从地下洞穴中爬出来的，因为饱受着饥饿，出来寻觅食物。

1804 年俄国人首次拜访了复活节岛，他们绕岛航行了三圈，数清了岛上的石像。岛上总共有 22 尊站立的石像，其中 4 尊在安加罗阿海湾，8 尊在北岸，9 尊在东岸，1 尊在岛屿深处。他们还看到通伽利基大阿胡上，所有的石像都已倒地，其中一尊石像摔得只剩一小半。11 年后，另一名俄国人拜访小岛时看到，耸立在北岸的 8 尊石像有 6 尊躺倒在地，只有 2 尊还站在阿胡上。

1838 年登岛的法国人，是最后看到石像还耸立在岛上的。1862 年，灾难降临。秘鲁海盗抓走了 1 000 名拉帕努伊人，把他们像牲口一样运到秘鲁，充当挖鸟粪的奴隶。后来只有 15 人生还，回到了复活节岛。生还者带来了天花，天花立刻像野火一样在岛上蔓延，岛上的人几乎灭绝，就连躲在最深、最狭窄洞穴里的人，也难以幸免。物资匮乏、苦难深重，最后，岛上只剩下100人左右。1864年，法国传教士踏上复活节岛，他们轻而易举就对灾难中的拉帕努伊人进行了改造，并烧毁了"会说话的木板"，用外来文明取代了岛上的古老文明，岛上所有石像都已翻倒在地。

从见闻中，我们似乎看到了岛上文明陨落时的境况：贫瘠、荒凉、萧条、饥饿，人口越来越少，石像陆陆续续倒下，而非同一时刻骤然倒下。还有，岛上的东西被掠夺得精光，凡是能被带走的，几乎都被带走了。一个古老的文明从此消失在阴霾般的神秘雾纱中。唯一的幸存，便是那些带不走的巨人石像，它们永恒地站在采石场的山坡上，表情冷漠，向来到他们面前端详后又离开的"侏儒们"问候和告别。

一般认为，岛上有三个历史文化阶段。第一移民阶段，大约公元800年至1200年，波利尼西亚人迁徙到岛上，成为岛上的原住民——拉帕努伊人。第二阿胡莫埃阶段，拉帕努伊人建立起巨大的祭祀中心，创造了莫埃巨石雕像，公元1500年左右，以巨石文化为代表的拉帕努伊文化达到顶峰，但止于17世纪。第三推倒莫埃阶段，不同部族间发生战争，莫埃被推倒，鸟人崇拜迅速发展，一直延续到1864年传教士的到来。

关于部族间的战争，岛上传说最广的是长耳人和短耳人之战。海尔达尔在书中描述，当年岛上的市长就是纯正的长耳族人，市长自称是第十一代长耳族人，他的祖先是当年艾科沟之战后唯一幸存下来的长耳人。据说，岛上原有两个民族一起生活，其中一个民族，相貌奇特，男男女女都把耳垂穿透，坠上很重的东西，人为地将两耳拉长垂到肩头，他们叫作哈诺埃皮，意即"长耳人"。另一个民族叫作哈诺莫莫科，即"短耳人"。长耳人生机勃勃，精力充沛，满怀改造全岛河山的抱负。短耳人辛勤劳动，帮助长耳人修建高台，雕刻石像。但是后来，短耳人不堪忍受长耳人的长期压迫，推倒长耳人所崇拜的雕像，并向长耳人开战。长耳人在首领艾科的带领下，在波伊克高地挖掘了一条约3 000米长的壕沟，以躲避短耳人的攻击，但因长耳人里出了个内奸，长耳人最后都被短耳人烧死在自己挖掘的壕沟里，只有一位长耳人幸存下来。

复活节岛上的长耳人画像（摄于 2013 年 8 月）

传说毕竟不是历史记载，不能作为文明演变的证据。由于现代科学手段的介入，考古学家们通过放射性碳年代鉴定法、孢子花粉分析、沉积物物源分析等方法，获得了新的证据，得出一个惊人的推论：复活节岛文明毁于巨人石像。根据这一推论，我们可以大致模拟出文明兴衰的三个进程。

第一原始和谐阶段。当波利尼西亚人登陆小岛时，岛上覆盖着亚热带森林，处处繁花似锦，大棕榈树更是数不胜数。大棕榈树的树干可建造大型独木舟，有了船就可以出海捕鱼；温暖湿润的气候能促进农作物快速生长；肥沃的火山灰土壤能确保作物丰收。生活的富足与稳定，使得人口数开始增加，产生了部落和首领，形成了独立的社会结构。这一阶段地层中，能找到海豚骨头和大棕榈树的花粉，说明岛上的日子过得不错。

第二森林破坏阶段。随着人口快速增长，生存空间被挤压，人与资源矛盾日益突出，部落之间纷争不断。为了显示自己的实力或者期望祖先神力的保佑，岛上开始争相建造莫埃石像。大规模建造石像，要用到圆木、树干、植物纤维等森林资源，因此必然会大肆伐木毁林。花粉分析表明，这一阶段地层中，大棕榈树和其他树木的花粉越来越少，进入 15 世纪后不久，大棕榈树已经在岛上灭绝了。海豚骨头也突然从垃圾堆中消失了，因为人们已找不到木头建造船只，也就不可能去深海捕鱼了。

第三生态灾难阶段。随着森林消失，与之相伴的连锁反应来了：鸟类灭绝，水土流失，土壤贫瘠。作物歉收，植物凋零，食物匮乏，接踵而来的便是饥荒年代。无处逃逸，又无主救世，于是社会崩溃，出现了人吃人的现象，部落之间相互推倒对方的莫埃，由此也把太平洋上最璀璨的文明推向了绝路。

这一推论，既有考古依据，又有西方见闻的佐证，更有人地关系演变的必然规律。我比较接受这种解释。无序增长、掠夺开发，美好的家园毁在自己手里。

值得深思的是，这样的灾难不是一天到来的，而是渐渐地、悄悄地、不知不觉地逼近。正如纪录片《家园》中所说，复活节岛的真正谜团不是奇异的雕像，而是当地人为何不及时做出反应。

鸟人文化

随着莫埃被推倒，取而代之的是与生育、春天、候鸟密切相关的神，岛上出现了鸟人崇拜。位于拉诺·卡奥火山附近的奥隆戈村就代表了这样一个新的历史舞台。

奥隆戈村，位于300米高的悬崖边，风大浪急，满目荒草。村里有54间椭圆形的石屋，石屋用厚石板垒起，厚石板是一种坚硬的玄武岩。每间石屋2米宽、8米长、1.5米高，门很矮小，需爬着进出。1974年美国考古学家在修复这些石屋时，发现屋顶有石刻和壁画，有关于鸟人仪式的，也有大型芦苇船的石刻。为了保护遗迹，已经不允许任何人爬进石屋去参观了。只留下半间屋子没封顶，以便让游客能看清楚石屋的构造。

鸟人竞赛时居住的石屋（摄于2013年8月）

来到悬崖最高点，看到波澜不惊的海面上有三个小岛，拉帕努伊人称它们为莫图努伊、莫图伊提、莫图考考。莫图努伊岛最大且离得最远，而莫图考考岛离得最近但孤零零的。

石屋、悬崖、小岛，如何串联起来才具有文化意义

能看到里面构造的石屋（摄于2013年8月）

举行鸟人竞赛的岛屿（由远及近依次是莫图努伊岛、莫图伊提岛、莫图考考岛）（摄于2013年8月）

呢？在奥隆戈村一间简易的展览室里，我仔细看了介绍，终于了解到鸟人文化的精髓。据传说，"鸟人"是玛克玛克在岛上的代言人，而玛克玛克（Make-Make）意为"神"，是复活节岛上独特的宗教信仰中的造物主。在石刻像中，

"玛克玛克"神（摄于2013年8月）

这位"玛克玛克"神有点像外星人，怪不得有人将复活节岛的秘密归结为外星人光临。"鸟人"的诞生，需通过鸟人竞赛选出，而鸟人竞赛是一项充满挑战、危险和死亡的竞赛。

　　每年九月，一种名叫乌领燕鸥的鸟会飞到莫图努伊岛上筑巢繁殖，它们的叫声像哭声，独特而响亮，很远就能听到。当乌领燕鸥飞来时，预示着鸟人竞赛开始了。各个部落都会派出一名选手，聚集到奥隆戈村，暂

时住在那些石屋里。竞赛开始后，选手们立刻离开石屋，爬下300米高的悬崖，然后游过鲨鱼频繁出没的海域，有些选手会借助"拖拖拉芦苇"扎成的小筏子，游到莫图努伊岛。他们必须在小岛上找到乌领燕鸥下的第一枚蛋，然后小心翼翼地带着这枚蛋游回悬崖下，再爬上悬崖，回到奥隆戈村，把完整无损的蛋交给他的部落首领。每年都有选手无法返回，不是坠崖就是葬身鲨鱼之腹。

鸟人竞赛示意图（摄于2013年8月）

成功的勇者，其部落首领就成为"鸟人"，成为未来一年的全岛首领，掌管全岛的资源和事务。这听起来似乎不错，但"鸟人"日子并不好过。按规则，一旦成为"鸟人"，他必须剃掉所有的头发、眉毛甚至睫毛，头上涂成白色，住特殊的鸟人屋。除了主持宗教仪式，"鸟人"平时不得与家人接触，不许沐浴、理发、剪指甲，这样的日子要过整整一年，直到新的"鸟人"诞生。这种禁闭生活，被视作对神的牺牲，所以"鸟人"死后会获得很大的荣誉。

在古老的熔岩洞穴里，至今还能清晰地看到那些乌领燕鸥和鸟人的岩画。鸟人文化的鼎盛时期是在莫埃石像被推倒之后逐步形成的。由于资源耗尽，部落间为了生存，争战不断，最后在某一个时刻，各部落达成共识，分享资源，采用鸟人竞赛的方式产生首领。因此，鸟人文化的存在，有其特定的时代意义。

世界遗产地

复活节岛在1995年被列为世界文化遗产。作为文化遗产地，其保护的艰

火山熔岩洞穴（摄于 2013 年 8 月）　　　　　　　　　乌领燕鸥岩画（摄于 2013 年 8 月）

巨性在于，既要抵抗自然风化侵蚀，又要提防人类活动的影响。从考古学家们开始建立岛上历史文化结构的那一刻起，那些巨人石像、石屋、岩画等就已经遭受了自然过程的影响，比如表面风化、岩石断裂、苔藓地衣侵入等。

源于 20 世纪末的畜牧业失控还在威胁着遗产地的保护。复活节岛在 1888 年 9 月 9 日归属智利后，曾被租赁给欧洲人当作牧场，一度因过度放牧而加重土壤的贫瘠。如今绵羊看不到了，但还能看到成群结队的野马徜徉在莫埃石像前。

旅游是岛上唯一的收入来源，近几年有爆发增长的趋势。保护珍贵的文化遗产是所有人的责任，在岛上的博物馆里，我特意摘录了旅游守则，期望有可能去的朋友了解，并自觉遵守规则：（1）要尊重阿胡、莫埃、岩画和石屋结构的遗迹，它们全都是拉帕努伊的文化遗产；（2）不能爬上或踩在它们上面；（3）不能碰它们；（4）不能破坏它们；（5）不能收集考古文物或石头；（6）仅在有标记的路线和路径上通过；（7）了解风险，遵守规则，注意标志和围栏；（8）将垃圾带回安加罗阿小镇，并存放在适当的容器中；（9）不要冒任何风险，任何对考古遗址造成损害或偷梁换柱的人将面临监禁和罚款；（10）遵循这些建议，这是您与拉帕努伊文化遗产保护的合作。

拉诺·拉拉库火山口，目前正在进行生态修复，在入口处竖立了一块牌子，上面明确规定了生态修复的七个目标：（1）恢复拉诺·拉拉库湿地的原始植被；（2）保护拉帕努伊的原生植物；（3）消灭入侵物种；（4）鉴定原生植物和引进植物；（5）在测试区消除引入的物种；（6）监测本地植物的再生；（7）重新引入栽培天然物种。

　　海尔达尔访问复活节岛时，全岛只有一棵仅存的托罗密罗树，最终也死亡了。幸好它的种子被带到了瑞典培育，最终人工培育的托罗密罗树重返复活节岛。海滩上的大棕榈树也是引种的结果，虽然还不成林，但在适宜的环境中，必然会焕发生机。

　　在岛上三天两夜，几乎走遍了每一处海湾。海水茫茫，天宇无际，草原静谧，没有裹挟与压抑，没有竞争与喧闹，似乎时间也停止了步伐，静静地让人们去自由想象。孤独的小岛，它的未来，完全在于我们现在的内心和行动。总有一天，小岛将如其名字所言"复活"，恢复它应该有的自然面貌。

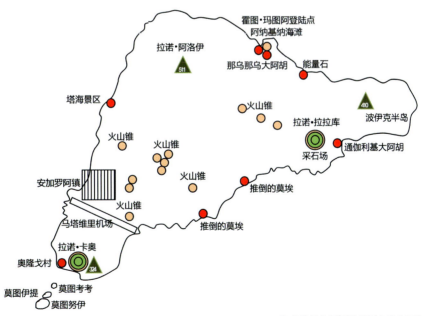

作者绘制的复活节岛景点分布示意图

十 城市记忆

城市，是一个充满凝聚力的地方，这个地方不仅有合理的位置，还包含了人地关系、价值理念和一个特定群体所经历的往事。

对于城里的聚居者来说，城市是寄托情感、欲望和信仰的生命世界；对于城外的旅行者来说，城市是"在荒野驰骋很长一段时间后"所渴望的一个心灵小憩的地方。

城里之人对城市的记忆，早已融进了日常的生活方式，并成为可意会难言传的身份认同。而城外之人对城市的记忆，则是随心的。当旅行者与城市景象产生某种心有灵犀的联结时，记忆就会发生。也许，每一双眼睛里映照的仅仅是城市的一个侧面，但却是独特的、有意义的地方标识，如果一个城市没有记忆标识，那么曾经拜访过的城市，只会是地图上的一个点而已。

旅行时，我到过许多城市。有的古老温暖，有的霓虹万千；有的冷清落寞，有的浪漫四溢；有的内敛保守，有的多元包容。城市的态度、性格和精神气质是时间酿制和机遇调和的结果。一个城市能俘获我心，写进我记忆里的，不会是车水马龙，也不会是直挺挺的丛林地标，而是与我的观念、情感、态度相契合的城市内容：一个怀旧的巷口、一段似曾相识的时光、一句熟悉的寒暄，带着浓郁的色彩和氛围，交叠在独特的时空里。

伊塔洛·卡尔维诺在《看不见的城市》中说道："城市不会泄露自己的过去，只会把它像手纹一样藏起来，它被写在街巷的角落、窗格的护栏、楼梯的扶手、避雷的天线和旗杆上，每一道印记都是抓挠、锯锉、刻凿、猛击留下的痕迹。"由此，与城市相知、相忆的最佳途径，便是去寻找那些承载秘密的烙印，去体会烙印之下久远而深沉的往日。

林林总总的城市，能被旅行者镌刻进时光流年里的，往往屈指可数。一个城市若能被广泛记忆，则是城市的幸运了，因为在日趋均一化的城市景象中，它能留住历史和自然的底色，让自己成为独一无二。

景观

欣赏

1

哈瓦那

哈瓦那，是古巴的首都。在我的记忆中，它是一件与世隔绝的"古董"，这件"古董"是一面穿越时空的镜子，能把人轻而易举地拉回到往日。

哈瓦那坐落在古巴岛的西北岸，扼守着佛罗里达海峡西南口，与美国的佛罗里达半岛隔海相望。古巴与美国如此之近，却对峙了近半个世纪。由于美国长期的经济封锁，哈瓦那的城市景象被定格在了 20 世纪六七十年代的样子，旧而不破，穷但有风格，充满了怀旧色彩。

1-1　古巴老爷车（摄于 2012 年 8 月）

‖ 1-1

站在哈瓦那街头，仿佛参观一场古董车的展览会。色彩缤纷的老爷车，满大街奔跑着，让人瞬间就回到了那个纸醉金迷的年代。

‖ 1-2、1-3

走进国营日用品商店，货架上商品极少，居民购买时必须出示一个小本子。这个本子是政府每月给予每家的配额凭证，类似于我们过去的粮票、布票。感觉很亲切，仿佛回到了我们曾经的社会主义计划经济时代。

1-2　古巴的小商店（摄于 2012 年 8 月）

1-3　凭证供应（摄于 2012 年 8 月）

1-4　古巴内政部大楼外墙上的切·格瓦拉头像（摄于 2012 年 8 月）

| 1-4、1-5

改革广场上，内政部大楼外墙上有切·格瓦拉的经典头像，充满了革命的浪漫主义色彩，代表着这块土地曾经是英雄辈出的地方。在餐馆、酒馆里，也经常看到墙壁上挂着菲德尔·卡斯特罗的照片和海明威的画像。有人说，古巴是三个男人的，切·格瓦拉、菲德尔·卡斯特罗、海明威。三个男人都有传奇故事，都是硬汉。菲德尔·卡斯特罗是令美国最头疼的打不垮的硬骨头。海明威留给世人最深沉最有力的名言是："一个人可以被毁灭掉，但不能被打败。" 三个硬汉作为古巴的形象代言人，让这个尚未进入开放轨道的国家，保持了强大的自我状态。

1-5　小酒馆里挂着卡斯特罗的照片和海明威的画像（摄于 2012 年 8 月）

1-6　古城的小巷（摄于 2012 年 8 月）

┃1-6

穿行在古城的小巷里，两侧都是西班牙风格的传统民宅，温暖和谐的色调，让几百年岁月的沧桑里透着一种踏实和温馨。徜徉在古城的巷子里，总不会迷失方向，因为巷子的末端总能望见蓝蓝的天际下面有一座神圣而古老的教堂在等待着你，引导你走近它。

1-7　圣弗朗西斯科大教堂（摄于 2012 年 8 月）

1-8　圣克里斯托尔大教堂（摄于 2012 年 8 月）

| 1-7、1-8、1-9

圣弗朗西斯科大教堂已有 400 多年历史了，教堂的钟楼高 40 米，曾经是美洲大陆上最高的钟楼。圣克里斯托尔大教堂是为纪念哥伦布而修建的，教堂正面呈波浪形，两侧的钟楼风格迥异，左侧的秀气，右侧的粗犷，这座融合了西班牙和美洲风格的建筑被喻为"石头的音乐"。拉富埃尔萨石头城堡建于 1538 年，当初是为了防御海盗入侵而建，它整体呈方形，外部有护城河，四周有高大宽厚的围墙环绕。这些非凡的历史遗存，

是文化脉络上的记痕，如此完好、清晰，仿佛不需要想象，便进入了历史的现场。

哈瓦那独特的美还能定格多久，未可知，但总有一天，海风会吹来外面的精彩故事，带给古老城市以巨大的变革。古董，珍贵，但易碎。碎了，也许会有一番新天地；碎了，也许无从安放一段岁月。

1-9　拉富埃尔萨石头城堡（摄于 2012 年 8 月）

墨西哥城，是墨西哥的首都，位于墨西哥中南部高原的山谷中。在我的记忆里，墨西哥城是辽阔而多元的，辽阔可以用叹为观止来形容，多元则是由内而外散发出的混合。

2-1　"摊大饼"式的城市化景观（摄于 2012 年 8 月）

| 2-1、2-2

从空中俯瞰墨西哥城，密密麻麻的房子构成了建筑的海洋，山丘成了岛屿，似乎即将被城市所淹没。墨西哥处于环太平洋火山地震带，且墨西哥城又建立在填湖造陆之上，地基很不牢固，因此城市住宅建得很低，立体交叉道也很少，城市像"摊大饼"一样，无节制地往外扩展，遇到山丘，则"溯源"而上。城市里最繁华的一条大道叫改革大道，绵延 15 千米。大道两侧高楼林立，在低矮楼群的衬托下显得非常气派。

到达墨西哥城时，适逢雨过天不晴的境况，这反而让城市的往日变得清晰起来。一些历史建筑，凭借自身的光芒，在阴郁的天空下熠熠生辉。

2-2　城市中心区的改革大道（摄于 2012 年 8 月）

2-3　独立纪念碑（摄于 2012 年 8 月）

2-4　墨西哥大教堂（摄于 2012 年 8 月）

| 2-3、2-4、2-5

独立纪念碑是墨西哥城的标志，举着皇冠的天使屹立顶端，金光闪耀，它是墨西哥人民独立精神的象征。墨西哥大教堂始建于 1573 年，竣工于 1823 年，历时 250 年。跨越近 3 个世纪的修建，使大教堂融合了各个时期的建筑风格，呈现了因岁月而沉淀出来的融合风采。这是一部雕塑般的立体史书。墨西哥国家艺术宫风格独特，灵动的琥珀色圆顶与规整的白色大理石建筑的组合，充满了艺术表现力，顶端展翅的雄鹰下有喜怒哀乐四座雕像，象征着人类情感的多元与并存。

2-5　国家艺术宫（摄于 2012 年 8 月）

在宪法广场上，可以见到诸多不同的事件同时展开。有现代摇滚乐队在大舞台上的激情表演，有印第安民俗艺人的招摇过市，有面色凝重的静坐示威人群，还有一群学生在玩足球。墨西哥人属混血人种，他们有着东方人的乌黑头发，西方人的鲜明轮廓，南方人的棕色皮肤，粗犷中透着秀气，这是融合到基因里的生命之美。

在墨西哥城，随时能感受到印第安文化、西班牙文化的并存与混合，这里没有绝对的正统或纯粹之说，更多的是多元认同与融合。对多元文化的阐述，是墨西哥艺术家们最钟爱的题材。他们用丰富的想象力，把那些壮阔而不息的川流凝聚起来，描绘在遍布城市各个角落的壁画作品中，让墨西哥城拥有了"壁画之都"的美誉。

国家宫是壁画的宫殿，里维拉创作的"墨西哥历史与未来"是不朽的杰作。这幅壁画创作在楼梯回廊的墙面上，高 5 米，长近 10 米，分上下两个部分。上部有五个画面，呈

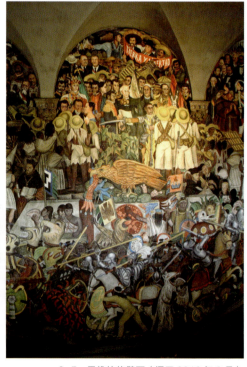

2-6　印第安民俗艺人（摄于 2012 年 8 月）　　　　2-7　里维拉的壁画（摄于 2012 年 8 月）

现五个历史时期的风云人物，下部被西班牙人与印第安部落之间的一场混战连成一片。壁画全景式地展现了墨西哥的历史和人文集粹。壁画构图复杂，场景壮阔，上千个人物，数百年历史，在有限的空间里浑然一体。

2-8　世界上最大的壁画（摄于 2012 年 8 月）

‖ 2-8

在墨西哥国立自治大学，可以见到世界上最大的壁画。那是一座图书馆，外观似火柴盒，主楼有十层之高，里面是藏书百万的书库。由于没有采光需要，建筑师将窗户面积缩小到极致，把完整的四块巨幅墙面留给了艺术家。画家奥戈尔曼用天然石块和彩色瓷砖组成镶拼画，铺满了所有墙面。北墙以鹰蛇图案为中心，描绘了西班牙占领前的阿兹特克文明；南墙是西班牙殖民时期的压迫，画面环绕着西班牙卡洛斯五世的盾徽；西墙中心是自治大学的校徽，代表现代墨西哥；东墙中心以原子能和自由火炬象征墨西哥的未来。壁画的天然材料，在变幻莫测的云影中，时而灰褐，时而淡紫，时而闪耀出靓丽的色彩。自然与艺术的和谐，映衬着多元文化交融所迸发的不竭创造力，契合着壁画想表达的主题——人类的进步与奋斗。

3

布宜诺斯艾利斯

布宜诺斯艾利斯，是阿根廷的首都，位于拉普拉塔河口南岸。19 世纪末 20 世纪初，作为一个开放港口，它吸引了大批欧洲移民来此寻找新生活。色彩的多样，文化的多元，艺术的交融，使得这座城市风情万种，成为"像水和大气一样永恒不灭"的存在。

| 3-1、3-2、3-3、3-4

每个人在这座城，都能寻到契合自己心绪的情境。有梦里的偶像：理想主义革命家格瓦拉、底层人群的代言人贝隆夫人、世间最伟大的球星马拉多纳。有现场感营造出来的氛围：探戈舞步的热烈与伤感，博卡区的缤纷与怀旧，王家卫执导的电影《春光乍泄》中世界尽头的中转与迷失。还有让人产生联想的多重感知：在玫瑰宫前驻足，仿佛听见了那首经典的《阿根廷别为我哭泣》，里面有艾薇塔的辛酸与传奇；在科隆剧院，沉浸于欧洲风格的建筑、音乐和壁画艺术中，想象着一场歌剧的魅力；品尝一块阿根廷牛排，美丽的滋味里，饱含着潘帕斯草原上日落的情义。

3-1　博卡区的探戈浮雕（摄于 2017 年 2 月）

3-2　博卡区的怀旧色彩（摄于 2017 年 2 月）　　　　　　　3-3　玫瑰宫（摄于 2017 年 2 月）

作为旅途的中转站，虽饱览万种风情，也只是匆匆路过，印象不深。唯有静坐一隅，像当地居民一样，喝杯咖啡，开始新的一天，或许能真正体会到那种弥漫在整个城市空气里的文化特质——咖啡文化。

"我不在家，就在咖啡馆。我不在咖啡馆，就在去咖啡馆的路上。"如果把奥地利作家茨威格的这句话放在布宜诺斯艾利斯，那是再合适不过了。

3-4　科隆剧院的顶部壁画（摄于 2017 年 2 月）

3-5 托尔托尼咖啡馆（摄于 2017 年 2 月）

城里有 3 000 多家咖啡馆，几乎遍布城市的每一个街角。一杯现磨的咖啡、一块夹心饼干、一份展开的晨报，就开启了优雅而从容的一天。咖啡，对于这座城市而言，不是简单的饮品，而是一个文化角色，充当了人与人之间交往的媒介。我选择去托尔托尼咖啡馆坐一坐，去感知这座城市的传统与潮流。

| 3-5

托尔托尼咖啡馆，创始于 1858 年，这是城里最古老的咖啡馆。创办者是一位法国移民，为了寄托思乡情怀，他用一家巴黎餐厅的名字来命名自己的咖啡馆。托尔托尼咖啡馆的大门并不张扬，大门外墙上挂满了荣誉铜牌，记录着它的风霜岁月。

| 3-6、3-7

推开沉重的玻璃门，里面暖色的灯光、艺术化的装饰、彩色的玻璃顶，散发出浓郁的欧洲风情。墙上挂着的镜框里，有咖啡馆往日的景象，也有曾经到过这里的贵客，其中能认出的有《百年孤独》的作者加西亚·马尔克斯，钢琴大师阿图尔·鲁

3-6　油画显示了咖啡馆往日的景象（摄于 2017 年 2 月）

宾斯坦，还有阿尔伯特·爱因斯坦。店内还保存着文化名人的塑像，最有名的是探戈大师卡洛斯·加德尔、诗人路易斯·博尔赫斯及传奇女作家阿尔芬西娜·斯托帝，三个人物栩栩如生，仿佛正在热烈地探讨文艺之事。看得出，这家咖啡馆是艺术家们的聚会场所。

店内每一个座位旁都有一个金属牌，显示曾经是哪一位名人常客的专座。不经意地，人就被拉回到 20 世纪的往事里。我们"混迹"其中，伴着咖啡的浓香，思维也活跃起来。若是手里有一本博尔赫斯的诗集，隔着时空，与他探讨关于迷宫、局限的理解，该是何等快意啊！

3-7　咖啡馆里的文化名人塑像（摄于 2017 年 2 月）

不丹城市

不丹，位于喜马拉雅山东段南麓，是一个袖珍的高山内陆国。这个小国在 20 世纪 70 年代，创造了一个替代或抗衡 GDP 的概念——GNH（国民幸福指数）。从理论到实践，不丹完成了"以国民幸福为中心"的发展转变，成了"世界上最幸福的国家"之一。

我选择到不丹，就想去感知"幸福"的真实样貌。不丹的著名城市都坐落在西部幽静的山谷里，平缓铺开，以山为界，依河而建。廷布是首都，普纳卡是旧都，帕罗是重镇，三个城市的风貌如同一个模子里刻出来的：传统、单纯、绝世独立。

每个城市都有一个庄严而盛大的"宗"。"宗"是一组城堡似的建筑群，一半用作政府办公地，一半作为佛教寺庙，是政教合一的权力机构。"宗"以白、红、黄三色作为基调，墙体上部都有一圈红色的装饰带。外围是高墙，隔离出一片清净的院落，院落中央或四个角上有金顶高塔。整个建筑的精美装饰都集中在木架构的门窗上。

4-1　扎西确宗（摄于 2015 年 2 月）　　　　　　　　4-2　普纳卡宗（摄于 2015 年 2

4-3　帕罗宗外观（摄于 2015 年 2 月）

4-4　帕罗宗内景（摄于 2015 年 2 月）

| 4-1、4-2、4-3、4-4、4-5

廷布的扎西确宗建在旺楚河谷的坡地上，有森林和梯田环绕；普纳卡的宗堡建在母亲河和父亲河的交汇处，不丹人认为两河交汇即是圣灵集中地；帕罗的宗堡建在世外桃源般的峡谷中，高高矗立的姿态，仿佛世界的中心。帕罗宗给我印象最深，因为去参观的那天恰逢周末，宗堡里空无一人，庭院深深，清净澄澈，可以照见自己。

4-5　帕罗宗的清净（摄于 2015 年 2 月）

4-6　国王和王后是城市最佳的形象代言人（摄于 2015 年 2 月）

| 4-6、4-7

城市里的建筑都是方方正正的，不超过六层。尽管墙体色彩缤纷，但顶上的"大盖帽"是统一的，都是淡蓝色的倾斜的大屋顶。城市的形象代言人，是那个颜值爆表而且非常亲民的旺楚克国王。他和王后穿着传统服装幸福依偎的照片无处不在，这不是简单的"秀恩爱"，而是传递着"幸福、传统"的理念，再深一层，便代表了国家的意志和权威。

4-7　帕罗的城市街道和民居景观（摄于 2015 年 2 月）

不丹政府规定，国人在许多场合必须穿传统服装。男人的服饰称为"帼"，白色袖子须向外翻，袍子过膝盖，下面是长袜配皮鞋，潇洒清爽，令人赏心悦目。女人的服饰称为"旗拉"，短上衣配长裙，袖口一样须反折。进入"宗堡"，还必须斜着搭上一条白色的披肩，以示尊重。

4-8　穿着"帼"的男子（摄于2015年2月）

不丹为全民信教的国度，建在帕罗峡谷悬崖绝壁上的虎穴寺是不丹人心中的圣地。

受宗教文化的深刻影响，不丹人宽厚待人、与世无争的生活态度，以及悠闲自在、无欲无求的生活方式，在精神层面也造就了不丹人的幸福感。

4-9　宗堡里的僧侣（摄于 2015 年 2 月）

不丹政府所倡导的"幸福"，与那种稍纵即逝的"感觉很好"是有区别的。他们认为，"只有从帮助他人、与自然和谐相处、实现内在的智慧以及心灵中真实的、优秀的本性的过程中，才能获得真正持久的幸福"。在这种"幸福"观念的框架下，政府提出了四

4-10　建在悬崖绝壁上的虎穴寺（摄于 2015 年 2 月）

大措施：保护环境和自然资源；实行公平共享的、可持续的社会经济发展；施行有责任感的、有人民参与的优良治理制度；传承发扬不丹的传统文化。这些措施，让"幸福"观念深植于每一个不丹人心中。

| 4-11

不丹追求 GNH 的"另类"发展之路，让自己远离了污染，摆脱了喧闹，保留了传统，创造了一个世外桃源。那里有山林、清泉、寺院、人家，和谐安宁。虽然城市之间因风格相似导致辨识度不高，但这种单纯至单一的"不丹模式"，也许就是最具特色的风情。在全球化浪潮中，不丹的独立和超脱，也引来了封闭和保守的批评之声。我观察到，手机使用在不丹已非常普及。外部的喧闹，会随着互联网穿越崇山峻岭，到达这个内陆之国。年轻人能否守得住内心的平静？地震可以轻而易举地毁坏坚固的百年堡垒，那么"幸福"的精神力量到底会有多强大？也许，只有时间才能证明。

4-11　帕罗在地震中损毁的宗堡（摄于 2015 年 2 月）

加德满都，是尼泊尔的首都，位于喜马拉雅山脉南麓的一个谷地中，建城于 723 年，是一座拥有 1 000 多年历史的古老城市。到古城区去感知古老，也许是对加德满都最好的记忆方式。

古城中心的杜巴广场是一个与众不同的空间，在神庙、皇宫、塔庙、街角亭的自然围合下构成，没有轴线，没有对称，似乎有意隔绝平面的完整性，而把人的注意力引向垂直高度，去仰望那些高耸、挺拔的神庙建筑。徜徉其间，能强烈感受到，万物皆神、信仰至上。宗教生活已是这片土地上精神生活的全部。

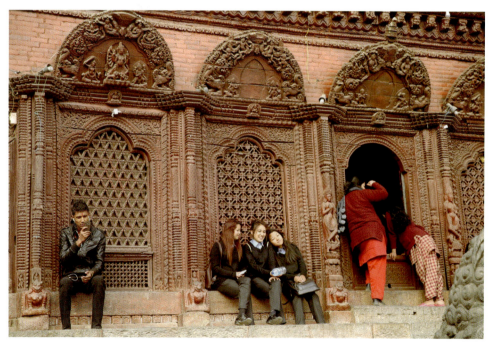

5-1　在杜巴广场神庙前休息的人们（摄于 2015 年 2 月）

5-2　杜巴广场上的读书人（摄于 2015 年 2 月）　　　　5-3　杜巴广场上的修行者（摄于 2015 年 2 月）

| 5-1、5-2、5-3、5-4

广场上庙宇很多，都是 16 世纪至 19 世纪时期历代王朝君主按照自己的理想修建的，绝大部分为印度教神庙，少数为佛塔。那些古老的建筑，虽然已是世界文化遗产，却没有被圈围起来重点保护，也没有被限制性标记，而是任由信徒们抚摸、供奉、朝圣。供奉"活女神"库玛丽的寺庙依然存在，"女神"每天定时出现，在寺庙的二层窗台里接受人们的敬仰和膜拜。那些由庙宇、平台、回廊切割出来的一个个自由空间，成为人们聊天、休憩、买卖和发呆的地方。在神灵主宰的世界里，依然有世俗生活的情味。

在杜巴广场，分不清古代与现代，历史似乎不是背景，而是真实的存在，它们穿越时空，带着岁月历练过的韵致，依然精神矍铄地站立着，以融于现代生活的姿态，承载着心愿，抚慰着心灵。古老的建筑，依然是活着的，如同源远流长的河流。

5-4　杜巴广场上的小商贩（摄于 2015 年 2 月）

湿婆神庙，是杜巴广场上的至高点。神庙建于1690年，是当时的布帕坦德拉·马拉国王（1687—1700）以其母亲的名义建造的，因此又称"太后庙"。神庙建在用红砖砌筑而成的九级台基上，主体为方形三层三重檐木结构建筑。高高的台阶，构成方锥形凸起，象征着神话中的宇宙中心——须弥山的存在与威严。神庙的独特造型，除了表达宗教含义，还有自然因素的影响。尼泊尔处于喜马拉雅山脉南坡、西南季风的迎风坡，夏季暴雨容易导致山洪泥流，因此神庙矗于高台之上。屋顶宽大而深远，可以避免雨水和洪水的侵袭。

5-5　湿婆神庙（在2015年4月25日的地震中完全倒塌）（摄于2015年2月）

5-6　贾格纳特神庙（摄于 2015 年 2 月）

| 5-6

贾格纳特神庙，建于1563年，是广场上最古老的神庙之一。
该庙以"生殖图腾"而闻名，又称 "爱神庙"。神庙的檐
柱、檐角雕刻着千姿百态的性爱场景，无关情色、风月，
而是表达了"生命原动力"的含义。传说爱神酷爱笛子，
当悠扬的笛声响起，天上的鸽子就会飞来，围绕在他身边。
落日余晖里，在神的凝眸守护中，人间与天界融合为一。

5-7　哈努曼多卡宫（在 2015 年 4 月 25 日的地震中四层屋檐倒塌了）（摄于 2015 年 2 月）

| 5-7

哈努曼多卡宫，为加德满都的旧皇宫，始建于 13 世纪理查维王朝。现在的大部分建筑，属于 17 世纪马拉王朝时期。据介绍，哈努曼多卡宫曾拥有 35 个庭院，近 10 栋殿堂和庙宇，是一个恢宏的建筑群。它在尼泊尔的地位相当于中国的故宫，目前已成为尼泊尔艺术、宗教和历史博物馆。

5-8、5-9

尼泊尔的建筑形式深受印度教的
影响，每一处围廊、檐柱、门楣、
窗棂、转角的装饰都精细到极致，
蕴含着无限的敬畏与尊崇。作为
游客，真正感染我的不是神灵故
事，而是隐藏在砖木之间的语言。
精巧的镶嵌、灵动的雕花、岁月
的质感，仿佛能窥见工匠们虔诚
而宁静的心境。他们精雕细琢，
把物、人、神融合在一起，赋予
建筑以情感和灵魂。

5-8　精巧的镶嵌（摄于 2015 年 2 月）

5-9　装饰精美的木雕门（摄于 2015 年 2 月）

2015 年 4 月 25 日，当地时间 14 时 11 分，尼泊尔（北纬
28.2°，东经 84.7°）发生 8.1 级地震，导致加德满都杜
巴广场上的古老建筑大面积倒塌，与加德满都一河之隔的
帕坦古城也遭受重创。大自然的一次宣泄，无情地摧毁了
人类的文化遗产。尼泊尔处于喜马拉雅地震带，历史上，
尼泊尔的建筑总是在创造、被毁、修复再造的轮回中，延
续着文化的传承。

| 5-10、5-11、5-12

最后呈现的三幅照片是帕坦古城的原貌，谨以此，怀念那
些消亡的建筑！

5-10　帕坦古城的杜巴广场（摄于 2015 年 2 月）

5-11　黑天神庙（黑天神是毗湿奴神的一个化身，庙前有葛鲁达铜雕像）（摄于 2015 年 2 月）

5-12　比姆森寺（供奉印度史诗《摩诃婆罗多》中的英雄）（摄于 2015 年 2 月）

6

纽约

6-1　自由女神像——美国自由精神的象征（摄于 2007 年 8 月）

纽约，位于美国纽约州东南部大西洋沿岸，是美国最大的城市和港口。纽约有很多标签：西方经济的"晴雨表"，移民眼中的"大苹果"，时尚界的"风向标"，全球化的典范等等。

| 6-1、6-2、6-3

纽约历史并不长，仅 300 多年。作为港口，它先由贸易起家，后来伊利运河修通，纽约港与五大湖连接起来。从此纽约成了美国东西联通、河海联运的航运枢纽，并奠定了商业城市的地位。航运和贸易优势，又带动了制造业蓬勃发展。大批欧洲移民的到来，提供了充足的劳动力和各种新技术。高密度人口，也推动了新闻出版业、娱乐业的发展。在纽约的发展历程中，华尔街这个隐隐约约的金融推手，一直在发挥着至关重要的作用。

纽约的繁华与秩序、自由与多元，让人应接不暇。但给我留下记忆的，不是高度发达的物质文明，而是蕴含在物质文明中的观念，表达着人与自然的密切联系。

6-2 曼哈顿岛上的直升机停机坪（摄于 2007 年 8 月）

6-3 华尔街证券交易所大厅（摄于 2013 年 2 月）

6-4 俯瞰中央公园（摄于 2007 年 8 月）

‖6-4、6-5、6-6

纽约最繁华的曼哈顿岛面积约 60 平方千米，寸土寸金的岛上，却有一个面积达 3.41 平方千米的秘密花园——中央公园。站在帝国大厦顶层俯瞰，这片由树林、草坪和水域构成的花园，在摩天大楼密不透风的围合之下，仿佛是城市沙漠中的一片绿洲。

中央公园始建于 1856 年，于 1876 年开始对公众开放。当初设计的目的是为缓解城市化带来的诸多问题，如交通拥堵、公共空间被蚕食、环境污染等。人们渴望在繁华堆叠的城市空间里拥有一处宁静的休憩之所。难能可贵的是，经历了 150 多年，这片宝贵的绿地空间，非但没有被挤占，反而历久弥新、生机勃勃，成了"镶嵌在纽约皇冠上的绿宝石"。

6-5 走进中央公园（摄于 2013 年 2 月）

走进中央公园，宛若走进了桃花源，尘世被树林隔绝在外。林间的小径、大片的草地、跳跃的溪流，似乎都可以对话。公园建造时保留了地形的起伏，辅以浓密的植物和蜿蜒的水体，营造出藤蔓丛生、山谷幽深的氛围。景观融入了"田园"理念，力求和谐的自然野趣，呼应观者

6-6　中央公园（摄于2013年2月）

的情绪心态。所有机动车辆都从中央公园的下沉隧道穿越而过，保证了景观在视觉上的完整性。

公园里的林荫步道长达93千米，被设计成向各个角度放射的轴线，连接112个街口，以方便人们从喧嚣的城市转移到宁静的田园、山林中。在都市里，再造的自然景观，能把人与自然紧密联系在一起；自然的绿意清新，能为成千上万个疲倦的城里人，提供一处在乡村野趣中度过的体验；自然的生命力量，把人们从拘束、压抑的城市生活中解脱出来，疏离物质，修整精神，净化心灵。在城市绿洲里，大自然会让人们看不到文化分歧、身份差异，有的只是一同享受自然的心境。

在纽约第五大道，一家时尚帽子店让我印象深刻。女店主介绍她的创意全部来自旅行，她从东非草原上马赛人的盛装头饰中获得灵感，设计了颇具野性美的帽子系列。从此，生活中的一件饰品，融入了遥远的非洲土著人关于天地的情怀。从人与自然的关系中汲取智慧，并用现代艺术来诠释，或许，这就是一种时尚。

6-7　纽约时尚帽子店（摄于 2013 年 2 月）

6-8　大都会博物馆里的埃及纸莎草纸画（摄于2013年2月）

| 6-8

大都会博物馆,是一个巨大的艺术宝库,展品多达300万件,其中有不少世界文明的杰作。它们在里面,被以最完美的方式呈现出来。在博物馆里,我几乎把所有时间都给了古埃及文明馆,以弥补在埃及并未见到的文物真品。

一件珍贵的纸莎草纸画,已有3 000多年的历史,草茎纤维经纬交织,色彩依然鲜亮。纸莎草是生长在尼罗河畔的一种水草,茎秆呈三角形,顶端开花。在古代,埃及人把莎草茎压扁后,纵横交织,编成光洁柔韧的介质,用来书写文字。

6-9

假门，是古埃及墓葬仪式的焦点。它以特殊的门框结构表达了一个观念，即逝者可以离开墓室范围，通过假门走出来，接受放在墓前祭坛上的祭品。

6-10

萨赫麦特女神雕像，来自阿蒙霍特普三世（公元前1391—公元前1353年）时期建造的底比斯神庙。据说萨赫麦特女神代表暴力、灾难和疾病的力量，她的狮子头表示潜在的残忍和破坏特征，头顶的盘状被认为是与太阳神有联系。这些雕像意味着用一个不朽的祈祷去满足女神，从而保证平安与健康。

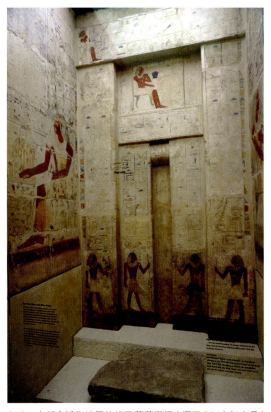

6-9　大都会博物馆里的埃及墓葬假门（摄于 2013 年 2 月）

6-10　大都会博物馆里的萨赫麦特女神雕像（摄于 2013 年 2 月）

古埃及文明遗产，身处纽约大都会博物馆，得到了现代文明的保护，散发出悠远而迷人的光辉。只是，它的气息永远属于那片定期泛滥的沙漠绿洲。

考察　察记

笔　记

寻找最古巴的『味道』

在古巴，有一种特色餐，用黑豆做成的米糊汁浇在米饭上，有淡淡的咸味和胡椒味道，不能说很好吃，只能说很古巴。人在旅途，就是去寻找不一样的味道。

在古巴旅行一周，留下深刻记忆的是一个人和一种烟味。在我心里，他们代表了最古巴的两种"味道"：个性和情调。

在哈瓦那寻踪海明威

只知道《老人与海》诞生在哈瓦那，却不知道海明威一生中居然有超过三分之一的时间（22年）是在哈瓦那度过的。海明威为什么会选择在古巴？他曾经这样描述古巴："我热爱这个国家，感觉像在家里一样。一个使人感觉像家一样的地方，除了出生的故乡，就是命运归宿的地方。"

一个人把异国他乡视为自己归宿的地方，那是怎样一种情结！海明威的一生波澜壮阔，他的作品需要看几遍才能慢慢读懂，里面不断跳跃着他的经历和感触：战争、病痛、动荡、狩猎，内心的不安分，行动的桀骜不驯。这些多姿多彩的体验，也许已让这个"硬汉"

筋疲力尽，需要寻找一条通往内心安宁之路，而哈瓦那的一切正符合他的心境。

哈瓦那很美，耀眼的阳光、一望无际的加勒比海、笔直的国王棕榈、火红的木棉树，没有刻意，没有修整，美得自然而宁静。石砌而成的教堂、狭窄的街道、小广场、咖啡屋、小酒馆、喷泉、古堡和要塞，没有喧哗，没有拥挤，美得真实而悠远。当一个人历经磨难，与这份宁静和悠远相遇时，必然会有一种神秘的感应。于是，在安宁中回忆、思考、沉淀，与心灵对话，与灵感邂逅。

其实，我没有能力去揣摩这位文学大师当时的想法，我仅仅是在哈瓦那的宁静中，滋生出一种感应。金色的夕阳洒在残破的街道上，没有任何修饰的痕迹，反而有一种真实与鲜活。徜徉其间，我能真切地体会到海明威在哈瓦那时的生活。

在鸽子广场边，一处不起眼的狭窄街巷里，有海明威经常光顾的5分钱小酒馆。小酒馆外表无装饰，透过黄色的木栅栏门，看到不足10平方米的小小酒吧里已经座无虚席了。人们欢畅地喝酒聊天，享受着午后折射进来的柔和的阳光。一点儿都不考究的酒柜上摆放着各种口味的朗姆酒和雪茄烟。这里最有名的酒叫"莫希托"，是当年海明威最喜欢的一种用朗姆酒加薄荷叶和柠檬调配的鸡尾酒。周围墙壁上挂满了画像，其中最显眼的是海明威与菲德尔·卡斯特罗的合影，据说这是在1959年古巴国际钓鱼节比赛时，海明威和卡斯特罗见面时的合影。照片上两个人胡了握手致礼、笑容可掬。不同的是，卡斯特罗是黑胡子、踌躇满志、意气风发，而海明威是白胡子、饱经沧桑、神情坚毅。一位美国大作家和一位古巴革命家在一起，不管他们是否有共同语言，他们创造了最经典、最具标志性的古巴形象：喝朗姆酒、抽雪茄烟、留大胡子。小酒馆里还有一处展柜，里面陈列着帽子、手枪等物品，都与海明威有关。小酒馆实在小，扫一眼就看全了，再仔细观察，就发现了不寻常的地方：酒馆里所有的墙壁、酒柜、展柜、玻璃、门框上都涂满了文字，密密麻麻，有的甚至覆盖了一层又一层。也不知随意涂写的文字是否覆盖了海明威当时的灵感记录？

在鸽子广场的另一处街巷里，我们找到了海明威经常光顾的小佛罗里达餐馆。这家餐馆外墙是亮丽的粉红色，有霓虹灯牌子，很显眼，远远地在巷口就能看见。餐馆里人头攒动，好不容易才挤了进去。里面空间不大，吧台的一处

5 分钱小酒馆里陈列着海明威的物品（摄于 2012 年 8 月）

角落里是一尊海明威铜像，他倚着吧台，似乎正等待着侍者为他调制一杯鸡尾酒。餐馆的墙壁上照样挂着海明威和菲德尔·卡斯特罗亲切交谈的照片。在哈瓦那，两个伟大男人的合影照已成了一种标识。有人说，古巴是三个男人的，切·格瓦拉、菲德尔·卡斯特罗、海明威。三个男人都有传奇故事，都是硬汉。格瓦拉的头像被喻为"世上最知名、最有魄力的照片"，在古巴随处可见。卡斯特罗是令美国最头疼的打不垮的硬骨头。海明威留给世人最深沉最有力的名言是："一个人可以被毁灭掉，但不能被打败。"其实，在这些深居古城的小酒吧、小餐馆里，是感受不到他们那种斗志和豪情的，能体会到的是一种惬意、闲散的平常与安静。有时，伟人离我们并不遥远。

从古城区出来，来到一处海湾边，这里是当年海明威出海捕鱼的地方。《老人与海》中桑提亚哥出海的情景尽显眼前："一条残破的渔村小路通往海边，海边能看到的只有一座古堡，一道栈桥，一弯蓝色，再望出去，就是无边无际

小佛罗里达酒馆里的海明威铜像（摄于 2012 年 8 月）

的大海。"海上风雨无定，刚才还阳光灿烂，忽然间就疾风骤雨了。望一眼波涛汹涌的海面，心里就惊颤不已。真难以想象，桑提亚哥在海浪中，连续两天两夜，孤身与鲨鱼搏斗，与自然搏斗，与伤痛搏斗，他的内心是何其强大！"一

《老人与海》中主人公出海的情景（摄于 2012 年 8 月）

个人可以被毁灭掉，但不能被打败。"此时此刻，海明威的那句内心独白像画外音，在这风雨中，嘹亮而高亢。

为了避风雨，我们跑进了海边唯一的一家餐馆，这也是海明威当年和渔民避风雨、小憩聊天的地方。餐馆一面靠海，三面墙壁上挂满了海明威和渔民一起捕鱼的场景照片，其中就有《老人与海》的原型——渔民佛恩特斯的照片，一位"样子枯瘦干瘪，脖颈儿尽是深深皱纹"的老人。餐馆不算大，却摆了很多桌子，有点像中国的小餐馆，不讲究环境，只考虑满足更多的人来这里用餐。我相信，不是因为这里有美味，而是因为这里有故事。

据介绍，海边的小渔村几十年来没有多大变化，仍然保留着过去的模样。那些斑驳陆离的痕迹里，也许仍然留着海明威的气息。

离开海边，我们参观了海明威曾经居住的农庄，现在已辟为海明威博物馆了。农庄在哈瓦那郊外的森林中。沿着一条落满红花的森林小道进入，心情愉悦。带着对文学大师的敬仰之心去观察，感觉一草一木、一景一物都是文学的。海明威居住的房子建在一个小坡上，门前一棵高大的热带乔木格外醒目，树干鼓鼓的似花瓶，顶端生出一片浓荫，遮蔽热带的光芒。房间四面敞开，从外面很容易看到房间里的一切。墙上装饰有各种类型的羚羊角，简直是个动物标本室。想必那些都是海明威在非洲狩猎时的收获吧。除了羚羊角，还有多幅画作，有表现西班牙斗牛的，有表现在热带草原巡猎的，充满了竞争性。这一切显示着海明威生命中最重要的经历。房间里的布置很简朴，最大的特色是在房间里任何一个角落，都有书柜和书架。虽然房间里弥漫着书香，但因环境敞开、暴露，不像是能静下心来写作的地方。

正疑惑时，我发现房子后面，另有一栋独立的小楼，高高的，窄窄的，形似我国南方的"碉楼"。沿着陡峭的旋转楼梯攀到顶部，那里有一间不足 10 平方米的房间。房间四面都有窗，居高临下、视野开阔。房间里的摆设极其简单，一侧靠墙处有两个书架，书架上方有一张油画，表现海明威打死猎豹的威武形象。中间一张简易的书桌上摆放着一台旧式打字机，据工作人员介绍，那是海明威写作用的打字机。我不能进入，工作人员非常友好，拿着我的相机进去给那台打字机拍了一个特写。打字机是皇冠牌（Corona），键盘还完好，只是

边上的油漆有些剥落。一台普通打字机，在海明威手中，不知创造了多少激情昂扬的文字啊。书桌旁边还有一台折射望远镜，可以眺望到加勒比海上的风云变幻。

离开小楼，站到远处再回望，无限崇敬，与小楼合影留念，似乎有非分之求。其实，灵感是求不到的，我们要追寻的是像海明威那样自由、真实、坚韧地按着自己内心的追求去生活。

雪茄，古巴最具风情的名片

古巴雪茄，被认为是世界上最好的烟草，而手制雪茄，更是独步全球的雪茄极品。关于生产雪茄烟，古巴有严格的规定，国营为主，不允许有私营。每天生产雪茄烟的量有规定，据说只能做 200 根。很多种植雪茄的农民每天在完

海明威写作的楼顶房间（摄于2012年8月）

海明威使用过的打字机（摄于2012年8月）

成 200 根以后，剩下的烟草可以自己留着用。

　　在哈瓦那城区，有雪茄专卖店，但对外国人设置了限购。皮纳尔德里奥省是古巴生产雪茄烟的地方，在那里可以参观手制雪茄的过程。

　　古巴的农村很美，碧绿的热带丛林草原，间或裸露的红土，一树火红色的木棉花，不断地纯净着我的双眼。因为没有任何工业迹象，所以红土几乎没有污染。也许正因为如此，才能孕育出世界上最好的烟草。

　　我们参观了雪茄烟草的烘干房。烘干房有高耸的三角屋顶，这是为了增加屋内的空间高度，便于错落有致、高高低低地搭建晾晒木架。两扇窗户的设计可以保持通风条件，屋内地面铺的是厚厚的细

古巴农村景象（摄于 2012 年 8 月）

沙，阻隔湿热的地气，以确保屋内的干燥度。由于不是烟草的收获季节，里面只有少量去年留存下来的烟草在晾干，以备在淡季的时候生产。当然生产量是很小的。烟叶非常宽大，有点类似粽叶，晾干后的烟叶没有雪茄烟的味道，而是有点像霉干菜那样浓郁的香味。真不知拿这种干的雪茄烟叶与肉烹调后是何种美味呢，当然即使成功，也不如烟草通过燃烧进入人的胸腔，可以让人获得快感吧。

　　晾干的烟草要控制好干燥的程度，太干，容易脆，太湿，又容易烂。温度要适中，保持一定的湿度，让发酵恰到好处，这样的烟草就具备了一定的柔韧性，可以让制作者调制时游刃有余。烘干房主人是典型的古巴人，肤色黝黑，戴一顶帽子。脸庞瘦削，整张脸的重点是又圆又大的眼睛。他熟练地调制雪茄烟草，调制过程分为三个步骤：先剔除烟草的茎，茎取下后据说可以做香料；然后用

雪茄的烘干房（摄于 2012 年 8 月）

刀把烟草切成若干长条形，叠起来搓成卷，做成烟芯；最后用一张较完整的烟叶做烟皮，把烟芯卷在里面，卷的过程，类似我们包春卷，松紧度全靠主人的手感和经验。卷好后，一端收尾打结，另一端用刀切除露出部分，这样一支雪茄烟就调制好了。主人马上用火点燃，一股浓烈的烟味立刻飘扬出来，没有添加任何成分，完全是原生态的。经不住诱惑，我买了几支雪茄留作纪念。没有包装，裹在棕榈叶里面，看似粗糙，实则是皮纳尔德里奥省雪茄之乡的味道，也是最古巴的味道。

后　记

　　此刻，长夜已至，万籁俱寂。一个人在一盏灯的陪伴下，默默地敲下最后一个文字。用3年的时光，用每一个文字，去照亮30年漫漫旅途中的每一个瞬间。

　　为什么要这么辛苦去写书？因为，我想凝聚天地的深情，为所有爱我的人创作一件礼物，感恩他们在我30年的考察旅行中，无怨无悔的陪护和爱。

　　感谢父母为我选择的地理专业，让我拥有了一辈子的恋人——大自然。感谢先生陪我行万里路。在西藏，先生高原反应强烈，头痛欲裂，但毫无怨言；在阿拉斯加，忍受着零下20摄氏度的低温，陪我7个小时拍摄极光。感谢儿子陪我旅行。冬天在天柱山，啃着干粮，走在冰雪覆盖的山道上；夏天在青海，遭遇暴雨，车子抛锚，儿子顶着风雨，在夜幕中拦车。感谢姐姐陪我远行。到亚马孙丛林，需累计坐37小时的飞机；到南极，过"咆哮西风带"，需经历31小时的晕船痛苦。陪伴我旅行的，还有很多好朋友，蔡守龙、陆芷茗、蔡健萍、华露等都是我旅途中的好伙伴。没有亲人和朋友的支持，我绝不可能实现漫长而艰苦的旅行。

　　用行走阅读世界，我相信，这是地理带给我的素养和能力。在旅行中，从地理视角去认识世界，能欣赏到自然和生命的多样性；人与自然的和谐共生，以及自然与心灵的契合，能唤醒人们对内在生命的领悟。

　　旅行30年，积累了大量景观素材。如何从纷繁复杂的素材中遴选出典型的景观？我制定了三条原则：一、突破地域和时空界限，把景观内涵相关联的组合在一起；二、呈现即将消失的地理景观，引起人们对环境的关注；三、展示人迹罕至地区的秘境之美，以启发人性的真与善。每个专题包含专题序言、景观欣赏和考察笔记三部分，图文并茂，期望创设一种"诗在远方"的美好心境。感谢陆群给我的书名建议，"景观·观景"契合了书中想表达的内涵。

旅行30年，我的相机也更新换代了好几次。虽然过去的照片分辨率不够高，但资料是极其珍贵的。我在1999年拍摄的天山一号冰川冰舌位置，现在已不存在了。书中所有景观，记录的都是自然一瞬，在人类活动影响日益扩展的今天，它们的美还能保持多久，心有所虑。

写作的过程，是一次专业学习、提升的过程。为确保景观解读的科学性，我收集了大量专业资料，反复研究、勘比、核对。但尽管如此，一些人迹罕至的地方，由于资料匮乏，仅凭我个人的观察、研究和推理，难免会出错，敬请广大读者批评指正。

有好长一段时间，不知如何给这本书定位。因为想得太多，担心太多，奢求太多，说到底心里还是存有某种欲念。后来，在读克里希那穆提《爱的觉醒》时，有一句话深深地打动了我："有时候若是你站在路边或驻足湖畔，凝视着一株花、一棵树，或者辛勤耕作的农夫，而此刻你只是保持静默，不幻想，不做白日梦，不觉得疲劳厌烦，只是极度地静默，也许，爱就会降临到你身上。"

是的，我写这本书，不求功利，只是表达一种澄澈的心境。自然与人文、美丽与危险、荒凉与创造……凝视天地的那一刻，心灵是宁静的、自由的。

我特别感谢沙润教授在百忙之中，给我的书稿撰序，感恩他给予我的每一次鼓励和力量。成书过程承蒙卫新校长的鼎力相助，感谢苏州中学对本书出版的大力支持。

此书，献给大自然！献给所有爱我的人！

蔡明

2018年7月25日

图书在版编目（CIP）数据

景观·观景 / 蔡明著 . -- 南京 : 南京师范大学出
版社 , 2019.1（2019.7 重印）
ISBN 978-7-5651-4153-9

Ⅰ . ①景… Ⅱ . ①蔡… Ⅲ . ①游记 – 作品集 – 中国 –
当代②风光摄影 – 中国 – 现代 – 摄影集 Ⅳ . ① I267.4
② J424

中国版本图书馆 CIP 数据核字 (2019) 第 018838 号

书　　名　景观·观景
著　　者　蔡　明
责任编辑　王　艳
封面摄影　蔡守龙
装帧设计　私书坊 _ 刘　俊
出版发行　南京师范大学出版社
地　　址　江苏省南京市玄武区后宰门西村9号（邮编：210016）
电　　话　025-83598919（总编办）　83598412（营销部）　83598297（邮购部）
网　　址　http://www.press.njnu.edu.cn
电子信箱　nspzbb@163.com
印　　刷　南京爱德印刷有限公司
开　　本　710毫米×1000毫米 1/16
印　　张　38
字　　数　360千
版　　次　2019年1月第1版　2019年7月第2次印刷
书　　号　ISBN 978-7-5651-4153-9
定　　价　180.00元

出 版 人　彭志斌